五十人
피프티 피플

鄭世朗（정세랑）著

尹嘉玄譯

好評推薦

宇文正（聯合報副刊主編）、夏曼・藍波安（小說家）、凌性傑（作家）、陳慶德（作家）全心推薦

「《五十人》是眾生相，也是百工圖，看似各自獨立的篇章其實相互呼應。每一個生命，每一個名字，從來不是孤立的存在。這本作品讓我看見眾生的病苦與死亡，以及生而為人的種種難題，並且在難題裡擁有自覓光芒的尊嚴。」

——凌性傑（作家）

「鄭世朗以百人面孔、五十人的故事，橫縱勾勒出人世間的苦酸愛戀恨悲悅喜，推薦給想更加瞭解韓國、我們生活現況的朋友一讀。」

——陳慶德（文化研究者，《他人即地獄》作者）

「圍繞在首都圈裡的某間醫院，宛如《三國誌》般內容豐富的小說。素材量龐大，不論是人物、題材、架構還是關鍵性的表現，都比其他小說多好幾倍。」

——小說家裴明勳（배명훈）於Twitter力推

五……十……人
#4

作品榮獲「第五十回韓國日報文學獎」，該屆評審委員以「**藉由強烈的可讀性與吸引力，重新喚醒社會連帶意識的作品**」給予本書高度評價。

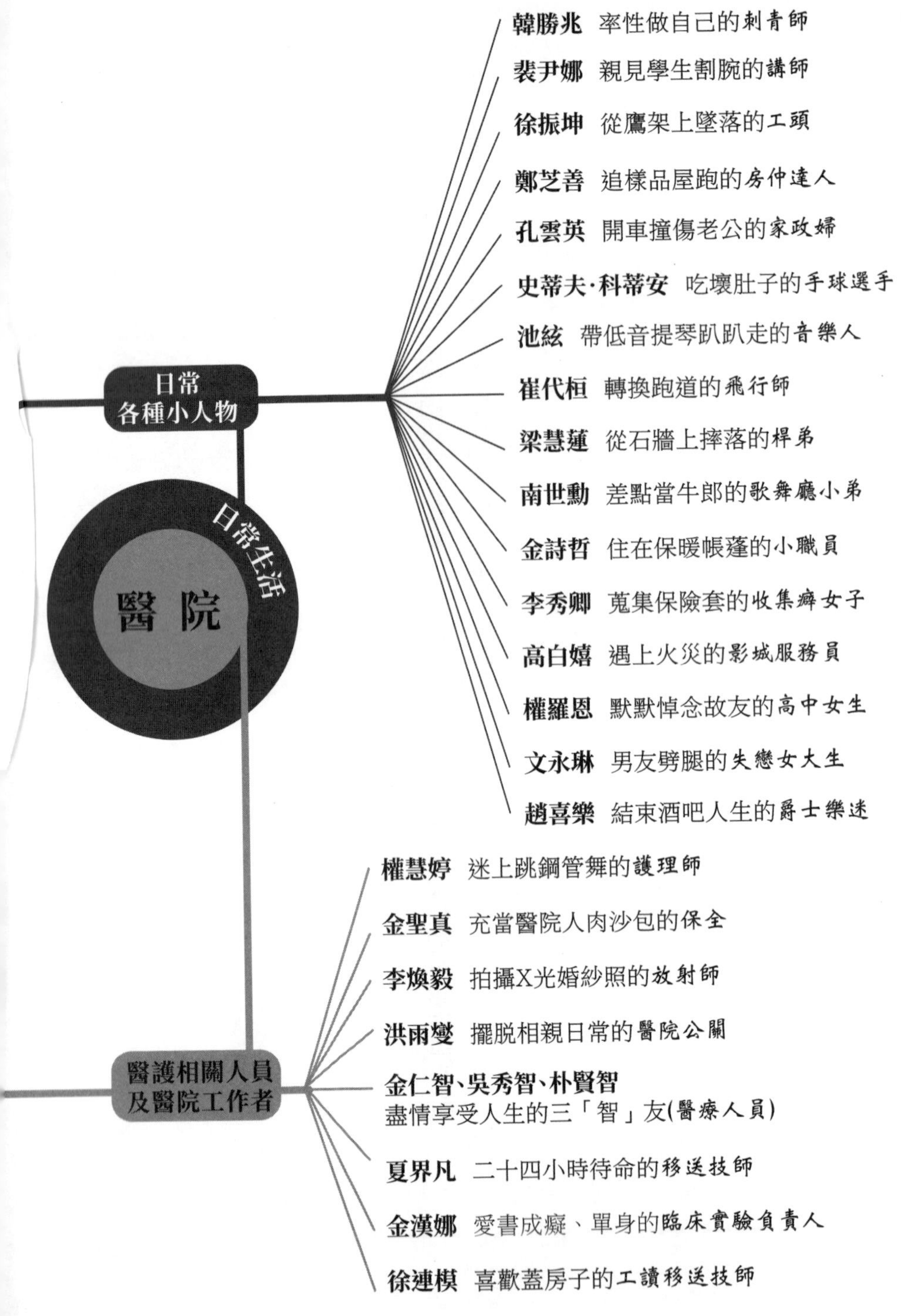

醫院

日常生活

日常
各種小人物

韓勝兆 率性做自己的刺青師

裴尹娜 親見學生割腕的講師

徐振坤 從鷹架上墜落的工頭

鄭芝善 追樣品屋跑的房仲達人

孔雲英 開車撞傷老公的家政婦

史蒂夫·科蒂安 吃壞肚子的手球選手

池絃 帶低音提琴趴趴走的音樂人

崔代桓 轉換跑道的飛行師

梁慧蓮 從石牆上摔落的桿弟

南世勳 差點當牛郎的歌舞廳小弟

金詩哲 住在保暖帳篷的小職員

李秀卿 蒐集保險套的收集癖女子

高白嬉 遇上火災的影城服務員

權羅恩 默默悼念故友的高中女生

文永琳 男友劈腿的失戀女大生

趙喜樂 結束酒吧人生的爵士樂迷

醫護相關人員
及醫院工作者

權慧婷 迷上跳鋼管舞的護理師

金聖真 充當醫院人肉沙包的保全

李煥毅 拍攝X光婚紗照的放射師

洪雨燮 擺脫相親日常的醫院公關

金仁智、吳秀智、朴賢智
盡情享受人生的三「智」友(醫療人員)

夏界凡 二十四小時待命的移送技師

金漢娜 愛書成癡、單身的臨床實驗負責人

徐連模 喜歡蓋房子的工讀移送技師

拼圖式寫作人物表

宋秀晶　聽命一切、準備婚禮的新娘
趙揚善　目睹女兒慘死刀下的母親
張有菈　渴望老公擁抱的傷心妻子
崔愛禪　把媳婦當女兒疼的婆婆
布里塔·洪根　到韓國找眼鏡行的荷蘭人
文宇南　遭蜜蜂螫耳的倒楣大叔
姜韓英　逃離弟弟魔掌的姊姊
方勝華　遭母親差別對待的長女
鄭多芸　獨自面對母親自殺的小女孩
池蓮芝　坦然出櫃的女同志
韓圭翼　傷害自己的橡實男孩
吳正彬　為好友畫肖像的小男孩
林燦福　重拾生活樂趣的花甲老人
黃珠莉　出賣好友的告密者
尹昌民　鬼門關前走一遭的倖存者
朴理鑠　桃花朵朵開的男大生
金儀貞　找回遺忘時光的輕熟女

李紀倫　對腎上腺素成癮的急診醫生
林代烈　愛打人的「耳膜破壞者」醫生
柳采苑　在開刀房昏倒的外科醫生
金革賢　英雄救美的麻醉醫生
李豪　受幸運之神眷顧的「泡芙教授」
李雪兒　無法忍受蠢蛋的精神科醫生
李東烈　為囚犯看診的監獄醫生
蕭賢在　對氣味敏感的「金絲雀」醫生

目錄

◎●宋秀晶　聽命一切、準備婚禮的新娘

站在指導教授身後的年輕醫師仰望著天花板，不停轉動頭部的角度，秀晶一眼看穿他是在避免眼淚奪眶而出。秀晶心想，**小杯子就算轉再多圈，也不會變成大杯子**。幾年前，秀晶也經常像那名醫師一樣仰頭哭泣，雖然她不太清楚人類的淚腺結構，但她領悟到的技巧是，只要抬起頭把眼睛想像成是有水緩緩流下的排水口即可。

「我九月還要參加女兒的婚禮，至少在那之前要能外出行動……」

母親用討價還價和直接宣告的口吻說道。

「……我會建議您盡量提前舉行婚禮。」

一臉為難的教授如此回答。於是，站在後方的年輕醫師開始啜泣，他個頭嬌小，長相稚嫩，很容易被人誤以為是國中生。**我都沒哭了，你有什麼好哭的**。秀晶努力將視線轉移到其他地方，秀晶早在當初得知母親罹癌時就已經哭過好幾回，這次則是得知母親的癌症再度復發。她和母親都變得更知道要專注於如何有效運用剩餘時間，而不是一味哭泣。從母親的電腦斷層片能一眼看出癌細胞的分布位置，就算不是醫生任誰都能看得出來。母親一開始其

實只是乳癌，但到後來癌細胞沿著淋巴擴散至大腦，教授都還未開口解釋，母女倆就已經找回了異於常人的平常心。

「看來的確是需要提前了。」

雖然秀晶的心裡彷彿有某樣東西迅速迫降，但她依然沒有流淚，因為母女倆要做的事情還很多。母親一走出醫院，秀晶便致電婚宴會館，拜託他們協助更改日期，讓婚禮提前舉行，但是當客服人員語帶為難地表示不便更改時，母親一把搶過了電話，並告訴對方即使是尷尬的時段也無所謂，只要能將婚禮提前舉行即可。

「我的癌症擴散了，剩沒多少日子能活了。」

她這是又想惹哭誰啊，拜託別說了。秀晶感到有點頭痛，雖然本來就有打算結婚，但是自從母親掌握了這門婚事的主導權以後，一切就變得有點失控，任誰都無法阻擋母親堅定的意志。

「我們都穿貴一點的韓服吧。喔，對了，我當天會穿粉紅色的韓服哦！」

其實結婚本來就是女方穿紅色系韓服，可母親卻用「我先選定粉紅色嘍！」的口吻向親家母宣示，導致秀晶滿臉尷尬，不曉得該如何面對未來的準婆婆，性格溫和的男友和男友母親就這樣被秀晶的母親牽制。過去在電視上收看南極的破冰船紀錄片時，秀晶還曾想起過母親，尤其是她那毫不留情、直來直往、向前衝的性格，簡直像極了一艘破冰船。秀晶小時候也是被母親任意擺布，但是隨著年紀漸長，她發覺唯有自己可以控制母親，於是開始扮演起世界和母親之間的橋梁，擔任緩衝角色，父親和哥哥反而起不到緩衝作用。自從母親罹癌以後，秀晶也變得有點力不從心，沒有任何宗教信仰的母親，隨著生命日漸倒數，變得愈來愈像古代的長鎗，可以毫不猶豫地把任何東西刺穿。

秀晶坐上了母親用她那所剩無幾的力量去轉動的輸送帶，完成了籌備婚禮的各個步驟。母親就像一名婚禮顧問，帶著勢必要將全國婚紗統統看過一輪的決心參觀婚紗，甚至還跟去婚紗攝影棚，不停嚷嚷著自己來日無多，最後被她成功要到婚紗照最多張數，然後還把所有家當都投資在婚宴會場的鮮花布置上，要求花藝師務必弄出最華麗的裝飾。

「當初哥的婚禮辦得那麼簡陋，這樣對大嫂不會不好意思嗎？」

秀晶終於忍不住說了母親一句。

「沒有啊，當時是因為……」

母親一臉就寫著「當時是因為我不知道自己會死啊」，秀晶看著母親的神情，又徹底敗給了她。當母親準備發六百張喜帖時，秀晶也已經處於半放棄的狀態，只希望其中能有五十張可以發給自己的好友。唯一值得慶幸的是，幸好母親沒有在喜帖上宣告自己臨終在即的事情，秀晶猜想，這件事情應該會由母親的同窗好友像喇叭手一樣將消息散播出去。

然而，母親對婚禮過度干涉其實也有意想不到的好處，因為秀晶在婚禮當天早上絲毫不緊張，她的未婚夫看起來也老神在在。

「因為我們不是主角。」

「是吧？」

「是啊。」

秀晶私下拜託彩妝師，請她花更多心思在母親的妝髮上，那是一名平時只有專門服務明星藝人的大牌彩妝師，母親居然能請到她，還讓她一大早特地趕來。然而，秀晶一點也不好奇母親究竟是如何請到這名化妝師的。

秀晶的婚宴會館在那一帶是最高檔的，從新娘房看出去，可以直接看到賓客們正紛紛入場，一席盛裝打扮的阿姨們走進了新娘房，感覺像是在對秀晶暗示：我是為了妳才如此精心打扮。燙過的頭髮、珍珠耳環、絲巾、貝殼胸針，統統擠在宴會廳入口處。秀晶看見許多熟悉面孔，卻也不乏素未謀面的陌生面孔。母親就站在人群之間，用秀晶聽不見聲音的脣語與人噓寒問暖。這是一場假裝成婚禮的告別式，一場華麗又體面的告別式。

看來是有人稱讚了母親的韓服，母親擺出了韓國古典舞蹈的姿勢，將一隻手優雅地高舉起來，並在原地旋轉了一圈。

Bling Bling。

也許母親所在的那裡正發出這種閃亮亮的聲音吧。秀晶不禁悲從中來，潸然淚下，她的淚腺似乎早一步認知到，日後當她回想起自己的大喜之日時，應該會想到母親在那裡旋轉起舞的樣子。唉，怎麼辦。秀晶急忙用手套拭去眼角的淚水。

不過這也沒什麼不好。秀晶心想。不論是母親的強勢作風還是天天耍的任性，感覺都會被那Bling Bling的天真浪漫所取代，只記得她原地旋轉的美麗身影。

李紀倫

對腎上腺素成癮的急診醫生

男子送來醫院時全身被刺了五十六刀，抵達醫院之際心跳剛好停止。紀倫爬上男子的身體，開始進行心肺復甦術，由於早已渾身是血，所以看起來反而不像血，直到紀倫看見男子的傷口部位流出米粒時，才真正意識到那是消化到一半的米飯，是貨真價實的鮮血、活生生的一個人。他老是忘記，老是對病患無感。

「開吧，我們來做心臟按摩。」

當患者出現第三次心跳停止時，外傷外科研究醫師下達了這樣的指示。雖然感覺已經沒救了，兩人卻依然打開了男子的胸腔，親自按摩心臟。儘管院內的人經常嘲笑這名研究醫師是「心臟按摩愛好者」，但是在急診室被弄得血流成河的情況下，依舊不輕言放棄這點還是很令人尊敬。紀倫曾經親耳聽過這名研究醫師用乾燥脫皮的雙脣獨自呢喃：「還沒到最後。」後來這句話也不知不覺成了紀倫的口頭禪。

「到底是有什麼深仇大恨需要刺五十六刀？」

嚇到臉色發白的實習醫師問道。其實紀倫是急診學系的住院醫師，但才剛滿一年，也只比實習醫師多一年資歷，所以這也是他第一次看到有人被刺這麼多刀。站在一旁的警察正在等待。由於紀倫不慎踩到地上的血跡，害他一個踉蹌差點摔倒。

「他是一般人嗎？」

「誰知道呢。」

「我看他沒有刺青啊。」

實習醫師有所不知，其實紀倫身上也有兩三個不小的刺青，手臂上有一個圓形刺青，正好標示著注射靜脈的位置，看起來很像鬧著玩刺的，腰間則刺著兒時喜歡的蜥蜴卡通圖案，所以在這個年代要用刺青區分一般人和黑道是很困難的。以當下情況來看，只知道該名男子有吃晚餐，而且是在那些吃下肚的白米尚未消化完全的狀態下遇害。紀倫換了一件白袍，洗手時重新回想起男子消化未完的軟爛米粒觸感。但他即將忘記這一切，約莫在下週左右的時候。

當初報考急診學系的學生，大部分都有著天生對腎上腺素較弱的大腦，對體內物質成癮的人生，會不會比對體外物質成癮的人生好呢？紀倫獨自思索。他偶爾會對此感到好奇，因為他的人生有絕大部分都是被腎上腺素所支配，從他三、四歲站在樓梯高處往下跳的時候、七歲坐著雪橇一路沿著坡度陡峭的滑雪道滑下去開始即是如此，他想要尋求更刺激且充滿危險性的危機感。即便打過幾次石膏、受過幾次傷，也無法使紀倫停止。假如是對酒精或毒品成癮的患者，大家可能還比較容易理解，但紀倫是對腎上腺素成癮，不停讓自己受傷，總是使身邊的人牽腸掛肚。雖然都說他是因為還不夠成熟懂事才會如此，但其實紀倫心知肚明，問題出在腎上腺素，一直以來都是因為它的緣故。

紀倫大學時期參加的滑雪隊名是「腎上腺素愛好者」，感覺也沒有比這更合適的隊名了。要是大三那年沒有發生那起滑雪導致十字韌帶斷裂的事故，他應該會一直靠極限運動來滿足心底那份慾望。他在膝蓋接受韌帶移植手術前，每到冬天就一定會去滑雪，其他季節則是騎腳踏車，後來為了做移植手術而住院時，他發現原來動手術是一件很酷的事情，他心想，**這才是真正刺激的事**，然後面帶微笑地從麻醉中甦醒。由於他當時主修的是生命工程，所以很幸運地比其他人更容易進入醫學碩士班，實習結束後曾在外科和急診學系間猶豫不決，但是他沒花太多時間思考，很快便發現急診學系能使他腎上腺素分泌更加旺盛的事實。

這禮拜很奇怪，剛好來一堆情況棘手的病人，被刺了五十六刀的男子是在禮拜一送來的，禮拜四又送來一名頸部已經被人砍掉四分之三的女子，與其說是女子，應該說是女孩才對，而且雖然是早已看盡各種恐怖畫面的急診室，但是當救難人員把手放開時，所有人都對那怵目驚心的畫面感到不寒而慄，紀倫絕望地實施著心肺復甦術，女孩其實早已失血過多身亡。「還沒到最後」，紀倫仍然不願意放棄，按壓到早已斷氣的女孩肋骨斷裂為止，終究只是徒勞。這次沒能走到按摩心臟那一步。

「……鋸齒刀？」

紀倫低頭望著那遭人砍掉四分之三的脖子，整顆頭鬆垮垮地掛在僅剩的四分之一皮膚上面。

「不是，聽說是蛋糕刀。」

站在一旁的救難人員說道。

「怎麼能用塑膠蛋糕刀把脖子……」

「不是那個，是不鏽鋼材質的麵包刀。」

紀倫因實習醫師說的蠢話而長嘆了一口氣。女實習醫師默默衝到角落去找垃圾桶嘔吐，男實習醫師則是微微地眼眶泛淚，因為這名患者看上去還帶有一些稚氣，實在不應該遭受如此殘酷的虐待。紀倫換掉了身上能換的衣物，不過看來鞋子只能交給洗衣店代為清洗，因為鞋墊已經沾濕，分不清是汗水還是血水。他對於自己當初購買網狀透氣材質的運動鞋感到有點後悔。

正當他終於能停下來喘口氣時，從症狀較不緊急的患者等候區（黃色區域）中，看見了一名不停在搖頭晃腦的患者。

「那名在跳搖頭舞的大叔是喝醉了嗎？」

「不是，聽說是有東西進到他的耳朵裡。」

好不容易止住淚水的實習醫師回答。紀倫拿著耳鏡走向了該名大叔。等待已久的大叔滿臉倦容，當紀倫用耳鏡檢查大叔的耳朵時，頓時使他屏住了呼吸。

蜜蜂……

那是一隻活生生的蜜蜂，他和一隻還活著的蜜蜂四目相交。

雖然紀倫在這之前也有幫患者從耳朵裡取出過一些小蟲，但是體型如此大的昆蟲倒是頭一遭。紀倫為了不讓大叔發現自己有受到驚嚇，努力用冷靜平穩的語調請實習醫師去拿利多卡因麻醉藥過來。

「可能會覺得有點不舒服喔！」

雖然要殺死一隻還活著的蜜蜂實在有點於心不忍，但是紀倫也別無選擇。他看著蜜蜂溺死在麻醉藥裡，等待了一會兒再將其取出。他對於這位大叔等了兩小時感到十分愧疚，畢竟在他耳裡可是有著一隻活生生的蜜蜂，能夠忍到現在算是罕見的淡定。紀倫為了表示安慰，他將那隻取出來的蜜蜂放進了一個小罐子裡，送給大叔。他暗自心想，**雖然不論怎麼回想，都還是找不到可以盡早幫您治療的空檔，但還是辛苦您了。**

「呵。」

大叔的耳朵應該會因為被蜜蜂螫了一下而疼痛不已才對，神奇的是他看見那隻蜜蜂以後居然笑了，應該是萬萬沒有料到竟然會有那麼大一隻昆蟲在他的耳裡。大叔拿起罐子輕輕搖晃了一下，滿臉無奈。實習醫師們也紛紛湊上前去觀賞這隻蜜蜂。

後來紀倫都是在處理一些比較瑣碎的事情，諸如一些生病的小朋友來打退燒藥、一對夫妻行房時無法順利取出按摩棒而跑來急診室求救，還有好幾起摩托車事故、一兩起腳踏車事故，再加上幾名惹人厭的醉漢。

紀倫決定先去吃點東西，將急診室暫時交由實習醫師們留守。每次做完心肺復甦術以後都會使他飢腸轆轆，腎上腺素大量分泌完一波過後伴隨而來的飢餓感總是令人難以忍受。紀倫走向院內的便利商店，挑了一個漢堡，他一邊吃著用微波爐加熱過的漢堡，一邊心想，希望下次值班的時候也能有這麼多患者被送來，而且最好是有機會救活的那種。

他覺得急診室就像一座遊樂園，雖然是慘不忍睹的遊樂園，但依然是個不折不扣的遊樂園。

這位腎上腺素愛好者感到心滿意足。

權慧婷

迷上跳鋼管舞的護理師

「權護士，妳怎麼不學跳鋼管舞呢？」

當整形外科教授脫口而出這句話時，慧婷不禁懷疑了一下自己的耳朵，她聽過無數患者的無禮發言，這次卻好像是被醫生冒犯。在慧婷的認知裡，鋼管舞是美國電影中出現的街頭酒吧裡，幾名女郎倒掛在鋼管上一件一件脫去衣服的那種舞蹈。

「妳不是說妳腰不好？」

「……的確是不好。」

「醫院附近有開一間鋼管舞學院，我從上個月開始就已經在那裡學鋼管舞了，應該對妳也會有很大的幫助，可以訓練妳的核心肌群。」

慧婷再次感到吃驚，一名五十多歲的男子、整形外科教授，竟然在學鋼管舞。慧婷試圖在腦海裡想像那個畫面，但不容易。也是，難怪這位教授去年還說他打算要學皮拉提斯，看來興趣是喜歡嘗試各種新興運動。鋼管舞……雖然有點擔心這項舞蹈的由來，但是如果真要追究，皮拉提斯當初也是囚犯們在做的運動，所以應該都差不多吧？不，還是有點不一樣。總之，慧婷從小就滿喜歡玩單槓，而且腰痛的問題也日漸嚴重，所以對鋼管舞多少產生了一些興趣。她在休假那天傍晚實際去諮詢過，順便參觀了一下學院內的器材設備，看上去不錯，也覺得應該會滿好玩的，於是決定報名參加。所幸慧婷報名的時段和整形外科教授不同。

剛開始練習的時候，因為身上的贅肉都會亂跑，肌耐力也不足，所以課才上到一半就感到痛不欲生，擠壓到鋼管的部位和不慎跌落地面的部位，也都會出現紅腫瘀青。慧婷雖然對於自己當初為了拿到折扣而一口氣報名三個月課程感到後悔莫及，但她還是沒有選擇放棄，算是滿有恆心和毅力的，否則也不可能在大學附設醫院內待了五年之久。

隨著慧婷成功練會彼得潘姿勢以後，馬上又做到了超人姿勢。超人姿勢可以變化出無數種姿勢，她也變得可以做到各式各樣的平板撐動作。要學習的新動作多不勝數，那些動作都是由鳥類、甲殼類、陌生國家的名字來命名。其中最有趣的莫過於旋轉動作，尤其是在練習天使旋轉、消防隊旋轉、妖精旋轉時最為開心。動作與動作之間的連結點開始變得愈來愈流暢，慧婷也成了向同事、護理師們推薦鋼管舞的那一方。

正因為如此，二十九歲的最後一天，和朋友們一起去夜景可以盡收眼底的夜店時，才會無法錯過店裡設置的鋼管。十二月三十一日是每個人都會想要放鬆狂歡的日子，香檳酒也比平常更容易使人買醉。那裡的鋼管一直都沒人使用，看著空無一人的鋼管，慧婷突然很想上去表演一段。「那個我會！我要跳給你們看！」她開心地踩著石頭爬了上去，沒有一個人上前制止她不能這麼做。當她跳完一連串中式劈腿、蝦子、阿萊格拉、人體直升機、鐵達尼、火箭人、花豹等動作以後，最後以快速旋轉收尾，跳下了鋼管。夜店裡播放的音樂正好適合跳鋼管舞，ＤＪ甚至刻意為慧婷選了合適的音樂，當她跳到一半時，人潮開始紛紛聚集，最後還有聚光燈打在她身上，使她舞得陶醉又盡興。朋友們奮力地為她拍手叫好，其他人也不停歡呼，這是她心目中迎接三十歲的方式，那天她甚至笑到喉嚨沙啞。

然而，慧婷萬萬沒想到，當天有許多人都用手機拍下了她跳鋼管舞的畫面，加上最近的智慧型手機攝影鏡頭規格都愈做愈好，所以慧婷的臉也都被拍得一清二楚，而且過程中還有一點小走光，因為她那天穿的不是平日練鋼管舞時穿的運動服，所以上衣的釦子不小心解開，露出了一點內衣，她卻渾然不知。一開始慧婷也不知道自己有被人群用手機錄影，但是過沒多久，就有愈來愈多患者認出她。這個消息馬上在患者與醫護人員之間傳了開來，同事們紛紛責備她：「我們的職業本來就很容易被人放大檢視了，當初怎麼這麼不小心！」然而，慧婷無法回嘴，只能暗自心想，**用有色眼光看別人的人才是有問題的吧？為什麼明明我是被害人卻要我小心？**

最後慧婷沒有受到任何懲處，只有被緊急調職，從整形外科突然換到新生兒加護病房。由於新生兒以及生病的新生兒根本不認得慧婷是誰，所以才會被調派到這裡來，而新生兒加護病房裡的寶寶每天都以慧婷難以承受的速度相繼離世，導致慧婷眼眶泛淚的次數也與日俱增。她甚至因為經歷了前所未有的憂鬱，導致有段時期連鋼管舞課程都缺席。後來慧婷在走廊上碰巧遇見了當初建議她去學鋼管舞的整形外科醫師，她卻先閃避了和他的眼神接觸。

那天剛好有一名出生第四天的寶寶離開人世，傳聞孩子的生母也尚未甦醒。一名實習醫師站在走廊上哭得一把鼻涕一把眼淚，院內提供的衛生紙都只有質地粗糙、容易飄散灰塵的那種款式，慧婷從口袋裡掏出幾張較為柔軟的衛生紙遞給了實習醫師。這名實習醫師身材瘦小，醫師袍穿在他身上顯得十分鬆垮。實習醫師擤了擤鼻涕，抬頭望向慧婷。

「哦！」

實習醫師一眼認出慧婷的表情，令慧婷心想：「難道就連這小個子也有看影片？」她感到一陣背脊發涼。

「我也想學那個！」

「啊？」

「我這輩子比腕力從來都沒有贏過，假如學那項運動，比腕力應該也會……」

雖然不曉得是不是裝出來的，但是看起來還很稚嫩的實習醫師，臉上的確泛著純粹讚嘆的表情，使慧婷鬆了一口氣。

「急診室醫師當中也有一名是極限運動愛好者，看來我們醫院裡有滿多人喜歡做這種運動嘛！」

「哦……」這次換慧婷小聲地發出了聲音，原來這名實習醫師把鋼管舞想成了極限運動，其實鋼管舞的本質的確更接近極限運動，只是這點早被慧婷遺忘了。她下定決心要重新報名鋼管舞課程，她的身體早已等不及想去練習。

「要和我比比看腕力嗎？」

「我說這位實習醫師，你是不是經常被人說你不長眼呢？」

實習醫師眼裡泛著淚光破涕為笑。凌晨時分，兩人坐在長椅上比腕力。雖然不曉得是不是實習醫師刻意放水給慧婷，總之最後是慧婷贏得勝利。

◐趙揚善

目睹女兒慘死刀下的母親

那把刀不是揚善買的，應該是之前住在這裡的學生忘記帶走，就插在流理臺下方收納櫃裡的刀具架中。由於那格櫃子有點發霉，所以一直空著沒有使用。更何況用別人遺留下來的刀子感覺也滿奇怪的，所以乾脆擱在那裡，也不曉得是什麼用途的刀子。那把刀看上去有二十五公分左右，比一般的菜刀還要長，刀面較窄，刀刃呈鋸齒狀。

「會不會是麵包刀呢？我們店裡也有類似這種刀子，但是比它再長一點。」最近才開始在貝果店打工的勝熙說道。雖然當她這麼說的時候，揚善心想：「原來如此。」但也很快就忘記了。勝熙當時每天都有一餐是吃貝果果腹，所以在家從來不吃麵包，自從兩人住在一起之後，也從未買過蛋糕來吃，等於是不知從何時起，連彼此的生日都沒特別慶祝。而揚善平日只會用一把鈍掉的水果刀來切菜、切水果。母女倆的廚具十分簡陋。

揚善是在勝熙這個年紀，懷了勝熙的，也就是十八歲時。誠植是哥哥的朋友，經常來家裡作客，嗓門大，性格也豁達。雖然揚善和他交往，不小心懷了孩子，但她認為應該不會太糟，畢竟他是一個如此寬厚老實、笑口常開的人，感覺叫他做任何事情都會願意去做，她只是比一般人早一點成家而已。兩人四處借錢，好不容易成立的搬家公司很快就上了軌道，有好幾年都生意興隆。揚善從來都沒有端著老闆娘的架子，總是親力親為地維持著公司的環境整潔。但是自從誠植開始碰錢以後，問題就來了。他的開銷變得揮霍，甚至出入博弈場所，並到處拈花惹草。當時揚善還太年輕，不知該如何處理這種事情，甚至不曉得這很常見。誠植有時候會背著揚善，偷偷提供不曉得在哪裡認識的年輕女子免費搬家服務，或者大半夜溜出門去女子家裡幫忙掛相框。正因為誠植都不務正業，所以事業很快就一落千丈，在勝熙準備上小學之際，他們成立的搬家公司便面臨關門大吉的命運。誠植後來轉去做其他工作，揚善也勤奮地四處掙錢，但是最終仍因龐大的債務而選擇與先生離婚，當時正好是勝熙讀國中時。雖然一家人還是有住在一起一陣子，但是過沒多久，書面上的協議離婚便成了真正的離婚。

勝熙已經厭倦了父親和母親，以及在這種父母底下誕生的自己。揚善同樣也已厭倦每一次搬完家後，房子就會變得更狹小、更髒亂，以及距離愈來愈遠的學校、愈來愈少的零用錢、互懟互損的朋友們。揚善還因為壓力過大，導致年紀輕輕就罹患類風濕性關節炎。如今已經在其他搬家公司上班的她，因為身體實在太差，所以無法每天上班，只能做一天休息一天。三十五歲的揚善經常將鏡子裡的自己錯認為四十五歲，心理年齡則是五十五歲。自從變成是母女倆一起生活之後，兩個人都經歷了千辛萬苦才學會如何讓厭倦感不要一觸即發。去年情況最糟，今年兩人都認為至少有好一些。

原以為是外送人員送餐已抵達，上前開門的勝熙，突然被一名男子抓住衣領強行推入屋內，令揚善驚訝不已，立刻從位子上站起身。當勝熙用不舒服的表情短暫轉過頭來的時候，揚善隱約看出這名男子應該是曾經和勝熙交往過的對象。男子的穿著打扮雖然看上去像二十歲出頭，但是再仔細看會發現應該和勝熙的年齡差不多大。他對勝熙發火，但是過一下子又重新恢復鎮定，揚善心想，**應該是因為受夠了彼此吧**，畢竟揚善自己也有在那個年紀犯過錯。她用一種放棄的心情看著女兒嚇到僵直的背影。**真蠢，怎麼能跟我一樣蠢。**

男子對站在一旁的揚善視若無睹，朝著勝熙不停咆哮。他死纏爛打式地怒喊著自己一定會離婚，拜託勝熙不要和他分手。他竟然是一名有婦之夫。這種男人通常都像敞開的人孔蓋，埋伏在人生裡，將路過的年輕少女吞噬，尤其是年幼無知的少女。當然，在那年紀鮮少有人是聰明的。揚善伺機而動，緩緩靠近兩人，不論男子咆哮與否，勝熙似乎心意已決，還直截了當地拒絕了他。**是啊，至少妳要比我聰明才行。**揚善稍微放下了緊張。

「好了，你還是回去吧。像這樣在人家家裡……」

此時，男子用肩膀撞開揚善直衝廚房，他打開流理臺下方的櫥櫃，看見了刀柄，就連母女倆都早已遺忘的那把刀子。揚善抓起勝熙的手準備往大門方向奔逃，但是男子已一把抓住了勝熙的另一隻手。「媽！」勝熙一直緊緊抓住母親的手，卻還是被男子硬生生轉了半圈，彷彿在跳著揚善不熟悉的舞步，沒什麼力氣的勝熙直接轉進男子的懷裡，男子則用那把刀劃了勝熙的頸部，快速且深入。

揚善沒能看見男子渾身是血、衝出家門的模樣，她根本沒有機會瞧見，因為當時她正在用廚房裡的擦手巾緊緊按壓住勝熙的頸部，幫她止血，其他什麼事情都做不了，擦手巾沒有發揮任何幫助，被血染得一塌糊塗，揚善倉皇失措的手指頭感覺好像老是會陷進勝熙的頸部，女兒的臉色逐漸發白，揚善不記得自己有尖叫過，但最後是鄰居前來幫忙報的警。

也許……揚善心想。其實只要走到大馬路上在街角處轉個彎，就有一所大學附設醫院。她當初不曉得，這個房子之所以能便宜入手，是因為每到深夜凌晨都會聽見惱人的救護車鳴笛聲。既然醫院近在咫尺，也許會有奇蹟出現，也許能救得活勝熙。距離醫院也才五百公尺，只要能想辦法去到那裡……

勝熙究竟是在哪一刻斷氣已經不得而知，或許在揚善眼裡仍有一線生機。揚善渾身都是勝熙的血，她獨自站在急診室裡，本來是站著的，不知從何時起變成是坐在地上。儘管有人向她搭話，她也失魂落魄地說不出任何話來，就這樣坐了好長一段時間。

「早知道應該要把那把刀丟掉的，一開始搬進去的時候就該扔掉。」揚善終於開口說道，可惜周圍早已無人傾聽。

金聖真

充當醫院人肉沙包的保全

去年這時是在急診室裡，他主要負責面對酒醉施暴的人士，這些人不是喝醉酒以後打架受傷，就是跌倒掛彩，總之都是在一團混亂的情況下，面臨不停湧入急診室，推擠著醫生和護士的人群，與人拳腳相向。當時多虧一名斷了手臂的患者，用沒斷的另一隻手朝急診室醫生的顴骨揍了一拳，使醫生顴骨骨折，聖真的公司才臨時加派了人力支援。聖真已經在這家醫院裡擔任保全第二年了，薪資只有比一般最低薪資高一點點，公司則是不斷洗腦底下的員工，比起真正發揮工作能力的時間，其實更長時間都是在待命，所以領這樣的薪水也是理所當然。但是不論聖真怎麼想都認為，領著如此微薄的薪水做這份工作，風險似乎太高。講好聽點是保全，實際上就只是外包人員。畢竟要是醫護人員遭人毆打可就麻煩大了，所以他主要的工作就是充當他們的人肉沙包。

雖然聖真的英文不是很好，但是如果要他選出一個最美麗的英文單字，他會毫不猶豫地選「Rotation」（轉調）。如此高壓的工作要是只交由一個人長時間負責，員工一定會紛紛離職，所以公司會頻繁地幫員工安排轉調，每次只要出現再也難以忍受的危機時，公司偏偏就會這麼剛好地幫你安排轉調。聖真曾希望公司可以直接派他去其他醫院當保全，但是最後只有轉調到同一家醫院的九樓，九樓是消化內科與精神科的封閉式病房，消化內科的氣氛祥和到無聊的程度，精神科封閉式病房則位於一扇沒有任何標示的鐵門後方。就算看起來毫不起眼，甚至容易讓人誤以為是備品室，但其實推開那扇鐵門之後會看見裡面藏著幾間住院病房，還有值班室和辦公室，宛如一座小型祕密都市隱身其中。病房入口處之所以沒有任何標示，似乎是為了避免引發同樓層的其他病患不必要的恐慌。

封閉式病房其實狀況也沒有到很差，因為更嚴重的患者會選擇去適合長期住院的醫院，不會來大學附設醫院，所以在這裡大部分的病患都屬於短期住院的類型，以憂鬱症患者、青少年患者、臨時安置的失智老人占大多數。儘管不像消化內科那般安寧，但也維持著自己的和平日常，所以聖真一直無事可做，足足待命了一個季節。

他一天的主要工作都在往返消化內科與精神科封閉式病房之間，以及看著窗戶上的雨滴發呆。窗外的景色是平凡無奇的市區街景，任誰看了都知道當初這個都市一定是毫無計畫地被開發，稱不上美麗。聖真不停回想著過去走訪旅遊勝地時所見的景色，藉此掩蓋眼前這片不堪入目的街景，若要他選出一座最美麗的城市，他會選阿姆斯特丹，對他而言當然是阿姆斯特丹最美。

聖真在去年休假時去了歐洲一個禮拜，那是他這輩子第一次踏上歐洲大陸，其他人都是在大學時期就走訪歐洲，聖真則是在接近三十歲時才遠赴歐洲。當時他是在出發六個月前以最低價購買荷蘭航空的機票，抵達當地也只吃路邊攤、當沙發客。一個禮拜遊歐洲實在太倉卒，他分別去了倫敦、巴黎、阿姆斯特丹，其中最喜歡的城市是阿姆斯特丹。聖真是同性戀者，原本他並沒有打算在旅程中和誰見面，但他有打開專門為同性戀進行配對的手機應用軟體四處觀光，純粹是基於好玩。在英國的期間有遇到幾名接近老年的中年男子向他搭話，在法國時這款手機軟體則毫無反應，然而到荷蘭的時候最誇張，打開軟體竟收到如雪片般飛來的交友通知。聖真心想，**有什麼是比性取向更能夠尖銳地凸顯出各種歧視的呢，早已預期能隨時邂逅亞洲男性的地方只有荷蘭，可見這裡的人多友善。有朝一日，一定要重回阿姆斯特丹**……儘管這樣想像，腦海裡也很難勾勒出一個家的模樣，頂多只能想像一間船屋，不用太豪華，在一艘小船上加個屋頂即可；平時在運河上生活，夏天橋樑打開時就航向大海，聖真想要過的是這樣的生活。那次的旅程實在太短促，也因為生性內向而不敢回應大家的約會邀請，但是下次如果舊地重遊，說不定能譜出一段異國戀曲也不一定。聖真的心早已飛到地球的另一端、想像著遙遠的某一天。就在此時，聖真發現從九樓看出去的景色，最遠處正好是一條運河的底端，那條運河是在幾年前好不容易興建好的，可是一整天看不到一艘船隻經過。聖真的腦海裡每天都想像著運河、運河上的小船，以及未知的戀人，一天比一天清晰，要是想著、想著突然收到出勤任務，那些想像中的細節就會頓時消失無蹤。

自從一名恐怖至極的患者住進了封閉式病房以後，聖真的太平之日就不復存在。在由春轉夏、玻璃變得發燙、窗戶上的花粉被雨水沖刷乾淨的一個月期間，持續待命的休息時間竟於一夕之間宣告終結。那是一名二十多歲、體格纖瘦的患者，也不曉得他哪來那麼大力氣，拜他那華麗的掙扎所賜，光是協助他住院就動用了包括聖真在內共四名保全人員。雖然在精神科裡有兩名被稱作「技師」的約聘人員，專門負責壓制那些情緒失控、掙扎不休的患者，但是當天他們也搞不定這名患者，所以緊急加派了人手。該名患者在掙脫當中甚至還咬傷了聖真的肩膀，幸好有隔著一層衣服。身為在急診室裡見過各種大風大浪的人，這也是聖真頭一次被成年男子咬，感覺很新奇，最後這名男子也落得了住院第一天就被綁在床上的命運。有別於一般大眾對封閉式病房的誤解，其實在裡面被隔離或綑綁並不是什麼稀鬆平常的事情，因為還要考慮到患者的人權，這是很敏感的問題，所以會格外小心處理，護士長一臉疲憊地向聖真解釋。

「一般來說我們都不會將患者綁起來。」

自那天起，聖真幾乎每天都會接到出勤任務，甚至一天多達好幾次，後來精神科的工作同仁還乾脆幫他在辦公室裡放了一張椅子，坐在那裡之後也聽了不少八卦。

「聽說姜韓廷患者是反社會型人格障礙。」

「是嗎？有人格障礙真的很難照顧，看來應該會在這裡待滿久。」

「聽說他已經對母親和姊姊拳腳相向好幾年……」

「我看那天和他一起來這裡的父親倒是滿正常。」

聖真默默掏出智慧型手機，搜尋了「人格障礙」四個字，在讀完一長串的說明之後，結論是這並非大腦的問題，等於大腦沒有任何異常，也沒有醫學上的其他因素，而是性格本身被養成錯誤習慣，就會導致人格障礙出現。與此同時，聖真也不禁好奇究竟會如何治療這種長時間錯誤養成的性格。

每當姜韓廷的藥效退去的時候，幾乎都會像動物一樣哀號哭啼，搞得其他患者人心惶惶，一名憂鬱症患者也被韓廷的嘶吼聲嚇到打翻用餐到一半的食物，海苔酥掉落地面發出輕盈酥脆的聲音，噴濺四處；趙賢屏患者則是罹患了嚴重的幻覺，他踩著那些散落一地的海苔酥，不停游移在病房之間。一名失智的奶奶聲稱那名被隔離綑綁的青年是自己的老伴，一直抓著護士不放。所謂氣氛，就是如此瞬息萬變的。

韓廷的哀號聲最終是在凌晨被綑綁的狀態下，在床上解便之後宣告結束的，可能這件事情對他來說是一大衝擊，所以變得比較沒那麼兇狠，儘管如此，他還是每隔兩小時就會踹一次牆壁，對著護士破口大罵，然後還毀損院內器材及物品。不過精神科醫護人員似乎對這種場面早已司空見慣，聖真和技師也愈來愈有默契，變得可以在短時間內壓制韓廷。

領悟到就算引發騷動終究還是自己吃虧的韓廷，決定改變策略，他乖乖待在病房裡，用哀戚的表情懇求醫護人員讓他使用電話，一開始他是打給母親，不過從電話筒另一頭傳來的顫抖聲聽來，感覺應該要和兒子一起接受治療才對，兩人最終都以哽咽哭泣結束了通話。後來韓廷可能認為從母親這邊下手也得不到任何幫助，於是開始打給姊姊，但是姊姊從一開始打三通接一通，到後來變成打四通接一通、打五通接一通……接起電話的頻率愈來愈低，聖真暗自心想：「果然是個聰明人。」而韓廷最終能夠投靠的人只剩下他的父親，但也同樣充滿戲劇性。

「你竟敢把我關在這裡！我要告你！我要把所有事情抖出來！告訴所有人你是個收受賄賂的卑鄙公務員！」

雖然不曉得真相究竟為何，但這是他所能撥打的最後一通電話，相對乖巧的時期也就此終結。某次，當韓廷在打乒乓球時，一把抓住了比他小兩歲的女患者頭髮，女患者放聲尖叫，聖真趕緊將兩人拉開，最後也的確有成功將兩人分開，女子卻依然難逃一撮頭髮被硬生生扯下的命運。聖真不自覺地嘆了一口氣，桌臺也早已被推到遠處，明明當初是因為桌球可以使患者專注看球，有助於患者維持心神安寧而鼓勵病患打桌球的，但是自從發生這起事件後，就再也聽不見乒乓球在桌上的彈跳聲了，等於再也湊不到人打球。

精神科醫護人員和聖真都無法預測韓廷的下一步，那件事情是在一名技師去吃午餐、聖真也暫時去上廁所時發生的。封閉式病房入口自然是雙層門，而這雙層門是以強化玻璃製成，只有裡面的櫃檯才有辦法控制。如果是按照平常來看，那起事故不應該發生才對，然而，櫃檯裡的換氣系統故障成了整起事件的導火線。醫護人員雖然已經申請過好幾次要更換扇葉，但是管理部門一直以即將翻修為由請同仁們再忍耐幾天，所以提早去吃午餐回來的一名護士和實習醫師就把大門先打開來通風，否則裡面太悶。不過這也剛好被韓廷逮到機會，偏偏在只剩下年紀最大、腕力最弱的一名技師留守的情況下，推開櫃檯大門走了進去。當技師察覺情況有異時，為時已晚。

護理工作車上放著一把剪刀。

那不是一把特別鋒利的剪刀，而是用來剪ＯＫ繃或膠布用的一般文具剪，又圓又輕，但不論如何它終究還是把剪刀。當聖真上完廁所回來時，實習醫師已經被拋摔在地，護士則是在想盡辦法靠近設有緊急按鈕的辦公桌，不停注意著韓廷的一舉一動。

「快開門！再不開我就要一刀劃下去了喔！真的要劃了喔！」

韓廷可能是認為那把小剪刀不會對人造成威脅，所以索性將剪刀抵著自己的脖子，提出要求，雖然不曉得他身穿病人服、腳踩拖鞋可以逃到哪裡去，但是看樣子他要是下定決心劃傷自己，也很可能真會這麼做。好險他當時沒有注意到假牆後方的茶水間和員工專用出入口，也就是聖真上完廁所回來走的那扇門。聖真小心翼翼地確認了總是放在茶水間裡的水果刀——那把比韓廷手持的剪刀還要鋒利的水果刀，是否依然放在抽屜裡，因為情況或許會更糟也不一定。聖真從假牆後方微微探出頭來查看情勢，剛好和淚眼婆娑的實習醫師四目相交，實習醫師用眼神釋出了「拜託幫忙搞定他」的訊息，並輕輕地點了點頭。

面對持有武器的對手踩著曼波步，聖真心想，這份工作領的薪水實在太少。

聖真從假牆後方衝了出去，一把抓住韓廷的手腕，當他出力的時候，剪刀就瞬間掉落地面，但是緊接著韓廷又用牙齒進行攻擊。聖真很想揍他，真心想要狠K他一拳，雖然不曉得他是誰家的兒子。聖真身手矯健地轉了一圈，纏住了韓廷的頸部，就在這時，技師急忙按下了緊急按鈕，呼叫其他保全人員。護士和實習醫師則按住韓廷的腿不放。

聖真想起最後一次與家人相見的情景，當他纏住韓廷的脖子時，不知為何竟想起了那一幕。所有人都說聖真不正常，得送去精神醫院檢查治療，但要是能把此時此刻的場景展現給家人看，向他們做說明，也許就能看得出來他多麼正常，明明是如此分明的事情。

最後聖真的轉調比韓廷的出院還來得早。

○● 崔愛禪　把媳婦當女兒疼的婆婆

大媳婦總是令人擔心，因為她剛結婚不久就面臨喪母之痛，所以不免老是會想要多關心她一下，但她能出人意外地臨危不亂，堅強勇敢地熬了過來，可說是非常貼心懂事。愛禪在前年也經歷了八十四歲老母親逝世的事情，有好長一段時間都走不出傷痛，沒想到年僅三十二歲的大媳婦竟然比愛禪還要堅強，每當愛禪想要說一些安慰的話時，大媳婦都會笑著說沒事，有時甚至讓人感覺她真的沒事。

至於二媳婦則是從沒讓愛禪操心過，因為她生性開朗活潑，相較於小臉、個頭高的大媳婦，二媳婦是身高矮小、肩膀較窄、只有頭部又圓又大的身形，所以看起來很像洋娃娃，她也的確留著一頭像洋娃娃一樣長長的捲髮，還很喜歡穿蛋糕短裙，只不過看上去會覺得裙子比例有點過長。如果說大媳婦是像橡實般飽滿的臉，那麼二媳婦的臉則是……敞開的感覺，簡而言之，就是找不到任何精緻、結實的地方，眼睛望到遙遠深處的感覺十分強烈。她平時在大學教人寫作，偶爾也會寫詩，但是愛禪總覺得說自己的媳婦是個詩人有點害臊，所以只會跟別人說媳婦是大學講師。

「媽，您醃的泡菜有水彩畫的味道。」

每當愛禪聽到二媳婦說著這種不知所云的話時，都會歪頭思索，甚至認為她說不定真的是詩人，她性格開朗樂觀，不論去到哪裡都很開心，很會自得其樂，所以感覺她應該是從來都沒有遇過任何不愉快的事情，進而對她也比較放心。

「媽，尹娜她……」

從二兒子口中接獲二媳婦發生事故的消息時，愛禪瞬即腿軟跌坐在地，「尹娜她掉進了天坑裡」，當二兒子這麼說的時候可把愛禪給嚇壞了，**我那輕如棉線般的洋娃娃媳婦，竟然掉進了電視新聞上才會出現的天坑**。

聽說那個天坑寬兩公尺、深四公尺，二媳婦的右手臂和右腳踝當場斷掉，身上還有大大小小的撞傷與擦傷，擔心固然會有，但實在難以按捺住內心怒火。愛禪在朋友之間是出了名的「活菩薩」，她同樣也對自己這輩子從未有過的內心烈火感到吃驚。她致電給地方自治團體，也打給懷疑不慎弄破自來水管的施工單位飆罵，然而大部分的人都避而不接，甚至不願道歉、互踢皮球。找不到興師問罪的對象使她火冒三丈，她就像一頭怒髮衝冠的野獸在醫院走廊徘徊，過了好長一段時間才稍稍冷卻，因為她只要一想到當時媳婦的情況也很可能更糟，就會對現在這樣的情況感到一絲慶幸，畢竟很可能當下就丟了一條命，也很可能需要終生躺在病床上無法醒來，幸虧這孩子只是像洋娃娃一樣直直墜落，所以才能逃過死劫，要是頭部先著地就完蛋了。由於親家歸鄉已久，所以也不方便前來照顧女兒，愛禪對媳婦視如己出，幾乎每天探望媳婦，雖然有另外請看護照顧，但她還是認為家人總該露個臉才對。

一開始愛禪還以為是因為不舒服的關係，畢竟手腳同時斷掉，自然不可能毫無痛感，但是隨著時間流逝，媳婦的神情不如既往，雖然難以言喻，但總覺得原本敞開的某樣東西已經變得緊緊深鎖，應該是眼睛，似乎瞳孔深處已經變得黯淡無光。

「孩子啊，既然事情已經發生了，就要好好加油努力康復啊。」

於是二媳婦望向了婆婆，她吃力地說出了一句話，宛如嘴裡塞著一顆巨大無比的糖果般，好不容易擠出一句話來。

「應該很難搬家了，對吧？」

「搬家？」

「要是又面臨到腳下突然懸空……」

「大家都住得好好的啊，不可能又有天坑吧，更何況妳算很幸運呢，要慶幸自己還活著，然後勇敢站起來才行。」

二媳婦搖了搖頭，雖然不曉得她是針對哪一句話不認同，但是愛禪感覺到原來二媳婦是個敏感的孩子，她只是沒有顯現於色，其實心思非常細膩。愛禪感到十分難過，所以代替媳婦訓了兒子一頓。

「你幹嘛要叫她去找你呢，這還不都是為了去找你才變成這樣的！也不過就是一頓午餐，自己去吃不就沒這些事了！」

儘管愛禪沒有嚴厲責備，她也知道在醫院擔任放射師的二兒子一定自責萬分。愛禪也是在脫口而出這些傷人的話以後才感到懊悔萬分，但不論如何，比起媳婦，還是自己的兒子比較好說話。跟著媳婦一起掉入天坑裡的便當不曉得變成了什麼模樣，會不會被埋在重新修補好的路面底下，抑或是被誰撿走了也不一定。

愛禪和每個月固定午餐聚會的朋友們一起去了一趟命理師的家裡，原本是會通靈的巫堂，可是最近神明愈來愈少顯靈，所以她改以生辰八字幫民眾卜卦，其實她說得沒有很準，只是性格爽朗也擅於聆聽，所以去久了以後，就自然而然會把她當朋友，兒子們則喜歡戲稱她為「主治巫堂」。不過愛禪毫不介意兒子們的嘲笑，輪到她去問卦的時候，她說了二媳婦的事情，並詢問巫堂究竟該怎麼做才能讓媳婦重新找回原本的樂觀氣場。

「妳去做一個五方色小囊袋，我會畫一張符給妳，和紅豆一起放進袋子裡，然後放在她的床頭邊。」

聚餐完回到家的愛禪，趕緊挑了幾塊剩下的布料來縫製小囊袋，要用五方色來製成一個小囊袋並不容易，但是完成以後呈現漂亮的圓球形，雖然愛禪一度懷疑區區一張符放進囊袋裡能起多大作用，但她仍認為至少比什麼事情都不做來得踏實一些。

正當她準備把裝有紅豆和符咒的小囊袋放在媳婦的床頭邊時，發現媳婦正在睡覺，她心想不能吵醒她，於是躡手躡腳地把囊袋放在她的枕邊。

「這是什麼？裡面裝著什麼呢？」

也不曉得媳婦是否淺眠，她馬上就醒了過來，向婆婆問道。

「紅豆。」

當愛禪這麼回答時，尹娜難得露出了久違的笑容。

「婚前我自己在外面住的時候，有一年的生日，母親打了通電話給我，叫我不論吃什麼都好，記得一定要去吃有添加紅豆的食物，這樣才不會沾到好兄弟，但是那天因為工作到很晚，所以沒有地方可以買來吃，最後您知道我買了什麼來吃嗎？」

「什麼？」

「紅豆冰棒。」

這次輪到愛禪笑了。

「要不要去超商買一根給妳吃？」

「好啊，我想吃紅豆冰棒。」

愛禪搭著電梯前往樓下便利商店，過程中她一直上下抬動自己的腳趾，因為她搭乘的電梯是油壓電梯，所以速度非常緩慢。醫院裡的超商沒有賣媳婦說的那款紅豆冰棒，於是愛禪還跑到附近幾間便利商店去尋找，但她很樂意這麼做。最後終於被她找到那款紅豆冰棒，結帳後隨即返回醫院，一路上她忍不住搖晃著裝有冰棒的塑膠袋，五十肩也暫時沒有發作，要是路上沒有人，她可能還會邊跳邊走也不一定。

孩子啊，笑吧，別怕，打水漂吧。像學校運動會上奮力砸著葫蘆的小朋友一樣，奮鬥吧，不要受傷就好，不要掉進洞裡就好。

愛禪回想起自己過去有段時期多麼渴望能有個女兒，後來想到這兩名媳婦，發現其實也跟女兒沒什麼差別。看來我有四名孩子呢，就算我不是活菩薩而是阿修羅，我也有四名需要守護的孩子，然而真正能守護他們的只有紅豆，只有那區區幾粒的小紅豆。

林代烈　愛打人的「耳膜破壞者」醫生

「你有聽說嗎？耳鼻喉科的『耳膜破壞者』被人家告了。」

「真的假的？你確定？」

「聽說今年春天又把一名實習醫師的耳膜打破，但這次挨打的那個人沒再選擇忍氣吞聲。」

「天啊，還不是打自己系上的，竟然是去打實習醫師？我早就知道這傢伙哪天肯定會出事，畢竟現在早已不是乖乖挨打的年代，現在的孩子多聰明啊，耳膜破壞者也該退隱江湖了。」

「等這些瘋狗離開醫院就會好一些的。」

「那名被打的實習醫師是誰呢？」

「就是他啊，那個愛哭鬼。」

「喔——他叫什麼名字來著，蕭……」

「對，就是他，姓蕭的。」

所有人都在對林代烈毆打實習醫師一事議論紛紛，代烈實在不敢置信院方竟然會站在實習醫師那邊。「到底是誰在為這間醫院賣命工作？雖然的確管教得比較嚴格，我承認，但就是要讓他們繃緊神經，他們才會好好學習，要是太溫柔，他們也成不了什麼大器。畢竟這裡可是大學附設醫院，又不是什麼托兒所。」代烈對於最近這些事情感到忿忿不平，最初會被人取「耳膜破壞者」這個綽號也是來自一場誤會，因為有人誤傳他每年都會把住院醫師的耳膜打到破裂，但其實在這間醫院工作至今，他也只有打破過四個人的耳膜，這四個都是在工作上反覆出現失誤的傢伙，當初只是為了讓他們皮繃緊一點才出手教訓，實際上這些人也因為被教訓過而工作表現變得好很多。**早知道就只打住院醫師的……不該去動到實習醫師，那小子居然敢提告。**最後是因為醫院出面協商才撤銷提告，但是林代烈還是難以平息心中的委屈。他感覺到味蕾是苦澀的，有著一股發炎的味道。

「你不可以這樣。」代烈每晚都會想起那名實習醫師說的話，這是在代烈賞完他一記耳光，準備要再賞第二記耳光時，他瞪大眼睛說的一句話。他是個身材矮小的傢伙，眼睛像個孩子一樣圓滾滾，眼眶裡還泛著淚光。但他沒有因為不服氣而氣到全身顫抖，只有用牛一般的眼睛盯著代烈說：「你不可以這樣。」蕭賢在，究竟本籍是哪裡的蕭氏？代烈賞完他第三記耳光之後因為實在難以洩憤，所以又賞了他第四記耳光，雖然這的確有點超過，但也是對方自找的，哪裡還輪得著他來說可以或不可以。幾天過後，這小子就對代烈提告了，而在這件事情之後，代烈便開始承受這些屈辱，每當他經過醫院走廊時，原本尊敬的目光已蕩然無存，取而代之的是蔑視的眼神，就只因為那幾巴掌。代烈年輕時甚至是用拳頭揍人，即便是被他揍過的人，還會對他心存感激，認為這是在教導而默默承受，所以他對於現在的年輕人只因為被賞了幾記耳光就受不了，感到不可置信，也才不過是二十年歲月，世界卻早已不同。都是假的，最近的醫師個個都很虛假。

院方決定叫代烈選一間分院轉調，不然就是乾脆離職。雖然前來轉達的人口口聲聲說他們也沒辦法，但是不知為何，感覺大家臉上都寫著「痛快」兩個字，彷彿終於能擠掉要是沒發生這件事就會一路高升的代烈，而開心得要死。**居然還好意思跟我提分院，講好聽是分院，實際上根本是位於島上一間、山上一間都快倒塌的分院，稱它們是醫院都還客氣了，竟然叫我去那種鬼地方。**林代烈氣到想揍人，乾脆揍完人再提離職算了，大不了自己出去開一家診所。

耳鼻喉科是屬於自己出去開診所也會有不錯收入的科別，但是代烈之所以會一直留在大學附設醫院內工作，是因為他認為自己滿適合組織生活，組織需要代烈這種人才，而代烈則能將組織捧紅。更何況要是自己出去開診所還要管理護士，多麻煩啊，光想就覺得累，尤其護士們只喜歡年輕逗趣的醫生，對代烈反而無感，長得醜又沒禮貌的那些護士一點也不懂得敬老尊賢，每次只要一想到要去親自管理這種人，就使他想打退堂鼓。

當然，還有另外一個原因是代烈也根本沒錢可以自己開診所，因為他的錢都給了旅居美國的兩個孩子和太太，一開始他只有把老大送去美國留學，但是隨著老二也追隨老大的步伐遠赴美國留學之後，就連太太也跟著兩個孩子一起搬了過去，雖說名義上是為了孩子的教育，但基本上根本是不顧老公死活，所以有時代烈也會心想，是不是乾脆離婚算了。代烈被獨自留在醫院對面的三房公寓裡，每天只用一間房間，其他房間也不曉得該如何處理。雖然孩子們偶爾會回來韓國，但也不曉得太太究竟是怎麼教他們的，兒子們看待爸爸的眼神極其冷漠。代烈猶豫著要不要給他們倆一人一記耳光，但後來還是選擇放棄。他將原本應該要給孩子們的熱情與愛情全都奉獻給了醫院，但如今卻成了兔死狗烹的處境，實在不勝唏噓。要是離職得越快，感覺好像就讓那些人得逞了，所以代烈又故意拖延了一段時間。

「耳膜破壞者，我聽說他現在已經不敢再囂張了是嗎？」

「才沒有呢，不是都說江山易改本性難移嗎，他本來還有作勢要打外國交換生，最後幸好有及時收手，你真應該看到那一幕的，在場所有人都替他捏了把冷汗。」

「他到底什麼時候才要離開這裡啊？」

「可不是嘛，連最後都要搞得這麼難看。」

有人在醫院食堂裡說著代烈的閒話，他們壓根沒想到其實代烈也在那間食堂裡用餐。代烈很想要怒摔餐盤，想要轉身回頭朝他們咆哮謾罵。他咬緊牙關，沒想到取而代之的是一股心酸湧上心頭。好啊，我走啊，我走就是了嘛。以前的他就算沒事也一定會在醫院裡留守到午夜，但這天夜幕才剛低垂，他便返回家中，只要過兩個斑馬線就能抵達他的住所。

代烈對於家中空無一人卻仍會堆積灰塵這件事感到十分神奇，等我找到受人賞識的新工作以後再搬家吧，然後把居住在美國的家人統統叫回來吧，要是他們不願意回來，我也要抓著他們的耳朵，把他們一個一個活捉回來，難不成我就不敢打破我親骨肉的耳膜？代烈心意已決。他提著過去幾週累積下來的垃圾走到一樓。

社區裡的庭院有著一座簡陋的人造小溪，只有夏天才會有流水，還有一座紅通通的涼亭，在那座涼亭裡坐著幾名代烈熟悉的面孔，一個是以囂張著名的急診科住院醫師，一個是去首爾飯店的夜店裡爬上鋼管後一炮而紅的護士，果然物以類聚啊。他們也一定有看見代烈，儘管是在昏暗的燈光下，代烈也能看得出來他們有短暫思考究竟是誰的表情，然而，他們好像最後決定不跟代烈打招呼，裝作沒看見。這些傢伙竟敢……

代烈甩著裝有資源回收垃圾的兩個手提袋，朝他們緩緩走去。因為他認為就算即將要離職，該教訓的還是得教訓。當代烈愈來愈靠近他們時，其中一名男子長嘆了一口氣。

「欸，看到人要問好啊！」

「你好。」

女方先用毫無誠意的口氣向代烈問好，仔細一看，男子的手臂內側還有著刺青，天啊，一個醫生居然還去刺青！

「最近的醫護人員都這麼沒禮貌又沒品嗎？」

他雙手提的那些垃圾阻礙了他擺出正義魔人的姿勢，早知道應該要先去把垃圾丟掉再來找他們的，有點太衝動了。住院醫師不發一語地忍耐著，不過額頭上已經明顯暴著青筋，這傢伙一定也是個情緒化的人，於是他噗哧笑了出來。

「醫生！」

林代烈這輩子第一次聽見有人可以把「醫生」兩個字唸得那麼像在耍流氓的人，他內心受到了不小打擊。

「醫生，請回吧，沒戲唱了。」

住院醫師重新用那討厭的口吻再說一次，這次換護士這邊笑了出來。**這對狗男狗女是瘋了嗎？我必須再嗆他們幾句，不能輸。**但是代烈一時語塞，不知該說什麼才好。

「都告訴你沒戲唱了。」

林代烈就在原地像個被遺留下來的戰士種族後裔，把雙手拎著的兩大垃圾袋奮力往地上扔，玻璃碎裂一地，寶特瓶和罐頭也滾落各處，塑膠袋被風吹走，原本在附近散步的鄰居也紛紛望向代烈。**看吧，好好看個夠吧，這就是有矜持的醫生最後離場的身影。**代烈以那些垃圾有如慢動作地跳著軍舞為背景，頭也不回地走回家中，宛如一名動作電影裡的男主角，背景搭著壯觀的爆發場景。

「垃圾……」

護士最後說了些什麼，可惜代烈沒有聽見。

隔天，耳膜破壞者遞了辭呈，剩下的人都摸著自己的耳廓表示慶幸。

五……十……人

#50

張有菈　渴望老公擁抱的傷心妻子

憲永那冰涼的鼻子。

可能是因為血管不足，炎炎夏日，他的鼻子依然冰涼，但明明不是什麼高聳、碩大或者尖挺的鼻子，看來和鼻形並沒有太大關係。

「親愛的，你的鼻子先死掉了欸，徹底死掉了。」

有菈開了個玩笑。憲永摸了摸自己的鼻子說道：「是嗎？很冰吧？我從小就這樣。」然後自嘲地笑著。那個鼻子、冰涼的鼻子，經常從床上滑落至有菈的腹部，那是很好的愛撫工具，還不至於一無是處。有菈至今依然會在睡夢中感受到憲永的鼻子，而如今已經沒有人會擁抱她、滿足她的慾望，當她領悟到這一點並且從睡夢中甦醒時，那些互動點滴宛如隔世。

其實只不過是發生在去年的事情。一輛二十五噸的貨櫃車因天雨路滑而衝出中央分隔線，直直朝憲永撞了過去，每到下雨天總共會發生三百多起的交通事故，而事故中大約會有十人不幸身亡。每當天空下著細雨時……有菈只要看見外面在下雨，就無法再將其視為平凡的雨滴，雨水在她眼裡是比水還要毒的東西，是很可怕的液體。她無法穿梭在雨滴間，不停在進行心算，假如每個月會有將近兩千人在雨天發生車禍，那麼其中又有多少人會遭遇到像憲永那樣的事故，她實在難以接受憲永只是因為運氣比較差的事實，不過儘管有菈無法接受也早已於事無補。

憲永沒有因為那場事故而身亡，他只是腦部嚴重受損，再也無法醒來，就算睜開眼睛，也只是眼皮亂跳，雖然經歷過多次危機，卻一直都還留有氣息，他會自主呼吸，要是從沒有凹陷的方向看過去，他的臉彷彿就像個睡著的人似的，食物只能靠鼻胃管送入體內，雖說是食物，但實際上就只是白色流質，不知為何看了就是會令人無比心疼。他明明是個愛喝辣湯的人，早知會有今天，當初就不制止他吃重鹹又重辣了。憲永一直躺在病床上沒有醒來，身體也日益消瘦，如果從一側看過去，已經瘦到了接近談戀愛時期的模樣。

不久前，憲永從大學附設醫院轉移至療養院，躺在老爺爺之間的憲永看起來年輕帥氣，有菈的內心一隅傳來了碎落一地的聲音，原來心中還有東西可以碎裂，有菈宛如裝滿著碎片玻璃的縫製娃娃般站在一旁，突然感受到一股想要用紗布將憲永的臉遮住的奇怪衝動，**如今看起來帥氣又有什麼用，還不是浪費**。有菈想要抱怨、想要吶喊，憲永反而是年輕時看起來比較沒有自信，但是自從邁入而立之年，找到了安定感以後，便愈來愈有如歐洲男子的異國氣息，彷彿會愈老愈有韻味，變成一名帥氣的老爺爺……但這些都已經是不切實際的幻想，有菈緊握手中的紗布。

憲永的床頭邊放著七歲大的正彬照片，那是去年休假時拍的，照片裡的正彬在溪谷間坐著海豚游泳圈開懷大笑，海豚的體積相較於小水坑大很多，而正彬則看起來非常小，形成了一種搞笑有趣的畫面。有菈不是很滿意孩子一直對著憲永說：「爸爸，快起來，快點起來，爸爸，睜開眼睛啊，我好想你喔，爸爸……」因為正彬彷彿知道只要自己這麼一說，其他大人就會對他深表同情、給予關心，他並不是發自內心相信爸爸一定會醒過來。竟然在這個節骨眼還會渴求父愛，有菈對於孩子特有的這種以自我為中心感到有些噁心，要是孩子能多像憲永一點就好了，但是事實證明正彬比較像有菈。

然而，這也不能怪孩子。每當有菈走在街上看見潔白無瑕、笑容滿面、彷彿從未遭遇過任何不幸的面孔時，不知為何就會使她火冒三丈，變得很想要去攻擊那些人，「年輕又沒體驗過不幸的臉也滿多」，這其實是一種扭曲偏差的安慰。

可以確定的是，有菈必須重新求職，找到工作以後還要搬家。如今她決定將那些備受打擊的記憶片段放下，好好打起精神來，把所有保單拿出來仔細閱讀，而且就在看完先前購買的保單以後，心中終於有了結論。有菈很難想像原來自己當初在購買保單時竟然樂觀得無可救藥，一直認為不會發生任何事情，甚至以為可以靠保險接受身體健康檢查、照內視鏡，修理身體各處，然後等老了、年紀大了，再領微薄的國民年金活到離開人世，而且是兩個人一起，能一起過著不多不少剛剛好的日子。

其實有莅根本不需要馬上開始工作，雖然遲早有一天得重返職場，但也不至於需要立刻投入工作，她只是對於天天待在家裡，接著那些安慰電話、吃著親戚們做的食物感到厭倦罷了。有莅聯絡了前同事當中消息比較靈通的同事，將自己的悲慘情況稍微加油添醋地說了出去，然後隔兩週再專挑幾名對公司人事單位具有影響力的人，撥打電話給他們拜託介紹工作。當人類面臨最糟的情況時，其實會比想像中還要堅強。出賣自己的不幸並藉此獲得工作機會，這種小事根本不會在內心劃出一絲傷痕。有莅把正彬交由母親代為照顧，雖然對於早已過了花甲之年又遠在天邊的母親來說，這麼做實在很不孝，但是有莅已經決定豁出去了，因為她有著任誰都無法對她指指點點的藉口。

有莅自己也心知肚明，她不可能再回到原本的工作崗位了，雖然不曉得是誰居中牽線讓她找到一個位子，但最終她還是在原本任職的公司的子公司、首爾第二大分店找到了擔任客服的工作。儘管薪水比以前少了將近一半，她仍認為無所謂，畢竟也從來沒有奢望過能領到更高的薪水。首爾距離她家很遠，但是公司規定早上十點上班、十一點開始工作，晚上八點半收工、九點下班，所以至少可以避開最塞車的通勤時段。有莅的工作大多是負責廚房翻修的客服諮詢，由於在這短短幾年內公司就出了好幾種新款設備，所以幾乎跟客製化沒兩樣，高階款都是使用進口產品，中階以下的款式則是公司自行生產。有莅快速地摸透了公司販售的抽油煙機種類、磁磚顏色、大理石等級、嵌入式家電用品的功能、櫥櫃、層架、把手以及所有細部事項。她用顧客丈量來的尺寸結帳，並派實測技師前往確認。由於她比較不會強迫推銷高單價的產品，所以促成簽約的機率反而很高。每天和想要更換廚房、相信不會碰上壞事的人見面，對她來說已經成了某種免疫行為，她變得不再怒火中燒，這便是人類的習性，不去思考機率地活著。只不過有菈工作的地方沒有窗戶，所以每次下班準備離開公司回家時，要是碰上下雨天就會感覺自己彷彿被突襲。

由於還要準備搬家，所以有菈決定將憲永再也不會用到的物品以二手價賣出，她賣掉了登山用品、滑雪用品，竟然還有滑雪用品，看來當初真的很勇敢，她暗自心想，也感到有些吃驚；因為這種運動很容易一時不慎造成頸部或腰部斷裂。除此之外，有菈還把憲永說穿起來腳會痛而幾乎沒穿、搭西裝用的皮鞋，以及帽子和圍巾統統拿去賣掉，書籍、音樂專輯和一些小收藏也都拿去轉賣。去年在溪谷原本身穿的泳衣也因為不小心弄破，所以又再去買了一件，至今卻再也沒有穿過，有菈將那件泳衣也一併以二手價賣了出去。其中尤其最難轉賣的是穿過的衣物，不僅要事先清洗、晾乾、整燙，就連刊登在二手市集網上還要寫一些附註說明，這些事情都十分繁瑣，由於不必昭告天下關於自己的不幸，所以有菈直接寫因為自己瘦太多而導致衣服變得不合身，她也的確沒有說謊，設定的二手價格也總是比相同商品的最低價還低。她無法將這些東西丟棄，因為她無法忍受憲永的物品被弄成碎片、送去焚燒或埋於土壤。

「媽，我們很窮嗎？」

正彬問道。雖然盡量不讓孩子注意到在整理物品，但看來還是被發現了。

「不會啊，我們不窮。」

「那為什麼我們要搬家呢？為什麼要扔掉爸爸的東西？」

「因為媽媽要開始工作啦，現在公司距離家裡太遠，而且要和奶奶住得近一點，奶奶才不會那麼辛苦啊。首爾的房子比這裡還要貴喔，所以我們不能搬太多東西進去，雖然是搬去比較小的房子住，但我們絕對不窮，別擔心。」

「可以隨便送我一個爸爸的物品嗎？」

正彬已經哽咽落淚，有菈的胸口也感到一陣悶。

「等我長大以後再用爸爸的東西可以嗎？可不可以不要扔掉爸爸的東西？等爸爸醒來可能會很難過也不一定……」

有菈將正彬擁入懷裡，他雖然不太像憲永，但至少身上的氣味是雷同的。**對不起，我無法一直像現在這樣活著。**有菈沒有說出這些孩子聽不懂的話，但是她從梳妝臺抽屜裡拿出了憲永的一只手錶。

「把這個送給你吧。」

憲永的手錶在正彬的手腕上晃呀晃，那是一只剛好貼合憲永手腕尺寸的鋼帶手錶。

「你有把握不會把它搞丟嗎？」

「嗯，但是它好冰。」

「等一下就不冰了。」

自那天起，正彬就經常拿著那只手錶，等手錶變得和體溫差不多時，就會把它重新放回寶物抽屜裡，客廳裡有一個抽屜是正彬專屬的寶物抽屜，只會放他真正喜歡的物品，有菈也知道有這個抽屜的事實，也許兒子真的會把手錶好好收藏起來，不把它搞丟也不一定，保存到很久以後。有菈暗自心想，*看來搬家時要好好幫他留意這只手錶才行*。

休息日為了去看房子而在市廳站轉車時，有菈想起了過去和憲永經常去德壽宮的情景，不知為何突然很想舊地重遊一番，由於當時正逢午餐時間，所以有菈心想，買個三明治帶去那邊坐在長椅上吃應該不錯，於是從月台往上走到了車站大廳。當時市廳站正好有示威抗議活動，有菈看見抗議板上寫著「貨物連帶」時緩下了腳步，*那個人也會在那裡嗎？*在雨中打滑的那個人。有菈不曉得對方的長相，因為對方也是在車禍後馬上住進了醫院，所以自始至終彼此都沒有面對面的機會。有個人拿了一本文宣手冊給她，在那上頭寫著因業主強迫導致的過勞、疲勞駕駛所衍生而出的交通事故，以及疲勞駕駛時方向盤會變得多麼難以控制、煞車距離也會變長等內容，也就是假如不去切斷直銷發包的源頭，貨櫃車行駛在道路上自然會危機四伏。有菈的目光停留在一句字體加粗的小標上，「拒絕成為馬路上的不定時炸彈」。

煞車距離……有菈一邊走向三明治店，一邊思考關於煞車距離一事，因過勞加上天雨路滑而變長的煞車距離。假如當時煞車距離短一些，駕駛可以調整好他的方向盤……如果可以的話……

「我要一份酪梨培根三明治。」

「飲料要喝什麼呢？」

「可樂，不，給我十份好了。」

「十罐可樂嗎？」

「不，三明治加可樂總共十份。」

有菈兩手拎著裝滿三明治的塑膠袋，重新回到車站大廳。剛剛發給有菈文宣手冊的那個人還待在那裡，感覺沒什麼人願意拿他發送的文宣，所以手裡的數量沒有明顯減少。有菈將一整袋的三明治交給了他，他一臉驚訝，雖然先接過了三明治，卻呈現著在等待有菈解釋的表情，然而，有菈已經沒有餘力可以多做說明，她只有把那袋三明治交給對方，便過馬路朝德壽宮的方向前去。

直到她坐在長椅上才發現，原來她沒有替自己留一份三明治，雖然她試圖想要去感受自己的肚子究竟餓還是不餓，但因為體內有著許多相似的饑渴症狀，使她難以分辨，最近經常會這樣。她站在自動販賣機前，選了一罐最有飽足感的飲料，投幣按下按鈕。她喝著那罐飲料，望著掉落在地面的枯黃樹葉，那裡形成了一個小型龍捲風，樹葉被捲進去旋轉舞動。憲永也很喜歡看這種偶爾會出現在路邊的小旋風，每當有菈沒注意時，他都一定會提醒她：

「妳看！」

當有菈重新搭乘地鐵抵達距離住家較近的車站時，外頭開始下起了雨，看來今天又會有三百多輛車子在路上打滑了。

李煥毅　拍攝X光婚紗照的放射師

煥毅需要一些夜勤津貼，所以他自願去電腦斷層攝影室值班，在這之前他是在核磁共振攝影室裡工作，照一次核磁共振攝影需要三十分鐘左右，加上費用也不便宜，所以一天沒有多少患者，也都還算忙得過來。然而，因為不同部位和疾病都有不同的拍攝方式，所以需要做很多功課，這些事情多少也有刺激到他，成為他離開的動力。通常資深老鳥都會比影像醫學系的年輕醫師來得眼明手快，所以要是有哪些地方有所疏忽，都會有人幫忙提點，而這時候的資深老鳥是最帥的，不，應該說他們一直都很帥，尤其是一把攔住胸前口袋裝有剪刀、準備走進核磁共振攝影室裡的實習醫生時，那種老神在在的模樣，簡直帥氣逼人。

「剪刀和筆都不行，要是筆心或裡面的小彈簧等小零件被吸附進去，這台天價的機器就會毀於一瞬。」

受到資深老鳥高度庇護的放射師生活其實還不錯，整間醫院總共有一百名左右的放射師，是醫院工會的核心勢力。其他醫院的工會核心都是護理人員，但是這間醫院因為工作環境太差，所以護士的離職率很高，十分可惜。成立十年左右的工會其實就跟登山社沒兩樣，但是偶爾當院方做出一些異常行為時，工會也會毫不客氣地為醫護同仁發聲，而每當有這種事情發生時，年輕醫師們也會面露羨慕之情。醫生們都是在沒有簽署任何一只合約的情況下每週工作一百小時，所以如果按時薪來看，工作待遇算是極度悲慘的。

電腦斷層攝影室比核磁共振攝影室的工作操勞許多，每照一次只需要三分鐘，費用也相對便宜，所以患者絡繹不絕。要是自己走進來的患者，可能連三分鐘都不需要就能拍完換下一位，但是絕大部分的患者都是躺著被送進來的，加上身體狀況也都不是很好，所以經常會有血跡或尿液沾染在機器設備上，必須時常抬起患者，將那些分泌物擦拭乾淨。為了攙扶那些行動無法自理的患者，抓住他們不要有任何移動，煥毅都會身穿含鉛保護衣陪同在側。尹娜曾經說過這樣很像承受著雙人體重的芭蕾舞者，煥毅聽她這麼一說不禁笑了出來，他從來都沒這樣想過，也認為尹娜的想法實在很無厘頭，於是他回答：「沒有人會穿著含鉛保護衣跳芭蕾喔！」煥毅從很久以前就決定不去思考保護衣遮不到的部位，每天上完班他都會雙腳顫抖，累個半死，不過在電腦斷層攝影室工作有一件事情倒是不錯，假如沒拍好的話只要幫患者重拍即可。

醫院裡的人最近都特別關照煥毅，因為大家都知道煥毅的太太尹娜骨折，目前正在住院接受治療。然而，煥毅擔心的反而不是骨折，而是尹娜的恐慌症，目前已經發作過兩次，一次是煥毅也在場，親眼目睹太太難以呼吸、四肢無力、幾乎快要昏厥的樣子，雖然尹娜應該才是最害怕的人，但是煥毅在那當下也感到十分恐懼。他懷疑太太會不會哪裡出了問題，甚至比骨頭還要難以接合。手臂上打的石膏已經拆掉了，腳踝的石膏下禮拜也會拆掉，看來距離出院的日子不遠了。其實本來可以更早出院的，但是因為煥毅實在放心不下尹娜自己一個人，所以才會決定延後出院，更何況尹娜就算出院，應該也會有一段時間無法重回職場上班，拖著那樣的身子根本不可能奔波在各所大學之間，煥毅也完全不打算讓她這麼做。不過兩人每個月要償還的債務可不等人，所以煥毅才會迫切需要夜勤津貼。

曾經在電視上出現過煥毅和尹娜兩人談戀愛時經常去的一間店，那是一間小巧精緻的小酒館，也是尹娜告訴他那種小店叫做「bistro」的。有趣的是，店裡最好吃的餐點竟然是烤牛腸，而且還是加了番茄醬汁的牛腸。

「那裡本來是我們的座位耶。」

尹娜看著過去習慣坐的座位上有著其他客人，神情略顯失落。煥毅則是純粹因為電視裡出現那間熟悉的店家而感到欣喜，反而是尹娜感到有些難過。煥毅想起過去曾暗自想過，尹娜在這方面是滿難理解的人，雖然她經常笑臉迎人、親切溫暖，卻仍難被看穿。

「要經常去才會是我們的座位啊，等下次去首爾的時候再去一趟？」

「嗯……不了。」

每當尹娜沉浸在煥毅不太了解的情緒裡時，她總是會用這樣的口吻回答。把「嗯」的尾音拖長一點，然後再用「不了」做結尾。

「為什麼？那間店的老闆應該還記得我們喔！」

「……還是算了吧，那段時期都已經結束了，就算已成往事，我還是喜歡現在。」

尹娜一邊說著，一邊將頭倚靠在煥毅的肩膀上。尹娜那頭又長又蓬鬆的捲髮覆蓋在煥毅身上，弄得他全身發癢。由於尹娜是用「那段時期」來形容，所以感覺好像真的是很久以前的事情，但其實也才短短幾年的時間。當時兩人究竟都聊了些什麼？煥毅都說了些什麼呢？

「我今天聽到一則很有趣的故事喔！聽說一開始發現X光時大家好像太興奮，居然有一對新婚夫妻把X光捧花裝飾拿來當嫁妝，裝在X光管裡的花朵被X光照成了綻放著特殊光芒的裝飾品，其實不論美麗與否，那都是會散發輻射的管子，應該對身體很不好才是，他們竟然還把它放在床頭……總之，他們興奮無比，因為太新奇、太有趣，所以開心得無法自拔，鞋油品牌、廚房用品名稱上也都一定會加上『X光』兩個字，但其實明明跟X光毫無關係，就連非常簡單的物品也要貼上『已照過X光』的證明來販售。」

當時應該是說著這類故事。煥毅每次只要聽到有趣的故事，就會與尹娜分享。有時這些故事還會被放進尹娜寫的詩裡，坦白說，煥毅幾乎看不懂尹娜寫的詩，不論多麼努力嘗試閱讀，對於煥毅來說，詩仍是單字的排列組合而已。有時讀到某個段落覺得不錯，卻也永遠無法用尹娜和其朋友的理解方式去理解，不過每當煥毅發現自己說給尹娜聽的故事，被她用自己的方式重新詮釋並放入詩裡時，煥毅也感到與有榮焉。

後來兩人結了婚，還在客廳裡掛上逗趣的X光照片，藉此取代一般傳統婚紗照，雖然醫院不允許拍攝這種X光照片，但是一名前輩還是情義相挺，幫他們偷拍了一張，X光照片上呈現著兩個骷髏並肩而坐的樣子，比較嬌小的那個骷髏頭戴花冠、手拿捧花，花和骨頭呈現著完美重疊，每當有朋友去他們家作客時，都會看著這張另類的婚紗照捧腹大笑。

煥毅躺在那張X光婚紗照下的沙發上，其實應該要先去洗澡的，但是他實在沒有勇氣起身，沙發旁的邊桌上放著尹娜的詩集，她通常會準備幾本放在那裡，隨時送給來家裡作客的朋友，那是她寫的第一本詩集，尹娜曾經說過，下一本詩集將無限期延後出版。煥毅隨手翻開一頁來閱讀，內容依舊深奧難懂，甚至就連自己讀了什麼都不太記得。

煥毅從來沒有如此害怕過，如今他卻感到害怕了，他怕自己是和如此難以理解的人結婚的事實，要是有發明出某種特殊的攝影器材可以拍出尹娜複雜的內心世界，煥毅應該會埋首學習如何操作那台機器，只要能讓他一目瞭然地看穿尹娜內心哪裡受傷、哪裡被摧毀就好……煥毅想著想著，在沙發上睡著了，他睡得很淺，感覺床頭邊隨時會開出邪惡的花朵。

凌晨醒來時，他發現尹娜傳了簡訊給他。

「等出院以後我想要再去那間小酒吧，點我們最愛的番茄烤牛腸。」

煥毅看完簡訊以後準備重新入睡，他下意識地擺動著手指，只為了撫摸尹娜的髮絲。

看來他的手指忘記了尹娜不在身旁的事實，而任意擺動著。

最後，他摸到了X光婚紗照的相框邊角。

柳采苑　在開刀房昏倒的外科醫師

在那間手術室裡，只有采苑是資歷最淺的。醫院創辦人暨會長的大姊被送來醫院緊急開刀，這件事情在院內頓時傳開，過去只有聽說過隱身在醫院某處，卻從未見過本尊的那些元老級教授，也統統聚集到手術室裡，有些甚至是曾經風光過一時但已退位多年的醫師，所以采苑自然是歪頭不解。

「我的手已經開始會抖了，由妳來執刀吧，妳已經比我厲害，我當妳的助手就好。」

當科長這麼說的時候，采苑分不清究竟是出於真心，還是打算在VIP患者要是不幸往生時規避責任。采苑看著躺在手術臺上的患者，心裡想著整間手術室也未免太過吵雜。八十四歲，聽說當初會長能讀到畢業，都是靠這名大兩歲的大姊供他念書的，後來成了足以影響醫院周遭房地產的大亨。原以為她應該會是一名女中豪傑，才有辦法把一片蘆葦沼澤地徹底改頭換面成都市，然而實際一看才發現，竟然只是一名個頭矮小的老奶奶。她上午才在消化內科用內視鏡進行完大腸息肉切除手術，下午就感到疼痛無比，還解了血便。在急診室裡拍攝的電腦斷層掃描，也顯示著腹腔內有氣體存在，看來一定是在做內視鏡手術時操作不慎弄出了腸穿孔，當時親自操刀的內科教授臉色鐵青地站在手術室角落，**人類其實很容易嚇到變成鐵青色，幾乎都快變成一隻藍色小精靈了**。采苑暗自心想。她手腳俐落地在老人腹中探尋穿孔所在位置。

采苑當年是以榜首身分進入醫院附設醫學研究所，也以狀元身分畢業的，她主修獸醫，曾在動物醫院任職兩年左右，但是很快便對這份工作感到厭倦。

「姊，妳為什麼又回來這裡呢？獸醫系的前途不是更好嗎？每天都能接觸可愛的小動物，賺的錢又比較多。」

「嗯，但是我想要解決更重要的事情。」

「蛤？那是什麼？」

雖然大家都把采苑說的話當成玩笑話，但其實她說的是真心話，為何愈是真心話，愈不被當真呢？由於采苑的研究所同學都已經不是二十歲幼稚的小毛頭，所以不會對采苑感到嫉妒或者處處提防，反而覺得采苑很有趣，儘管采苑壓根就不是什麼幽默風趣之人，當她看見大家的反應以後，也決心繼續佯裝成逗趣之人。猶記某次大夥兒聚集在一起叫了豬腳外賣，明明點餐的時候有特別向店家註明要前腿部位，因為大家都認為前腿比較好吃，但是當他們收到外賣餐點時，采苑一口叫住了外送員。

「這個是豬後腿耶。」

「不是啊，是前腿沒有錯。」

「我是讀獸醫系的欸……」

「……哎呀，抱歉！前腿剛好賣完了，我退兩千塊韓圜給妳吧。」

自此之後，每當有人要點豬腳外送時，采苑的這段豬腳趣聞就會被人提起，直到她成為實習醫師以後才不再有人回憶這段趣聞。不論是常用還是不常用的手術縫線，采苑都能像個裁縫師一樣把傷口縫得整齊劃一，插氣管和導尿管時，也能像把吸管插入冰咖啡外帶杯裡一樣一氣呵成，抽血、包紮也都處理得完美無瑕，於是采苑的名字便在實習醫師間傳開，「聽說教授還指定要她來做腰椎穿刺」「聽說她在手術室裡站了十四小時」，所有人都在對采苑議論紛紛，認為她不僅聰明，還天賦異稟。當她畢業選擇即將要投入的科別時，許多科都徵詢過她的意願，但是采苑最終選擇了最沒人氣的外科，當時也引來眾說紛紜，大家相繼談論著：「她之前不是有說過要來解決更重要的事情。」

采苑覺得執手術刀實在太有趣，除了值班室很髒以外，倒是沒什麼事情令她感到辛苦的。值班室裡的棉被已經髒到發黃，根本不曉得最後一次清洗是什麼時候，采苑犯著嘀咕：「拜託告訴我這張棉被本來就是黃色的。」然後還是不得不蓋著它睡覺。至於飲食方面，采苑一直都是吃值班室裡的食物，但也總是在保存期限勉強過關的時候吃下肚，而且有些東西明明需要冷藏保存，卻老是有人不注意，將其放於室溫下。自從采苑有過一次因為沒吃東西而在手術過程中暈倒的經驗以後，她就養成了看見什麼先吃進嘴裡再說的習慣，她曾經還一度暴瘦過，後來才又回到正常體重。某天，采苑正在值班室裡吃著麵包，天花板上的碎屑掉落在她的頭頂。

「我們這間醫院什麼都好，就是建築物很糟。」

采苑繼續吃著她的麵包說道。

「都很好？我怎麼不覺得有哪裡好？」

學姊幫采苑拍掉頭頂上的碎屑說道。

「有很多有趣的手術啊，手術室裡的人也都實力精湛，只有這棟建築物要是能再好一點就好了。」

「這棟是會長的大姊蓋的啊，這附近幾乎所有房子都是她蓋的呢，聽說這女的可不簡單，一個人撐起了整個家族，不過未免也蓋得太偷工減料，這要是在首爾或精華區一定被患者和家屬投訴，幸好是在這一帶，就算病患看見天花板掉落也不會有任何反應。」

「是嗎？因為這裡不是首爾所以施工品質這麼差也無所謂嗎？難道就連安全也是如此不公平的啊。」

「可不是嘛！我猜這一代的房子應該是韓國建築史上最丟臉的。」

采苑回憶起過去與學姊之間的談話，心想著，原來韓國史上最醜的醫院及周遭房屋，

就是出自眼前這位身材嬌小的老奶奶啊。然後終於被她找到了腸穿孔的位置。采苑將穿孔縫合好以後，為了確認是否還有其他穿孔，她再次用手來回檢查了整個大腸。整體來看這不是一項困難的手術，只是前來圍觀的人比平常多罷了。

後來還有其他手術接踵而至，原本像雲朵一樣聚集在一起的老教授們，也像雲朵般各自四散回自己的崗位，然後采苑緊接著又為三名病患進行了手術，一切都很順利。她剛好被安排到默契十足的麻醉科醫師的手術室，一同進行手術的醫護人員也像在跳訓練有素的軍舞，胸有成竹，萬無一失。采苑不禁心想，**像今天這種操刀順手的日子，要是能開一些更重要的大刀就好了**。雖然大家都說采苑天資聰穎，但她自己反倒認為是因為太有效率，她有著一顆非常追求高效率的大腦，每當看到適才適所、各司其職，有將對的人放在對的位子上激發出無限潛能時，就會對這樣的畫面感到分外和諧。采苑也說自己是花了很長時間摸索，才找到適合自己的位子，因為直到最近，她才終於有了「也許這裡就是我從小夢寐以求的適所」的念頭。這不是個容易坐的位子，是荷重過大的位子，但是采苑深知自己是堅硬耐磨的小螺絲，她不帶一絲自戀地接受著這樣的事實——認為自己是承擔得起他人的生命重量、承受得了各種苦難與無止境要求的小螺絲，就如同不帶任何情感地看著手掌裡的鈦合金螺絲一樣，儘管把它放在困苦艱辛的角落，也能夠善盡它的功能。因此，采苑抱持著這樣的心態，下定決心扮演好自己的角色，實際上也在履行這份信念中。這樣的態度並非靠口說，而是靠某種型態流淌在采苑的腦海裡，就好比運動員每一次下定決心都不是靠口說一樣。采苑處變不驚地面對接二連三的手術，也是用同樣的態度忘記自己正在為ＶＩＰ患者進行手術的事實，正因為那不是一項多麼艱難的手術，所以她才會將病患的身分徹底拋諸腦後。

「我聽說ＶＩＰ患者的手術部位發炎了。」

幾天後，在值班室裡遇見的學長對采苑說道。采苑頓時間還沒反應過來，直到她看見學長面露驚恐，才想起前幾天自己是替哪一名患者進行手術。

「是嗎？」

「嗯，該怎麼辦才好？」

「手術本身是滿順利的……不過因為患者本身年事已高，加上有糖尿病史。」

其實坦白講手術過程中沒出現心跳停止已經是萬幸了，因為那次動刀簡直跟動員醫院所有人進去搶救沒兩樣。

「聽說會長好像不太滿意手術結果。」

「該不會還以為可以奇蹟似地兩天內就出院吧？八十四歲了耶！」

「唉，就是說啊，妳這幾天可要避一避風頭。」

醫院裡的政治是連超有效率的大腦也難以理解的事情，采苑拿起值班室桌上的一個麵包走到醫院走廊。夜幕低垂，雖然是奇醜無比的城市，但是燈火通明以後看上去還是比白天好一些。拆開麵包包裝袋以後，采苑發現了一張貼紙，那是一張混著綠色與粉色的恐龍貼紙，不曉得是什麼卡通人物。采苑將那張恐龍貼紙貼在自己的通行證吊牌後方。是時候該換通行證了嗎？該不會要我臨時轉到其他醫院吧？難道我的位子其實不在這裡？我還以為這裡是我的適所。

采苑想要找到那個對的、適合自己的、屬於自己的位子。她暗自心想，要是能有一隻超高效率的機器手臂，把現在正杵在這裡的我挪移到對的位子上該有多好。

「可惜這個世界毫無效率可言。」

麵包裡夾著一點花生醬，真的只有一點點，少到令人訝異的程度。

布里塔・洪根

到韓國找眼鏡行的荷蘭人

布里塔・洪根是最佳眼鏡模特兒，她留著一頭深色頭髮，五角形臉蛋，表情總是充滿好奇，再配上一副眼鏡，這時往往是最光鮮亮麗的。她的眉骨、鼻梁、顴骨所形成的角度，使她不論戴哪一種款式的眼鏡都能完美契合，十分特別。戴著眼鏡的布里塔很容易引人注目，但是當她脫下眼鏡時，長相就會顯得比較平凡單調。

布里塔從小生長在荷蘭的一個小村落，他們家有無數頭牛走來走去，住家後方還有成群結隊的羊群，所以布里塔壓根不知道自己會是最佳眼鏡模特兒的事實。小村落不僅腹地面積小，甚至還位於國境邊界，集比利時、德國、荷蘭的國境於一處，那裡有個公園，布里塔都會在公園裡玩著跨越國境的遊戲，「我現在在荷蘭！又來到了比利時！再到德國！」每當她跨一步就會直接移動到不同國家。不愧是在國境模糊又有趣的地方長大的孩子，對她來說旅行也不是一件困難事，她下定決心，總有一天要去遙遠的國度展開旅程。

發現布里塔有眼鏡模特兒潛力的人是她第八任男友，大概是第八任，如果換個方式來數，也有可能是第六任或者第十一任。當時她還是一名大學生，學校就位於以運河聞名的城市，然而這座城市也以逮捕過專門拍攝未成年性愛影片集團著名，所以從各方面來看算是滿極端的一座城市。當時的男友是一名攝影師，他在這座怪異又矛盾的城市裡拍攝著健康又安全的商業照，以此作為打工收入。他拍的都是一些諸如新鮮多汁的青椒切面，或者是雨天博物館後方的公園等，適合拿來用作賣場廣告文宣或電腦桌布的照片。當他提議拍一張她戴著眼鏡的照片時，布里塔爽快地一口答應了，畢竟又不是要她脫去身上的東西，而是戴上一些東西拍攝，所以沒什麼好顧慮的；更何況她也對於男友拍攝的作品從未感到過任何不適，所以才會毫不猶豫地點頭答應，甚至還大方地對男友說，那些照片賣出去的收入可以不必與她對分，因為在那當下，她是愛對方的，一點也不想要為了區區幾毛錢而搞得彼此不愉快。然而兩人最終還是只有短暫交往，很快就好聚好散、分道揚鑣。因此，幾年後在某個派對場合上偶然遇見彼此時，布里塔對於這位前男友所告訴她的消息感到有些吃驚。

「我後來有把妳戴眼鏡的照片放在全球圖庫網站上，結果成績很不錯，竟然被下載購買了五十六次。」

前男友看布里塔對這件事情頗有興趣，便把下載照片的使用者所填寫的資料整理成一份文件寄給她，那張照片被世界各國的人拿去作為印刷用途，在韓國甚至被用作店家的招牌，「我的天啊，竟然用我的臉來當招牌？」布里塔當時恰巧也有在安排休假計畫。

布里塔對首爾存在著各種錯誤的認知，尤其對首爾市的規模有很深的誤解。在她成長的歐洲，所謂小城市是指走路二十分鐘就能抵達市中心，一小時半就能走完整個城市的大小，所以她一直以為就算首爾再大還能有多大，沒想到實際抵達首爾以後，就被眼前高聳林立的大樓、龐大複雜的交通系統震懾，要不是有全球旅人的最佳夥伴「Google Map」，她應該也不可能找到專門設計店家招牌的公司。

當時由於雙方都不諳英文，所以經歷了一連串誤會，布里塔才終於聽到她想要的回答，站在招牌設計公司的立場自然也是錯愕不已。這間只有兩個辦公室的小公司，因為一名素未謀面的外國人臨時拜訪而暫時作業停擺，問題在於當初的草圖和完成的招牌照片都有留存，卻找不到買方的住處及聯絡方式。布里塔滿臉失落，公司人員只好用簡單的英文單字和肢體語言向她做解釋，這塊招牌已經是好幾年前製作的，當時負責這塊招牌的同事也早已離職。

「Small business. No record. Worker quit.」

布里塔看著解析度不太高的招牌照片，那是一塊綠色招牌，員工親切地將招牌字樣念給她聽，「南、大、門、眼、鏡」。

南大門在觀光手冊中有出現過，大概估算一下應該是充分能找到的面積，布里塔內心重燃希望，因為她住的民宿碰巧距離東大門很近，之前走訪其他觀光景點時早出晚歸，也都有經過南大門這個地方。結果南大門的眼鏡行琳瑯滿目，獨缺布里塔要找的這家眼鏡行。最終，布里塔只好拿著照片開始詢問路人，後來有幾名路人聚集在一起為布里塔做說明，告訴她由於南大門以眼鏡行著名，所以儘管是在其他地區，也有可能將店名取作「南大門眼鏡」，當然，這番說明同樣是經歷了一波三折才達成，雖然中間還因為難以表達而穿插著嘆息，但是路人的語感還是比招牌設計公司好太多，布里塔可以明白他們要傳達的意思。這下可好，搜索範圍瞬間擴大不少。

我需要朋友。布里塔心想。她在社群網站上發了一則貼文，詢問有誰認識韓國朋友，煩請介紹。於是很快便有朋友的朋友的朋友與她聯繫，最後他們相約在弘大碰面，看來觀光手冊上寫弘大是「年輕人的街道」，形容得滿精準。朋友的朋友的朋友還帶了其他朋友一起來見布里塔，布里塔想要學習閱讀韓文，她詢問那些朋友是否可以教她認韓文字，沒想到朋友們異口同聲地拍胸脯掛保證兩小時內一定能學會，結果真的就在兩小時後，布里塔從對韓文一竅不通到變得能念出街上所有店家的招牌。當布里塔成功念出「小章魚店」和「肛門外科」的店家招牌時，她開心得合不攏嘴，朋友們也被她逗得捧腹大笑。

隔天早晨，布里塔因宿醉導致什麼事情都沒做，直到下午才有辦法坐在民宿的共用電腦前用電腦，布里塔登入韓國人最常使用的社群網站，用韓文鍵盤輸入了「南大門眼鏡」五個字，結果出現兩百八十五家同名眼鏡行。她按照朋友的指示，將搜尋結果轉換成直接以街道畫面呈現的地圖模式，當她看完三分之二左右的店家時，心中不免浮現了也許那間店早已關門大吉的念頭，使她倍感挫折、心灰意冷，然而就在倒數第二個網頁上，被她看見了一塊印有自己肖像的眼鏡行招牌，布里塔坐在椅子上興奮得跳了起來，然後欣喜若狂地跳著活像個白癡的舞蹈，甚至在民宿裡開心到東奔西跑，只可惜民宿裡沒有人可以和她一起共享這份喜悅。結果這間店的確不在南大門，更不在首爾，雖然要搭一個多小時的地鐵跨越一條江才有辦法抵達，但布里塔已經很慶幸這間店不是位在更遙遠的地方。她也對於韓國人會把一間名為南大門的眼鏡行，開在與南大門毫無關聯的地方感到十分新奇。

布里塔抱著一顆忐忑不安的心走錯了地鐵出口，導致她所站的位置和印有她肖像的店家招牌相隔八線道之遠，而且是在一棟碩大的綜合醫院旁，像個小野獸般緊鄰在一旁的土黃色建築物二樓，有別於冬天拍攝的街景照，招牌的兩端被茂盛的英桐樹遮住，所以只能從樹葉間隱約看見布里塔的那張臉蛋。布里塔興奮地從背包裡拿出了相機，那不是什麼最新型的相機，她從遠處拍了一張，再將鏡頭拉近拍了一張，她喜出望外、放聲大笑。路人紛紛對於這名外國人為何要對著一處又不是觀光景點的地方欣喜若狂地拍照感到分外不解，甚至頻頻回頭查看究竟是什麼情況。

布里塔爬上了那棟老舊的建築物二樓，找到了那間眼鏡行，店員們對於突如其來的外國人感到驚慌失措，布里塔用手指向了一副自己喜歡的眼鏡，玻璃展示櫃被照明燈照得發燙，幫忙取出眼鏡的店員抬頭一看戴上眼鏡的布里塔，便發出了「喔?!」的驚嘆聲，還搭配半信半疑的表情，於是布里塔淘氣地笑了，這次店員則是用充滿確信的口吻高喊：「喔喔喔！」

最後，眼鏡行裡的人給了布里塔一個非常多的折扣，讓她帶回了那副眼鏡。直到現在她都仍在使用那副眼鏡。每當有人問起她的眼鏡很漂亮、在哪裡買的時候，她都會回答：「南大門眼鏡。」並暗自期待著對方可以繼續追問她更多關於這副眼鏡的背後故事。

文宇南 遭蜜蜂螫耳的倒楣大叔

宇南告訴剛才和同學們完成一場旅行的太太，跟她說起，他在她不在家的期間，被一隻飛進耳朵裡的蜜蜂螫得亂七八糟的故事，結果引發太太捧腹大笑。宇南還把裝著那隻蜜蜂的罐子拿給太太看。

「哈哈哈哈哈……，天啊，一定超痛的吧！」

「……妳笑成這樣，感覺一點都不像是在安慰我耶。」

然而，光是聽太太善美的笑聲，感覺腫脹的耳朵就已經好了一大半，宇南告訴她當時真的很痛苦，情況也很窘迫，但由於急診室滿地鮮血，所以也不好意思催促醫生。於是善美一邊用手摸著宇南的背，一邊說著：「哎唷，我可憐的小熊老公。」總之，她是個不論面對任何情況都能將大事化小、小事化無的人。幾年前，宇南在前公司被半強迫榮譽退休的時候，善美也是這樣捧腹大笑，雖然她本來就是個很愛笑的人，但當時宇南心裡難免還是有點受傷。

「哈哈哈哈哈……，不是我在說，這真的太荒謬，明明拉抬公司業績三分之二的人是你，這間公司居然要你滾蛋？雖然我也知道公司根本很有問題，但這未免也太誇張。」

「能怎麼辦呢？包括我在內公司裡也就三位部長，一個是母公司的社長女婿，另一個是知名國會議員的兒子……」

「哈哈哈哈哈……，老公，我們等著看吧！我敢打包票，這間公司幾年內就會倒閉的。」

神奇的是，善美笑著說的這些預言還真的都成真了，公司過沒多久便宣布倒閉，不過宇南終究還是將自己的青春全部奉獻給了這間公司，看著它由盛轉衰，心裡自然也不好受，但他所遭受到的屈辱也無法一筆勾銷，所以該怎麼說呢，的確是有點因果報應、事必歸正的感覺。

兩人手牽手一起去買菜，手勾手一起去看電影，春天賞花、秋天賞楓，一同騎腳踏車、跳社交舞，在船上一邊用餐一邊看喜歡的歌手表演，按時接受健康檢查……，看起來就像是一對在各種不和睦與不幸運中生存下來的神仙眷侶。兩個人走在路上也會頻頻被人誇讚：「你們看起來真的很登對，怎麼能這麼般配？」雖然對於兩人來說這都是第二段婚姻，但是都認為沒有必要對別人多做解釋，兩人只有維持著彼此最了解的笑容——既苦澀又甜膩的笑容。宇南的第一任妻子在三十二歲那年因卵巢癌離世，由於卵巢癌不易發現，所以確診時已經惡化成晚期。至今每當宇南回想到當時，還是會覺得很不真實，荒謬得不敢置信自己怎麼會碰上那種事情。時間過得太快，一切彷彿都還歷歷在目，卻早已事隔十餘年。如果是現在的醫療水準，會不會就能找到一線生機呢？難道還有很多人是這樣束手無策地了結生命嗎？宇南偶爾看到報紙上的健康專題報導會特別留意一下，但絕對不是因為忘不了前妻。前妻留下了七歲大的女兒離開人世，也不曉得女兒是否因長期輪流居住在爺爺奶奶和外公外婆家，所以自幼就是個很容易感到孤單、性格較為敏感的孩子。宇南在職場上遇見善美，對她一見鍾情決定再婚時，最擔心的也是這個女兒。

當時善美用的不是這個名字，是到最近才將原本的陳抹淑改成陳善美。儘管韓文發音很像韓國小姐選拔賽上的冠亞季軍——真、善、美，所以宇南一度認為不太妥當，但是他沒有多做表示。年輕時原本是兩層、直到最近才變成四層左右的溫柔雙眼皮，加上時髦到不行的灰色眼影，以及每次見面都會用不同方式圍繞呈現的絲巾，善美的這些特色都令宇南印象深刻、過目難忘，每次見到善美時都會被她的美麗懾服，打從心底認為善美比總統夫人還要婉約動人。

「像我這樣的女人竟然叫抹淑，這像話嗎？等這些名片用完，我一定要去改名，已經忍很久了，之前都因為覺得麻煩所以一拖再拖，但如今是時候該來更改名字了。」

善美出身顯赫，原本是嫁給門當戶對的男子，剛結婚的時候一切都看似正常，但是隨著善美的肚皮遲遲沒有動靜以後，婚姻開始急轉直下。善美去一間婆婆的友人經營的婦產科做檢查，結果得出懷不上孩子的問題在於善美這樣的結論。有時善美會不免好奇，要是當初去其他醫院做檢查，結果也會是如此嗎？現代醫療這麼發達，會不會有其他方法可以改善呢？總之當時善美提議要不要乾脆領養孩子，結果引發男方家族的反彈，認為怎麼能容許一個毫無血緣的孩子進家門，後來才隔一個月，長輩們便從鄉下找來了一名年輕小姐，叫善美和這位小姐共事一夫，做出孩子，只要別讓消息流出去即可，甚至勸她把這件事情想成是一門生意。雖然不該這麼做，但是聽說善美當下還是忍不住笑了出來。聽完這段故事的宇南，暗自懷疑善美會不分時機的大笑，會不會就是從那時開始的。

她放聲大笑完以後便離開了婆家，回到自己的娘家，離婚手續則交由身為律師的哥哥代為處理，然後善美就飛去了美國。當時是一九九二年，抵達美國的她發現美國當時美甲店正夯，雖然一開始還心想，怎麼連個指甲都還要請別人幫忙整理，但是親自去做過美甲以後才發現非常滿意，感覺這股趨勢應該很快就會流行到韓國，於是她一回到韓國便開了美甲店。後來她才得知，原來韓國第一家美甲店是在一九八九年開設的，美善則是在三年後成立的美甲店，所以還不算晚。雖然第一家美甲店是她向娘家借錢開的，但是隨著分店一間一間拓展，很快就把當初的創業資金償還掉了。而且她還將事業觸角延伸到指甲油和美甲工具批發，賺到了可觀的收入，並且趁國內美甲市場尚未飽和前先進軍中國卡位。善美是屬於那種笑著成功的女人類型。

「要是我沒離婚還得了，我這輩子做最正確的事情就是離婚。」

而要說服這樣的善美再婚則是宇南這輩子最困難的事情，因為要把一名什麼都不缺、自己一個人也可以過得很好的女子重新帶入婚姻的框架，就好比要用愚蠢的圈套去嘗試捕捉全世界最聰明的動物一樣。

「其實你和我雖然外表看起來還年輕，但也都已經是老大不小的人了，要是現在沒有做好選擇，十幾年後可能就要面臨當彼此看護的命運喔！」

後來善美得知宇南的第一任妻子是如何離世的時候，她對於自己說過這句話感到懊悔不已，實在不應該對已經有過一次看護經驗的男人再說這種話。善美的事業早已穩定，不用多做任何事就能自己運作得很好，所以她覺得日子有點無聊，再加上她也有發現宇南是難得一見的好男人，所以最終兩人都還是決定再婚。雖然宇南的女兒當時正值青春期，但是可能從沒想過繼母會是個笑聲如此爽朗的人，所以還算能接受，現在兩人的關係則已經好到女兒偶爾還會偷穿善美的衣服。

「話說回來，我們已經邁入離不開彼此的不惑之年了。」

善美把唱片放在前陣子剛購入的唱片機上說道。唱片機和唱片都是在兩人過去經常到訪的一家爵士酒吧裡購買的，只可惜現在那間酒吧因建築物翻修而暫時歇業。

「嗯，所以？」

「你站起來一下。」

善美把宇南拉起身，雙腳踩在宇南的腳背上。這已經不是第一次了。宇南覺得善美剛洗完澡還有些濕氣、輕巧、白皙的那雙腳簡直完美無瑕，雖然當初也不是特別因為腳而結婚，但是能夠每天看見對方美麗的部分依然是很愉快的事情。善美踩著宇南的腳背，兩人開始在音樂中漫舞。

「夏威夷，我想要去夏威夷，都還沒有去過，明年帶我去好不好？」

「好啊，一起去，不用等明年，下個月就去吧。」

「你工作不忙嗎？」

「再怎麼忙也不可能沒空去夏威夷吧。」

「要不要帶永琳一起去？」

「妳覺得她會想跟我們一起去嗎？」

「也是，她都已經長大了。」

多虧上了大學的女兒愈來愈晚歸，宇南認為可以像這樣經常和太太擁有兩人時光也不錯，雖然偶爾還是會遇見一些像是蜜蜂飛入耳朵的荒謬事件，但是人生也不光只有黑暗面。

「小時候我也有像這樣踩在我爸的腳上一起跳舞，他真的很疼我。」

「我爸也是。」

「啊？」

「幹嘛，我爸也很疼我啊！」

「哈哈哈哈哈……。」

「妳不相信？」

「不是啦，我相信你爸一定也很疼你，我只是不敢相信你以前有小到可以踩在爸爸的腳上。」

兩名早已熟透的中年人士各自回想著兒時踩在父親腳背上共舞的畫面，並試著去想像對方的童年，有點感傷也有點懷念，所以他們一直跳到善美的腳徹底乾爽沒有濕氣為止。

宇南親吻了善美的眼角，由於低頭低得太用力，導致耳朵有點拉扯到的感覺。宇南心想，就算哪天善美的雙眼皮變成了五摺或六摺，應該也會美麗依舊。

韓勝兆

率性做自己的刺青師

勝兆和奄奄一息的狗一同等待著哥哥，「Tei」是哥哥十四年前帶回來的狗，雖然從六年前開始就幾乎是由勝兆自己一個人照顧，但終究還是哥哥的狗。牠的名字來自於哥哥喜歡的推理小說家，是一隻小巧白皙的混種狸犬，究竟是狸犬中的哪一種，就連專家也眾說紛紜。不知為何勝兆總是無法將牠稱之為「我的狗」，所以勝兆和Tei有著一股不屬於彼此的強烈感覺。

勝兆的哥哥勝國當年一進公司辦完手續流程，便被指派到中國工廠工作，雖然中間有回國生活一年半左右，但是最終還是收到了公司的二次派遣，對於Tei來說，那一年半真的很幸福，接下來則是一連串的混亂。每當門外只要有聲音傳來，Tei的表情就會有所變化，勝兆有發現這一點，並低頭望著苟延殘喘的Tei，心裡想著會不會是因為希望與絕望頻繁交錯而啃蝕掉Tei的壽命。勝兆撫摸著Tei的毛，Tei舔了舔勝兆的手和手腕內側，Tei其實滿喜歡勝兆的，只是不到愛的程度。

不論是動物還是孩子們，總是只愛勝國，對勝兆則是不怎麼熱情，也不曉得問題是出在外型還是費洛蒙之類的因素，總之有著極為明顯的冷熱差異。小時候勝兆會很在乎這件事情，但是不知從何時起，也漸漸變得可以欣然接受應該是天生不同的事實。被愛的人往往會為了報答那份愛而用太多力氣，身為三代次男的勝兆在這方面就比勝國自由許多，因為父親生前，勝國就以長子的身分度日，只剩母親時，則以兩個兒子當中更貼心孝順的兒子身分，現在則不曉得是為了回應誰的關愛，不論如何，哥哥勝國一直都是過度用力地活著，甚至說他整個人生是「用力過度」都不為過。勝兆則是往截然不同的方向發展，不論怎麼看都不像是會長壽的家庭，所以他認為乾脆按照自己的意願過日子，不需要太強求自己，比方說，十四歲的老狗快要斷氣時可以陪牠走最後一程，這才是勝兆想要的生活。

獸醫小心翼翼地提議，或許可以考慮讓牠舒服地合眼離開，Tei十歲後接受過兩次手術，現在已經到了需要做全身麻醉的危險地步，就連醫生也愛莫能助。勝兆心想，**多重器官衰竭再加上肺炎，看來和人類的晚年幾乎沒有差別**。勝兆的父母最後也是死於肺炎，勝兆努力讓自己不要想起已逝的父母，每當Tei在呼吸時都會發出巨大的聲響，沒有洗牙的Tei雖然嘴巴很臭，但是勝兆一點也不在乎，還給了牠一個吻。勝兆答應獸醫會回去再考慮看看，但是他心知肚明，這項決定不是他說了算，因為Tei是勝國的狗。

——感覺Tei這次應該真的會離開我們。

兩小時後，哥哥回覆了訊息。

——我現在就過去。

然後哥哥分別在搭飛機前、下飛機後又各傳了一封簡訊。其實不需要傳什麼簡訊，趕快過來就好了，他卻偏要誠實地把移動路徑和抵達時間一五一十地向勝兆報備，這其實很像哥哥的作風。「Tei，我去接哥哥回來喔！」生病的老狗動了動耳朵。「抱歉不能帶你去啊，一定要撐住，等我們回來，知道嗎？」勝兆幫Tei裹上了一條毛巾，老狗的身體已經骨瘦如柴，甚至可以摸出每一根骨頭的形狀。

距離住家不遠處有一大片工業用地，空氣十分溫和，不過也不曉得鼻子和肺聞到這樣的空氣又是什麼感覺。在勝兆驅車前往機場迎接哥哥的路上，他看見了父母相繼離世的那間醫院，每一扇窗都透著白色的光。

「話說回來，比起五十年後所有人類集體滅亡，三十年後所有人類集體變成孤兒是不是感覺更可怕？」

幾年前勝兆交往的女友曾經這麼說過。「可是像我這種不到三十就成了孤兒。」勝兆已經無法回應那名分手的前女友，於是只好對著空氣說話。兩人雖然再也沒聯絡，但有聽說她成了詩人。**居然成了詩人**，勝兆心想她也算是滿奇特的女子，感覺是一不留神就會被樹枝刺傷眼、掉進天坑裡的那種人。雖然女方年紀比勝兆大幾歲，卻總像個在溪邊玩水的孩子般令人很不放心。然而，勝兆也只有不停操心而已，最終兩人的關係沒有開花結果，勝兆認為應該是因為自己有著這方面的缺陷所致，就如同孩子和狗兒們都不愛勝兆一樣，他交往的歷任女友也都沒有在他身邊停留很久。

結果哥哥在勝兆估算的時間點準時抵達，沒有讓勝兆等待片刻。他一身輕便，沒有拖行李箱，只有拎一個出差用的公事包，從他的包包大小來看，應該是只有請幾天假而已。勝國瞅了勝兆的腳踝一眼，看見他新刺的刺青，沒有說任何話，也許是想起了上次兩人起口角的事情。

「那種事情真的稱不上是工作。」

上次返國時，勝國彷彿想要擺出自己是哥哥的架式，一臉嚴肅地對勝兆說道。他的表情看起來像是想說這句話已久、忍耐已久的樣子。

「是嗎？那我做這份工作比以前當上班族還多賺二到三倍的薪水，這又要如何解釋？」

勝兆不自覺地質問哥哥。**居然說這種事情稱不上是一份工作，難道是想要惹毛全國的刺青師嗎？**總之，也因為那討人厭的偏見，反而使勝兆認為，對於沒有家庭的自己來說，這應該是最適合不過的職業，也沒有人比家人對這份職業還如此持有偏見。

專攻視覺設計的勝兆，首次感受到有魅力的領域是文字設計，由於學校沒有開設相關課程，所以他都是在校外自行尋找課程學習。於是他遇見了一名在業界有頭有臉的老師，他進到該名老師新成立的公司裡當實習生，但是領到的薪水少得可憐，僅有六十萬韓圜，明明客戶絡繹不絕，每月也會被報章雜誌介紹，宣傳公司正在進行很不錯的專案，但是讓勝兆轉成正職的事情卻是一延再延。後來勝兆忍受著老師的冷眼冷語，好不容易才轉成正職，領到的薪水卻是業界最低薪資，儘管勝兆看著這樣的數字也只能無奈地笑了一聲，不過為了日後能夠進大公司工作，就必須累積資歷，所以他不辭辛勞地加班，就連週末也去上班。

「你啊，賺不了什麼錢的。」

明明在收費的課堂上是那麼親切的老師，但是搖身一變成公司主管，就會每天讓員工受盡屈辱，過去甚至曾把勝兆的作品扔在地上，勝兆也不想委屈自己去撿那些散落一地的東西，所以乾脆直接用腳踩過那些作品，告訴自己「再撐一年、再撐一年就好」。

後來勝兆得了帶狀疱疹，世界上沒有什麼病是如此疼痛又折磨人的了。洗澡時從蓮蓬頭灑出來的水打在身上時會疼痛無比，穿衣服時也會痛到想哭，這種病只能靠多休息才有辦法痊癒，偏偏勝兆又無法休息，所以最後幾乎蔓延整個背部，彷彿病毒在他身上畫了一張地圖。好不容易痊癒之後又再復發，導致眉毛開始脫落。他突然感受到一股危機，彷彿雙眼也很可能失明，於是再也無法置之不理。

「太弱了，實在太弱。我原本打算把你培養成大人物的，只要步上我的後塵就行，你卻……」

沒想到這句話竟成了壓垮最後一根稻草的致命關鍵。

「我啊，絕對不會老成您這副德行的，那才是令我最害怕的事情！」

然而，用一邊眉毛消失不見的臉說話，是能嚴肅到哪裡去，應該只會看起來很好笑吧，但勝兆還是不後悔自己脫口而出的那句話，甚至感到痛快不已。他留下個人物品，直接走出公司，休息兩個禮拜左右以後，帶狀疱疹也就自動消失了。只不過眉毛花了很長一段時間才長出來一些，至今還是明顯可見比另外一邊的眉毛較為稀疏。在他休息養病的那段期間，突然接獲一名很要好的大學同學聯絡，說他開了一間工作室，叫勝兆有空去坐坐，於是勝兆也沒想太多就去了，甚至連同學開的是什麼工作室都不清楚，直到他走上工作室的階梯，才赫然發現原來是刺青工作室，而他也是在那天晚上突然愛上了刺青。

「我也想刺一個，可以幫我刺嗎？」

「你要刺在哪裡？」

「嗯……身上？」

「等你帶狀疱疹徹底好了以後再刺吧，畢竟這是靠皮膚來當畫布啊。」

所以勝兆一邊等待自己的皮膚變得完好如初，一邊向同學學習刺青。原本還想著要不要去考個刺青師執照，但是由於刺青師法一直沒能順利制定，所以還沒有相關執照可以去考。勝兆和同學坐在工作室裡說了許多國會議員的壞話。

「這樣吧，我負責刺圖案，你負責刺文字，你比我擅長多了。」

勝兆決定每個月付月租給同學，一起共用這間工作室。他沒想到原來幫客人刺他們想要的句子是如此有趣的一件事。有人會先在手肘內側設定好要刺的位置，叫我幫他刺一個虛線圍成的圓圈，以及「靜脈注射處」的字樣；有人則是請勝兆幫他在腳背上刺一句"Didn't we?"詢問之下才知道，原來這句話是那位顧客曾經經營的店面名稱，如今已經關門大吉；另外，還有人請勝兆把〈Here comes the sun〉這首歌的歌詞刺在兩隻小腿上，勝兆忍不住好奇地詢問對方：「看來您很喜歡披頭四？」於是對方羞澀地回答：「嗯，就只是單純想刺這首歌。」

「本來就是這樣的，我一開始也認為一定要刺很有意義的東西在身上，但是後來發現，來刺一些無厘頭圖案的客人反而更有趣。曾經就有一名客人希望我可以幫他刺一艘巨大的帆船，所以我和他商量圖案時，就有問他是否從事與船有關的行業，結果沒想到對方完全不是從事這一行，甚至搭船次數還少得可憐。」

「哈哈，然後呢？」

「後來因為我們兩個都不懂船，所以就選了一艘桅杆很帥的圖案。」

於是，勝兆的身上也開始刺上了一些微不足道的刺青圖案，雖然他曾想過要不要把Tei的臉和名字刺在身上，但牠終究是哥哥的狗，所以勝兆暗自下定決心，要是哪天哥哥想要把牠刺在身上再幫忙刺就好了。

Tei被哥哥緊緊擁入懷中，感受著生病的狗兒所能感受的最大幸福，牠聞著哥哥身上的陌生氣味，彷彿每聞一次就痛一次。

「我的小寶貝Tei，有等我很久嗎？是不是一直在等哥哥回來啊？」

勝兆內心很想代替Tei回答，「我一直在等你，等到連最後一口氣都斷不了。」

「我工作那麼辛苦，只為了給你吃最頂級的飼料，結果其他狗都能活到二十歲，你怎麼這麼快就要死掉？嗯？」

Tei彷彿很抱歉的樣子哼了一聲，流下眼淚。

「哥，你這樣說牠，牠應該會拖著這樣的身體苦撐到你下次回來。」

「是嗎？」

Tei把頭靠在勝國的大腿上，可能只有這樣，還是令牠感到不安，所以牠又用前腳抓著勝國的褲子，安心睡去。勝國身上穿的那條看起來很不方便的西裝褲也還沒換，兄弟倆一起小聲地收看著電視，電視裡正播報著一名演藝圈偶像歌手要退團的消息。

「我可以理解為什麼要退團，畢竟在同一間公司工作七、八年，自然會想離職，這根本沒什麼好責罵他們的。」

「就是啊。」

哥哥一邊說一邊用腳打著拍子，那是該團全盛時期最夯的歌曲，勝兆則是坐在原地用上半身跳著他們的舞步，Tei可能是嫌兩位主人的動作太大，發出了低沉的呼嚕呼嚕聲，使兩人立刻停止了動作。

Tei在哥哥的假期結束後隔兩天離世，哥哥在該年冬天再度返國，並於上班族最不起眼的部位——腳底——刺了Tei的長相和名字，這是勝兆幫他刺的刺青。

「腳底比較容易掉色喔，知道吧？」

「沒關係。」

後來勝兆看見勝國帶女友回來，舉起腳秀出腳底上的刺青並說道：「這孩子在我一抵達，就在被我擁入懷中時死掉了。」惹得勝兆不禁莞爾。

姜韓英　逃離弟弟魔掌的姊姊

弟弟用叉子把韓英的眼睛戳傷是發生在上禮拜的時候，難得一家四口團聚在一起吃晚餐和水果，弟弟韓廷正提議要在學校對面租房子生活的事情，結果媽媽對韓英說了一句莫名其妙的話。

「那妳以後每個禮拜去幫他打掃一次吧。」

「我為什麼要去幫他打掃？」

就只因為這句話，明明是任何人都很可能脫口而出的回應，一支叉子卻突然朝韓英飛來。所幸韓英及時向後閃躲，才沒釀成更慘的悲劇，只是眼下出現了三顆洞，那是叉子的印痕，然後有滲出一點血來。**要是閃避不及直接戳傷眼球的話還得了？**弟弟發怒的間隔愈來愈短，爆炸的次數也日漸頻繁，也許韓廷遲早有一天會把韓英弄死也不一定，那麼到時候大家一定會說：「真沒想到會發生這種事。」**一呿！最好是沒想到。**明明每個人都心知肚明，卻沒有任何人選擇站出來保護韓英，不論是家人、遠親，還是鄰居、父母的朋友都一樣。

爸爸一把壓制住韓廷，將他固定在地板上，媽媽則是撿起散落一地的蘋果，後來也不耐煩地將蘋果隨手扔了出去。弟弟這樣的反應還算輕微，爸媽對於子女拳腳相向早已見怪不怪，一定要有人見血，他們才會理會。

「妳去別家醫院看醫生吧。」

爸爸準備帶弟弟去醫院辦理住院手續時對韓英說道。其實應該不用去看什麼醫生，韓英的傷之所以不嚴重，都要歸功於長年來培養出的自動反射神經。韓英的血已止住，但要是再自己去收拾打翻的水果盤，感覺更低賤卑微，所以她只有靜靜坐在原地，用衛生紙壓住眼下部位。母親走進臥房將門鎖上，房內傳出了母親的哭聲，她也是每年都會被弟弟打傷一次，卻總是要嘴硬說自己「沒有被打到」。

「妳帶一支叉子去醫院，就說是自己不小心跌倒弄傷的。」

爸爸再次提醒，韓英則是什麼話都沒說。原以為會對毫無動搖、冷靜沉著、面不改色的爸爸感到心灰意冷，但實際上韓英感受到的情感反而更接近憐憫，因為要是韓英離開這個家，最終可能要由爸爸獨自一人承受這樣的弟弟，但是弟弟早已長得比爸爸還要高、手臂也愈來愈長，力氣應該也會愈來愈大……韓英再也不會回來這個家，所以爸爸可能到老都要負責這個兒子。

其實韓英在十四歲那年就想要離家出走了，只是到了現在才決定執行。能夠區分正常與否的年齡大約就是在十四歲左右，當時韓英被弟弟硬生生扯下一大把頭髮，真的不誇張，頭皮足足出現一個拳頭大小的空缺，在那瞬間，韓英轉頭望向了爸媽，但是兩人都擺出一臉厭煩的表情，即便頭皮都差點被弟弟活活扒下來，他們也無動於衷。**這個家不正常，爸媽不是正常人，我必須逃離這個家才行。**

長年以來，韓英以為這些都是正常的事情，身為姊姊本來就應該要忍讓，男孩子本來就這樣，畢竟在弟弟沒有出現這些異常行為時，爸媽也都不是什麼壞人。她以為每天身上都會出現數不完的瘀青和傷痕是慣例，爸爸是沉默寡言的人，媽媽雖然情緒起伏較大，但與其說她本來就是這樣的性格，不如說是受弟弟的影響所致。相信任誰都萬萬沒預料到，用獵槍槍托毆打老婆、徒手抓山豬、用頭撞掉主管的牙齒然後憤而離職等，這些流傳在雙方家庭裡已久的暴力傳說，最後會在弟弟身上重新上演。

在韓英看來，能夠矯正弟弟行為的最後時機點是在他兩歲左右的時候，當時他就像個恐龍一樣喜歡咬人、抓傷人，當時應該即時制止糾正而不是將其視為可愛舉動，就這樣一路從家庭、幼稚園到國小，都錯過了矯正弟弟這些行為的黃金期，然後到了無法收拾的地步時，韓英的爸媽則選擇逃避面對現實，「等他長大懂事就不會再這樣了」，說著這些就連自己也無法全然相信的話。每當韓英想起親戚們臉上明顯寫著「這家人有點奇怪」、「這家孩子有點怪」的表情時，她內心的懷疑——「我們家可能不太正常」——也逐漸成為確信，那是一段非常痛苦的青春期。當韓廷變得比韓英的力氣大時，每次無聊就會用腳去踹韓英的肚子，爸媽在場時他會假裝是在逗姊姊玩，爸媽不在時則是用盡全力去踹、踹到韓英無法呼吸的程度，甚至還曾掐住韓英的脖子、抓韓英的手去瓦斯爐上被火烤，所以韓英的指紋到現在還是很模糊。當時她小心翼翼地把尖銳的物品統統藏了起來，家裡也盡可能不邀請朋友來作客，韓英一點也不想要被朋友發現自己是在過「這樣的」日子，她想要和大家一樣看起來正常，雖然對於韓英來說非常缺乏「正常」的感覺，但還是能勉強維持在看似正常的狀態。

而且不只弟弟一人不正常，就連爸媽管理金錢的方式也十分奇怪，他們總是把一疊又一疊的現鈔裝進高爾夫球袋裡，然後再放到陽臺的置物櫃中，只有用一個簡單的鎖頭將置物櫃鎖上，每當媽媽需要生活費時，就會去打開置物櫃取出現金，由於一切看似非常正常，所以韓英還以為其他人也都是把錢保管在家中陽臺，直到她得知沒有人會這麼做時才驚覺事有蹊蹺。當時爸爸是市廳建築科公務員，母親是家庭主婦。**那麼那些錢到底是從哪裡來的？為什麼會拿到這麼多現金？**但是她知道即使詢問爸媽，他們也一定不會給予答覆，所以韓英非常認真地看新聞，就算細節不是很清楚，也隱約可以猜到應該是爸爸有從中收賄，當時發非法建築執照和招標案收賄是最常見的手法，大型開發案好像不屬於公務員等級可以處理的事情，推測應該是和那些欄杆低、用惡質建材、消防車無法通行、過幾年地板就會稍微傾斜導致飲料瓶滾來滾去的那種建築物有勾結……。韓英有一股想要親口問爸媽的衝動，但是最終還是沒有開口，因為儘管年過二十，她還是會害怕面對父母是不正常的事實，所以她只有很認真地收看電視新聞，偶爾會去陽臺偷偷打開那個上鎖的置物櫃，自從銀行開始發行五萬韓圜的紙鈔以後，高爾夫球袋就換成了小箱子，那是別人送禮給韓英爸媽用來裝人參的箱子。

韓英雖然有在打工，但薪水也只有比最低工資高八十塊左右，所以老實說存到的錢並不多。下定決心再也不回這個家的韓英，看著眼前的人參箱子，內心展開一番天人交戰。陽臺置物櫃的鑰匙就放在廚房的抽屜裡，**假如把這些錢統統搬走會怎樣呢？**韓英從幾天前就開始把透過贈品獲得的行李箱、登山包、側背尼龍包，裝滿自己要帶走的物品，她一點一點地從床底下拿出來又推回去，神不知鬼不覺地搬走那些東西，如今只剩下這個箱子還使她猶豫不決，不知道該不該搬離。韓英暗自估算著裡面應該裝有三千萬至四千萬韓圜，她早已找好一起分租房子的室友，她是韓英這輩子見過的人當中相處起來最自在的人，只要有這筆錢，應該夠韓英讀完大學。

韓英赤腳站在陽臺上，用腳推了推花盆裡滲出來的泥土，反覆思索。這時弟弟剛好打電話來，韓英猶豫了一會兒，還是決定接起電話。前天接起弟弟的電話時她還很悶，因為弟弟故作熱情，表現得一副好像從未發生過那件用叉子把姊姊眼睛差點戳瞎的事情，雖然韓英很想對他說：「你比我朋友還不如，甚至比陌生人還不如。」但是基本上韓英對弟弟抱持的情感是恐懼，所以通常只有虛應著，問問弟弟有沒有吃飯、醫院如何、醫護人員如何等，打算漸漸減少接電話的頻率，好讓弟弟不要起疑。韓英明天就會把電話號碼換掉，當她放下手機時，手指有輕輕觸碰到臉頰及眼下，雖然那三個洞已幾乎癒合，卻還是結著一層薄薄的痂。

「我這不是偷，是拿精神賠償金。」

韓英心裡感到輕鬆一些，她把那盒人參箱子抱走了，雖然有點沉，但抱起來還不至於吃力。「我想要自己一個人生活，您們應該可以理解吧？」韓英留了一張簡短的字條在桌上，便走出家門。

她以為自己會很害怕，因為要背著、拖著那些大行李走在路上，應該所有人都會一眼看穿她要離家出走，然後可能也會有人從背後突襲韓英，再把那盒裝滿現鈔的箱子搶走。韓英一直很在意那只尼龍包太薄，會使箱子的形狀顯現出來，所以她不停邊走邊回頭，然而路人對於韓英其實漠不關心，頂多只是將她視為準備要去旅行的女大生，而且當時還是大白天、在家門口前——從今以後再也不會回來那個家。韓英可以明顯感受到離家愈來愈遠，行李箱有一邊的輪子已經損壞，害得行李箱拖起來老是歪斜翻覆。當韓英無所適從地準備過馬路時，某位大叔甚至出手相救，直接幫她提那只行李箱。**真親切，大家都好親切。**

其實韓英知道這只是假象，因為誰也不曉得在路上親切幫忙提行李箱的人，回到家以後面對家人又是呈現著什麼樣的面孔，韓英甚至一點也不想知道人性的另一面會是什麼模樣，她只想與人維持表面上的關係就好。

擺盪在腰間的尼龍包據說是用降落傘材料製成，韓英雖然沒有親自使用過降落傘，但是感覺可以想像那種徹底解脫的心情。

她分別搭乘了地鐵、公車各一次，終於抵達位於學校對面的朋友家裡。行李箱在公車地板上不停滑動，還要扶著公車上的把手，下車時感覺手臂簡直要殘廢。但是就連這種肌肉痠痛都令韓英心情愉悅，她原以為這會是心情極差的一天，沒想到離家愈遠心情也愈如釋重負，彷彿成了一顆種子，隨風旋轉飛揚；或者成了一顆掛勾形狀的種子，掛在衣服上、羽毛上，翻越高山的那種感覺；抑或是進入動物體內、通過幽暗漫長的骯髒消化器官，最終在糞土中萌芽的那種種子。**我從腸子裡逃脫出來啦！**韓英心想。朋友用熱情的嗓音歡迎著韓英，她的聲音穿透到玄關外，還直接衝出大門迎接韓英。朋友家是五坪大小的套房，下個月開始兩人要一起分租的房子則比這間大一些，朋友家的玄關小到連放行李箱的地方都沒有。

「妳總算來啦！真的來了！」

從今以後要當室友的這位朋友芝芝，其實一直很擔心韓英會不會都已經簽好房子租約卻臨時變卦，除了搬家的問題以外，她還擔心韓英是否能成功逃離那個家，以及她會不會一直過著被家人突襲的日子。韓英不得不承認，要是沒有芝芝，她一定無法履行這項多年來的心願。芝芝其實是池連芝的小名，不只韓英，所有人都是這樣稱呼她。兩人買了豬血腸、炸雞丁和鳳梨啤酒回去，然後將手機放在紙杯裡，播著火星人布魯諾的歌曲，跟著節奏即興搖擺。由於房內空間實在太小，兩人一直撞到彼此，甚至還有一份文件掉落在芝芝的頭頂。

再加上因為房間隔牆很薄，隔壁鄰居可能嫌吵，還敲了敲牆以示抗議，所以還未播完五首歌曲就只好作罷，也許只有遠在天邊的火星人布魯諾，對於韓英來說不構成任何威脅，她害怕隔壁鄰居說不定是個凶神惡煞，所以又變得膽怯畏縮。

「明明他們每天都比我們還要吵。」

芝芝嘴裡念念有詞。

韓英抱持著來露營的心情，在朋友家裡住了半個月左右，然後兩人就搬離了住所。韓英從人參箱子裡取出現金，在學校網站上的二手物出清專區買了一台還算堪用的電視，因為她想要讓芝芝用大一點的螢幕收看她每天都會看的模特兒實境秀節目，別再用那小不拉嘰的筆電螢幕觀看。那是充滿著感謝的禮物，也是搬家後新買的第一台家電用品。韓英萬萬沒想到的是，幾天後她會從電視上得知父親的消息。其實父親並沒有出現在電視裡，他的名字也沒有被登出來，但是她看見了非常熟悉的市廳名稱，以及可能與人參箱子有關的非法收賄新聞。韓英洗碗洗到一半轉頭望向電視。

「妳還要看嗎？」

對新聞內幕一無所知的芝芝問道。

「不用了。」

於是芝芝便將電視轉了臺。

金革賢

英雄救美的麻醉醫師

革賢的腦海裡不停重複上演著天才少女掉入他懷裡的那一剎那，她輕如羽毛，頸部和腰部安穩地落在革賢張開的手臂裡，革賢居然接到了那顆驚人的頭腦——宛如法貝熱彩蛋般稀有珍貴的頭腦，沒讓它碰到地面。

雖然所有人都對革賢的眼明手快感到嘖嘖稱奇、讚譽有加，但其實那不是瞬間的反應能力，而是因為他一直目不轉睛地盯著天才少女看，所以才會察覺到她即將昏倒的徵兆。少女的身體重心有稍微偏移晃動，就如同陀螺即將停止旋轉時那樣，當時革賢正在眺望天才少女進行的手術——胃癌手術，不論是棘手困難的手術還是簡單無比的手術，只要是天才少女操刀，就會顯得很不一樣，彷彿像是在看芭蕾舞或韻律體操等需要力與美兼具的表演。雖然天才少女已經是一名不折不扣的成年女子，但是因為仍保有某些容易令人聯想到少女的特質，所以大家都毫不彆扭地稱呼她為「少女」。有些人也會稱她「外科金泰熙」。不過可以確定的是，不論哪一個綽號，她本人都是不知情的。

革賢其實對於許多人誤以為麻醉痛症醫學系比其他醫學系讀起來、工作起來輕鬆又簡單一事，充滿無奈，因為事實並非如此，不僅一點也不輕鬆，甚至比大家想像中還要辛苦，需要加倍努力。雖然每次幫患者開刀的主角都是外科醫師（surgeon），但是為了讓外科醫師可以專心開刀，其他所有雜事都得由麻醉科醫師承擔；比方說，要讓患者在意識不到疼痛的情況下睡著，還要使手術部位的肌肉放鬆，而這時通常會使用肌肉鬆弛劑來緩和患者的身體肌肉，但是如果操作不慎，就會很容易導致神經受損，因為隨著手術時間拉長，皮薄肉少部位的神經就會被手術床壓迫，所以每一次進行手術前都必須先理解患者的姿勢，並於容易壓迫到神經的部位仔細塞滿海綿墊來支撐，這也是屬於麻醉醫師的工作範疇。雖然看似只是一個小舉動，但要是忽略了這個步驟，就很有可能使患者一輩子受神經痛所苦。而且麻醉科醫師在開刀房裡不只要照料病患的一切，還要將地上一堆凌亂的手術儀器與設備電線整理乾淨，然後蓋上腳踏墊，好讓開刀房裡的人不要被電線絆倒，不停思考著醫護人員的動線，並且想盡辦法讓發生失誤與事故的可能性降至最低。換言之，就跟舞臺監督的角色很像，必須比別人還要細心縝密，也要能同時處理多件事情，否則很難勝任這項職務，尤其在手術正式開始進行時更是忙碌，要不停隨時確認患者的呼吸、血壓、脈搏、體溫、施打的藥物等，掌握整個手術過程的每一個環節才行，片刻不得閒。雖然當麻醉科醫生用「眺望」兩個字來概括這些所有過程時，乍聽之下似乎很悠哉，但其實那並非單純在一旁觀望，而是隔著手術遮擋布幕與外科醫師共同分擔開刀房的掌控權，而且是跨領域地尊重彼此。儘管現在的革賢已經是每一位外科醫師都爭相合作的麻醉科醫師，但也並非從一開始即是如此。要不是天才少女，他還差點放棄走麻醉科這條路。

天才少女可能沒把這件事放在心上，但是對於革賢來說卻是意義非凡。他和天才少女是同梯的實習醫師，但革賢不是這間醫院的醫學研究所出身，而是畢業於二線城市的地方學校，他因為想要在首都圈累積實務工作經驗，所以才轉到這間醫院實習。然而，當他真的開始實習以後才發現，他的手根本就是動物的「前腳」，大家都是這樣形容技巧不佳的手，就連抽血都抽不好了，還想怎樣走麻醉科，簡直就是想要抱「前腳」痛哭的心情。當時和他同一組的實習醫師裡正好有位天才少女，神奇的是，每一次輪科的時候都會更換組員，但他每一次都剛好被安排和天才少女一組，在革賢還笨手笨腳的時期，天才少女從未對他擺過任何臉色，甚至還代他進行，戴著乳膠手套更顯精明幹練的那雙手，不停地在患者的血管上舞動。後來革賢也手忙腳亂地模仿著，久而久之便學得有模有樣，「前腳」也終於進步成人類的雙手。天才少女偶爾會傳授他一些實用的技巧，而且說明得非常詳盡，光聽她解釋就能在腦海中生動地想像到那些畫面。她始終如一，從未顯露過一絲一毫的不耐或厭煩，永遠氣定神閒，令人嘆服。雖然對於革賢來說是職場上的貴人，但那也早已是好幾年前的事情，如今隔著口罩是否還能認出彼此更是未知數。天才少女總是被人稱讚「聰明人還懂社交很難得」，但其實在革賢看來，她是因為夠聰明所以才假裝自己很樂於社交，不然她根本就不像是這種性格的人。

「大家都有吃早餐嗎？」

天才少女昏倒的那天，正式開刀前，有人向大家問道。

「還沒。」

「今天沒能來得及吃。」

「我也是。」

住院醫師、實習醫師、擦手護士，沒有一個人有吃早餐。

「啊，我有吃早餐耶……」

革賢感到有點不好意思。

「果然還是麻醉科的ＱＯＬ比較好。」

天才少女只用露出來的雙眼微笑表示羨慕。醫院裡的人總是習慣將「Quality of Life」用縮寫ＱＯＬ來稱呼，與其說是因為忙碌而用縮寫，不如說是因為不太好意思直接講「生活品質」，但革賢始終無法理解這到底有什麼不好意思。革賢其實很想要幫天才少女準備早餐，就如同在開刀房裡輔助她一樣，在開刀房外也想要照顧她，為她提升一點ＱＯＬ，看來還是很喜歡她，雖然他已經暗戀她很久了，但是過去這段期間完全沒對她做任何表示，只有在心中承認，然後一直默默地看著她，直到天才少女失去身體重心、眼皮跳動為止。在只能看到兩隻眼睛的開刀房裡，光是看對方的眼睛就能感知到許多事情，因為他們只能用眼睛來表達整張臉所能透露的訊息。

革賢迅速起身將椅子拖著地板向後推，然後快步衝向前去接住了正在向後倒的天才少女，他這輩子從未如此慶幸過。

雖然他內心很想一直這樣抱著她，但是很快便將天才少女交給了別人，並盡快找出天才少女手背上的血管，為她注射葡萄糖點滴，也在她嘴裡放了一顆葡萄糖錠。

「哇，竟然馬上就找到她的血管。」

站在革賢身後的醫護人員表示讚嘆。「當然囉，這可是跟她學的呢……」革賢暗自在心中回答。所幸天才少女過沒多久便醒了過來，手術也已經幾乎完成，所以交由住院醫師接手也無大礙。天才少女向革賢致謝，然而她的兩眼還有點無神，這令革賢十分擔憂。「她要是忘記是我接住她的，怎麼辦？」雖然天才少女從未對革賢計較過任何事情，但是革賢這次想和她計較一次，畢竟都英雄救美了，叫她請吃一頓飯應該不為過吧？

不過就如同食物有保存期限，藥也有保存期限一樣，計較也是有期限的。革賢一直在等待可以和天才少女再次一同參與手術的機會，幸好等待的時間沒有很長，兩人很快又有了合作機會，那是一場四小時的手術，雖然傳聞中「只要是天才少女開的部位就不會流血」的確是誇大其辭，但是會出現這樣的傳聞也是其來有自，畢竟想要對卓越非凡給予盛讚，乃人之常情，更何況又有多少手術是在患者甦醒前充斥著謾罵、失控與混亂的，只是患者不知情罷了。開刀功力不怎麼樣，但是很會做其他事情而留在大學醫院裡的外科醫生也屢見不鮮，相較於那些人，天才少女的手術是不管開刀時間多長都可以放心從旁觀看的，只要她不昏倒就好。

「你有擔心我這次會不會也在裡面昏倒嗎？」

開完刀以後天才少女主動先向革賢搭話，革賢不自覺地說了「哎呀～哪會～」這反應簡直像極了中年大叔。

「我當時好像都沒能好好跟你道謝。」

「哎呀～不會啦～」

「拜託別再哎呀了，拜託！哎呀個屁啊！」革賢錯愕得直冒冷汗。不過他也終於有機會可以對天才少女計較一次了。

「那……還是說妳請我吃點好吃的，總不能只有嘴巴上說謝謝吧！」

於是天才少女那小巧聰明的腦袋面對著革賢停頓了幾秒，她瞬間聽懂了革賢的意思，發現這其實是在向她提出約會邀請，革賢可以明顯感受到腳底已經在流汗，他真心希望醫院的地板可以在這時瞬間塌陷，然後像漫畫裡的角色一樣直接逃到樓下。

「那我們明天早上七點半在隔壁棟的甜甜圈店見，如何？」

「好，沒問題。」

那天晚上，革賢幾乎沒睡。他千頭萬緒，不停思考著天才少女說要請吃早餐究竟是什麼意思？當天早上八點還有一臺刀要開，卻約七點半吃早餐，當然，有可能是她真的太忙沒時間，但這會不會是打算跟革賢劃清界線？想要趕快吃完麵包打發掉他？還是純粹喜歡吃甜甜圈？難道是對革賢很反感？可能是熱愛甜甜圈，但卻討厭革賢也說不定。革賢感覺自己被一顆龐大的甜甜圈壓住身體，動彈不得，他淺淺地睡著。後來他睡睡醒醒，不知不覺間天色已亮。他看著鏡子裡的自己，本來就不是多帥的臉蛋，經過徹夜難眠以後更顯憔悴。

「這裡都沒人耶。」

從天才少女的臉上實在看不出她是從值班室還是從家裡過來，她早已坐在店裡喝著咖啡等待革賢。她居然選了一個沒什麼人的店，難道是因為害羞？革賢的腳底又開始直冒汗。

「感覺甜甜圈已經過時了，我看對面的貝果店人潮絡繹不絕，油滋滋、甜膩膩的甜食竟然沒有人要吃了，好可惜喔。」

是嗎？難道她只是單純喜歡吃甜甜圈？

「要是吃又油又甜的食物，應該就不會暈倒了。」

兩人一起選了各式各樣的甜甜圈放在托盤上。

「其實我每次只要進你的手術室就會異常安心，手術也會進行得格外順利，該怎麼說呢，有點像是某種定律。」

「真的嗎？」

我的天啊，怎麼會回她這句話，拜託說點有內涵的話吧，在如此聰明絕頂的女子面前，怎麼樣也得展現得有內涵一點啊！好吧，還是喝口咖啡吧，先喝再說。

「聽說這棟建築物之後會有影城進駐耶。」

「真的嗎？」

難道今天是換成只會說這句話是不是？每次見面只會重複說同樣的話是嗎？你不是有很多話想對她說？告訴她因為對她一見鍾情才留在這間醫院、看她執刀最開心、一起結婚吧、你很會煮飯也很會做家事、絕對不會讓她經歷為了結婚生子而被迫中斷工作的事情、不論育兒還是任何大小事你都願意包辦、自己生來就是為了協助她的、這些念頭早已在腦海中想過無數次……不不，還是乾脆告訴她根本不期待這麼多，這些都只是你一個人在癡心妄想，要是能輕輕牽一次那猶如奇蹟般的巧手就死而無憾了。

「等電影院開幕以後好想來這裡看一場電影。」

這次終於沒有再脫口而出「真的嗎？」我該怎麼接她這句話才好？原來妳喜歡看電影啊，不行，快想想有沒有什麼聽起來比較聰明的回答。再加上他剛好嘴裡還塞著一大口甜甜圈在咀嚼，所以錯過了回話的機會。

「這次我請你吃甜甜圈，下次換你請我看電影好嗎？」

「好。」

天才少女主動提出了第二次約會邀約。革賢在她尚未把話說完之前，就先急忙點頭答應了，而且答應的速度，快到令他有些尷尬。其實革賢也沒有很喜歡吃甜甜圈，但是在那當下，時間彷彿停止般，他甚至覺得就算這輩子只吃甜甜圈都無所謂。這應該是要約會的意思吧？現在這也算是在約會，對嗎？

「是約會喔！」

天才少女彷彿會讀心術般，一語道破了革賢心中的疑惑。後來咖啡因好像開始在身體裡起作用了，革賢出現了耳鳴的症狀，天才少女采苑說她接下來有刀要開，所以先回醫院。革賢好不容易忍住了想要像個跟屁蟲一樣跟在她身後的衝動，在店內的化妝室裡揮動著他的「前腳」手舞足蹈。這是一個充分值得開心的日子，然後革賢瞬間領悟到一件事情——她其實一直都知道我喜歡她、暗戀她已久的事實。她到底是怎麼知道的？從什麼時候開始知道的？

也許是從眼神中得知吧。

◎● 裴尹娜

親見學生割腕的講師

尹娜很喜歡在週末早晨去貝果店，她會點一顆貝果、一杯咖啡，總共三千六百韓圜，這間店平日客人絡繹不絕，因為有許多上班族會順路經過入內購買，週末少了上班族，店內則顯得悠閒許多，所以尹娜每個週末早晨都會帶著一本書去店裡，慢慢享用自己的貝果早餐，這是她的專屬樂趣。比起貝果，這間店的奶油起司種類更為繁多。老闆偶爾也會在店裡顧店，但通常還是以工讀生為主。有兩名女高中生在那裡打工，看起來只有週末才會去上班。尹娜對於其中一名工讀生尤其印象深刻，她覺得這名工讀生很可愛，每當尹娜猶豫著該選哪一種奶油起司口味時，那位工讀生都會直接選一款口味推薦，或者挖一小匙讓尹娜試吃品嚐。不過她沒有什麼笑容，屬於不苟言笑，卻又不失親切的那種人。尹娜曾以面無笑容卻和藹可掬的人的國度為主題寫過一首詩，這孩子剛好就像從那國度來的。

這位女工讀生經常身穿一件印有兔子圖案的大學T，巨大的兔子卻有著一張極度憂鬱的臉。

「這是我看過世界上最憂鬱的兔子。」

尹娜曾經不自覺地脫口而出過這句話。

「所以我才會買這件衣服。」

該名女工讀生回答。

後來隔沒多久，尹娜就不慎墜入路面上的天坑，等她出院以後隔一個禮拜的週末又去了這間貝果店，發現大門深鎖，沒有營業。**該不會倒閉了吧？最近店家的汰換率未免也太高，怎麼都撐不久就收攤了。**尹娜有些失落。所幸再隔一週又看見這間店重新開張了。然而開心也只是一時，尹娜發現工讀生只剩下另外一名女同學，經常身穿兔子大學T的女學生則不見蹤影，轉由老闆親自顧店。

「之前還有一名女同學怎麼沒來上班呢？她離職了嗎？」

尹娜不假思索地隨口詢問，然而只見眼前這名工讀生滿臉憂傷，老闆也長嘆了一口氣，害得尹娜彷彿成了千古罪人般，問了不該問的問題似的，她坐在店裡一會兒就受不了尷尬的氣氛，匆匆走了出來。後來事隔多日，尹娜才在理髮廳裡聽聞到這名女學生的噩耗。**她居然被人殺害！到底是誰要殺她？是誰要置一名十八歲女孩於死地？**那天晚上尹娜獨自一人在家，恐慌症又發作了。很晚回到家的煥毅雖然為此深感自責，但是尹娜實在難以開口對他述說這一切，因為要是煥毅反問：「妳私底下跟那女孩熟嗎？妳知道她叫什麼名字？幹嘛把所有事情都想得那麼嚴重？」尹娜也無話可說。

尹娜的家面朝東邊，一大清早的艷陽直直灑入屋內，就算眼皮感到沉重，也比住院時早起。夜裡不知是否又有人被殺害、遭逢變故。尹娜高舉雙手，伸了個懶腰。她還能幸運活著其實只差千鈞一髮之際，而她也飽受那「千鈞一髮」的感覺所折磨，因為她的手臂差點就要腐爛，死亡距離她很近，總是離得非常近，就如同陌生男子在地鐵裡不停用身體過度貼近妳的那種感覺，令人厭惡至極。有些人會無視於死亡的存在，專心過自己的日子，但尹娜是屬於老是會回頭確認身後有無死亡在靠近的類型，也好比整個地鐵車廂停電般，她的內心變得黯淡無光。

也許是因為小時候有生過病的關係，尹娜小時候曾罹患短暫發作的輕微癲癇，後來似乎是因為「癲癇」這個單字被衍生成詛咒或謾罵，所以現在大家才會改用「腦電症」來稱呼這項疾病。尹娜自己也是花了很長一段時間才有辦法毫不避諱地使用「癲癇」這個單字，而且是在她開始寫詩以後。她發現世上最會說自己這邊痛、那邊痛的人是詩人，多虧這些善於用華麗詞藻包裝疼痛的同業人士，她才得以說出自己曾經罹患過癲癇的事實，更何況和她一樣生病的人也不少。尹娜一方面覺得如釋重負，一方面又覺得悵然若失。**假如我們所寫的詩，其實是癲癇後遺症或癲癇發作下的產物怎麼辦？**這可能是尹娜永遠不得而知的事情。

尹娜的癲癇並不嚴重，不會導致休克或全身顫抖。發作當時只有十幾歲的她，一直保有意識卻突然發覺無法呼吸，有時候臉部和手臂也會麻痺，手臂以下則沒有出現過症狀，不論多麼努力也吸不到空氣，導致她痛苦不堪，絕望到心想再也撐不下去時才好不容易恢復呼吸。她當時每一季都得去大醫院進行腦波檢查，頭髮間要擦一堆黏乎乎的東西，檢查完以後清洗頭髮的地方也是不方便到一種極致，因為要到一處很像老舊醫院專門清洗拖把的那種大水槽洗頭髮。而且做完檢查以後還會像漫畫裡的人物一樣呈現爆炸頭的狀態，所以也無法回家再洗。尹娜都是在醫院裡先洗一次，回到家再重洗一次。她偶爾也去做核磁共振檢查，當年的收費比現在高出許多，檢查室裡溫度偏低，有時候會讓妳醒著去做檢查，有時則會幫妳打一針，睡著推去做檢查。進到核磁共振儀裡的心情宛如躺進棺材。**等我哪天死了，應該也會覺得這麼冷吧，也會感到窒息吧**。原以為這樣的日子會持續不斷，沒想到吃藥吃到第四年的時候，竟然奇蹟似地痊癒了。尹娜的身體再也不會出現痲痺症狀。

如今她還跟一名專門進行核磁共振檢查的男人住在一起。雖然尹娜曾經告訴過煥毅，自己小時候生過病的事情，但是煥毅並沒有將其視為多麼嚴重的事，畢竟那是他每天都會面對的情況，所以在他的認知裡這根本就只是小事。尹娜也將過去這場病遺忘了將近二十年之久，但她發現自己其實並沒有真的遺忘。當她第一次經歷恐慌症發作時，她還以為是癲癇又發作了，因為胸悶、難以呼吸的症狀極其相似。

尹娜整理著住院期間家裡收到的郵件，煥毅已經將其他郵件先整理好了，但認識的詩人寄來的詩集、一些小禮物等都還未拆封，有些是遲來的問候，有些則是期待尹娜早日康復的祝福，正好是要準備慢慢開始回信的時候。尹娜拆開了其中一封信，裡面有一隻尹娜喜歡的黏土動畫主角蜥蜴，牠身穿雨衣、手上拎著一只採集香菇用的菜籃。尹娜看著那隻蜥蜴笑了，寄件人是曾經介紹演講工作給尹娜的燦珠前輩，尹娜滿心歡喜地馬上撥打了電話。

「妳現在有辦法走路嗎？」

「嗯，幾乎痊癒了。」

「那要不要來見我啊？」

連一張卡片都沒附就直接寄一隻蜥蜴玩偶來，這十足是燦珠的作風，臨時叫人去找她也完全是她的處事風格。燦珠是比尹娜大十四歲的詩人。自一九九〇年代起至二〇〇〇年初為止，出過三本詩集和兩本散文集，據說燦珠靠著這幾本書賺了很多錢，甚至還買下一棟大樓，然而傳言終究也只是傳言，尹娜知道其實燦珠當年因為合約沒看清楚就簽，反而只有讓出版社老闆賺滿荷包，但如今出版社已經倒閉，導致她該拿的錢都沒有拿到。雖然未必是因為這件事情的關係，但燦珠近十年來已經不再提筆寫作。尹娜和燦珠走得比較近以後，曾小心翼翼地提過自己其實一直都很希望燦珠可以繼續寫下去，想要再閱讀燦珠的文章，然而她得到的回應卻只有三個字：「鎖住了。」她沒有仔細說明究竟是像鎖頭被鎖住，還是像水龍頭被鎖住。也許是因為她覺得自己被鎖住，所以才會抽著大量的電子菸。在電子菸尚未像現在這般普及前，她就已經從第一代型號開始使用。有一次還因為機器故障導致她直接吸入液體尼古丁，引發急性尼古丁中毒而休克。儘管她如此荒謬地住進了醫院，出院後仍以討厭研究室充斥著菸味為由，繼續使用電子菸，電子菸廠商根本應該要頒發一項忠實客戶獎給她才對。就算電子菸比傳統紙菸好，也不能一整天都不離口吧。雖然每次見面時尹娜都會這樣暗自心想，但是因為她很喜歡燦珠，所以就連這種摧毀自我的一面，她也選擇包容接納，認為畢竟她都被「鎖住」了，抽個電子菸也是情有可原，哪天要是自己也被「鎖住」，可能同樣會自行服用一些有害物質也不一定。

燦珠的研究室裡還有學生，所以尹娜在外面的走廊等了一會兒。爬著樓梯上來時，尹娜感受到腳踝有些痠痛，但是她知道接下來一定還會再痛個幾年，所以不如盡早習慣這種痛感。她突然意識到自己的身體重心正壓在另外一隻沒有受傷的腳上，於是趕緊重新調整站姿，身體只要受過一次傷就會變得害怕膽小，習慣依賴沒有受傷的那一邊，但也往往因此而使得原本完好的那一邊因承受過多壓力而受損，物理治療師其實已經警告過尹娜會有這樣的現象，最好像舞者一樣時時刻刻意識自己的身體重心。尹娜把身體重心想像成是身體裡的一根金屬中心軸，然後緩慢而僵硬地像個機器人一樣，在走廊上用身體描繪著各式各樣的圖案，跳著機械舞。尹娜專注聆聽從研究室裡傳來的含糊嗓音，學生們究竟在裡面談什麼？會不會是自己也認識的學生？她可以確定的是，裡面一定是在談某項嚴肅的話題。

「唉，頭好痛。」

燦珠一看見尹娜便開始抱怨。她一臉愁雲慘霧的樣子，看上去彷彿老了好幾歲，原本看起來只有比尹娜年紀大一點的臉，短時間內卻蒼老許多，都快要顯露出兩人相差十四歲的事實。

「發生了什麼事嗎？」

「妳不知道啊？我們系要被合併啦！」

「是喔……」

雖然尹娜早已知道這是遲早的事，但她不免還是有些驚訝。不只是文藝創作學系，就連藝術大學和人文大學裡的數十個科系都被整併。雖然表面上是說為了提高學生就業率與大學評鑑，但實際上也許是整體社會希望大學可以只培養出企業需要的人才也不一定，這就跟直接表明不想要你們這些只懂順從的乖寶寶沒兩樣，而且只要目睹任何不公不義，就會想要除掉那些吹著喇叭的喇叭手。尹娜帶著一絲絲的被害意識心存狐疑。

「妳應該不是文藝創作系畢業的，對吧？我記得是國文系？不過這次國文系有幸運躲過一劫，人文大學的日文系、法文系、德文系、哲學系都被廢除了，只剩下國文系、英文系和社會系。」

「感覺這些系也都只是名義上留著而已，要是以這樣的趨勢來看，國文系也不曉得還能撐多久。」

「就是啊……妳有看到同學們在這前面靜坐抗議嗎？」
「我剛剛是從學校後門過來的，所以沒看見。」
「學校竟然因為學生要靜坐抗議而把飲水機統統拆掉搬走，到晚上還會直接切斷所有電源。」
燦珠轉開瓶裝水，將其倒入熱水壺中，長嘆了一口氣。
「學校還真夠狠。」
「感覺學校就像一面高牆，大家彷彿是在對牆說話，我看我也該辭職回去專心照顧老母親了。」
「令堂最近身體可好？」
「每況愈下。」
尹娜感覺生活裡充斥著每況愈下的事物，所以有些難過，而且還不是緩慢漸進式地變糟，而是猶如腳底突然出現一個大坑洞般，劇烈地變糟。
「不過妳都只是說說而已，我知道妳不是那種會自己先落跑的人，妳不可能放著學生們不管。」
「我想要待到這些孩子畢業，但也不曉得學校會不會讓我留在這裡，因為已經被黑掉了。」

「被合併的話到底會變成什麼系呢？」

「數位內容……什麼的科系，具體系名根本記不住。他們老是把數位內容是未來趨勢掛在嘴邊，投入的金錢卻全都進了那些專門抽佣金的騙子口袋裡，最後只是苦了這些要上大學的孩子。他們將教職人員縮減到三分之一，然後取個看似光鮮亮麗的系名，但有什麼用呢？愚蠢至極。總之，事已至此，不曉得明年是否還能讓妳來開課了，實在抱歉啊，我是為了這件事情叫妳來一趟的。」

「我無所謂，反正身體狀況也沒有好到可以開課。」

「那妳有其他規劃嗎？」

「還沒有……不過早已想過自己不可能一輩子教書。」

「妳要去學生靜坐區那裡看看嗎？同學們看見妳應該會很開心。」

兩人慢慢享用完咖啡以後，便一同前往靜坐抗議帳篷區。尹娜看見了幾個熟悉的面孔坐在帳篷底下，地上鋪著野餐墊，身上包裹著小毛毯。幾名同學是因為平時上課展現絕佳文筆而令尹娜印象深刻，有些則是雖然文筆欠佳，但卻感覺有不論做任何事情都能成功的特質，所以讓她有印象。這些孩子明知道當今社會已經不重視他們想做的事情，甚至也認為沒有價值，卻還是毅然決然地選擇了這門科系，並且為了讓那些比自己晚進來的學弟妹也能有這樣的選擇自由，而坐在那冰涼的地上抗議。他們看起來再也不像一群孩子。尹娜和他們打過招呼以後，便去福利社買了一些熱飲和零食回來，所幸福利社還沒被學校鎖上。尹娜感到脖子一陣涼意，於是從包包裡取出了絲巾圍住脖子，她這時才意識到這條絲巾是燦珠送給她的。

系上其他教授和別系的教授們也統統聚集在靜坐抗議區。

「我們即將在教授會議中發表聲明書，現在正在研擬聲明書內容。」

尹娜站在後方默默聽他們討論，學生們談論著大字報、網頁文宣、社群平台經營、爭取外部資源、印刷品、斷食抗議、剃髮示威、占據校長室等事宜，目前尚處初期階段，當時坐在尹娜旁邊的一名男同學嘴裡念念有詞，雖然他說話的音量小到沒有人聽得見他在說什麼，但他還是繼續不停地說著。後來他終於用比較大的音量說道：

「我們已經輸了。」

這時現場的人才聽見他的發言。

「你可以有這樣的想法，但請不要這麼說。」

其中一名教授回應。該名男同學站起身，他身穿刷破的牛仔褲，膝蓋看上去很冷，尹娜一眼便認出了他，因為他很會寫詩，寫比較多痛苦負面的詩境。他總是頂著一顆大平頭，所以也幾乎沒什麼頭髮可以剃成光頭，不過他那圓滾滾的頭型也的確適合理這種平頭。他似乎是要去上廁所，從鋪在地上的墊子站起身，往初冬的豔陽中走去，然後彷彿忘了東西似地又掉頭回來，從一坨麻線中翻找出某樣東西後便轉身離去。

其他人繼續討論著，但不曉得為什麼，尹娜的視線一直離不開那名男同學逐漸走遠的背影。靜坐抗議區設在中央圖書館旁，男同學走到圖書館大門口前停下了腳步。尹娜看著他身穿大學外套，手上似乎拿著什麼東西露在袖口外，尹娜思考著他剛剛究竟回來拿了什麼。

不會的，一定是我看錯了。

然而，那是一把美工刀，當尹娜確定是美工刀的那一瞬間，男同學已經在用它劃破自己的手腕，而且劃得很深，霎時，整個校園彷彿時間暫停，經過圖書館前廣場的數百、數千雙眼睛，都瞬間聚集到男同學的手腕上。在極其短暫的沉默與騷動之間，尹娜隨手抓了一雙鞋急忙穿上，開始朝那個方向奔跑。鮮紅色的血液濺在整齊排列的磚頭上，那不是向下直流的血，而是向上噴灑的血，就如同殺雞時濺出來的血一樣，尹娜手裡拿著絲巾，**我必須趕快去幫他止血，拜託現在千萬不能發作，拜託不要。**

尹娜沒有事，雖然已經開始眼淚直流，但沒有出現任何身體不適的症狀。尹娜穿過所有人，跑到該名男同學身邊，急忙用絲巾捆住他的手腕，捆完後剩餘的絲巾則用來按住依然血流不止的傷口部位。鮮血已經滲到尹娜的手指間。

「圭翼！圭翼！你幹嘛這樣！」

一名女學生從後方尖叫道。尹娜想起來了，這名男同學名叫圭翼，韓圭翼。尹娜的呼吸變得急促，拜託現在不可以，其他人紛紛跑了過來，讓圭翼平躺在地，並將受傷的那隻手臂向上抬高，幸好當時有幾名護理系的學生就在附近。尹娜放開了緊握絲巾的手，默默向後退離，她坐在地上將頭埋在雙膝之間調整著呼吸。

都是同類。

尹娜突然想起了圭翼曾經寫過的這句話，這下她才終於明白，都是同類的意思。那些認為基礎根本不重要的人，決定要將大學整併的人，不去奠定有形與無形的基礎，只知道將前人打下的基礎全數摧毀的人，就算腳下無基石，只有流沙也毫不在意的人，甚至是把那些圍觀巨大坑洞的人落井下石……這些人，都是同類。尹娜想要親口對男同學說些話，感覺非說不可。

然而，這些話只有含在口中，沒有辦法脫口而出。尹娜淚流滿面，手指間的鮮血也逐漸乾涸，所幸這時耳邊傳來了救護車的鳴笛聲，這間大學裡有附設醫院。

當愈多同類聚集在一起，我們就愈需要異類，需要喇叭手，需要不會突然反悔的人，而我們現在就是為了不反悔而做選擇。尹娜站起身，靠近正要被抬進救護車的圭翼說道：

「你不一樣，我們需要你。」

圭翼的眼神透露著訝異，不過隨即流露出明白的神情。也許是尹娜自己的錯覺也不一定，因她說得十分倉卒，不過可以確定的是，那名男學生的眼神流露出有接收到他想要聽到的訊息。尹娜經常從學生的眼神中看見那種神情，她都暗自在心裡稱這種眼神為「接收信號的光芒」，雖然她還有好多話想要對那名男同學說，但她決定等來日再聊。只要尹娜還有機會開課，就能夠再告訴他自己的想法，就算不幸沒有機會開課，她相信總有一天還能重逢。

尹娜望著救護車沿山坡向上駛去，這時燦珠將手搭在她的肩上給予安慰，尹娜則將頭暫倚靠在燦珠身上。

李豪　受幸運之神眷顧的「泡芙教授」

一九四〇年生，生日是二月八日，龍年農曆正月一號出生。

每當李醫師這樣介紹自己的出生年月日時，現在的學生都會一臉茫然，彷彿在想：「韓戰前、光復前、大韓民國成立以前出生的這個人，居然還在職場上工作？」儘管如此，他也只是個七十多歲的人而已，多的是和他一樣延後退休的同事。李醫師並非為此公開自己的出生年分，而是年輕人太欠缺想像力，他早已養成了自己收尾的習慣：「好了好了，我已經七十多歲了，別再胡思亂想嘍！」有時他會自行做認知能力測驗，一切都顯示為正常，他知道自己只是比較幸運的那一個。

其實他要是不說，從外表看上去簡直就像六十幾歲的人，因為相較於真實年齡，他的皺紋不算多，頭髮雖然已經斑白失去挺度，但是頭旋附近的毛髮還堅挺有力，所以學生們都會稱他為「泡芙教授」，圓圓的臉配上那一頭凌亂的白髮，簡直就像泡芙裡的卡士達醬流出來一樣。李醫師回想起當年其他教授被同學們取的綽號，不免感到慶幸自己的綽號還算不難聽。如今他已經不再親自幫病患看診，轉而走慢條斯理的研究路線，並像母雞帶小雞一般擔任學生們的老師，甚至就連開課都不固定，比較接近專題演講，偶爾才會開一堂課。居然把一個沒什麼產值的老人繼續留在醫院裡，李醫師推測醫院應該只是想要借重他的權威，畢竟他可是國內外皆具知名度的感染內科醫師。其實他也是因為十多年前國際團體裡內定的位子臨時取消，而被迫來到這間醫院，並非一開始就打算來這裡任職，而且當時處於已經離開原本服務的醫院狀態，還在思考自己該不該退休，就收到了這間醫院的邀約，最後因為決定還是想繼續工作，所以接受了院方的邀請。他每天都從首爾開一小時半的車來醫院上班，至今都還能反應靈活地駕駛車子。

他雖然心知肚明自己在這裡只是象徵權威的老爺爺，但是為了盡一份力，每天上下班都還是會先經過急診室。他通常都會去幫那些因為肚子痛而就醫的患者進行觸診，在他那個年代接受訓練時，還沒有像現在有這麼多聰明高端的機械設備，就算有也資源不足，只能仰賴聽診器和手指頭作為診斷工具。不過現在已經有許多了不起的機械設備，所以大幅降低了觸診的重要性，但還是無法取代觸診既簡單又快速的特性，尤其「快速」這點對於急診室來說是很有幫助的，每當泡芙教授對著患者的腹壁敲一敲、按一按，直接說出「是肝！」「是脾臟！」「是腎臟！」的時候，就可以縮減許多檢查時間，所以對於急診科來說，李醫師是不可多得的貴人。雖然他通常都是提供這種微不足道的幫助，但也有幾次是在千鈞一髮之際拯救了患者。因此，還曾有傳言說他每天「上班救三個、下班救三個」，只是那依然是誇大不實的傳聞罷了。現在的年輕人已經找不到真正值得尊敬的長輩，所以只要讓自己看起來有點帥氣，他們就會欣喜若狂。儘管他內心是這麼想的，但還是不排斥受人矚目，所以每週都還是會刻意穿一次比較高級一點的花呢夾克，搭配一頂充滿紳士感的帽子去醫院上班。

「請問您是如何和另一半組成家庭的？」

有時候會有人問他這樣的問題。其實面對這種問題，李醫師也不知道該如何回答，因為純粹是運氣好，不可思議地運氣好，這是最真實的回答，但是這樣說很奇怪，應該會被提問人投以異樣的眼光。

一九四〇年，他生於釜山，也長於釜山，拜這樣的生長背景所賜，才得以免於遭遇更艱辛困苦的韓戰時期。父親是數學老師，日治時期用日文教書，光復後則用回韓文教書。數學是充分可以這樣教的科目，也幸虧如此，李醫師的家境雖然不算富裕，卻是在相對安穩的環境中長大。在充滿變革的二十世紀中葉，能夠在安定的環境中成長已經是很不容易的一件事，鄰居們經常送曬乾的魚給父親以表尊敬，所以李醫師從小就立志要從事受人尊敬的職業。他並非因為貪圖那些魚貨，而是思考被稱為「先生」的工作中，哪一種工作最缺人手，然後發現是醫生。最後他是靠膝下無子的親戚幫助，才得以北上首爾求學，然後再靠國家支援遠赴美國留學。留學時期，雖然日子苦到快要營養不良，但是每當快要餓死之際，就一定會有貴人出手相救。所幸他沒有得結核病，在那個時期，結核病十分恐怖，許多親戚也都死於該病。韓國目前仍尚未擺脫結核病，但是大家都沒有很嚴肅看待這件事情。總之，他瘦得像一根竹竿，每天只有埋首苦讀。當他沒能領到獎學金時，有人就會幫他找到其他隱藏版的獎學金，他經常受人幫助，不停地受人幫助，並不是因為他有多厲害，他雖然頭腦不笨，也喜歡讀書，但畢竟這種人多如牛毛。不論他達成了什麼事情，都是歸功於運氣好、有人出手相救，而且偏偏就是有那麼多人在適當的時機伸出援手，如此受幸運之神眷顧的人生，在哪裡還有呢？

遇見太太也是全憑運氣，當時太太是患者，拔掉智齒的位置因為出現發炎，而牙醫又開錯了抗生素給她，導致被緊急送來醫院。原來她是對阿莫西林系列的抗生素有嚴重過敏，但是都到那把年紀了竟然還不曉得，實在很神奇。後來李醫師開了其他款抗生素給她，並且寫了一張紙條「不可以用阿莫西林喔！」給她，叫她放在皮夾裡隨身攜帶，紙條上還順便附上了自己的手機號碼。當那些過敏紅點消退，不再嘔吐以後，他發現原來這女生長得還滿漂亮的。幸好太太似乎也挺滿意李醫師，後來有主動撥打電話給他。因此，假如太太的牙醫是開其他款抗生素的話，兩人應該就不會有機會相遇了。當時太太只是個正在就讀美術大學的學生，後來在畫家這條路上並沒有走得很成功。雖然在李醫師眼裡看來，太太的作品畫得很不錯，但是在別人眼中似乎就沒有到很好的程度。儘管沒有成名，但是基本上對於美的事物是很有敏感度的，李醫師在遇見太太以前從沒想過和這種人在一起，人生會變得多麼豐富，比方說，太太會蒐集用完的玻璃罐，就算是蒐集這種沒什麼用處的東西，也絲毫不會看起來凌亂無章，不用特別在罐子裡裝什麼，顏色、透明度、形狀就能融合得很好，宛如高級擺設物品般，非常具有質感。每次和太太一同散步，就會看見十幾幅美麗的畫面，腳程偏快的李醫師，從太太身上學習到放慢腳步享受走路的方法，也學習到放眼遠處與近處的方法。再加上有點出人意外的是，太太對於美麗事物的敏感度，在投資不動產這件事情上也起了幫助。

「感覺這一區將來會變得很美麗。」

雖然李醫師不知道太太說的美麗究竟是什麼畫面，但是後來事實證明，該區真的有變美麗，地價還翻倍成長。就算當時那個年代，醫生的待遇比現在好很多，卻也仍是有錢的繼續有錢、沒錢的更加沒錢。假若太太投資不利，他可能也無法繼續待在大學附設醫院裡讀書、做研究，而且太太從未對他苛求過一定要出去賺錢回來，甚至就連李醫師長時間忙到無法回家，她也都自己一個人過得很好，李醫師完全不曉得太太在撕玻璃罐上的貼紙，也不知道她整天走訪首爾市外圍郊區，甚至好幾年都很放心地去東南亞和非洲參加醫療志工服務。他其實並沒有想要讓太太孤單一人，絕對不是，他只是到了中年不禁開始擔心，人生不可能總是如此好運，要是沒有把自己得到的幫助回饋給其他人，感覺一定會遭遇不幸……。雖然這應是吃飽太撐的煩惱，但是當他向太太傾訴時，至少太太是接受的。在他出國擔任醫療志工的期間，也沒有面臨任何危機。沒有遇到鱷魚，也沒有染病回來，甚至還能在當地寫幾篇對職涯發展有幫助的論文。

而在他工作變得比較不忙之際，他認為太太還在世是最大的幸運，因為看著周遭其他失去伴侶的朋友，難免會感到十分惋惜。夫妻兩人都活在人世真是莫大的好運，太太的視力退化不少，但是用那雙眼睛還是能幫丈夫挑選出帥氣的夾克外套和帽子，兩人還會為了預防老人失智症，而參加文化中心開設的排舞（Line Dance）課程，老師不會要求他們做太困難的動作，所以總是抱著一顆輕鬆的心情去學舞。前陣子李醫師從文化中心返家後對太太說：

「假如我們倆過得不愉快了，那就一起走上黃泉路吧。」

「好喔。」

「那我們一定要先灌腸再走，一定要先灌完腸才能死。」

「好，就這麼說定了。」

「最好的方法是一氧化碳中毒，要是想靠著吃藥尋死，可能會害到其他人……」

「我們等到時候再想怎麼死吧。」

李醫師已經不方便去海外做醫療志工服務，所以他都會每個月去附近的月亮村進行義診，那裡的老人都比李醫師年輕，但看上去十分蒼老，都是一些運氣比較沒那麼好的人。在那裡可以明顯感受到人生的不公平，他們會憤怒地要求醫生多開一點藥，但是明明又不會全部吃完，尤其對其他年輕醫師更是毫不客氣。臉只有巴掌大小的孩子彷彿在家裡只有吃速食一樣，免疫力奇差無比，雖然有勸他們要多吃水果才能保持體溫，但應該很難，所以一感冒才會馬上變成肺炎。被冷風吹得臉頰通紅的孩子，向李醫師搭話。

「爺爺。」

站在一旁的實習醫師難掩吃驚。

「不能叫爺爺，要叫醫生喔！」

「是爺爺沒錯啊，怎麼啦？有什麼事嗎？」

「請問要從什麼時候開始功課好才能當醫生呢？」

「你想當醫生啊？」

「嗯，可是我功課不好。」

「不只功課好，運氣也要好才行。」

感覺孩子好像不太能理解運氣的意思，畢竟要親身經歷過才能體會什麼叫做運氣好，就跟乘風破浪一樣，原以為浪會被衝破，但是一波接著一波，從未停過，人生也是如此。李醫師不愧是留學生出身，他認為自己這一生只是一條「超級車道」（Great Rides），而這條車道即將到達終點，所以分一些運氣給其他人也無妨。

「我把我的好運分給你一些吧，來，握手。」

孩子噗哧一笑，伸出手來握住李醫師的手。他一定心想：「真是個無聊的爺爺。」

當李醫師抵達家門口時，從門外就聞到了烤魚的味道，魚依舊是美味的食物，跟小時候吃到的味道一模一樣，李醫師覺得自己已經吃得夠多了，一點也不貪求更多，儘管腳下的大浪全都支離破碎也無所謂，因為至今已擁有太多，失去一些也無所謂了。

文永琳

男友劈腿的失戀女大生

爸媽去夏威夷的時候，她和男朋友分手了。父母感情要好雖然不是什麼壞事，但是當她預料到自己會失戀時，坦白說多少還是會感到有壓力，因為每當她需要抱頭痛哭時，在面前的兩人要是散發著濃情蜜意，只會使她心裡更加難受。所以爸媽剛好在這時候去夏威夷旅行，對於永琳來說完全是絕佳機會。她昨晚見了男朋友最後一面，和他把話講清楚，重新整理了兩人之間的關係。永琳坐在房間地板上，背部倚靠著床邊，想像著身體裡的水壩，等待水位上升。早知道應該跟著他們去那什麼歐胡島還是茂宜島的地方，但是能像這樣獨自在空無一人的家裡嚎啕大哭的機會也確實不多。

永琳是淚腺特別發達的孩子，當時她並不知道這會是問題，畢竟要是媽媽死了，假如孩子仍不哭才奇怪。永琳的生母是在她七歲那年過世的，她從母親生病開始就經常哭泣，所以等於是哭了將近兩年時間，時常抱著外婆、阿姨、奶奶、姑姑大哭，有時候也會有不太熟的親戚跑來突然抱住她痛哭，那麼永琳也會跟著潸然淚下。要是哭太多覺得頭暈，就會喝個水再繼續哭。不論人多或人少都愛哭，早上和睡前也要哭。

「妳再這樣哭下去，臉都要破洞囉！」

曾經有人對永琳這樣說過，雖然她已經想不起來是誰說這句話了，但那個人說的沒有錯，真的破了個洞，只是不在臉上，而是在內心某處。永琳經常會意識到這個洞，原先一開始是在母親過世時出現一個小洞，後來隨著不停地哭泣，有人對著永琳不停表示同情、憐惜，那個洞也日漸擴大。

奶奶和外婆似乎認為眼淚會把成長過程中需要的養分統統帶走，所以不論是去奶奶家住還是去外婆家住，都被餵食許多食物，通常都是煮肉類和煎餅類給永琳吃，也就是祭拜用的食物。也許她們是覺得透過養胖永琳，可以洗去自己的傷痛也不一定，因此，永琳的體重在短時間內暴增，雖然不到爸爸宇南的程度，但是因為她骨架大，只要長一點肉就會看起來很臃腫，像隻熊一樣。年幼的她雖然討厭自己變胖，但另一方面也想要試圖靠吃來彌補心靈上的空缺。當時她走在路上會引人側目，在學校裡也經常被人指指點點，聽見別人在背後說那些殘忍的話，每當碰上這種情況的時候她都會默默哭泣，雖然世界上沒什麼國家會對肥胖的女孩親切寬容，但是韓國似乎尤其嚴苛。永琳每次回憶起童年都會感到不寒而慄，感覺好像當時就連舌頭都變胖了一樣，說不出話來，不論在學校還是補習班，總是想要找個角落躲起來，但是又因為太胖而藏不住身體。經過三番兩次地抗拒上學過後，宇南變成得花更多心思去照顧永琳，不停試著努力去理解她的心情，然而，一名體型壯碩的男子仍然無法全然理解另一名體型豐腴的女子。

「我也很大一隻啊，又沒怎樣。」

「爸你可能覺得沒什麼，但我覺得自己彷彿成了一隻怪物，你不懂啦！」

永琳想要嘗試努力向爸爸說明，宇南卻依舊滿臉無奈。

直到高中和繼母善美一同生活以後，一切才逐漸好轉。一開始永琳因為善美的華麗外表，而擔心會不會像電視裡出現的那種繼母一樣可怕，也因為對於父親有了第二春的事實感到備受打擊而哭了許久，但是後來發現善美的性格根本不像巫婆，反而更像王子，甚至有一種多了一位爸爸的感覺。真不知道該用豪爽來形容，還是自信感爆棚，抑或是她過分單純又健康，感覺任何形容都不夠貼切。後來經過這麼多年，永琳找到的最佳形容是，繼母是自帶類似污水處理廠的那種人，可以自行過濾掉任何悲劇，只要撒一些藥物進去，打開濾水器運轉，就會瞬間將悲劇淨化為喜劇。雖然對於她本人來說是再好不過的優點，但有時候也會在不當的時機點放聲大笑。假如永琳因為和男友分手一事而哭得唏哩嘩啦，結果繼母卻在一旁捧腹大笑的話，光用想像的就令永琳頭痛不已。

「話說回來，心靈匱乏的人其實會過得很辛苦喔！」

善美和永琳一起生活沒多久便對她說道。

「啊？」

「那種人永遠都會輸給別人。在我看來妳不是因為體重而感到痛苦，是因為內心的關係吧。」

這是第一次有人幫永琳點出問題，永琳一邊啜泣一邊暗自感嘆，**看來那遲鈍的老爸終於找了個聰明的女人結婚**。匱乏、空虛、孔洞，其實都是指同一件事，那是永琳心中的一處空缺。

「雖然關於心理的問題，我幫不上什麼忙，只能等妳隨著年齡漸長自行排解，但要是因為體重問題而使妳痛苦加劇，那麼現在就先來處理體重的問題吧。畢竟哪有什麼肉是花錢還減不掉的呢？對吧？」

多虧有繼母的幫忙，永琳在大學入學前終於瘦到接近正常的體重，還無視於爸爸的反對，去做了雙眼皮和隆鼻手術。總而言之，她看起來再也不像一隻熊。當她做完隆鼻手術已經幾乎消腫之際，她已經可以很自然地稱呼繼母為「媽媽」。永琳雖然嘗試減肥多年，但是她的胸部依然維持在D罩杯，所以有時候胸罩的鋼圈還會被折斷，必須每次趁善美去香港或新加坡出差時，就拜託她幫忙買內衣回來才行，她自認能夠託繼母買內衣就已經跟生母沒什麼差別了，所以經常以「媽媽」來稱呼善美。宇南依舊是難以理解太太和女兒之間所發生的關係變化，但是每當永琳稱呼善美為媽媽時，他都會眉開眼笑。**真是個傻瓜爸爸熊**，永琳暗自竊喜。

雖然永琳已經變得比較不那麼愛哭，但是善美說的內心匱乏亦即心裡的孔洞依舊存在，永琳一直試圖想要靠戀愛來填補那個洞，這往往是年幼痛失母親的孩子長大以後最容易犯的失誤。沒能嶄露頭角的人本來就占大多數，再加上二十歲出頭的年輕人更是平庸無奇，所以靠戀愛不僅填補不了內心匱乏，甚至還把永琳推向了更糟的深淵。

「妳看妳壯成這樣，我是因為妳奶大才跟妳交往，結果妳卻跟我裝什麼矜持？」

「聽說妳國中的時候超胖，是吧？我都聽說了，有人說他認識妳，把妳的過去都告訴我了。」

「妳是在哪裡做的整形？那裡面是不是有塞矽膠？」

怎麼會每一次選到的對象、接近我的對象都是這種敗類。永琳最後發現正是因為自己只有到這種程度，所以才會吸引同樣程度的異性。每當她結束一段短暫或漫長的戀愛時，她的日常都會徹底崩壞，而且為了不讓父母發現，她花了許多心思隱藏，有時候會選擇不回家，在外面獨自哭到深夜。

她原以為這次的戀愛結局會不同於以往，對方是和她一起上同一堂課、外表看起來也人模人樣的學長，比永琳大兩屆。永琳的學校以戲劇社最出名，對方剛好是該社團出身，所以聲音非常雄厚，很像配音員。有一次，課堂上一名交換生在簡報時可能因為緊張過度而昏倒，當時這名學長就有跳出來即刻救援，因為他服兵役期間是當義務消防員，所以在救護車抵達前一直都是他在搶救，永琳就是被他當時那帥氣的模樣迷得神魂顛倒。然而兩人正式交往是在隔年，永琳結束第二次休學重回學校的時候，兩人才走得比較近一些。

「要不要開車去載妳？」

「你還有車？」

「嗯，但是是卡車，會不會覺得很丟臉？」

「不會啊。」

居然是卡車，那看來到時候從小套房搬家時應該會方便很多。這大概是永琳當下聽到卡車時腦海中浮現的第一個念頭。但是當男友真的開著一輛卡車到家門口時，永琳才發現那並非卡車，而是老舊的吉普車。難道他當時是在跟我開玩笑？是我沒慧根所以沒能聽懂他的笑話？永琳一邊想著一邊坐上了副駕駛座。正當車子才剛起步沒多久的時候，男友便開口問道：

「妳知道這是什麼車嗎？」

「啊，抱歉，我都沒看就直接上車了。這是什麼車？」

坦白講吉普車看起來都大同小異，雖然永琳曾經在網路上看過一篇文章寫到，「女人可能只分辨得出金龜車或者寶馬迷你等比較可愛的車款，其他車種根本分辨不出來。」並對此感到憤怒，但其實假如有人真的叫她去分辨車款，她也的確沒有自信能拿下好成績。汽車對於當時的永琳來說，還是陌生又不感興趣的領域。

「看來永琳妳很不拘小節喔！」

當男友這麼說時，永琳突然感覺一陣背脊發涼，彷彿不知不覺間通過了某項測驗一樣，這樣的對話老是不斷上演，沒有什麼事情是比考試測驗更令人惴惴不安的了，更何況永琳是真心喜歡男友的，比過去交往過的歷任男友加總起來都還要喜歡，所以她很希望自己可以通過男友的隨堂測驗，導致每次和男友碰面約會時她都會繃緊神經。

某天，她拿了一堆高跟鞋去學校對面的修鞋店修理，約莫有六雙左右，有些是比較好的，有些則是不到幾萬韓圜的便宜貨。雖然善美曾告訴她，人生能穿高跟鞋的時期沒多少年，所以一定要保養好膝蓋和腳踝，等接近三十歲的時候再穿高跟鞋，但是永琳想要現在就打扮得漂漂亮亮。正當她把高跟鞋從袋子裡一雙一雙拿出來時，男友在身後發出了短短一聲「嗯……」雖然短暫，但很明顯是負面的口吻。永琳頓時心頭一驚。

「鞋子很多喔！」

「我也就只有這幾雙……因為這些鞋跟都很快就磨損了。」

送修完高跟鞋以後，兩人走出店家時，永琳連忙解釋。

「我認識的一名姊姊是自己買工具來修耶，看起來好像沒有很困難。」

「還是我也來試試看自己修？」

「沒有啦，也不是要妳一定要這樣做。」

為了買善美的禮物而去百貨公司時也有發生類似的事情，由於事前善美有先指定好想要的禮物，所以連選都不用特別選，那是一罐國產品牌的精華液，雖然平時善美用的保養品更高檔，但是為了考量到永琳的經濟能力，善美特地只選了一款比較經濟實惠的保養品，其實永琳可以多添幾萬韓圜買更好的送給善美，但是因為有男友在身邊，她一直很在乎男友的觀感，於是還是選了媽媽指定的那款精華液去結帳。當他們在等待店員打包的時候，男友又用隱約帶有偏見的口吻問道：

「妳媽都用這個牌子嗎？」

「不……她什麼牌子都用……」

為什麼我要代替媽媽向他作解釋？媽媽是自己賺錢自己買比較好的保養品來擦，有什麼問題嗎？永琳有點納悶。雖然現在家境有比較好一些，但是過去爸爸被公司以榮譽退休之名勸退時，家境也沒很好，而且如果真要追究，學生開車，就算不是什麼好車，有車可開的男友應該家境也不差吧，到底為什麼要老是說這些奇怪的話，永琳心裡有點不是滋味，甚至想去男友家看看到底他媽媽都用什麼牌子的保養品。

後來男友載著永琳兜風的時候，車裡傳來了熟悉的音樂，永琳又面臨了另一種形式的測驗，那首歌是收錄在多年前某一組樂團的第一張專輯裡，通常是十幾歲青少年熱愛哼唱的歌曲。

「哇，我很喜歡這首歌耶，國中時期暗戀的男孩去唱卡拉ＯＫ時有唱這首歌，好懷念喔！」

「真假，妳說這首？」

男友反問時還夾帶恥笑的聲音，所以這次永琳再也忍無可忍，直接嗆了他幾句。

「我覺得有些人會恥笑別人小時候喜歡的歌曲還滿高傲自大的，正因為那是一首好歌，所以才會被人一直傳唱下去啊！」

「好啦，好啦，抱歉喔，是我的錯。」

雖然永琳得到了道歉，但是傷透的心並沒有那麼容易痊癒。尤其因為那首歌經常在廣播節目中播出，所以每次聽見的時候，都會想起當時被男友恥笑時那種討人厭的感覺。

儘管交往過程中充斥著永無止盡的評分測驗，但是永琳對男友的愛仍不減，因為至少他不會像歷任男友那樣對永琳無禮，也不是屬於不仁不義的人，是個比較接近柔情蜜意的，每天都會對著永琳說無數次的「妳很漂亮」。儘管永琳是經過徹底的努力才有辦法擠進「漂亮」的範疇，她也心知肚明自己並不漂亮，但是每當男友稱讚她漂亮時，她心裡的那個孔洞、匱乏，總之不論叫什麼，就是每晚會使永琳流淚的那個部分，感覺都會被這句話給治癒、填補、癒合，就算男友說這句話的時候通常都是在兩人有肢體接觸時，但無所謂，總之對永琳都是有幫助的。而且男友最大的優點是，不論何時，只要永琳需要，他就會出現，有時候永琳會沒來由地心情低落，那種時候，他也會開著那台老舊的吉普車來找永琳，一直陪她到深夜凌晨，能夠做到隨時陪伴在側著實不易。

然而，最終永琳發現男友並不是只對她如此體貼，而這也成了兩人之間最大的問題。某天，比永琳大一屆、平日很要好的學姊突然約她一起吃飯，然後在吃飯過程中猶豫了很久，才對永琳說出了實情。

「永琳，我聽到一個滿奇怪的消息，當時只是覺得應該不太可能，所以也沒想太多，但是……」

內容大致上是永琳的男友和一名與學姊同社團的女成員關係匪淺，疑似有劈腿，雖然永琳和那名女子不同科系，但是因為都在同一棟大樓，所以永琳也對她有印象，她是個難以用言語形容、活潑可愛洋溢的女子，很容易引人注目，結果竟然是和她……

永琳認為自己很了不起，竟然可以忍到爸媽出國去旅行為止，明明當下就算氣到爆炸也不為過，但是自己居然先嚥下了這口氣，看來多少有訓練出一點自制力。男友的辯解根本荒謬至極，他說自己並沒有劈腿，只是在瞭解彼此當中。

「瞭解彼此個屁！你以為自己是什麼男明星喔？」

永琳實在忍無可忍，只好這樣回嗆男友，沒想到對方的回答更是離譜。

「妳不可以這樣說她，她比妳更努力、更成熟，觀念思維也很正確。」

「你說什麼？」

永琳原以為自己會爆哭，但是她竟然不自覺地笑了。天啊，難道是承襲了繼母，而且還不是親生母親的特殊能力？當她不屑地噗哧一笑時，自己也嚇了一跳。總之那份譏笑有如實傳達給對方，這次也換我來恥笑你一下吧。永琳再也沒多說什麼，直接調頭離開了現場。

其實今天很想要好好大哭一場，但是不論等再久，水壩裡的水位依舊沒有上升。永琳後來放棄哭泣，起身走去客廳。唱片機是一項非常陌生的東西，永琳的爸媽買回來這台機器時，令她感到十分訝異，但是自從學會如何操作以後，發現原來不夠乾淨的音質反而別具魅力。她翻找著裝滿黑膠唱片的箱子，然後找到了那首歌曲，那首被男友鄙視的歌曲，但那不是原本的搖滾版本，而是由一名女主唱用溫柔的嗓音改編的巴薩諾瓦版本。

永琳將那張黑膠唱片放在唱片機上，走進了廚房。乾拌麵，要不要來吃一碗乾拌麵呢？她找出一個有長長鍋柄、容量剛好的鍋子，將鍋柄當成是戀人的手，送出去又抓回來，逗趣地跳著舞，從廚房跳到客廳。昏暗的客廳玻璃窗就像一面鏡子倒映著永琳的身影。

「沒關係，很漂亮。」

這是她第一次嘗試對自己說這句話。

趙喜樂

結束酒吧人生的爵士樂迷

已經關店兩個月了，飽受折磨的口腔潰瘍和腿部紅斑已經幾乎不見，其實那些症狀從初次發病開始就一直存在，早就習以為常。比起這些問題，關節炎反而更使喜樂感到困擾，每當他在調製簡單的調酒時，都會感覺手臂快要斷掉，如果為了取出材料而彎腰時，都會覺得身體快斷成兩截。明明做出動作的每一瞬間都痛苦無比，但是不曉得為什麼，客人都認為喜樂是慢條斯理的人，看起來很愉悅。喜樂心想，一定是因為音樂而產生的錯覺，如果是這樣，那就成功了。

喜樂是在高中時期發病的，就算是罕見疾病，也不至於會死，但喜樂還記得當時父母嚇得臉色蒼白的畫面。他原以為只是嘴巴很容易破洞，直到生殖器也出現潰瘍以後才驚覺不妙，趕緊去醫院看診。然後他聽到了這輩子從未聽說過的病名——畢賽氏症候群。聽說「畢賽氏」是一名土耳其醫師的名字，他將這項疾病做了系統化的整理。人們都說罹患不治之症的人最後會和疾病成為朋友，與其為伍，不再抗衡，而是擁抱病痛，但是喜樂從未有過這種感受，他實在無法和畢賽氏症候群當朋友，就如同初次與一名土耳其中年男子見面一樣，永遠都難以親近，於是不知不覺間就迎來了不惑之年。

三十世代其實不論做什麼都是對的，因為相較於不曉得該做什麼事而感到痛苦不安的二十世代，三十世代實在好太多。至於四十，四十世代則有點不一樣，感覺人生過分安定，彷彿每天都在投擲著不會出現好數字的骰子，雖然看起來還不像中年卻已是中年，本來只要身體出現發炎就要拖比較久才會痊癒，但現在是一有發炎就會拖至少一個月以上。

自十七歲那年到四十歲為止，中間究竟都發生了哪些事？喜樂好不容易說服了以為兒子罹患恐怖疾病的父母，讓他進到應用音樂學系；原以為可以順利作曲，沒想到自己並沒有這方面的天賦，但是他的打鼓實力還算傑出，剛進入大學時，他和大家一樣沉迷於搖滾鼓，後來才漸漸轉向打爵士鼓。爵士鼓的輕柔緩慢節拍一點也不亞於搖滾鼓的華麗瞬間。雖然獨奏也不差，但是他更擅長即興伴奏。唯有在演奏時，喜樂才會徹底忘卻渾身上下的大小潰瘍，至今他依然會懷念當初專注投入的瞬間。其實大部分的鼓手都只有手臂粗壯，下半身則相對貧弱，但現在的喜樂就連手臂肌肉都逐漸消失無蹤。他並不是因為關節炎而停止打鼓，因為在他決定不再打鼓之際，關節炎還沒像現在這般嚴重，純粹是因為樂團裡的成員各奔東西，所以必須另謀出路。光靠在梨泰院或弘大的演奏收入已經難以支撐生活，因此他還有在幾間小公司上班，偶爾也會打一些零工，之後關節炎就變嚴重了。他其實並沒有想要玩音樂玩到上了年紀再來找工作，他不是對音樂這麼有野心的人。

那間店他經營了四年，正因為是開在租金便宜的老舊商店街裡，才有辦法撐到四年，要是開在首爾，就未必能撐這麼久了。這間店的招牌叫做“Didn't we?”，當時是基於想要問自己「已經玩夠久的音樂了，不是嗎？一切都很美好，不是嗎？」而取的店名，只不過客人似乎對這樣的店名都沒有感到特別喜歡就是了。

「感覺很像搭訕的臺詞。」

曾經有人這樣說過，但其實喜樂和搭訕一詞是八竿子打不著的人，從十七歲至四十歲為止，他從未和某人談過一場真正的戀愛，交往時間也都不長。雖然表演時比較容易有女生主動接近他，但是最後都不了了之。每次和交往對象接吻時，喜樂都無法把嘴巴張開，主要是一方面會感到疼痛，另一方面是不想被對方發現潰瘍。其實愛是靠黏膜進行的，但是喜樂的黏膜不論從上到下、從裡到外，到處都有問題，儘管是在幽暗的地方並肩而坐、頭靠肩膀，他也會很沒自信，被焦慮不安的心搞砸關係，因為他會一直很想問對方：「要是在陽光下，妳還會喜歡我嗎？」

「妳喜歡哪一種人？」

「你是指男生嗎？」

「對，妳喜歡哪一種類型的男生？」

「我不看臉，只要皮膚乾淨就好，像你就皮膚很好啊！」

當初那位邊說邊撫摸喜樂臉龐的女孩，如今也已經四十。她的四十過得如何呢？應該是活在燦爛的白晝裡吧，應該不會跟一個像喜樂一樣只能在夜裡工作的男人在一起，希望她的另一半是符合當初她期望的類型。

也許只有喜樂過著內向自卑的夜生活也不一定，畢竟其他罹患畢賽氏症候群的人都毫不在意地與人分享著黏膜過生活，可能是喜樂太過在意。這不是什麼傳染病，也不是遺傳性疾病，無法使他敞開心扉的原因應該不是這項疾病，而是他自己本身。總而言之，四十歲，已經被固定住了。

喜樂靠著和客人之間的互動，排解了與人社交的欲望，他的常客從二十幾歲到七十幾歲都有，年齡層廣泛；有些人很懂爵士，有些人則是對爵士一竅不通。曾經有三名看似護士的女子來到店裡，一直在餐巾紙上塗鴉作畫；一對大學生情侶則是每當結束一首演奏曲時，男方就會湊向女方為她做解釋；另外還有一名打扮光鮮亮麗的婦女，每次都會和一名長得像熊一樣的男子，手勾手坐在店裡欣賞音樂；然後還有長相相似、穿著風格卻截然不同的兄弟倆，喜歡並肩坐在吧臺前大嗑花生。當初喜樂是因為資金不足，所以才沒能開一間海島風情的酒吧，但店內的氣氛整體來說還是營造得不錯。

「想當年我在留學的時候，那座城市裡也有一間爵士小酒吧。」

儘管炎炎夏日也一定會身穿帥氣夾克外套的爺爺，不時會向喜樂搭話。他不是屬於會倚老賣老、對人說教的類型，所以喜樂一點也不討厭這位客人。

「當時我還不太懂爵士樂，只是每次經過那間小酒吧都會覺得音樂很好聽，每次做完清潔大樓的工作回家時，都已經是深夜了，那間店卻還在營業，要是想進到店裡聽音樂，就至少要點一杯飲料才行，每杯飲料的價格都落在兩塊或兩塊五毛美元，可我卻沒錢消費。後來我乾脆站在店外角落假裝等人，畢竟也不能明目張膽地在店外徘徊，於是就這樣每天去偷聽一、兩首歌再回家。直到有一天，店裡有個人走出來向我比了一個過來的手勢，你都不曉得我當時有多麼害怕，深怕他會過來對我說：『我觀察你很久了，每天都來聽免費音樂，看我怎麼教訓你！』因為叫住我的那個人身材魁梧，一眼看上去就覺得不好惹，於是我畏首畏尾地走了過去，沒想到他居然對我說只剩下三首音樂了，叫我直接進去裡面坐著聽比較舒服，然後我坐在店裡最後方的位子，聽著聽著，眼淚就情不自禁地奪眶而出了。也不曉得當時是因為音樂太動聽才流淚，還是對方釋出的善意使我感動落淚。那天店家打烊時，我想說還是不能這麼厚臉皮地免費聽完音樂就拍拍屁股走人，所以還幫忙他們整理店內桌椅。雖然那天犧牲了一些睡眠時間，但也留下了一段難忘又美好的回憶。」

「哇，您還記得當時都聽了哪些曲子嗎？」

「我就是不曉得，所以才百般努力想要找到那些曲子，感覺只要聽到就會馬上辨認出來，目前還在苦尋當中。其實後來我有因為學校會議而重返那間酒吧，我看店面還在，景物依舊，人事已非，老闆已經換人做了。當時我坐在同樣的座位上，心情卻五味雜陳。」

這名老人每次只要戴著帥氣的帽子走進店內，就會為整間酒吧增添氣氛。他始終如一，只點無酒精的調酒。

「您是滴酒不沾嗎？」

喜樂曾經基於好奇詢問過他。

「因為我要開車，我家離這裡很遠，路上也很塞，所以想要等車潮過了以後再回家。」

某天店裡的一名常客走進店裡，他是一名年輕醫師，眼睛圓滾滾，不知為何總是泛著淚光，他撞見了這名老紳士，然後就默默向後退，走出店外，這一幕正好被喜樂看見，他從那名年輕人的腰間綁著醫師袍，看出他是在醫院工作的醫師，老紳士則是沒注意到這名年輕人，只有看見喜樂。

「請問您是醫生嗎？在這附近的醫院上班？」

老人十分驚訝地面對他的提問。

「你怎麼知道？我看起來有那麼無趣嗎？」

「不不，這倒……不至於……」

「要是我從事其他行業，會看起來比較有趣一點嗎？年輕時我讀過路易．巴斯德（Louis Pasteur）的故事，至今都令我印象深刻，尤其是面對被瘋狗咬的少年約瑟芬（Joseph

Meister），他左思右想，猶豫了許久，最後決定嘗試用只有做過動物實驗的狂犬病疫苗為這名少年做治療，我很喜歡這一幕，而最後少年約瑟芬也成了巴斯德研究所的經營管理者。一九四〇年德軍占領法國時，他也身處於法國，德軍將領下令打開巴斯德的地下墓穴之門時，他當場拒絕並選擇自縊，我覺得我就像那名後來幸運獲救的約瑟芬，用中年約瑟芬想盡辦法守護巴斯德的心情，活到今天。」

這是一段有趣的故事，雖然喜樂之前也有耳聞過這則故事，但他並不曉得成功撿回一命的少年約瑟芬後續發展如何。他暗自心想，**原來這名老爺爺學識淵博啊，這種老人要是離開人世，他腦中的學識也就跟著消失無蹤了**，好可惜。

「不過這則故事最後有一個大逆轉。」

「什麼？」

「其實巴斯德並非正牌醫師，呵呵，他是微生物學家，呵呵呵。」

店裡不像電視劇中會出現的那種任何人都能互相攀談的魔法場所，不過不可否認的是，一定有一些有趣的瞬間，而且再也不會重來。喜樂經常回憶著穿插在音樂與音樂之間的那些談話內容。

當他決定翻修店面以後，最後一個禮拜還把所有唱片賣掉，包括喇叭、唱片機、碗盤、杯子等統統賣了出去。他不覺得自己能夠在其他地方東山再起，客人對於歇業一事都紛紛表示惋惜。有些客人買了一、兩張唱片回去，有些客人則是懶得挑選唱片，乾脆直接買整箱扛回去。不論他們把唱片帶回去是打算用來裝飾牆面，還是要聽到刮花的程度，對於喜樂來說都已經不關他的事了。不知為何他感到一身輕，那是美好無比的四年。

正當他打包著所剩無幾的行李時，發現有人在角落托盤上放了一罐維他命，那是全新未開封過的，上面還貼著一張字條，寫著：「要健康。」雖然光從字跡來看分不清是男還是女，但是喜樂伴隨著從小型藍芽音響裡流露出來的音樂，輕輕晃動了一下手裡拿的那罐維他命，那是近似於爵士鼓裡的銅鈸聲響。

這已經是兩個月前的事了，就如同會想念某人一樣，喜樂也想念著這間酒吧。

金儀貞

找回遺忘時光的輕熟女

儀貞對於敏曦都已經生完第一胎、孩子快滿周歲，自己卻連一次都沒去探望過一事，感到心情很沉重，敏曦是她認識最久的老朋友，熟識這麼多年的老友生了第一胎寶寶，竟然沒花心思去關心對方，真是太不應該。工作繁忙其實只是藉口，假如她是住首爾，或者是一個小時以內的車程也好，儀貞應該會更早去探望老友，然而，實際上兩人的住處相隔甚遠，去一趟需要兩小時才會抵達。儀貞就是基於這一點而一延再延，更何況來回至少需要四小時，假如週末去找她的話，她的先生應該也會在家，所以感覺會更不方便，最終，儀貞決定等平日請假的時候再去見敏曦，只是沒想到一直無暇向公司請假，一轉眼又拖了好久的時間。聽說她的小孩下下個月即將滿周歲，儀貞在百貨公司裡挑選著要送給孩子的衣服，但是她毫無頭緒，不知道該選什麼尺寸才好，因為都還沒看過一眼就已經瞬間長大了。

儀貞只能用「孩子」來稱呼，她早已不記得孩子的名字，明明敏曦有對她說過，卻怎麼想都想不起來，腦海一片空白。諷刺的是，儀貞都記得其他朋友家中的寵物名字，不僅容易記，還經常使用疊字來取名，比方說像「咕咕」或「龍龍」等，然而她卻把孩子的名字徹底忘得一乾二淨，妳還真不像話，做人怎麼能這樣呢，儀貞用乾裂的嘴唇責備自己。儀貞不停向前滑動著和敏曦偶爾互傳的訊息視窗，想要從中找出孩子的姓名，可惜不論怎麼找都沒找到，看來是兩人通電話時說的。沒辦法了，只好到敏曦家之後再來觀察她如何稱呼孩子。

市區巴士搭完轉搭廣域巴士，然後再轉搭市區巴士，前往敏曦家的路途遙遠而漫長，儘管不是塞車時段，也花了足足兩小時才抵達。儀貞為了重拾記憶，打開敏曦之前傳給她的寶寶照片，發現孩子幾乎不像她，比較像她老公那邊，不是很喜歡小孩的儀貞，接下來要到敏曦家裡展開一連串精湛的演技、疼愛小孩才行。不知是否因為舟車勞頓所致，儀貞光是在車上就已經感到有些疲累。

儀貞和敏曦是幼稚園同學，從小就住在同一個社區，在同一間幼稚園上學，不過由於當時的記憶早已模糊不清，所以只有對彼此留下還不錯的印象而已，當時她們倆也有一起上同一間國小，可惜後來敏曦搬了家。兩人一直到國小三、四年級為止都有經常寫信給彼此，信裡寫著斗大的字跡，但是隨著敏曦搬家之後，兩人便斷了聯絡，直到大學時期兩人才終於再度碰面。當時正好是流行尋找同窗好友網站的時期，敏曦就是在那時找到儀貞的，要不是敏曦主動找她，儀貞應該也找不到敏曦，一方面可能是因為敏曦的名字比儀貞來得大眾化，另一方面則是因為儀貞的性格沒有敏曦來得熱情，所以很可能連想都沒想過要找敏曦。兩人最終靠著彼此過去互有的好感及片段記憶重新恢復了好交情。既然都一起度過了二十世代，再加上之前的空窗期，自然是認識多年的老友無誤。兩人一同搭乘火車到處旅行、一同出席會議、互相介紹補習，並於相差一學期的畢業典禮，為彼此送上鮮花祝福。」

陌生的住宅區、陌生的公寓，整個社區滿大的，因此儀貞稍微迷路了一會兒。她對於那些公寓編號究竟是如何安排的感到十分納悶。敏曦興高采烈地開門迎接遲到的儀貞到來，香噴噴的食物味從屋內撲鼻而來。

「妳做飯啦？怎麼好意思讓媽媽做飯呢！」

儀貞對於自己遲到一事更感自責。

「因為這附近都沒什麼餐廳可以外食，只好自己煮囉！」

敏曦一身睡衣裝扮，甚至連妝都沒化。要是想到當初敏曦是個多麼愛化全妝的女人，眼前這一幕還真是令人不可置信。敏曦是一名開刀房護士，每次都會花很多心思在眼妝上，因為要是不把眼妝化好，在開刀房裡根本認不出誰是誰，之前每次和她見面時，儀貞都會問她眼影用的是什麼色號，雖然她並不是為了要和敏曦買一樣的眼影而詢問，但是她很喜歡聽敏曦用陌生外國女子的名字、遙遠國度的海灘名稱、甜點與帶有香氣的物品名稱來稱呼某種顏色。那是屬於女人之間的問候方式，可惜今天敏曦是大素顏。

「怎麼不叫外送呢，這樣多辛苦啊，妳還要自己去買菜不是嗎？」

「我就推著嬰兒車去前面的超市採買嘍！哎呀，沒事啦！」

「孩子呢？」

「還在睡呢，要來看看嗎？」

孩子的真實模樣比照片好看許多，畢竟敏曦的確是很不會拍照的人，看來媽媽是你的黑粉，對吧？儀貞把頭低向快要睡醒的寶寶，你叫什麼名字呢？看來應該要用一張Excel表把朋友的孩子名字統統記下來才行。

孩子一醒來就活潑好動，他的臉上已經帶有一點兒童氣息，當敏曦抱著寶寶時都要花滿大力氣才有辦法安撫。比起素未謀面的小寶寶，儀貞還是比較在乎老朋友敏曦，這是在所難免的事情，因此，她總覺得孩子好像一直在折磨媽媽。雖然敏曦準備的一桌菜都很美味，但是兩人必須輪流吃飯，輪到敏曦吃飯時，儀貞接過了寶寶，將她抱入懷中，由於她害怕自己會不小心把寶寶摔落地面，所以乾脆把寶寶放在沙發上。孩子似乎覺得不太舒服，老是發出咿咿呀呀的聲音，但是沒有嚎啕大哭。

「我們家宰俊很重吧？」

原來叫宰俊，這次一定要記住，不可以再忘記了。「不會不會，一點也不重。」儀貞答道。

「那我們來吃蛋糕吧？」

敏曦從冰箱裡拿出一盒蛋糕，明明只是兩個人吃，不知為何敏曦竟買了一整塊的圓形蛋糕，而不是兩小塊，不過這也不是什麼稀奇事了，因為敏曦買東西向來如此，個頭嬌小卻出手闊綽，從來都不會只買一小塊。

「前幾天散步時看到有人在燒橡膠，害我想起我們小時候。」

儀貞吃著蛋糕，差點被敏曦說的這句話嗆到。

「因為那種味道而想起往事似乎不太妥當喔！」

如今回想當年，兩人的確沒有只乖乖地搭火車去旅行、去補習。當時是在大學即將畢業之際，儀貞的男友劈腿時，敏曦一得知消息便立刻衝到了儀貞的小套房，儘管兩人的學校相隔一小時半的距離，敏曦也替儀貞打抱不平，比儀貞還要憤怒，甚至詢問她男友是否就住在附近。當時儀貞告訴敏曦，男友就住在隔壁的隔壁巷弄裡，於是敏曦提議乾脆去把那渣男家的玻璃砸破，那是儀貞頭一次知道原來敏曦生起氣是來如此暴力。當她們抵達男友家門口時，反而沒有想要打破他家的玻璃，取而代之的是偷走他的鞋子，因為那個男友是與其他人合租房子，所以大門外的玄關是共用的。她們從鞋櫃中偷偷拿走了他所有鞋子，儀貞的記憶中就有四雙，兩雙運動鞋、一雙皮鞋、一雙拖鞋。儀貞和敏曦偷走鞋子以後跑到了一處空地，然後淋上一桶汽油，將那些鞋子全數燒毀。雖然這麼做有緩解不少心頭之恨，但是儀貞一直刻意低著頭，以防被人看見；敏曦則是沒在怕，一副很坦蕩的樣子，她認為反正自己又不在這裡上學，有什麼關係，甚至還狠狠盯著投以異樣眼光的路人看。兩個人回憶著當年犯下偷竊與非法焚燒的記憶，捧腹大笑。

「當時真的非常感謝妳。」

「真的是好久以前的事了，對吧？其實我是隱約有印象的，只是我愈來愈健忘。」

宰俊不停牙牙學語，想要博取敏曦的注意與關心，儀貞雖然覺得宰俊很可愛，但是真心希望他可以重新入睡，一天要是能睡個十八小時，敏曦就不會如此辛苦了。

「不過還好啦，也可能是賀爾蒙作祟吧，在我眼裡他還是非常惹人愛的寶貝。」

「是嗎？那太好了。」

「等我重新回去上班時應該會很痛苦，要放著他自己去工作……」

「一定會很想他吧。」

「但我還是得回去工作，幸好離家不遠，就在這前面。」

從敏曦家的陽臺望出去，可以在公寓大樓間看見她任職的醫院。雖然儀貞一直認為敏曦的老公出現得實在太突然，結婚生子也都發生得過於倉卒，但是關於住家就位在敏曦工作地點附近這一點倒是挺滿意的。嘟嘟嘟嘟，外頭傳來了直升機往醫院飛去的聲音。

「妳都不嫌吵嗎？」

「其實也不常聽見，反正那是救人的直升機啊，聽久了就會把它當成是蜻蜓飛過的聲音了，無所謂的。」

儀貞一把抱起宰俊走到風鈴底下，他開心地揮舞著小手小腳，儀貞將手臂用力夾緊，一上一下地搖晃著宰俊，宰俊也興奮地用身體打著節拍，笑瞇瞇地和儀貞四目相交。真的跟敏曦一點都不像嗎？都沒有幾分相似的地方？

「感覺他的眉毛有像妳。」

「大家都這麼說，說他眉毛以上像我。」

敏曦開心地笑了。儀貞一邊心想，其實眉毛以上根本沒什麼東西啊，一邊目不轉睛地盯著宰俊的額頭觀看。隨著儀貞停止搖晃以後，宰俊又開始哭鬧掙扎，於是儀貞抱著他去追逐在地上邊唱歌邊爬行的蜥蜴玩具，還不時上下搖晃宰俊，哄他不哭。那隻蜥蜴發出的音樂聲都糊在一起，所以聽不太出來是什麼歌，宰俊被逗得張嘴大笑，裡面有著幾顆像米粒般潔白又整齊的小牙，感覺牙齒也是像敏曦，不過也才區區幾顆牙，還說不準到底像誰。

「等他長大以後會不會就不記得妳有多麼愛他了？」

儀貞不自覺地脫口而出了這句話。我們對每個人的記憶，會不會也流失掉許多曾經相愛過的時光呢？她突然想到這點，不由自主地眼眶泛淚。這一點也不像是儀貞的作風。她故意轉過身子，好不讓敏曦發現。

「無所謂，等他到了開始有記憶的年紀，我會更加倍愛他的。」

敏曦過來一把接過了宰俊，不論從哪個角度看，都覺得孩子在敏曦身上顯得好大一隻。

儀貞把儘管已經放涼卻依舊美味的茶喝完，再度搭上了公車返家。雖然敏曦堅持說要抱著孩子去車站送儀貞，但是最後兩人還是達成了協議，只送到家門口的電梯，敏曦抓著還不知道如何說掰掰的宰俊的小手搖晃著。

「阿姨，謝謝妳特地請假來看我喔！快，說謝謝，說掰掰！」

儀貞也從緩緩關上的電梯門間不停揮手道別。

她搭上了一輛快速行駛在城市與城市間的紅色巴士，好險車上還有位子可以讓她坐著回家。儀貞從車椅間找出了安全帶繫上，這種巴士一旦出事，車上的乘客都難逃一死。儀貞遲遲無法入眠，所以一直望著窗外，但是眼前只有清一色長得都很像的新開發都市，高高低低地反覆出現。要是下次再去找敏曦，一定也會徘徊迷路，因為全國都長這樣，像得可怕。

「總有一天，我要住得離敏曦近一點，就住在她家隔壁……」

儀貞用別人聽不見的音量喃喃自語，儀貞和敏曦應該都無法實現兒時想要住在首爾的心願，那麼就得從新開發都市中選一個看起來最不淒涼的地方居住才行。

不需要太快，等宰俊再大一點也無所謂。儀貞在手機通訊錄裡找到了敏曦的電話，並在底下備註欄裡輸入宰俊的名字，好讓自己不再忘記。

◎●徐振坤

從鷹架上墜落的工頭

振坤無法相信兒子最終仍堅決要上建築系這件事，既然都已經苦讀多年，能選填的志願何其多，為何偏要選建築系。

「我付那麼貴的註冊費供你讀大學，結果畢業後又要跟我做一樣的工作？」

「跟您的工作內容不太一樣啊，而且再說了，您的工作有什麼問題嗎？」

「你自己都有看到我工作多麼辛苦，還說得出這種話？」

「您當初應該也有充分的機會可以轉去做其他行業，但您也是因為覺得自己適合這份職業，所以才會繼續做下去，不是嗎？」

振坤說話的口氣難掩不滿，反觀兒子連模則顯得冷靜沉著、游刃有餘。十九歲，是振坤離開故鄉外出打拚掙錢的年紀，同樣都是十九歲，兒子連模卻還像個孩子。當然，振坤也心知肚明，兒子從建築系畢業後的出路，應不會像自己一樣充滿危險與艱難，但總覺得這條路眼前還是一片黑。他可以想像兒子在有模有樣的公司上班、坐在舒適的辦公室裡工作的畫面，也想要再對兒子任性一回。他希望連模可以從事完全沒有工地現場、與工地無關的職業，雖然他不曉得究竟有哪些職業是如此，但他知道在自己的想像之外一定存在。

「如果是成績不夠好的話，明年再重考一次也無所謂。」

振坤惋惜無奈地補充說道。他其實對於兒子可以光靠學校的補充教學、線上課程、社區裡最便宜的補習班，考上首爾知名大學感到自豪，因為他知道連模是個非常懂事的孩子，不想給父母增添負擔，所以讓他再讀一年書是不成問題的。

「我是真心想走這條路，將來的工作內容也會和您想像中的差很多。」

兒子擺出了皺緊眉頭、嘴角上揚的特有表情，堅持自己的立場。

「等晚上媽媽下班以後再說吧。」

振坤在心中泛著嘀咕，要是能像以前那個年代，爸爸可以兇孩子就好了。雖然他平時最自豪的一件事，就是和青春期的兒子能相處融洽，但這時候父子關係好，一點用都沒有，因為在尚未長大之前，乖乖聽話的年紀早已稍縱即逝，甚至消失得措手不及。振坤悶悶不樂，自己到底怎麼會成了如此軟弱的爸爸？這都要怪連模，他從小就有這種可愛的特質，把周遭所有大人都搞得啞口無言。振坤甩甩頭，彷彿要將所有煩惱統統甩出去，然後穿上鞋子。天氣該轉涼了，但是因為外面艷陽高照，振坤選了一雙輕便的運動鞋穿上，走出家門，工作鞋則是放在工地現場。

當時正值準備開始擴建店家的時候，雖然是一棟老舊建物，但是木材還不錯，他們要把內牆和外牆整個翻修，然後再多加兩層樓，拆掉整個建物以後才發現當初蓋得並不是很好，所以也是好不容易才通過安全檢測。不僅梁柱位置與設計圖不同，就連地板也不平整，要整修的地方不只一兩處，但是施工期又短得不像話。振坤是工地主任，雖然最近出現許多類似工地主任、工地監督等聽起來比較高級的頭銜，但其實原本使用的「工頭」一詞也不賴，過去振坤被稱呼為工頭時，總覺得自己彷彿成了年紀大的士兵，這也是連模告訴他的，振坤本來不曉得工頭還有老士兵的意涵。怪不得聰明的孩子不聽話，也或許就是因為太聰明才不聽話。

所謂「什長」（指工頭）並非只帶十人工作，多的時候甚至還會找三十至四十人到工地現場工作，直到最近振坤換了公司以後，才維持團隊人數在二十人左右，工作內容也比較像工地主任而非工頭。前東家的公司理事性格非常火爆，聽說因為他跟上游廠商那邊拿不到錢，所以直接抄傢伙跑去那邊捅了對方幾刀，而且還不只一刀，是數十刀，最後還上了電視新聞。不過對方的確已積欠許久，振坤也經常睡到一半被沒能領到的錢氣到醒來，是一群不要臉的敗類，所以每次和理事一同用餐小酌時，振坤都會難掩內心憤怒地飆罵對方，但是他完全沒想到理事居然會帶人去鬧事。某天振坤正想著理事怎麼沒來上班，是不是有什麼事，結果才發現原來早已被警方逮捕。總之這是個既複雜又齷齪的地方，從大公司到小不點的公司都很齷齪，在惡劣的環境裡待久了，人也會做出瘋狂的事。振坤真心希望兒子不要踏入這個大染缸，可惜那個年紀的孩子偏偏不知道這世界多麼殘酷，正因為把他保護得太好，才不曉得有黑暗面，這究竟是養得太好，還是根本養錯了呢？

「哪有不骯髒齷齪的工作環境？都嘛是這樣。」

振坤不停發著牢騷，一名女木匠笑著說道。最近在工地裡也很常看見女性的身影，因為工具愈來愈先進，她們都很聰明，知道女性也能夠很容易上手。要是懂得現場規劃就還好，可以領到較高的報酬，不過這份工作終究仍屬於體力活，所以女性還是占少數。振坤在工地裡很受歡迎，不分男女都很喜歡他，因為他是出了名的手腳乾淨磊落，從不拿錢跑路的工頭。居然會因為這種理所當然之事而備受歡迎，可見這個圈子問題也頗大。

「上午我們把剩餘的外牆建材也一起拆除吧。」

雖然工作很辛苦，但至少比夏天工作好，因為夏天容易中暑，一旦中暑就會非常危險，振坤慶幸自己至今都還沒有因為中暑而暈倒過，難道就像連模所說，現在這種足以把人活活烤熟的氣溫，是因地球暖化所導致？振坤經常感覺到就算不是炎炎夏日，身體裡的水分好像也已經變質，淤積在體內某處，變得黏稠不再流動。可能再過幾年就不能再工作也不一定，但是又不想讓兒子這麼早就背負學貸。夫妻倆的退休生活其實也都還沒準備好，就算到時候選擇返鄉過農村生活，拖著幾年前受傷的腰也不可能再務農。其實當初就是因為討厭務農才會在十九歲那年北上打拚，年紀大了也不可能重新愛上務農。要是腰沒受傷倒還好，振坤認為自己好險只有一個孩子，假如是兩個應該會更辛苦，他很慶幸只生一個還那麼優秀聰明，究竟是像誰了這麼有慧根，應該是像他媽了，振坤把這點歸功於太太。

振坤回憶起自己當初在住家對面的天橋上，因為腰部突然一陣劇痛、無法行動而打電話給連模的事情，當時他眼前一片黑，好不容易爬了上來，卻無法走下去，背部每一根骨頭都痛到頭皮發麻，每動一下都會哀號呻吟。連模當時十分冷靜，攙扶著振坤緩緩走下天橋，並攔了一輛計程車回家。原本愛坐旋轉木馬的小子，轉眼間竟然已經長大到有力氣攙扶爸爸。那座天橋在前陣子被拆除了，所以這件事情也被振坤逐漸淡忘，但是在那之前，他是每次看見那座天橋，腰背就會不自覺地感到痠痛不已。

振坤感到有點疲累，所以從鷹架上走了下來，並把原本在做其他工作的三名工人送了上去，他想要把事情做一做，告一段落，因為不論怎麼想都覺得上頭給予的施工期限實在太短。聽說等振坤這組人馬施工結束之後，樓上要進駐的電影院與地下室要新開幕的大型賣場，又會有另外一批團隊進來施工，所以振坤的團隊要是沒能如期完工，後面的進度就會大受影響。振坤喝了一杯冰水，確認了一下堆積在一旁的建材，然後嘆了一口氣，因為都是一些便宜劣質的建材，聽說房東是這區的風雲人物，那又有什麼用呢。

「你這老實人平時活得那麼善良，所以兒子也很爭氣地一次就考上了大學，看來接下來能享清福囉！」

另外一名工頭半褒半貶地向振坤搭話，他是負責停車場那一區的工程，雖然他不是振坤喜歡的類型，但至少知道他不是會詐領別人薪資的那種人。

「我們家的孩子都不愛讀書，不過這樣也好，省了不少註冊費，也算是另一種孝順吧。你就別再到處炫耀你兒子了，快來請個客啊！」

「我還得付註冊費呢，沒錢請客。」

假如是振坤喜歡的人，可能還會請他吃一碗牛骨湯也不一定，但是振坤一點也不想請他吃飯。振坤突然從剛坐下沒多久、彈簧都已經外露的沙發上跳了起來，去將抽風機發著惱人聲響的貨櫃屋辦公室門關上，然後再度走上了鷹架。正當他為了爬上樓而走上斜坡板時，突然感受到腳底在滑動，然後安全帽被某個東西砸中。他頭痛欲裂，還來不及喊叫就開始向下墜落，他使盡全力才好不容易將頭部朝上，避免直接落地。他在尚未分清楚劇烈聲響究竟是來自於腦內還是周遭環境的狀態下，持續不斷地向下墜落。振坤在一陣混亂中隨意抓住了某樣東西，吊掛在那裡。

直到驚嚇的心情逐漸平復為止，他一直都吊掛在那裡等待。他試著將原本遮住眼睛的手臂緩緩拿開，只看得見自己的鼻頭，也不曉得滑落的過程中是不是咬到了自己的舌頭，他必須將口中沾著血的灰塵吐掉才行。感覺腹部也像是被人毆打過一頓般隱隱作痛，他心想，**也許那些血是從身體更深處冒出來的也不一定。**振坤持續維持趴著的姿勢，嘗試動動腳趾，想知道自己能否站起身，但這時出現了嚴重的耳鳴聲。

正當振坤好不容易站起身，準備從一堆坍塌的瓦礫中走出去時，他依然沒有找到身體平衡，又連撞了幾次安全帽，外面的人急忙衝了上來合力幫助振坤脫困，直到他好不容易脫離現場，距離那棟建築物已遠時，才回頭觀望。鷹架已經凹成了U字形，幾乎像是用兩隻手折彎的一樣，中間凹到快要碰觸地面。大夥兒倉皇失措地東張西望，還不停對著建築物大喊，但是振坤聽不太清楚他們究竟在喊什麼。原來有十四名工人還站在鷹架上，其中六名站在最邊邊，驚險吊掛在上面，其餘八名則是在中央，似乎已經墜落地面。墜落的八名當中，有兩名是掉落在廢棄的建材上，振坤沒有聽見他們墜落的聲音。他失魂落魄地坐在地上，用一隻手摀住耳朵後又放開，於是手套上沾染了血跡，他急忙從口袋裡翻找手機，偏偏手機已經碎裂，然後他又一把抓住了路過身旁的人。

「手機！手機！」

「已經打了，指定醫院會派人過來的。」

振坤聽不太到對方的說話聲，所以必須閱讀對方的脣語才猜得到內容。振坤滿腹怒火。

「別開玩笑了！要撥打一一九才行！明明這前面就有一間大醫院，送什麼指定醫院！」

振坤就連自己的說話聲都聽不太清楚，感覺距離很遙遠，但是他可以肯定自己一定是用滿大的音量在說話。大家紛紛將目光轉移到振坤身上，其中一人還遞了手機給他。

「你打吧……還是由你來打吧。」

振坤看著那名同事在講電話以後，便起身拖著受傷的腿重新走去建築物附近，他想要看看那些墜落地面的人傷勢如何，但是看樣子似乎並不樂觀，尤其有四個人看起來很嚴重。如今他已經光看一眼就能知道，雖然有時看似情況不佳的人會完全康復，但大多數人都不會如此幸運，甚至原本看似狀態良好的人後來也會情況惡化，這種情況則多不勝數。

振坤用腳踢開彎曲斷裂的鷹架，強烈的劇痛感沿著腰部向上蔓延。二手鷹架，原來那是已經組合、拆解過多次的鷹架，然後由一名懵懂無知的小毛頭來貼一張安全標章貼紙的那種。更何況腳踏板固定的間隔太大，振坤一直對此感到惴惴不安，雖然有閃過這樣的念頭，但時程壓力卻徹底淹沒了他的不安。將三名工人送上去的人是振坤，要是當時沒把這三人送上去，鷹架是否就不會倒塌了呢？混雜著鮮血的口水從嘴角間緩緩滲出。

振坤住院時，連模每天都到病房裡坐在一旁陪伴他，他是個很會切水果的兒子，雖然這也和他媽從小就叫他切水果有關，但他真的切得很漂亮，就連病房裡的其他人也都對他表示稱讚。

「您真的養出了一個好兒子。」

儘管振坤的耳朵已經聽不太清楚，但他還是很希望能一直聽到這句話。連模用細嫩纖長的手將蘋果切成了兔子、白鶴等形狀，但是振坤沒吃幾口就停手了。

「都是我的錯，感覺都是我害的。」

事隔好久，振坤才終於說出這句話。

「你明知道那不是你的錯。」

妻子下班後來探望振坤，雖然她斷然告訴振坤這並非他的錯，振坤卻依然無法接受這句話。

「爸，有些事情是因為太複雜、太紊亂所以才會發生，這不是您可以改變的。」

連模也說道。他將細皮嫩肉的手交疊在振坤的手背上，用一張涉世未深卻裝成熟的稚嫩臉龐看著振坤。不過振坤希望連模可以繼續這樣，天真地以為自己都懂，也希望他的手掌可以永遠這麼細皮嫩肉、沒有長繭，就這樣削著蘋果，永遠別踏進這亂七八糟的世界。難道就不能讓他繼續當個孩子嗎？就好比把隨風飄舞的氣球綁在手腕上，漫步在遊樂園裡一樣，不能讓他繼續過著這樣的生活嗎？這世上一定有父母能讓孩子過這種無憂無慮的日子，可惜振坤對於自己無法成為這種父母，感到十分痛心。每當他感到難過時，身上大大小小的瘀青、刮傷、裂痕、發炎都會跟著隱隱作痛。

連模最終還是進了建築學系，儘管腫脹的口腔已經恢復，振坤還是沒能說出反對意見，因為他想不到哪裡是不亂七八糟的職場環境，所以也無法提供兒子其他方向。

「我不會有事的。」

連模擺出了因憂心而皺緊眉頭、基於安慰而嘴角上揚的表情說道。振坤沉默不語，只有用他那粗糙的手，疊放在連模的手背上。

權羅恩

默默悼念故友的高中女生

羅恩和勝熙分別屬於不同的朋友圈，勝熙總是在打工，所以她的朋友自然都是一些會自己去打工掙錢的人，羅恩則是和補習班朋友比較要好，因為學校的班級每一年都會更換，但是補習已久的補習班同學都是熟面孔，所以感情更加穩固。羅恩很難說自己和勝熙是好朋友，頂多只是偶爾碰面會打招呼的交情。

每當羅恩想要向勝熙搭話時，都會思考許久才開口。羅恩長得比實際年齡看起來小，所以她經常被人誤以為是國中甚至是國小生，雖然大家都說等老了以後這就是優勢，但是身為一名高中生，看起來年輕這件事反而帶來許多困擾，她為了不被看起來成熟又有在打工的勝熙瞧不起，花了許多心思打扮自己。其實勝熙從來都沒有嘲笑過羅恩，但是勝熙的朋友總是會故意鬧羅恩，比方說，當羅恩在和勝熙講話時，那些人就會故意調侃：「喂！小朋友，妳幹嘛跟勝熙裝熟啊？」不過勝熙每次都會出面幫忙緩頰：「我們很熟，好嗎？我和她是國中同學欸！」羅恩都會在心中默默感謝勝熙力挺她。而每次勝熙主動向羅恩打招呼時，則顯得比較自然，通常都是要拿打工的店裡未賣完的食物給羅恩，才會向她搭話。「權羅恩，妳也來吃吧！」也許這是勝熙最常對羅恩說的話也不一定。勝熙之前還拿過四十條快要過期的水果軟糖來找羅恩，她從中挑選了三種不同口味的軟糖給羅恩，雖然羅恩的下排牙齒還戴著矯正器，所以不方便吃這種軟糖，但她還是很開心地收下了。在那段生活枯燥又痛苦的高中生活裡，小小善意反而能起到莫大幫助。勝熙最後帶給羅恩的東西是貝果，她帶了整整十二顆貝果來見羅恩，但是因為沒有加熱過，所以每一顆貝果都是冰涼乾硬的。不過放進嘴裡咀嚼多次以後美味依舊，吃起來很香，「妳好像一隻松鼠！」坐在一旁的勝熙說她不吃貝果，並對著羅恩開玩笑。

勝熙過世時，學校老師是以「發生了一場事故」來做解釋，所以同學們都以為勝熙是發生交通事故身亡，但是當羅恩得知事實並非如此時，總覺得學校好像在刻意隱瞞什麼。羅恩不怪老師，因為老師的神色也很凝重，不想再去折磨他，但是羅恩不喜歡有任何遺漏掉的資訊、含糊其辭或者被省略掉的部分，「我不喜歡……」她老是不經意地喃喃自語。羅恩用智慧型手機搜尋了好多次關於勝熙死亡的事件，她為了不讓手機畫面被人看見而努力遮掩，勝熙的事件甚至沒有被任何一家媒體報導，**難道這種事情已經稀鬆平常到不足成為新聞話題？勝熙她人都死了耶！**雖然別班有一名同學的父親是警界人士，那名同學告訴羅恩，殺死勝熙的嫌犯已經被逮捕，而且是在勝熙死後隔一個禮拜就輕鬆抓到人，但是羅恩就算聽聞嫌犯已經被繩之以法，她的心情也絲毫不見好轉，因為嫌犯竟然是勝熙的男友，這對於羅恩來說是不可置信的事實。她和勝熙平時雖沒有要好到可以聊男友的程度，但不知為何，總覺得這一切都是謊言。在習題紙上滾動的自動鉛筆老是停止，一連串可怕的沉默過後，迎來了學校假期。羅恩哪裡都沒有去，也沒做任何事，只是趴在補習班自習室裡的桌子上。

那是個根本沒什麼印象的短暫假期，可惜開學後發現勝熙的桌椅被悄悄地搬走了。教室裡不再有一個閒置的空位，班上也重新回到吵鬧熱絡的氣氛，然而，那種吵雜聲是比靜默還要討厭的聲響，彷彿是為了遺忘而刻意假嗨的那種，難道只有羅恩這麼認為嗎？每個人都像塑膠製的粗糙音樂盒上擠眉弄眼、跳著舞的玩偶一樣不自然，羅恩沒有對任何人說，但心裡經常感到不是很舒服。

去補習班的路上，羅恩看見店家有賣勝熙生前愛穿的襪子，那是科學怪人襪，一隻眼睛彈出來，十分滑稽的襪子，勝熙的幽默感其實有點奇怪，她很喜歡看起來憂鬱、搞笑的東西。羅恩不自覺地買下了那雙襪子，她完全不打算穿那雙襪子，但是她必須買回家，這只是開始而已。

羅恩想起了勝熙生前穿的那些衣服，有著雙層口袋的卡其色短褲、粗直條紋深藍色polo衫、有點斑紋的橘黃色帽Ｔ、表情滿奇怪的兔子大學Ｔ、杏色背心針織上衣、墨綠色百褶長裙，羅恩在網路上認真搜尋著勝熙生前穿過的衣服款式，並將它們統統買了下來。有些衣服甚至早已斷貨，不再販售。而且不只衣服，羅恩還買了勝熙生前用的同款包包，那是一款半透明奶油色的塑膠後背包，她曾經看過勝熙的手機在那款包包裡響起，並散發著五顏六色的光芒。

「包包好漂亮。」

當羅恩誇讚她的包包時，勝熙正準備要接起電話，她轉過頭來迅速地對羅恩說了一句：

「這是便宜貨。」

勝熙說得沒有錯，這款包包的確是便宜貨，只賣兩萬三千五百韓圜，但是勝熙背著這款包包時看不出來是便宜貨，勝熙穿的每一件衣服也都不超過三萬韓圜，羅恩買回來的東西當中，最貴的也只有勝熙生前穿過的同款運動鞋，但也沒有貴到哪裡去，約莫五萬韓圜上下而已。勝熙穿的那款Nike sneakers應該是世界上最不舒適的Nike球鞋，但是很漂亮，尤其是穿在她腳上的時候……羅恩這樣想著，並將裝有同款球鞋的鞋盒推進了衣櫃深處。羅恩甚至連勝熙生前用過的鉛筆盒都有買到同款的，那是一隻身穿西裝的蜥蜴造型筆袋，背部剛好有拉鍊可以拉開來放筆進去，那隻蜥蜴的臉看起來比人臉還要逼真。

經過一學期以來的勤勞消費，羅恩買的東西自然不可能不被家人發現，隨著包裹配送至家裡的次數日漸頻繁，羅恩的媽媽開始察覺有異。

「妳怎麼老是買東西？」

「都是一些便宜貨，用我的零花錢買的。」

「妳要是想買衣服，我就帶妳去Outlet買，要試穿過再買啊！」

「現在哪有人試穿過才買衣服的。」

「那妳怎麼都買了也不穿呢？」

「我要等上大學再穿。」

「妳在說什麼鬼話？」

「是真的，我要等上了大學再穿。」羅恩說完這句話以後，感覺好像這就是她原本的計畫般，**我要穿勝熙的衣服去上大學，穿她的衣服走在街上，雖然我穿起來一點也不漂亮，也許我們到高中畢業都不會變得更要好，或者等畢業後可能再也見不到面，但是只有我喜歡勝熙的那份……**羅恩想著想著，突然眼淚直流，她只想要一個人待在房間裡靜一靜。家人覺得羅恩應該是還沒長大，還像個國中生一樣，所以青春期也來得比別人晚，於是搖了搖頭。不過對於羅恩來說，家人替她找的這些理由反而使她輕鬆自在。

可能總有一天，勝熙會被我遺忘吧。羅恩真心痛恨這樣的事實，因為她發現自己已經不太記得國中時期的事情，明明還只是個高中生，卻已經對短短幾年前的事情沒什麼印象了。勝熙在體育大會上好像有參加接力賽跑，最後究竟有沒有贏已經記不得了，她只記得自己好像有在場邊為勝熙加油，適合穿短褲的勝熙有著筆直的長腿，非常會跑步，小腿幾乎和腳踝呈一字形，像極了運動漫畫裡主角的修長美腿。她還記得勝熙坐在單槓上的樣子，「權羅恩！去補習班嗎？妳知道像妳這種長相的人叫什麼嗎？齧齒類，叫做齧齒類動物！」

聽說學生如果過世，靈車會繞學校操場一圈再開往殯儀館，要是學校有做這項儀式還好一些，也不曉得是不是只有在電視上才會演這齣戲碼，總之，勝熙並沒有被載回學校，一定是因為勝熙的母親經濟比較拮据，所以才會沒安排這個部分。聽說告別式上也只有老師們出席，彷彿是勝熙做錯事情死掉一樣，或者去參加勝熙的告別式會被傳染什麼疾病，學校竟然不准學生出席，也因為如此，羅恩才會覺得一切好像都還沒有結束。**勝熙怎麼了嗎？把勝熙當成負面傳聞實在太令人感到不可思議了，勝熙真的是一個很不錯的人。**

國中最後一次寒假，羅恩和勝熙有一起去過一間餐廳，由於當時正值寒假，所以可以點平日午間特餐。「快來吃光他們的自助沙拉！」於是六名女學生開心地衝去夾沙拉，但其實她們也沒辦法吃太多，正好羅恩就站在勝熙身後，看著她夾沙拉。勝熙夾到盤子裡的沙拉看上去十分美味，羅恩盤子裡的沙拉則像是一坨廚餘，勝熙最後還夾了一片南瓜，直直插在圓圓的地瓜泥沙拉上，那片南瓜簡直像極了風帆，也像帽子上的羽毛。**勝熙是很擅長擺盤的人，千萬不能忘記。我一定不會忘的。**羅恩把棉被拉到下巴處，仰躺在床上時心想。

「妳以後應該很適合當食物擺盤師。」

那時羅恩對勝熙的沙拉擺盤嘆為觀止，於是勝熙害羞地說了一句：「哪有。」

早知道應該要去她打工的貝果店買個貝果來吃的，羅恩當時猶豫了很久，總覺得有些尷尬所以沒去，要是週末去店裡找她，她應該會很高興，然後幫我在貝果上擠上廣告中會出現的波浪紋奶油起司也說不定。

那天羅恩做了一個夢，夢裡的她穿上了收藏在衣櫃裡的那雙運動鞋。

洪雨燮 擺脫相親日常的醫院公關

雨燮不是屬於經常相親的人，他任職於醫院公關部，人事單位有一名同梯好友，那位朋友幾乎是用強迫的方式要求雨燮務必出席這次相親。許久沒相親的雨燮感到坐立難安，一直擔心著到時候要和對方聊什麼話題，好在雙方一見面便侃侃而談。宛如鄰家女孩的朴志慧身上沒有配戴任何飾品，只有戴著一只手錶，而巧合的是，那只手錶竟和雨燮手腕上的款式如出一轍。

「妳的手錶……」

「喔！一模一樣的耶。」

「好神奇。可是這是男生的款式，不是嗎？」

「對，當初一眼就看中它，而且比起女款，男款比較漂亮，我喜歡大錶面的手錶。」

志慧顯然已經把手錶的不銹鋼錶帶調到最緊，但她的錶面比雨燮的手錶看起來更新，沒什麼刮痕，反而是雨燮的錶面較為粗糙，雨燮突然覺得自己好像沒有很善待這只手錶，有點羞於見人。世上手錶千百種，竟能遇見戴著相同款式的人，這樣的機率會是多少呢？更何況這只手錶又不是大眾款，顯然這種巧合、機率微小是更難以估計的。

「雖然這麼說有點奇怪，但是上次相親就是因為這只手錶而破局的。」

「啊？為什麼？這只手錶怎麼了嗎？」

「因為當時和對方一見面，他就看了我的手錶一眼，然後皺了一下眉頭，問我這只手錶多少錢。當然，這只錶也不是什麼便宜貨，是我趁出差時在機場免稅店買的，再加上又是已經出了一陣子的款式，所以也有拿到一些折扣，但這些枝微末節的瑣事通常不太會對初次見面的人一一細數，更何況當時被他這樣一問，心裡也已經有點不是滋味……總之，只要想到那天晚上，心情就會有點糟。」

「看來是妳遇到了無禮的人，身為購買同款手錶，甚至還是以原價購買者的立場，聽了也不是很舒服。最近相親不容易吧？」

「的確不容易，感覺愈來愈困難。」

「我也是因為厭倦這種模式，所以已經很久沒出來相親了。這是我今年第一次相親呢！」

「可是聽說還是得繼續相親才行，我認識的姊姊說，至少要見過四十人才能找到命中注定的另一半。」

「四十人？可是有些人也沒談過幾次戀愛就步入婚姻啊！」

「有，但那些都是屬於運氣好的人，就像從四十顆彩球中抽中大獎一樣幸運。那位姊姊不停對我強調，就算再怎麼不順利，也一定要相信相親女神，堅持下去才行，直到彩球箱抽到見底為止，要不停地抽下去。」

「看來相親之神是一名女的嘍！」

雨燮對於戴著男士錶款卻深信女神的志慧感到十分有趣，但還不到為她著迷或者心動的程度，比較像是同事之間的情誼，宛如兩名極地探險家各自朝不同方向探險，但都不約而同地迷失了方向，所以對彼此具有那種感同身受的好感。

「妳會需要經常出差嗎？」

「會，一個月會去兩次。」

雨燮有聽說志慧是在電子產品公司從事海外行銷的工作，再加上負責的產品線是手機，所以推測應該會很忙碌。

「通常都去哪裡出差呢？」

「中東和非洲。我覺得自己可能是因為吃太多那裡的食物，所以平時都不太想吃香料味太重的東西。」

「原來……去那邊出差不會危險嗎？」

「當然危險囉，有些國家甚至會派荷槍實彈的保鑣到機場來護送我們，因為上次公司有一名同事到了當地遭遇搶劫，所以從那時起就一直都有保鑣保護我們。」

雨燮對於眼前這名看起來從未曬過太陽、白皙嬌小的女子竟然經常往返中東、非洲一事感到不可思議，實在難以想像。

「像沙烏地這種國家……女生去工作出差會不會比較辛苦呢？」

「那裡的確比較不適合女生去，所以通常是由男生負責，不只是阿拉伯文化難以適應，萬一突然有戰爭也滿恐怖的，所以有時候也會臨時取消出差行程，我們都已經見怪不怪了。其他國家的人還認為韓國比較危險呢，尤其是和北韓關係緊張的時候。其實只要真的到了當地就會發現，都是人住的地方，所以只要運氣不要太差，基本上不會有什麼問題。」

「妳好勇敢。我一直都是在同一間辦公室裡工作，所以很難想像妳的工作。」

「聽說你是在醫院裡工作，對嗎？」

「對，我在公關部。」

「我有聽說你的工作不錯，很穩定，福利又好。」

「並沒有傳聞中那麼好。」

「是嗎？」

「的確是有比當初在報社工作時來得好，但畢竟是處理對外的工作，所以有很多眉角要注意。要是院內有發生醫療事故等，處理起來就會很棘手，平常我都是管理網站、製作小手冊，要是有重要的外賓來訪就要隨行介紹，其實只要沒有特殊事件爆發，工作內容都還算簡單。」

「也是。」

志慧點著頭，摸著配戴手錶處上方稍微有瘀青的地方。

「妳那裡怎麼了？」

「你說這個嗎？這是被獅子咬的。」

「什麼？」

雨燮滿臉吃驚地看著志慧，志慧笑了出來。

「有時候工作結束之後也會安排一些觀光行程，上次去南非共和國的時候，有去大草原上參加抱小獅子的體驗活動，結果發現小獅子也會像小貓一樣調皮地咬你，而且明明不是咬很大力，還咬在衣服上，居然也會瘀青。這瘀青已經拖很久了，一直都沒消失。」

「看來獅子果然還是獅子。」

「牠們下巴的力氣超大……但還是好可愛，你要看照片嗎？」

志慧打開了好幾張小獅子的照片給雨燮看，看來就算手部被咬傷，興致也依舊不減。小獅子的相簿最後是以一張獅子玩偶的照片作結尾。

「這隻真的太可愛，可愛到不能不買。」

原來她是個會買男士錶款，同時也會買這種小獅子玩偶的人，好衝突。雨燮暗自心想。

「假如妳時間方便的話，我們再去喝杯飲料如何？」

「好喔！真的很久沒這樣相親了，你知道最近相親時是連飯都不和對方一起吃嗎？」

「是嗎？」

「對啊，可能連吃飯的時間都嫌浪費吧，通常只會喝杯飲料就結束。」

「原來如此。」

「之前就有一次是相親對象約我晚上七點喝飲料，但那個時間點正好是我工作完一整天，準備下班去吃晚餐的時候，所以我當時餓到快要死掉，只好先去這前面買一份三明治吃下肚再說。我可以理解相親這件事的確浪費時間又浪費金錢，但是像這種情形真的會讓我很想要乾脆自己掏錢請客，跟對方說：『還是一起去吃頓飯吧。』可是這樣應該又會被說氣勢太強，然後被對方拒絕吧。」

「其實我不太曉得哪一種方式比較好，但我猜那種人應該是真的不想和不來電的人綁在一起三、四個小時，假如是從見面前就做得這麼絕，好像也有點反應過度……」

兩人從餐廳換到了咖啡廳，對話依然持續進行。雨燮點了一杯奶茶，志慧則點了一杯冰拿鐵。

「飲料不會太冰嗎？」

「沒關係，我身體比較燥，比起夏天我更喜歡冬天。請問你喜歡看音樂劇嗎？」

「嗯……我本身是還滿愛看表演的，但如果是音樂劇，我會對唱歌的部分比較不習慣，所以還是比較喜歡看舞臺劇。」

雨燮非常誠實地回答。

「是喔，好可惜，本來還想約你去看音樂劇的，不過沒關係，每個人都有各自的喜好，我自己是滿喜歡的，每個月都會去看一、兩次大型、小型的音樂劇。」

「那妳也喜歡唱歌嘍？」

「我有加入我們公司裡的音樂劇社團，但是大家都不是很認真練習。」

「應該是因為工作繁忙吧，妳可以唱一句讓我聽聽看嗎？一句就好。」

「哈哈！你居然要我在滴酒未沾、如此清醒的情況下唱歌。」

不過志慧最後還是唱了雨燮也熟知的音樂劇——《芝加哥》裡的一小節，還輕輕搭配手勢，最後害羞地將外套拉鍊拉到遮住臉龐。雨燮覺得她的樣子很可愛，下次應該可以再見面。

兩人後來又見了兩次面，第二次約會是在氣氛更佳的日式居酒屋裡，吃了幾串串燒和烤銀杏；第三次見面是志慧請雨燮看音樂劇，由於是簡單的驚悚音樂劇，雨燮也看得津津有味。原以為兩人會有不錯的發展，沒想到在那之後就各自迎來忙碌的生活了。雨燮變得比較沒有時間聯絡，而志慧則是比較難以忍受不常聯絡的人，所以兩人關係變得有點尷尬不明，自此漸行漸遠，再也沒有見面。

幾年後，兩人是在一間倉庫型大賣場裡巧遇。當時雙方都已經另有所屬，也都已經走入婚姻。那天是志慧先主動向雨燮問好，結果當雨燮回頭時，志慧的表情卻瞬間僵硬，應該是誤把雨燮錯認成工作上的夥伴；和志慧一起同行的另一名同事，正想著自己是否也該向雨燮問好時，雨燮反應迅速地回答：「妳好，我是你們合作的廠商，好久不見。」志慧用眼神表示感謝。

那是短暫的相遇，也是令人愉悅的邂逅，**看來相親女神都有眷顧我們，對吧？**雨燮心想。挑選著採購物品、走在前頭的太太儀貞好奇地回頭張望，不曉得為何負責推賣場推車的先生一直不跟上來。雨燮和太太是在志慧之後的下、下、下一場相親場合上認識，同樣也是一名護士強迫要把朋友介紹給他認識的，假如那天沒去相親應該就結不成婚了。

「等等我！」

雨燮連忙追了上去，雖然為了維持婚姻生活花了不少努力，但是每天都會有一些令人感到慶幸的瞬間；比方說，可以和完全信賴的人毫不計較地組成一隊一起過日子。最重要的是，終於擺脫了既尷尬又無奈的相親日常，這是最值得慶幸的事。雨燮腦中閃過了一個念頭，**希望志慧也可以用這樣的心情過生活。**

「芝善，麻煩把吸菸區整理一下好嗎？」

理事長一聲令下，芝善連忙從座位起身，雖然要走到建築物外，但她一點也不嫌麻煩，反而對於要久坐在位子上，才會感到不適。

整理吸菸區雖然是每天的例行公事，但是假如沒把這件事情做好，樣品屋就很可能會被燒成灰燼，因為除了邊角處的梁柱是鋼骨結構外，其餘全都是用木頭搭建而成，所以要是菸蒂沒徹底熄滅，不小心釀成火災的話，就會在五分鐘內燒個精光。儘管在樣品屋裡工作的人都像十七世紀的人類一樣害怕火，面對火都小心翼翼，但不論再怎麼謹慎小心，每隔幾年就一定會起火一次，使得同業都對此保有高度警覺。芝善和同事們一天會去整理好幾次位於停車場旁的吸菸區，不放過任何一絲星星之火。

房屋仲介是芝善的第三份工作，她第一份工作是在汽車零配件公司上班，最後是因為一間更大的公司——下訂單的客戶橫行霸道，導致公司經營不善，所以不得不離職；後來她很倉卒地進了第二家公司，那是一間在做人力仲介服務的公司，芝善當初就像一隻誤闖森林的小白兔，進去後就經歷了人生最糟的體驗，她最後幾乎是用逃的才逃了出來，然後進到現在這間房屋仲介公司，雖然這間公司是截至目前為止最適合她的，但規模很小。由於是同業之間自己組成的公司，所以光是老闆就有三名，其餘則是兩名理事，四名職員，而芝善就是四名職員之一。雖然職稱似乎有點誇大不實，但是芝善很快就適應了。老闆三人當中有兩人，因成天為了打螢幕高爾夫（Screen Golf）而不在公司崗位上，芝善之所以知道他們去打高爾夫，是因為每當他們回來的時候，襯衫上都會留有特殊的皺褶，不過看在他們那麼努力掩飾、偷偷去打球的份上，大家都選擇睜一隻眼閉一隻眼。

芝善在第三間公司、第四棟樣品屋裡已經待了將近一年，她正在適應原來每一間樣品屋的壽命都不盡相同的事實，要是房屋銷售成績佳，三個月內就會收掉樣品屋，但假如像這次一樣銷售成績不盡理想的話，那麼待在那裡千年萬年都有可能。芝善主要是負責檢查合約、管理客服人員的工作，一開始她因為比大部分的客服人員年紀都小，所以工作起來感覺綁手綁腳，但是後來就愈來愈適應。與其說是因為芝善很努力，不如說是打從一開始，那些女性客服人員個個都是狠角色，彷彿天生就是為了與人洽談、搞定客人而誕生，她們的頭髮就算經過一整天都不會扁塌，和客人講話講一整天也不會口乾舌燥，從她們把中跟皮鞋輕鬆換成室內拖鞋的模樣就可以看出功力了得，甚至就連常見的黑眼圈都沒有。尤其是在那一團混亂的建案開賣日，她們居然能處變不驚地應付絡繹不絕的人潮。芝善暗自揣測，難道是工作初期就已經自動淘汰掉那些應對進退不得宜的人，只留下真正的高手在這裡？儘管這些高手都不是正職人員，卻甘願留下來為公司效勞，主要是因為她們的時薪都頗高。一天基本工資是十五萬韓圜，但是假如買氣停滯，每售出一間就會讓她們抽成三十萬韓圜。所以芝善總是好奇，每到時間點就會出現又消失的那些客服人員，平時都在做什麼事呢？應該是在別家公司上班，但這中間一定會有空窗期，芝善實在難以想像她們平日的生活。

這次建案出售之所以會不容易，是因為就連芝善自己也很難到這裡來上班，從首爾過來要花一個半小時的車程，去首都圈內的其他地區也不是很方便，一路上還會經過許多交通擁擠路段，原本對房屋有興趣的客戶也會在親自實地走訪之後，因交通問題而打退堂鼓。隨著通勤時間愈長，生活品質就愈低。當人們抱怨著都沒有好房子時，其實就是指沒有交通方便的房子，畢竟在四周一片荒蕪的空地上蓋的房子可是多不勝數。芝善想起了前陣子看到的國外新聞，那篇報導是在講述日本因為人口減少，而導致新開發都市逐漸變成貧民窟。從一間樣品屋轉移到下一間樣品屋時，芝善有時會想像這些販售的房屋三十年、四十年後的模樣。儘管目前很滿意這份工作，但這項職業的壽命也許不長，每當她想到這一點時，心頭就會一陣悶。感覺開發商、承包商、房屋仲介、廣告行銷各司其職的這個時代終將結束，參加這項團體競賽的參賽者，未來將各奔東西，分道揚鑣。

「聽說要再增加廣告。」

芝善正準備回到自己的座位，原本坐在芝善隔壁的前輩倚著大廳說道。

「哪一種廣告？」

「先用路邊廣告的方式。」

其實掛在路邊樹木間的房屋銷售廣告是違法的，所以聽說廣告費裡面通常都已經包含罰金，假如是趁禮拜六的清晨去偷偷掛上廣告看板，那麼到禮拜一上午才會有區廳的人來摘除，至於區廳那邊也因為難以根絕這種廣告手法，所以似乎已經放棄，只要能收罰金就好。芝善過去在晚間公司同事聚餐後回家的路上，還曾撞見過同業人士在高掛廣告看板。

「可以順便幫我的植物也澆點水嗎？」

回到座位前，芝善先幫金錢樹澆了些水，還將葉子擦拭乾淨。

尹理事說道。

「不要。」

「為什麼？」

「這可是在比賽耶。」

公司當初送每人一盆金錢樹，是因為其中一名老闆認為這樣公司會蒸蒸日上，而全體員工當中尤其以芝善的金錢樹最為茂盛，長得最高，葉子也最綠意盎然，雖然她是比較晚加入公司的職員，但是她對這盆樹百般呵護，還幫它換過一次花盆，果然都沒有枯黃，長得十分漂亮。最近社內員工甚至出現微妙的競爭心理，會去比較誰養的金錢樹較為健康亮麗，所以有些人還會去買營養劑插在自己的金錢樹盆栽裡，或者挪移至停車場，讓它曬曬太陽，大家彷彿是把養盆栽當成智慧型手機裡的遊戲一樣在照顧，雖然這樣的公司文化有點搞笑，但是至少不會將澆花養樹的事推給公司裡年紀最小的女員工去做，這點倒是滿好的，各自的盆栽各自負責。

芝善確認自己的盆栽依然是公司裡最挺拔帥氣的，那是她一天當中最大的樂趣。但是其他盆栽也都在奮發圖強，緊追在後，從備受疼愛這一點來看，的確都是一些命很好的盆栽，但是畢竟得經常搬家，相信對植物來說應該也是一大壓力。芝善暗自下定決心，哪天要是離開這間公司，一定要帶著她心愛的這盆金錢樹一起離開，並在心中對著她的金錢樹說：

「到時候我就讓你一直在同一個地方生長，不會把你扔在這裡的。」

芝善存到錢以後做的第一件事情就是買車，雖然是一台後車廂只能勉強裝得下兩個盆栽的小車，卻是油電混合車。就算把油箱加滿油，也只需要花六萬韓圜，而且可以開一個月左右，據說一公升可以開二十公里，所以芝善才會買下這輛車，但是偶爾仔細去算會發現，一公升幾乎可以開三十公里。雖然芝善已經算很滿意這輛車，但仍有不甚完美的地方，它不像一般只靠汽油行駛的車那樣有力，所以每次開到坡度較陡的道路時，後方車輛就一定會按喇叭希望她可以加速。不過也只有前幾次她會感到有些不好意思，後來臉皮反而變得愈來愈厚，就算我油門踩到底，車子就是不往前衝啊，能拿我怎樣？反正我還是有遵守速限，到底有什麼好按喇叭的，這些人也真是……芝善非常喜愛她的車子，就算載人，也不允許有人在車上吃東西。車子是她所有家當裡面最值錢的東西，過著有車卻沒房的人生。最近的年輕人似乎稱這樣的人生為一無是處，但那是因為他們不曉得，有些工作是沒有車子根本無法去上班，就好比在周遭尚未蓋好房子、塵土飄揚的空地上，不僅沒地鐵站，就連公車站牌都沒有的荒涼郊區，只有一棟樣品屋豎立在那裡，把首爾郊區當成是馬戲團帳篷一樣得不停搬遷的這種工作。要是沒買車，應該早就辭掉這份工作了。

「妳今天也去騙了很多人嗎？」

芝恩看著下班回來的芝善說道。芝恩經常調侃芝善是個大騙子，因為她都會對前來簽約的客戶隱匿比如那附近其實有汙水處理廠，會有飛機飛過所以比較吵，夏天附近的小溪流會有蚊蟲滋生等這些資訊，芝善也不全然否認，只要有人向她或客服人員提出犀利的問題，她們都會選擇沉默不語，那些短暫的沉默的確接近謊言，意指最終判斷交由客戶自己決定，成人與成人之間的交易本就是如此。

芝恩宛如一隻家貓，面對上學這件事，總是三天打魚兩天曬網。經歷過兩次搬家的芝恩，去學校的路途也一次變短、一次變長，但她好像對距離一事不怎麼在乎。理工大學出身的芝善，其實完全無法想像就讀文藝創作學系的芝恩，究竟過著什麼樣的大學生活，雖然芝恩有靠著批改論述考卷賺點生活費，但那依舊只是微薄的收入。雖然總有一天她會對這個家有所幫助，但現在就跟寵物貓沒兩樣，對生活沒有實際上的幫助，卻可以使人感到安心。

「姊，妳要來看看這個人寫的部落格嗎？」

「怎麼了？」

「他說只要付建材費就可以像這樣幫妳打造成全新房屋耶，包括牆壁什麼的都包括在內。」

「嗯，看起來不錯。不過誰會把全租的房子打造成這樣啊，還要得到屋主同意才行。」

其實芝善是用半租而非全租的方式承租房子，但她先這樣敷衍著脫口而出。

「說不定房東也會喜歡呢？」

「那妳自己打給房東，問他同不同意，同意的話我們就來改造。」

芝恩迴避了芝善的視線。芝善早已料到她會是這種消極的態度，連打電話給陌生人的勇氣都沒有，將來到底要如何出去工作闖蕩，明明聲音也滿悅耳的，卻從來都不使用……也許是兩人離鄉背井之後，芝善也對她過度保護所致。**總有一天我們一定會分開住，到時候妹妹會比較堅強嗎？**

姊妹倆簡單地吃了一頓晚餐，然後坐在電視機前。無腳沙發床坐起來沒有很舒服，但也不至於不舒適。

「要吃烤魷魚嗎？」

芝恩不發一語，直接站起身，接了一鍋水放在小小的爐子上，母親寄來的魷魚乾貨雖然是毫無腥味的上等品，但是為了除去腥味也曬得過於乾燥，甚至太硬，無法直接烤來吃。芝恩將魷魚兩側剪了幾刀，然後放入滾水汆燙一分鐘，取出之後就變成半乾狀態，再拿去烤才比較好吃，假如汆燙超過一分鐘，魷魚的鮮味又會流失，所以掌握好時間可是關鍵。吃著一隻又一隻毫無腥味、乾淨又漂亮的魷魚，不知不覺間，一整年的時間就稍縱即逝。她們將魷魚折成一半放進塑膠袋裡，宛如寶物般放在冷凍室的某個角落，細心收藏。姊妹倆每次吃著烤魷魚，就會懷念起從小出生長大的地方——東海，與此同時，也想著自己應該再也無法回去那裡生活了。那邊的人口密度呈漏斗形，工作機會、休閒娛樂也都只聚集在首都圈內。

芝善其實很好奇妹妹寫的文章裡會不會有海，雖然她從未親眼目睹過妹妹在寫作的情景，但是她相信妹妹一定是趁自己不在家的時候寫作。

「妳最近還有在寫作嗎？」

果然妹妹還是悶不吭聲。芝恩任何東西都可以和芝善一起使用，唯獨電腦不行，因為她認為就算是親姊姊，也不能與她共用一顆大腦。

「那個什麼烏龜的，妳最近還和他有往來嗎？」

「我跟圭翼已經分手了。」
「為何？我看他長得很像橡實一樣，滿可愛的啊。」
「他太難搞了。」
「所以妳才選擇休學啊？」
「我只是不想去學校。」
「要不要買個書桌給妳？」
「咦？怎麼突然提到書桌？」
芝善看上一款原木製的書桌，邊角都做成圓角設計，桌腳也很細長，總之，看第一眼就會愛上，芝善其實一直不忍心妹妹從高中時期開始，就在化妝臺邊角上駝著背使用那台小筆電，要是把家裡好好做一番整理，應該還能放得下一張書桌。
「我聽裝潢組的人說，要在這次樣品屋撤掉時拿去二手拍賣，所以我就先喊我要啦！妳要看看照片嗎？」
「好啊。」
芝恩將芝善手機裡的書桌照片放大又縮小，仔細端詳。
「哇塞。」
「喜歡嗎？」

「嗯！妳要買這個給我？」

「不過可能會有一點瑕疵，因為都在現場被大家搬來搬去。」

「這倒無所謂。」

「妳要趁我明天去上班的時候親自去看一看嗎？」

「那我要怎麼回來？」

「妳就帶著筆電去那附近的咖啡廳裡待著，然後再跟我一起下班就好啦！」

「真的嗎？」

「妳也可以來看我養的金錢樹，我那盆是全公司長得最好看的。」

「好喔！」

「既然是金錢樹，為何不帶財呢？」

「那還是不用幫我買書桌了。」

「哎呀，沒有啦——」

姊妹倆關掉電視，決定出去散步，消化一下剛剛吃下肚的烤魷魚。雖然天色已晚，但是兩個人一起出門比較沒那麼害怕。

「聽說那邊那個社區又有人持刀砍傷人，妳知道嗎？」

「什麼時候？」

「上個禮拜。」

「難怪房仲阿姨會攔住我，叫我去其他社區較好，聽說裝一個只能從裡面把門反鎖的門把會比較安全，我們要不要也裝一個？」

「好啊，我有看到市政府單位還提供防盜窗戶什麼的，我也申請了。」

芝善笑著摸了摸芝恩的頭，看來這人有時候還是挺有用的，就算不喜歡打電話或與人見面，至少還會用網路申請一些東西。

「哇，是貓咪！」

「好漂亮喔，是一隻橘貓。」

「好希望哪天可以養貓。」

「妳就是我的家貓！」

「哼！」

「妳也要養個盆栽試試看嗎？」

「可是我不喜歡養金錢樹那種植物耶。」

「那要不要養花？」

「好喔！」

「那我明天買一盆給妳。」

姊妹倆重新折返住處，芝善趁進入家門口前再深吸了一口氣，她很想念海的味道，雖然只要開車四十分鐘就能到海邊，但那裡是西海，她很想要向妹妹提議，現在就開車去東海看海，但她還是忍住了，因為明天一早還要上班。

「要再走走嗎？」

站在樓梯間的芝恩問道。

「不了。」

芝善追了上去，兩人把能鎖的東西全都鎖上，然後沉沉睡去。

吳正彬 為好友畫肖像的小男孩

「我媽媽好像不太喜歡我。」

正彬坐在單槓上對多芸說道。正彬的奶奶總是比較晚來學校接他，幸好還有多芸陪他一起等待。正彬坐在最矮的單槓上，多芸則是在認真地爬最高的單槓。兩人中間隔著一個中等高度的單槓。

「怎麼說？」

「不知道，就是會有這樣的感覺。」

「她會一直罵你嗎？」

「也不會，就只是……眼神很冰冷。」

「你媽媽不是也有工作嗎？會不會是因為有上班的關係呢？我媽也是下了班以後就很討厭人家找她說話。」

「為什麼？」

「她說因為很累，累到說不出話來。」

「我媽媽才剛回去上班。」
「還是說，是因為擔心你爸爸所以才會這樣？我看大人有很多煩惱的時候都會這樣。」
感覺媽媽不太像是在擔心爸爸，爸爸一直在昏睡，雖然他那凹陷的頭部還是一樣，但至少看起來沒那麼痛苦。正彬並不討厭去見爸爸，但他媽媽似乎更喜歡獨自前往醫院探病，彷彿有什麼話是要單獨對睡著的爸爸說似的。
「等我長大當醫生，就來幫你爸爸把病治好。」
正彬雖然很謝謝多芸的好意，但他還是希望爸爸可以在他長大前就痊癒，其實他也心知肚明，爸爸的病應該很難痊癒了，只是一直很猶豫到底該誠實地說自己知道，還是要裝作不知道，自從爸爸受傷後，他就總是煩惱著這件事情。
「還是我把我認識的醫生爺爺介紹給你？他每個月都會來我們社區一次，聽說是很有名的醫生喔！」
「是嗎？」
「嗯，是其他比較年輕的醫生跟我說的，說這個醫生爺爺可是韓國最有名的醫生之一。」
「是治療頭部的醫生嗎？」
「我不知道他治療哪裡，上次有聽他說過，但忘記了。」
「那妳下次再幫我問問看吧。」

正彬雖然嘴巴上這麼說，但他內心覺得就算多芸忘記幫他問也無所謂，因為多芸除了常說自己長大以後想當醫生外，其他事情都很健忘。正彬其實很羨慕多芸這一點，多芸應該也會有很多煩惱才對，但她總是一臉悠哉。多芸住的地方聽說即將要蓋一大片公寓，到時候他們很可能會臨時搬家。多芸的爸爸聽說在很遙遠的地方，媽媽則是每隔三天才會回來家裡一趟，前陣子剛出生的妹妹還生病，所以要一直去醫院給醫生檢查。但是多芸每次只要一到學校，就會徹底將那些事情拋諸腦後，然後過著愉快的學校生活，她認為正彬要是能像她一樣豁達就好了。

「爸爸會做夢嗎？」

正彬曾經這樣問過媽媽。早知道就不問的……媽媽不發一語，正彬還以為她沒有聽見，所以再說了一次。

「爸爸會不會做夢，夢見我和妳呢？」

正彬無法忘記當時媽媽回頭望向他的表情，那是他打從娘胎出生以來所看過最冰冷的神情。

「你這麼好奇嗎？」

「我只是……希望爸爸可以做點夢……」

「他不會做夢的。」

一開始正彬還小小聲地回答「妳怎麼知道」，但是後來他卻不自覺地再說了一次，而且是語帶憤怒地說道。

「妳怎麼知道！妳根本就不知道！」

於是媽媽抱住了正彬，明明是在擁抱，卻依然覺得距離她很遙遠。與其說是真心想要擁抱正彬，不如說是在那當下不得不抱住他。正彬的媽媽從公司下班回來已經好一陣子了，卻還沒更換衣服，她的衣服上殘留著外面的氣味，是灰塵和公車的味道。正彬被媽媽抱住的姿勢，讓他很不舒服，他暗自心想，難道是不想看著我的臉，所以才抱我嗎？

「你想想看，爸爸要是做了有我們出現的夢，卻無法來找我們，會不會更糟呢？還是讓他乾脆什麼夢都別做，會不會比較好呢？」

「我不知道。」

「你真的不知道？媽媽比較不希望爸爸做夢，就算做夢，也希望他只做彩色的夢、有溫度的夢，一個人都不會出現的那種夢。」

「像天氣一樣的夢嗎？」

「對，就是天氣夢。」

不舒服的擁抱就此結束。

正彬看見奶奶在校門口向他揮手示意，正彬認為奶奶之所以常遲到，並不是因為太晚出發，而是腳程比較慢的緣故。**其實她可以不用來接我的……**正彬有把握可以自己找到回家的路，因為他家就在學校旁的社區，他反而對於多芸都沒有任何一位大人來接她感到神奇。多芸住的地方甚至看不見學校，其實是要搭公車的距離，她卻每天走路來回。也許是因為如此，老師對多芸比較通融，就算她遲到一點點也不會責備她。

正彬和多芸一起走到校門口以後就揮手道別了。多芸穿過用鐵板覆蓋著地鐵施工路面的斑馬線，再朝正彬揮了一次手。

「她都沒有人來接嗎？」

奶奶問道。

「嗯，多芸的家……有點複雜。」

「哎呦，還會用複雜來形容，看來你這小傢伙真的長大囉！」

正彬回到家以後吃著奶奶為他準備的零食，接著玩了一會兒樂高玩具，他用樂高蓋了一棟手錶的家，那是爸爸的手錶，奶奶說手錶不戴時要放在手錶的家裡，所以正彬試蓋了一棟，但他不是很滿意，於是又全部拆掉，明天他還會繼續試著蓋蓋看。去補習班的時間到了，雖然他不太想去補習美術等才藝班，但據說要是他不去補習，奶奶帶他會很辛苦。**我明明又不會欺負奶奶，到底為何會辛苦？**正彬實在難以理解，媽媽用爸爸之前畫的小狗圖畫來說服他去學美術。

「這是爸爸以前畫的喔！很可愛吧？」

那是一隻用原子筆在硬邦邦的餐巾紙上畫的小狗。

「他為什麼要畫在餐巾紙上呢？」

「因為他當時在等我呀！我那時候就是看到他畫的小狗很可愛，才決定要和他結婚的……你說不定也會像他一樣很會畫畫喔！」

「那妳呢？妳會畫畫嗎？」

「媽媽不太會畫耶。」

「那萬一我畫得也不好怎麼辦？」

「你先試幾個月看看，要是覺得不好玩，我就讓你去學別的。」

於是媽媽又小心翼翼地重新把那張餐巾紙收好，放進化妝臺抽屜裡的小盒子內。她都已經丟了那麼多爸爸的東西，但卻如此寶貝這張餐巾紙，正彬認為媽媽淘汰物品的邏輯有點奇怪。

美術補習班每天都會以不同主題教小朋友畫畫，或者玩彩色黏土、摺紙遊戲等，今天老師要大家畫一名最要好的朋友，可以從鉛筆、色鉛筆、蠟筆、水彩中選一種自己喜歡的顏料來畫，或者混著用也無所謂。正彬最要好的朋友自然非多芸莫屬，其他小朋友都還在嚷嚷著誰是誰的好朋友時，正彬早已毫不猶豫地開始提筆畫畫。

「你畫的是誰呢？」

老師向正彬問道。有時候正彬覺得大人的問題真的好多，彷彿不曉得自己這樣很煩人似的。

「多芸。」

「喔！我知道她！」

坐在對面的小朋友突然插了一句。他是載勤，是曾和正彬讀同一間幼稚園的同學，現在也在同一間小學就讀，只是被分到了隔壁班。

「畫得很像耶，她每天都穿同一件衣服不是嗎？就是那個都不換衣服的女孩啊！」

正彬替多芸感到憤憤不平。

「不准你這樣說我朋友，畫好你自己的畫就好，畫那麼醜還敢多嘴！」

「正彬，不可以說這種話喔！載勤也不可以這樣說其他小朋友，兩個人都向彼此道歉。」

正彬和載勤在老師的介入下，勉強向彼此道了歉。

接著正彬開始試著努力回想多芸的長相。對了，她總是會有一小撮像蘋果蒂頭一樣翹著的頭髮；眼睛一單一雙，睡過頭的時候，兩邊都會是雙眼皮，但平常只有一邊是雙眼皮；她的視力也不太好，因為還沒戴眼鏡，所以經常皺著眉頭、瞇著眼睛看東西；上排牙齒還算整齊，下排牙齒比較亂；耳朵是像猴子一樣有點豎起來的形狀；上衣則是像載勤說的，總是穿同一件白底橘條紋的T恤，但那又怎樣，媽媽說過衣服經常洗會造成水汙染。正彬用鉛筆和色鉛筆畫出多芸，背景則是大概勾勒出學校的樣子。雖然從他的畫裡看不太出來，但他畫的多芸是坐在單槓上的。多芸的臉只有眉毛是用蠟筆畫的，所以看起來好像只有眉毛被特別強調，十分逗趣。尤其多芸左邊的眉毛上有個疤痕，導致眉毛呈現斷裂的樣子，而正彬也有刻意強調這一點，凸顯了多芸的特色。今天的美術補習班比平時好玩。

「你今天去學了什麼呀？有做勞作嗎？」

奶奶去接正彬時問道。每次只要正彬做了什麼藝術作品帶回家，奶奶就會把它放在餐桌旁托盤上最顯眼的位置，要是開始積灰塵或者出現損壞，就會經過正彬的同意再將其丟棄，正彬一直都很感謝奶奶這點。最近奶奶的手機背景畫面都是正彬畫的畫或勞作成品。

「我今天畫了朋友的長相。」

正彬打開美術本給奶奶看，奶奶一眼就認了出來：「就是剛剛那個女孩啊！」

「我在想要不要把這張撕下來送給她。」

「畫是不能直接送人的，要放在相框裡才能送給別人。」

「那我們去買相框，可以嗎？」

奶奶帶著正彬搭上公車，坐個兩站就會有一間千圜商店。他們在那裡花了兩千韓圜，買了一個尺寸剛好又輕巧的相框。

「順便在背面留幾句話吧，有什麼話想對她說嗎？」

正彬思考了一會兒，決定寫：「多芸，等妳搬家，我也搬家以後，我們就很難再見面了，但是我們長大以後一定要再見面喔！」過程中，正彬有請奶奶幫忙從旁指導，以防自己寫錯字。

「你至少要留個電話吧，不然將來要怎麼再見面？」

「對耶，要寫誰的電話呢？」

「奶奶的？哎呀，可是等你們長大我也早就死掉了，你媽怎麼在家裡也都不裝個室內電話呢，那就寫你媽的電話吧！」

最後正彬只好留了媽媽的電話。**多芸會把這幅畫保留到長大成人以後嗎？**正彬認為買個相框來放那幅畫是對的。

然而，真正要送畫給多芸時，正彬反而感到羞怯了，遲遲不敢把畫拿出來，感覺其他同學會取笑他，所以他決定等放學之後再說。終於他一如往常地走到了單槓處，然後將那袋裝有多芸肖像畫的紙袋遞給了多芸。

「這是什麼？」

「昨天美術補習班老師叫我們畫最要好的朋友，所以我就畫了妳。」

「哇！」

「抱歉，沒有畫得很好。」

「不會啊，很像我，而且我還坐在單槓上耶！」

「妳怎麼看得出來？」

「因為後面的學校比我矮啊。」

多芸心情很好，也許不是因為正彬畫得很好，而是正彬選擇了多芸是他最要好的朋友。

「哇，我要好好把它帶回家，謝謝你。」

正彬數著多芸總共發出了多少次「哇」的讚嘆聲，自己也感到十分開心，幸好沒有羞於送出這份禮物。

「要吃杯子辣炒年糕嗎？我請客吧！」

「不用啦，叫我奶奶買吧，她很喜歡買東西給我。」

「你奶奶人很好。」

「對，她真的是好奶奶。」

兩人就這樣掛在單槓上等著正彬的奶奶到來。多芸開始唱起歌詞錯誤百出的歌曲，兩人隨著歌聲擺動著雙腿。奶奶雖然又遲到了，他們也很想趕快吃到辣炒年糕，但是似乎還可以再這樣多待一會兒也無所謂。

○●金仁智、吳秀智、朴賢智

盡情享受人生的三「智」友

三人是宿舍室友，但這間宿舍並非另外獨立的一棟建築物，而是在一間八〇年代落成、外牆上的米白色油漆已經斑駁脫落的醫院附近，有一棟五層樓高的公寓，她們就住在裡面的四〇一號房。醫院裡的人都稱她們三人為3G，原本是4G，但是因為有一人離職，所以才變成3G。不過離職的那一位是名字中間那個字才帶有智字，所以如果以整體統一性來考量的話，現在這三位的名字還比較統一。一開始可能是基於偶然，三個人被排在了同一間宿舍裡，但現在就連行政室也基於好玩，把她們排在一起。

三人也有一同出席高正宇的告別式，她們占據了一張桌子坐在一起，賢智痛哭流涕，仁智淚眼婆娑，秀智則是面無表情，每個人承受打擊的方式都不盡相同。去國外參加義診的正宇是遭遇飛行傘事故身亡，他其實已經履行完所有義診行程，就在準備離開當地的前一天下午，去體驗了一下飛行傘運動，結果不幸碰上亂流，遭遇橫禍。坐在隔壁桌的感染內科教授倒了一杯水，遞給賢智。

秀智對於正宇那令人垂涎的身體居然已被燒毀一事感到不可置信，正宇是在當地被火化完畢才將骨灰帶回國，送來醫院的告別式會場就只是為了和大家見個面、打聲招呼，他的死訊來得猝不及防，連三日葬都無法舉行，親友和家屬都被這突如其來的噩耗驚呆了，臉上掛著錯愕與茫然的表情。秀智看著賢智和仁智滿是淚痕的臉龐，內心想著，**雖然在告別式上有這樣的念頭很不應該，但是幸好我們三個人都有抱過正宇那年輕、看似可口的身軀**。仁智是在三年前，賢智是在去年，秀智則是在今年春天分別抱過正宇，正宇是所有人的老公，這是褒，不是貶，就算再累，他也都一定會堅持做兩小時的運動，他對每個人都親切有禮，打扮得整齊乾淨，守口如瓶。雖然他身材很好，令人賞心悅目，但大家都認為他是一名紳士。

醫療人員比其他任何行業的人都還要清楚知道，身體就只是身體一事，彼此都會因為不去為身體賦予比身體更多的意義而感到自在，他們工作壓力大、缺乏時間，所以簡單明瞭地省略了許多繁瑣過程。正宇曾經開玩笑說過，原以為像屏風一樣圍繞著醫院的十多間飯店和汽車旅館，是提供觀光客、病患家屬、從遠處來探病的人使用，沒想到居然是讓醫院員工使用，賢智也曾感嘆過，雖然有時真的會在汽車旅館碰見彼此，搞得場面十分尷尬，但也就只是如此而已。

「一開始我還不曉得，後來才發現大家竟然都背著我在拍美國影集——《實習醫師》，假如我一直沒發現，應該會覺得很冤。」

不能把身體純粹視為身體的玩家很快的，就會在這個圈子裡遭到淘汰，比方說，喝到爛醉去開某間值班室的門放聲大叫「某某某！你給我出來！你怎麼可以這樣對我！」或者到處宣傳「我和某某某睡過了，他的表現如何如何……」等這類人就會被立刻排除在外，玩家世界裡有人會離開，也有新人會加入，不停汰舊換新，經過大大小小的事件篩選過濾出像網球隊友般舒適好相處的人，正宇就是在眾多玩家當中最完美的選手，他有著迷人的體香，並且風度翩翩。

「他有吃過很多好吃的食物嗎？」

秀智不自覺地脫口而出。

「妳說正宇醫生嗎？」

仁智反問。

「嗯，他應該有很多美好的性愛經驗，但不曉得有沒有吃過很多好吃的食物。」

賢智點開正宇的社群網站，他沒有上傳太多照片，要是有一些食物照就好了。賢智看見一張他運動完以後拍的自拍照，再度悲從中來。秀智對於自己沒接受他的好友邀請一事感到後悔不已，她其實只是沒有接受醫院裡任何人的好友邀請，相信正宇應該也不太在意這種事情，但……等待按下確認鍵接受好友邀請的畫面上，依舊顯示著正宇的大頭照，應該還會再顯示一陣子，秀智不想直接按刪除鍵。

「我們當初應該有相愛。」

「才不是，妳這點倒是真的很有病。」

秀智其實知道，賢智每次只要面對年輕患者的死亡，就會說自己當初和對方有戀愛的感覺，因為這份職業就是得對病患傾心照料，相信任誰多少都曾有過這樣的感受，但賢智是屬於比較嚴重的那種人。

三人及早離開了告別式會場，因為坐在那裡實在太痛苦。仁智當天是值大夜班，秀智和賢智則是直接返回宿舍即可，但她們倆決定要和仁智一起先吃晚餐再回去。

「想吃什麼呢？」

「神奇的食物！」

「哪一種神奇的食物？」

「我們沒吃過的。」

她們最後決定要去吃醫院附近新開的一家印度咖哩店，正確來說，應該是巴基斯坦咖哩店才對，她們分別點了雞蛋咖哩、菠菜咖哩和羊肉咖哩，還點了白飯和饢，她們吃完這些餐點以後還點了酸奶來喝。

「下個禮拜要不要去吃俄羅斯料理？」

「好啊，就這麼說定了！」

「我的正宇，早知道就請他吃頓飯的。」

三人分別用各自的方式悼念正宇，也經常去吃從未吃過的食物，彷彿再也沒有機會似地不放棄任何一個可以享樂的機會，然而三人都沒預料到，日後會各自踏上正宇發生事故的海灘展開旅行。

仁智是在正宇過世四年後踏上那片海灘和山坡的。仁智辭去了醫院的工作，念了一陣子書，準備參加考試，最後考上了公務員，在保健福祉部服務。考完試以後，她給自己安排了一趟旅行，選擇的地點正是這裡，她不是故意的，只是純粹因為有便宜機票在促銷，衝動之下購買的，直到抵達當地以後，她才發現這個地名十分耳熟，她還準備了一頂草帽打算去度假，結果剛好碰上雨季，突然下起傾盆大雨，於是只好躲進水果店和麵店裡買水果和湯麵來吃。

「要幫妳拿掉香菜嗎？」

「不，我要多一點香菜。」

由於這裡是沒什麼度假村的地方，所以也比較少看到觀光客的身影，雖然人煙較為稀少，但也因此更可以盡情享受在海邊步行的樂趣。居住在當地的小朋友將死掉的珊瑚當作禮物送給仁智，雖然看來非常美麗，但很容易就快速碎裂一地。好天氣的時候可以看見幾名玩家在玩飛行傘，看起來很安全，一點也不像會發生事故的樣子，甚至也根本沒有要降落的意思，彷彿永遠都會飄在那裡似地悠遊自在。只要沒遇見亂流就沒事，即便遇到亂流，有些人還是能平安無事，但是總有一天，一定會遇到人定不能勝天的瞬間。仁智從腳趾間感受著沙子被海浪帶走的感覺，有朝一日，自己應該也會成為這些小礫沙。

「應該會在宇宙裡漂流，對吧？」

賢智曾經說過這句話，但仁智也不太採信。

「應該不會喔，學姊，我們應該會被分解、再分解，然後依照太陽的壽命，不論是被太陽吞噬，還是等地球變成冰凍行星，都會一直被困在這裡，永遠都去不了宇宙。」

仁智絮絮叨叨地說著，於是背部被賢智狠拍了一下，說她太黑暗，別淨說些負面黑暗的話。

而賢智則是在正宇出事後第九年才到當地。賢智後來生了兩名女兒，老大是個非常敏感的孩子，有嚴重的分離焦慮，所以每當賢智要出差時都會上演一段生離死別的戲碼，與其說是育兒方式的問題，其實是孩子的生性問題，而先生和其他家人也不會出手相救，反而還會趁賢智在上班時，撥打視訊通話來干擾她工作，在這樣的模式下，孩子自然更黏媽媽。某天，賢智對著每到早上就會哭哭啼啼、焦慮不安的女兒說道：

「要是媽媽不去醫院上班，那些人會死掉喔，媽媽一定要去救他們。」

「死掉？幾個人死掉呢？」

「五十個人。」

賢智說完才思考自己是否回答得太誇張，但是自此之後，女兒就變得不再那麼愛哭。難道是孩子聽懂了嗎？她能夠理解死亡？明明是離她還很遙遠又模糊的概念才對啊。

輪到她休假的時候，她為了和兩名女兒共度一段親子時光而搜尋了度假村飯店，賢智認出那裡時，是在當地進駐了親子度假村之後，聽說從早到晚都有為小朋友準備各式各樣的活動，可以在安全的漂漂河裡學浮潛，還可以跳舞、玩沙灘排球，甚至有準備卡通角色音樂劇表演，所以賢智才會選擇這間度假村。賢智已徹底忘了正宇，她的先生因為無法一起度假，所以賢智只好獨自帶著兩名孩子奔波在各種泳池之間，晚上還要幫她們吹頭髮，忙得不可開交。她是等回國之後，而且是回國很久之後，遇見仁智時才發現原來當時去的就是正宇發生事故的地方。

「高正宇真的已經成了『故』正宇啊！但不知為何我總覺得比較像「Go」正宇。」

「我們都老了，正宇醫生卻是永遠年輕。」

秀智則是在二十三年後、五十七歲時，和伴侶一起去的。秀智是三人當中在醫院裡待最久的，那是她離職前的最後一次休假。

「我想要試試看那個。」

秀智用手指著那些宛如成群的鳥兒一樣，數量時而增加時而減少、翱翔天際的那些飛行傘說道。她對於在風中舞動的那些小彩色片感到美不勝收。

「以前我有個朋友有試過。」

「他是個好人，總是表現正常。」

「這樣形容一個人好像太簡單。」

「但這種人好少，在社會上打滾久了，都會設立一些標準來評價一個人，我的標準很簡單，只看對方是好人還是壞人，懂得控制自己還是完全放任自己，因為我發現有滿多人會完全不顧及對方的感受就直接失控暴走，甚至還大言不慚地認為這樣做又沒什麼，所以善良又善於控制自己的人，儼然已是稀有動物。」

尤其是在面對欲望與身體的問題上。秀智暗自在心裡補了這句話。正宇美麗的身體早已消失多年，秀智一直都有心理準備會再面臨像那樣的突然消失，但不論如何，直到中年為止她都還算安然度過，大部分的人也都有平安度過。雖然在正宇之後秀智又送走了一些朋友，但是相較於未來會失去的朋友數量，已經算是極少數。為了紀念那段安然無恙的日子，她真心希望可以體驗一次飛行傘。

真想活到七十歲，只要再活十三年就到了，要是這個人能成為最後一任伴侶就好了。

秀智把手伸出來給她的愛人。
兩人開始爬上山坡，走到山坡的一半左右時，兩人輕吻了彼此。

孔雲英　開車撞傷老公的家政婦

雲英家的採光不是很好，陽光都照不太進屋內，而且還有強風吹來，究竟是因為公寓剛好蓋在風口處，還是因為蓋了公寓以後形成了風口，不得而知。雲英其實很喜歡在豔陽下曬衣服，可惜這個家無法滿足她這一點，感覺再繼續這樣下去會很鬱卒。雖然在屋子裡循環的空氣能使衣服很快就晾乾，但終究還是和太陽曬乾的衣服不同，洗衣機裡的烘乾功能，也只會在梅雨季等不得已的情況下使用，要是用烘乾機，衣服還會有一股刺鼻的味道，並且滿是灰塵。雲英在洗衣服這方面是有完美主義傾向的人，所以她很難接受很傷衣服的纖維組織成分的事發生。雲英的腦海裡總是備妥著一份標準作業流程，依照清洗衣物的種類與多寡，要倒多少清潔劑，和選擇哪一種清洗模式，而不是乖乖按照洗衣機建議的清洗模式來進行。晾衣服時她都會井然有序、整齊平整地掛放，收衣服時也會順手將灰塵抖掉，要是遇到怎麼抖都抖不掉的灰塵，就會用經濟實惠又好用的除塵滾輪來清理，雖然一方面是因為有鼻炎才很討厭灰塵，但更重要的是，她本身就很喜歡做這些事，包括手洗衣物也洗得甘之如飴，甚至還買了許多環保乾洗劑和運動衣物專用洗潔劑。雖然在浴缸清洗西裝或大衣外套並不是一件輕鬆的事，但的確這樣洗比較不傷衣服。雲英一直堅信，那些口口聲聲說衣服應該交由機器洗，不能再用手洗的人，絕對是不懂得如何正確洗衣服的人。為了達到完美的衣物清理，她希望可以搬到採光較好的房子生活，尤其是在每隔兩週就清洗一次床單和被套、每月清洗腳踏墊時，都會不自覺地嘆息著：「陽光啊，陽光。」

雲英也很喜歡打掃家裡，只是不像清洗衣物般喜歡。她有一台吸力很強、可以依照用途更換各種吸頭的無線吸塵器，還有一台掃地機器人。當初在添購家具時，她都有預先考量掃地機器人的高度，所以就算是家具下方深處，也永遠都能保持一塵不染。只不過掃地機器人目前還不夠聰明，每次都會犯某些同樣的失誤，所以也不能全然交由它來執行，**明明是主打有學習能力的掃地機器人**……因此，雲英反而比較常使用無線吸塵器。假如是以前那種需要拖著電線到處清掃的笨重吸塵器，相信雲英也不會這麼喜歡打掃。儘管現在都已經是靠這些機器來打掃，但最終還是需要花人類的時間，因為要定時清空集塵器裡的灰塵，還要把吸頭拆下來清洗乾淨，不能有打結的頭髮纏繞在上頭，否則就會影響吸塵器的吸力，所以雲英一點也不覺得一切都是自動化的。吸完地板以後，雲英又用濕拖巾按照地板紋路統統擦拭一遍，好讓地板上沒有任何污漬，從角落開始邊拖邊向後退，以防自己去踩到剛拖好的地板並留下腳印。除此之外，她還會利用拖完地板以後還能用的濕拖巾來擦拭浴室（乾濕分離的）乾側或玄關，甚至還把玄關磁磚間的縫隙更換成看起來比較耐髒的灰色。每當有鬆掉的襪子或準備淘汰的棉布，她就會用來擦拭門窗軌道上積累的灰塵。她只要一想到平日會吸到那些灰塵，就會感到渾身不舒服，所以她買了好幾台便宜的空氣清淨機，每到換季的時候就一定會將濾網拆下來清洗，等晾乾以後再重新裝回去。書本、裝飾品、電子產品的上方則會用靜電除塵紙來回擦拭，尤其是延長線插座，她一定會仔細檢查避免積灰塵，平日會使用插座保護蓋插住插孔，每半年會全部拔出來用棉花棒擦拭一輪。但她不喜歡用濕抹布打掃家裡，因為擦過的地方會留下水痕。除此之外，她還會用皮革專用油塗抹在沙發等皮製產品上進行保養，要是忘記做的話，就會很容易變髒或出現裂痕。她也不忘定期清潔鏡子與玻璃，但是由於住在高樓層，陽臺外圍的玻璃總是擦不乾淨。

雲英基本上應該原本就很熱中於整理，因為就連家中的書籍，她都會依照類型、出版社、版型大小來排列，為了避免書櫃囤積過多的書，她會把不到非常喜歡的書送給前來家裡作客的朋友；衣櫃裡的衣服則是不僅衣架方向要統一，就連顏色也要由淺至深依序排列，T恤還一定要用摺衣板摺成相同大小收納，襪子也要按照腳形整齊摺好以防襪筒鬆掉，老舊的內衣她會毫不留戀地淘汰掉；購買保養品時獲贈的試用品也習慣全部用到見底；不穿的大衣通常會捐給女性弱勢團體；鞋子則會用含有檸檬皮的鞋子專用小蘇打粉來除臭，所以儘管鞋櫃敞開也不會有異味飄散，而且鞋櫃裡每人只會有兩雙常穿的鞋子放在那裡，其餘都放進鞋盒裡收好，要用再取；家人到處亂丟的收據、郵件包裹、各種零食包裝袋，她都會每天整理，因為要是全部丟進一個垃圾桶，到時候要做資源回收時就會整理得很痛苦，所以她乾脆在家中擺放了可以分成紙類、塑膠類、玻璃類、鋁罐類、保麗龍類的資源回收架。

養盆栽也是家事之一，其實雲英沒有很喜歡養植物，但是不知為何一直會收到別人送來的盆栽作為禮物，雲英心想，送巧克力不就好了，到底為什麼非要送盆栽不可。她每天觀察盆栽生長情況，以防長成一片小叢林，有些需要多澆點水，有些則是澆太多水會死掉，每一種盆栽的照顧方式都不盡相同，搞得雲英腦海裡的生長月曆錯綜複雜。最近她還發現有一種土含有椰子殼，通氣性好，可用於底部無孔的花盆，而這樣的花盆也比較不容易在澆水時弄得髒兮兮，使雲英感到很滿意。在這種土問世之前，她都會將土壤放在已經淘汰掉的平底鍋上翻炒，做成殺菌土來使用，定期換盆、裝固定支架等，也都親力親為。最近還發現收到的花盆裡有介殼蟲，甚至蔓延至其他盆栽，為了消滅那些介殼蟲，她費了好一番工夫，那是雲英這輩子見過最可怕的生物，她就像電影裡對抗致命病毒的醫生一樣，與那些蟲作戰，即使乍看之下是雲英獲勝，但是也不能因此而鬆懈，要經常用放大鏡仔細檢查葉子背面才行。

然而，雲英不太會煮飯，按照食譜還能勉強做出一些像樣的食物，但手藝實在不怎麼好，感覺煮飯比較適合有創意且不怕把廚房弄髒的人。雲英的阿姨是人人稱讚的家事達人，雲英婚前她就曾問過雲英：

「所以妳是屬於哪一派的？擅長打掃還是煮飯？世界上可沒有兩種都很擅長的人喔！」

當時雲英回答：「應該是打掃吧。」結果這麼多年來，這項答案從未變過。

雲英確實是打掃派的，因為就連做菜過程中也會順手將流理臺簡單做整理，好讓自己吃完飯以後清理起來比較容易，瀝水架上也從來不會出現碗盤堆積如山的情形。比起煮飯，她認為買菜更為困難，除了要買一個禮拜份的小菜和主菜食材，還要考量到每週都要變換菜色，要能夠將所需食材一個都不漏地買回家著實不易，而且如果要妥善利用大型賣場、傳統市場、消費合作社等促銷方案，就必須事前仔細規畫好各項食材要分別在哪裡購買。其實煮飯是任何人只要學一下就能很快上手的事情，但買菜不一樣，它是屬於更嚴謹縝密的行為。雲英有時不免也好奇，那些需要天天張羅大家族三餐的人，到底是用什麼方式買菜，而且還要思考如何保存食材，才能避免食物腐爛浪費，或者被推進冰箱深處而徹底被遺忘，因此，她的冰箱整理得井然有序，哪怕是陌生人來開冰箱，也絕對能找到所有食材；儘管炎炎夏日，廚房也從未出現過小飛蟲，廚房可說是她最在意的空間。除此之外，每一種水果都有其洗去農藥殘留的方法和時間；碗盤也有分材質，有些可以放入洗碗機清洗，有些則不行；還有那些比較不會釋出有毒物質的不鏽鋼鍋具，也要小心變色或底部焦黑；矽膠類的工具儘管用起來方便，卻也因為質地柔軟，一不小心就會被剪刀或刀具割壞，所以要格外小心。微波爐、烤箱同樣需要經常清理，鑄鐵或琺瑯類的工具也是，一個不留神就會使邊緣生鏽；抽油煙機上的油汙也要趁還沒積得太厚時就及早去除。

她的生活充斥著與灰塵、黴菌、昆蟲的無止盡戰爭，如果是以清掃頻率來看，大概是三比二比一的程度，不論是大門的門把、房門的門把，還是踢腳線、電燈開關、室內溫度控制器上那一小塊地方，都會有灰塵覆蓋在上面。雲英每天都是用坐鎮指揮中心最高指揮官或國防部長的心情，來面對她在家中展開的大小抗戰，而最重要的還是情報力，正當她為了吸收最新情報而在觀看知名家事達人的部落格時，剛上國中的女兒默默湊了過來說道：

「媽，妳也來開這種部落格吧，妳可以的。」

連個照片都拍不好了，是要怎樣經營部落格？但雲英很開心女兒這樣對她說，而且就連就讀國小的兒子也在一旁附和。

「就是啊！去過同學家就知道，真的沒有人比我們家乾淨。」

明明是連自己的房間都整理不好、經常把浴室乾燥區弄得濕答答的小傢伙，卻說得一副像是自己的功勞一樣。雲英笑了，要是兩個孩子有一個像她就好了，但目前雲英還看不到這樣的跡象，怎麼看都覺得還是比較像爸爸。

孩子他爸、雲英的先生仁哲，則是在高中同學會那天，被雲英開的車輾過腳趾而導致斷裂意外的。當時他們一群人租了一間首爾小飯店的宴會廳舉行同學會，各對夫妻依次分別炫耀著自己在學薩克斯風、學跳舞等，然後活動來到輪流唱歌的環節，人們也持續在舞臺外誇口，某某人的太太成功瘦身十公斤、某某人的太太眼光獨到，在新都市投資的房子漲了兩億韓圜、某某人打高爾夫球打出低於標準桿、某某人學畫畫還開了個人畫展。雲英認為這些炫耀也有其可愛的一面，所以都一直面帶微笑地傾聽，仁哲則是對桌上擺著的紅酒頗為滿意，喝得有點微醺。活動結束準備返家之際，雲英決定由她來開車。

如果說雲英是因為眼睛動過雷射手術，導致夜間看得比較不清楚，那可能只是藉口，因為正確來說應該是雲英會開車，但開車技術不好，雖然從未發生過事故、停車亂停等，可是這輩子應該都無法達到人車合一、享受其中的境界。雲英膽小，運動神經也很差，而駕駛兵出身的仁哲，每次只要見到雲英手握方向盤，就會開始叨叨不休。

「妳要是這樣開大隊長的車，早就被關禁閉了！」

「好啦，好啦！你愈囉嗦我就愈難專心。」

「妳到底會什麼？」

仁哲最終還是忍不住開始對雲英找碴，他是屬於喝醉以後會很亢奮，最後又一定會找人麻煩的那種類型。

「我雖然不太會開車，但我會其他的，所以別再吵了，安靜一點，我要專心開車。」

一開始雲英還好聲好氣地回應仁哲。

「不是啊，我在問妳到底會什麼啦？怎麼能什麼都不會啊？」

「你說什麼？」

「成天只知道躲在家裡，像個古代女人一樣。」

「你確定？我沒有自己擅長的事情？」

雲英內心燃起了一把無名火，就算用力翻身也不會有灰塵飛揚的寢具、零發霉的乾淨浴室、掛放整齊燙出摺痕的西裝褲、使用已久卻隱隱發亮的沙發，這些事情雲英都已經親自包辦多年，她甚至懷疑仁哲是不是以為這些事情都不需要有人維護管理，就會永續保持，她從來沒有期待獲得丈夫的認可，但就在那天晚上、那一瞬間，雲英怒火中燒。**你不知道？真的不知道？我做得這麼好，你居然還會不知道？**

「下車。」

雲英將車子停靠在快到家的地方，不論是搭計程車還是搭什麼車，三十分鐘內一定可以到家。

「妳這女的……」

「我叫你下車！」

雲英親自幫仁哲解開安全帶，然後一把將他推了出去。

「妳這人是在叫誰下車啊！」

「這是我的車，快滾！」

嚴格來說那並非雲英的車。雖然是共同持有，但總之那天晚上雲英的心情就是如此。

仁哲雖然莫名其妙地被推下了車，但他還想要試圖重新坐回車上。雲英見狀立刻關上了車門，並將其反鎖。她放著不停敲打車窗、大喊「喂！喂！」的先生不管，直接開車揚長而去。儘管先生當時已喝醉，但也不到自己回不了家的程度，所以雲英頭也不回地開車離去。

然而，雲英萬萬沒想到，仁哲當時距離車身太近，所以仁哲後來一直針對這件事情指責雲英，而雲英則始終懷疑，說不定是仁哲自己故意將腳伸進車底的，不過總而言之，這是一場因為不注意而發生的事故。雲英坐在急診室裡，身旁的仁哲不停哀號呻吟，她一心只想趕快回家，**不知道濕拖巾是否還足夠，好想買新上市的那款濕拖巾**，然後她望向了不是很乾淨的急診室地面。要是有時間、有家裡的那些清潔劑，我就能把這片因血漬和污漬而染色的地板完美復原，而且我還能像跳舞一樣輕輕鬆鬆地將它拖得光亮無瑕，一點也不用荼毒自己的肩膀。雲英不得已，只好在腦中上演一段打掃過程。

該不會真的是我故意的吧，雲英的腦海裡突然閃過了這個念頭。

史蒂夫・科蒂安

吃壞肚子的手球選手

不應該吃那盒便當的。史蒂夫・科蒂安已經擔任六年手球國家代表隊選手，這是他第四次出席國際大會，也是最慘的一次。宿舍是臨時蓋建的房子，所以裡面什麼都沒有，尤其最遺憾的是沒有蚊帳，整晚都要飽受蚊子叮咬所苦，說不定還會在韓國染上就連在奈及利亞都沒得過的瘧疾。整個活動舉辦得七零八落，比方說，連個像樣的球員休息室都沒有，而比賽中間又要等待許久，或是載著選手的巴士，沒有在時間內將選手們送達比賽現場等，天天接連出好幾次包，還有裁判判定不公的聲音出現。不過最令大家搖頭嘆息的是便當，初次品嚐到的韓國食物不僅不合口味，還因為是陌生的滋味而吃不出食物已經變質，雖然最後並沒有爆發嚴重的集體食物中毒，但是整個球隊都飽受腹瀉所苦。一些從富裕國家前來比賽的選手因為沒有吃那盒便當而逃過一劫，他們個個精神抖擻。史蒂夫・科蒂安則是在奈及利亞國家隊裡腹瀉症狀最嚴重的一位，比賽中甚至因為嚴重脫水而站不穩，最後暈倒時還碰撞到另一名選手的膝蓋，他的額頭出現撕裂傷並短暫昏迷，被緊急送上救護車直奔合作醫院。

「Knee，X-Ray?」

一名看起來像學生的矮小醫師走來問道。從他說話結巴來看，似乎是不諳英文。史蒂夫感到莫名其妙，明明是他的頭撞到其他選手的膝蓋，怎麼會問他要不要照膝蓋的X光片。史蒂夫把這名醫師轟走，靜靜等待翻譯人員前來協助。由於翻譯人員都是志工，所以人手不太足夠。

「Su⋯⋯Suture？」

原本被轟走的醫生又回來向史蒂夫問道。額頭上的撕裂傷也的確是需要縫合。由於這名醫生看起來實在太年輕，所以總是令人不是很放心，不過從他那纖細的手指來看，感覺進行縫合時應該會比較俐落。史蒂夫將自己的額頭交給了這名醫生。

「Basketball player？」

「No, I play handball.」

「Offence？Defence？」

「Offence.」

直到傷口都已經縫合好，準備要進行包紮時，翻譯人員終於抵達，史蒂夫也才有辦法得知更詳盡的解說，並接受該做的後續處理，最後決定先留在一般病房觀察一天再說。

院方有特別將史蒂夫的病床安排在靠窗的位子，雖說是窗邊，但也沒有多豪華的美景，只能看到一些路上的行道樹和雜亂無章的店家招牌。

我有辦法在這裡生活嗎？在這個國家、這個城市。

每次置身國外，史蒂夫．科蒂安都會習慣性地這樣問自己，時而問得認真，時而問得輕鬆。他從小生長在炮火連天的城市——阿布加，那是一個昨天在寺院、今天在大使館、明天在市集裡，隨時都會出現爆炸的城市，有時槍炮還會瞄準倉皇逃逸的老百姓，從他們的身後突擊。有時史蒂夫會對於外媒都不太去報導阿布加的新聞感到詫異，因為蓋達組織和ＩＳ聖戰士都有受到國際媒體關注，但是博科聖地不論做什麼事，似乎都沒有太多人理會，明明一年有上萬人死於博科聖地組織，而一年只有害幾十人死亡的傳染病，卻更能夠占據媒體版面，史蒂夫實在無法適應這世界的運作模式，雖然他經常也一直都在努力適應，但是無法適應的那一瞬間還是會像電腦當機一樣停止呆滯，有時在比賽過程中也會出現這樣的情形，所以我要把這顆球放進那邊的球門裡，然後呢？至今都還算幸運，但是接下來呢？

史蒂夫所屬的團隊是在世界排名前四十外，雖然在手球這項運動中不乏偶爾會引進其他國家選手的案例，但這種情形畢竟還是占少數，所以其實史蒂夫能夠在異國長期生活的可能性幾乎是微乎其微，可他卻還是經常幻想著各種可能。他望著街道上的陌生樹種，聞著空氣中的食物氣味，撥弄著宿舍門鎖，推算著友善與不友善人士的比例。

看來不論世界各地的醫院提供給病患的食物都大同小異，不外乎就是一些類似白粥的東西，史蒂夫一點食慾都沒有，韓國的食物對他來說一直是這樣，飄著一股很陌生的香料味，辣味也截然不同，油沒有香氣，胡椒粉則用得很吝嗇。要是能吃一口非洲飯（Jollof Rice），感覺很快就會康復，或者吃一些鷹嘴豆泥（moi moi），喝一口庫努（kunu）也好，這麼快就已經在思念家鄉的美食了，真有辦法離開阿布加過生活嗎？經過多番嘗試以後，史蒂夫終於成功地將病床調整到可以坐直身體的角度，不論是躺著還是坐著，無聊感還是一直揮之不去。他旁邊的病床有一對韓國夫妻在爭執不休，腳斷掉的男子不停指責太太的不是，就算聽不懂他們的語言，那畫面看起來也是令人厭惡，不論去到哪裡，總是有這種因為個人疏忽而受傷，卻要怪太太不是的男人。

史蒂夫把餐盤推向一邊，望著窗外長嘆了一口氣。來韓國之前上網看到的照片是繁華又壯觀的，史蒂夫已經被那些觀光照片騙過好幾回了，每次實際抵達該國時，迎面而來的都是舊舊髒髒、不怎麼好看的風景，也許直接去觀光度假勝地還好一些。史蒂夫是從機場直奔這座城市，回程時也會直接前往機場搭飛機回國，所以完全沒有機會看到和網路上的照片類似的風景。

「Mr. 科伊湯。」

之前那名長相稚嫩的醫師，口中喊著錯誤的名字走過來，幫史蒂夫更換點滴。

「……科蒂安。」

「Sorry.」

史蒂夫突然感到有點抱歉，對如此善良的醫生面露不耐之色。

「What's your name?」

「So—Heon—Jae.」

「Soi—Heung—Jie.」

嘖，亞洲人的名字還真難念，看來真的無法在亞洲定居。Dr. So不曉得消失到哪裡去了，過不久便帶了一名老醫師走進病房，那是一名難以推斷多大年紀的老爺爺，他連聽診器都沒使用，就直接撩起史蒂夫的病患服，用手指不停地在史蒂夫的腹部來回輕彈，咚咚咚、咚咚咚，明明韓國的醫療水準看上去應該是很先進才對，怎麼會用這種奇怪的方式看診，史蒂夫一臉錯愕。

這名老醫師操著一口流利的英文，向史蒂夫說明他的身體很快就會好轉，他的英文程度比一旁那位長相稚嫩的醫師好太多。他似乎也不太趕時間，還問了史蒂夫從哪裡來、最近奈及利亞情況如何等問題，他告訴史蒂夫，自己年輕時曾經去過奈及利亞，也去過非洲各地，還看過維多利亞瀑布。然而，阿布加距離維多利亞瀑布實在太遙遠，雖然老醫師推薦他此生一定要去看一次維多利亞瀑布，但這句話聽起來有點不知民間疾苦，史蒂夫推測老醫師年輕時一定是因為參加義診而到訪當地，所以也就沒跟他多做計較，僅以微笑帶過。

事實上去過維多利亞瀑布的人，是史蒂夫的表親以撒。雖說是表親，但從小都在同一個村裡長大，跟親兄弟沒兩樣。他是史蒂夫將近二十名表親當中最聰明的一個，其他已經算聰明的表親都在工廠或機場裡工作，唯獨以撒有讀大學，大學畢業後的他與一群更聰明的人為伍，最終當上了國會議員輔佐官。史蒂夫其實有一陣子並不清楚以撒從事的究竟是什麼工作，所有人都說以撒遲早有一天一定能當上國會議員，所以史蒂夫也沒有太過意外，畢竟以撒是整個家族裡最聰明又最正直的孩子。以撒每次見到史蒂夫的時候，都會高談闊論起天然資源、土壤多孔性、石油公司、幼兒死亡率和平均壽命等議題。而史蒂夫也只是一名手球選手，聽他說這麼多，可能連一半都無法聽懂，不過史蒂夫還是很喜歡滿腔熱血的以撒。

「說慢一點吧，我比較笨，所以聽不太懂。」

「少來了，史蒂夫，笨的人是打不了球的。」

以撒樂觀看待世界的態度深深影響著史蒂夫，**他怎麼能如此聰明絕頂又生性樂觀呢？**

一場突如其來的槍擊案爆發，武裝份子突襲了選舉遊行中的人潮，用自動步槍掃射群眾，國會議員當場慘死槍下，以撒也中彈身亡。在場人士當中總共有四名傷重不治，以撒正是其中之一。對方是在奔馳的車輛上開槍，他們也沒有特別鎖定以撒，只是偏偏以撒剛好身處在他們胡亂掃射、亂槍打鳥的射程範圍內罷了。以撒是所有表親當中第三個逝世的，第一位是因為罹患腦脊髓炎而不幸離世，第二位則是因一場車禍不幸身亡，比起前兩位表親過世，以撒的噩耗更令史蒂夫震驚不已。

史蒂夫認為是樂觀害死了以撒——以為這世界會有所改變、會變得更美好那樣的樂觀與期待。在阿布加，選舉延後是一件稀鬆平常的事情，為了讓選舉延後，會發生槍擊案也是在預料之中，但是他居然會想要在那樣的環境裡踏上政治之路，可見以撒固然聰明，卻也反被聰明誤。自從以撒去世之後，史蒂夫變得更常思考自己能否活超過平均壽命，能否找到不會遭遇事故或被人殺害的地方定居下來等問題。

到了傍晚，史蒂夫渾身搔癢難耐，頭已經不再感到暈眩，腹痛的症狀也緩和許多。史蒂夫推著有輪子的點滴架，走往醫院大廳。路過的人紛紛望向史蒂夫，有些人目不轉睛地盯著他看，有些人則是假裝若無其事地隱約偷瞄，看來要在人種過度單一的地方生活是有困難度的。院內門診結束已久，大廳裡只有零星幾位和史蒂夫一樣受不了沉悶病房的患者，分別坐在椅子上。正當史蒂夫在書報架上物色著有無自己能閱讀的刊物時，一名女子從自己的包包裡，拿出了一本英文雜誌遞給史蒂夫，出乎意外的善舉使史蒂夫連忙致謝，要是能和她再多聊幾句就好了，但一名不知是男朋友還是老公的男子隨即就出現在她身旁，兩人一同往醫院外走去。

史蒂夫從雜誌裡讀到一則墨西哥小城市的女性市長就職隔天，被犯罪組織殺害的新聞，據傳打擊犯罪是該名市長提出的主要政見之一，雖然不曉得詳細情形為何，但可以確定的是，墨西哥應該也不會是史蒂夫想要定居的地方。史蒂夫把臉埋在兩隻手的手掌中靜靜思考，他不能從一個地獄回到另一個地獄。

史蒂夫聽見音樂聲傳來，他推著點滴架走到醫院正門口外，街道對面的公園裡似乎正在進行一場小型活動，那是爵士樂，聽起來很不錯。史蒂夫站在斑馬線前聆聽了一會兒，但他沒有勇氣跨越那條馬路。就算身穿病患服、推著點滴架過到對街上，自己應該也無法融入那場活動。這不是屬於我的活動，也不是屬於我的舞蹈，因為這裡不是我要生活的城市。史蒂夫站在原地好一陣子，等路人開始紛紛投以異樣眼光時，他才重新折返回院內。旋律餘音繚繞，不絕於耳。

史蒂夫回到病房，睡了兩小時左右，醒來後夜已深，他看了看窗外，好奇公園裡的活動是否已經結束。這時他不經意地看見公園旁的一棟建築物頂樓站著一名女子，她俯瞰著所有布幕已經撤除的工地，那模樣看上去十分孤單。正當史蒂夫納悶著這名女子究竟為何看起來如此寂寞時，女子剛好抬頭望向了史蒂夫的方向。

史蒂夫不自覺地揮了揮手，那是自動反射而出的行為，女子也對他揮了揮手。

這裡的女人都好親切。雖然不會想要居住在這裡，但至少是會讓我想要舊地重遊的地方。史蒂夫對韓國的印象有些改觀。

三天後，史蒂夫・科蒂安離開了韓國，幸好他的身體已經完全康復，所以還有參加到最後一場比賽，奈及利亞也終於從世界排名四十外晉升到四十內了。

金漢娜　愛書成癡、單身的臨床實驗負責人

漢娜之前曾是圖書管理員。

不知為何，用過去式來說這句話有點感傷。漢娜大學雙主修英文系和文獻情報學系，後來就讀文獻情報研究所，畢業後以約聘職擔任圖書管理員八年，每兩年一聘。原先都是在大學圖書館工作，總共做了六年，雖然經常得到工作表現很好的誇讚，但也遲遲等不到正職的職缺。兩年時間實在短暫，所以每當換季的時候，漢娜就會推算一下自己的聘僱期還剩下多少時間，也難掩內心失落。她經常在工作好不容易上手、熟稔相關庶務的時候，被迫變更工作崗位，然後又會有另一名約聘圖書管理員來接替漢娜的位子，從頭學習一模一樣的工作內容，這到底是什麼浪費時間又沒效率的安排。漢娜熱愛書籍，也熱愛圖書管理員這份工作，但她不喜歡韓國圖書管理員遭受的待遇。

由於大學圖書館的職缺並不常有，所以後來改為一年一聘，分別在電視臺資料保管室以及建築公司的建築圖面保管室工作，這些工作環境都不差，但是一年的合約讓漢娜更添不安，後來一名親戚長輩實在看不下去，介紹了一份正職工作給她，漢娜最後是在心力交瘁的

情況下，用一種放棄的心情勉強接受的，只要是正職，不論做什麼都好。

漢娜在誤打誤撞的情況下得到了臨床實驗負責人這份工作，她對於這個頭銜十分陌生，甚至渾然不知世界上竟有這種工作。**負責人，就算是責任感超重的我，面對這樣的頭銜也依然會緊張。**漢娜繃緊神經來到一間環境陌生的醫院上班，正式開始工作之後才發現，其實和圖書管理員的工作內容大同小異，主要是負責臨床實驗時代替醫生管理文件、調整行程，不需要凡事由漢娜全權負責，中間過程會經過多方確認、確保可信度，那裡有一通電話就會立刻趕來的醫生，也有一名十五年工作經歷的資深護理人員從旁協助，工作的範圍很廣，相關規範很多，文件量更是多到驚人。漢娜不愧是圖書管理員出身，堆積如山的文件都被她一一處理完畢，從製藥公司、食藥署、分析機構到院方，需要的文件多如牛毛，還得處理面面俱到才行，但是漢娜很快就熟悉所有作業流程。

大抵來說，海外藥品的影本較多，所以誤差範圍不大，但畢竟是對人體進行的實驗，所以充滿著敏感問題，須小心謹慎處理才行。漢娜仔細地對受試者進行說明。

「中間隨時都可以喊停，不一定要參與完全程，各位都明白我的說明了嗎？」

漢娜向受試者解釋了一些關於風險、拜訪期間多長、採集血液量是多少、去除在樣本外的標準等事宜，最後要拿到受試者的親筆簽名是最重要的事情。隨著藥物性質不同，有些藥物會針對患者進行實驗，有些則會針對一般人進行，為了防止受試者以此作為主要收入來源，通常只要參與過一場實驗，就會有三個月內不得再參與其他實驗的限制。參與實驗費用從三十萬至一百六十萬韓圜不等，有時也會有報名了以後卻臨時打退堂鼓的人，所以一定要準備特定比例的替補受試者才行。假如受試者全員到齊，不需要有替補受試者代打上陣時，這些替補受試者就會什麼事也沒做，直接領錢回家，當然，領到這種不勞而獲的錢自然是樂不可支，而且大多是一些涉世未深、需要零用錢的大學生，所以漢娜遇到這種情形也會很替他們感到開心。

每當受試者多達好幾十人的時候，醫院就會變成像戰地醫院一樣，一口氣湧入六十、九十人。雖然漢娜不曉得究竟為何特定藥物要以特定方式進行實驗，但她還是很盡責地仔細遵守所有指示項目，若要提供低脂款就一定會提供低脂款，若要受試者站著吃，就一定不會讓他們坐著，若要將環境調暗，就一定會仔細地把每一片窗簾拉上，並事先告知院內其他人士，如果不允許受試者走動，就一定會盯緊他們，以防偷偷起身，就算他們有人中途想上廁所，也會將其用輪椅載送，避免他們行走。

「有人會感到頭暈嗎？有的話請舉手。」

大家對於自己吃下肚的藥到底是什麼藥一概不知，所以難免會有些擔心害怕。有些人早上一抵達或者一看到藥丸就直接暈倒，也不曉得那些既害怕又為了賺錢而繼續出來參與受試的人，到底生活是多困苦……漢娜努力讓自己不要對這些事情感到那麼好奇，就如同圖書管理員不需要把圖書館裡的書全部閱讀過一遍一樣。受試者當中尤其以大學生最多，也有漢娜任職的醫院所屬的研究生，晚上進行的實驗則以上班族居多。若要說其中哪些人是一眼看上去就感覺急需用錢而參與，其實很難歸納分類，因為就連身穿高級名牌鵝絨外套的人都會來當受試者。

而且實驗不只有口服藥，某次還進行一項關節炎止痛貼布的實驗，它不像一般的撒隆巴斯，是含有毒品成分，屬於強效型的貼布，實驗中需要將這款貼布貼在受試者的胸口上，但是敏感性肌膚或者痣太多的人無法參與實驗，毛髮較多的人也要幫他們事先除毛才行。由於這項實驗是對健康人投入毒品成分，所以儘管有先施打拮抗劑，大家都還是很嗨，笑聲綿延不絕，有人甚至起身手舞足蹈。這項實驗結束時，一名已經參與過各種實驗的二十二歲年輕小伙子跑來找漢娜攀談。

「姊，要不要和我約個會啊？」

假如今天是圖書館裡的書跑來向漢娜搭話，她可能都未必會如此驚恐。漢娜急忙收起了驚訝的表情，讓該名學生待久一點，等完全清醒以後再離開。而這項關節炎貼布實驗，與酬勞優渥的勃起功能障礙治療劑實驗，是所有實驗當中氣氛最為歡樂的。

雖然不一定要穿著正式套裝，但是漢娜為了給受試者一種安全信賴的印象，還是有刻意稍微打扮一下。有些實驗還會一次連續進行兩、三天，所以和受試者共度完那幾天之後，大家就會對漢娜感到有些好奇。

「妳是護士？還是醫生？還是學生？」

一開始漢娜都會向他們解釋自己的身分，但是現在的她已經能笑著回答：「不是喔！為什麼要對我這麼好奇呢？」然後微笑帶過，她實在懶得每次都要重新對人解釋。

一個禮拜大約有一半的時間，漢娜都是住在夜間值班室裡，她必須確認記事白板上大大小小的事情，還要去巡視實驗室一圈才行。然後等回到值班室裡的時候反而輾轉難眠，從家裡搬過去的書也從一本變成兩本，兩本變成五本，不停增加。有時進行一些不需抽血的實驗時，還會跑去醫院隔壁新開的影城看午夜場的電影。每當電影演完開始散場時，漢娜會看見好多觀眾是院內的醫師，並用眼神對某些見過的醫生示意問好。

自從沒在圖書館工作之後，因為也沒時間去圖書館借書，所以漢娜幾乎都是用網路訂購書籍，導致家裡的書愈堆愈多，她很喜歡現在領的薪水足以讓她購買所有想看的書籍，不用多加猶豫，她偶爾會趁休假時把書架裡的書清空，然後再重新排列，而且還會戴著手套以防手被割傷。

「哎呦喂呀~拜託妳快點帶著那些書嫁人吧，找個人快點把婚結一結。」

媽媽在她身後怨聲載道地說著，但是漢娜還是微笑帶過。**真的能找到對象共組家庭嗎？**

漢娜的父母似乎認為女兒已經找到了「像樣的」工作，所以有條件可以準備婚事。每當漢娜想像未來的心儀對象時，比起對方的外貌，她更容易想像對方收藏的書籍，比方說按照ＫＤＣ（韓國十進位分類法，Korean decimal classification的縮寫）分類來看，漢娜會希望對方可以是擁有第一類（哲學）與第二類（宗教）書籍共百分之十五，第三類至第五類（社會科學、純粹科學、技術科學）書籍則占百分之三十，第六類到第九類（藝術、語言、文學、歷史）書籍占百分之五十，定期刊物則占百分之五左右的男人。不過假如對方是藏書眾多，多到需要堆積在家中地板上的人，倒也有些麻煩……她希望對方是不會亂摺書頁、邊吃東西邊看書，把書放在太陽直射的地方使紙張變色發黃、任意丟棄書腰的那種人，但是另一方面她也打從心底有預感自己這輩子應該不會走入婚姻，因為她非常喜歡一個人獨處，尤其是自從有了穩定收入以後更是如此。漢娜的人生已經完整無缺。

「好無聊，感覺快無聊死了。」

當朋友這麼說時，漢娜一臉吃驚。

「真假？」

「妳都不會嗎？」

「我只要有書就可以一個人活得很好啊。」

「是喔，還是我最近看太少書，有沒有什麼好書推薦？」

漢娜推薦朋友一本古典書、一本剛上市的新書、一本漫畫書、一本科學書，雖然在挑選這些書時花了一點時間，但也不至於耽誤她太多時間。

幾天後，她的朋友打了通電話過來。

「看來是我錯了，人生一點也不無聊，謝謝妳推薦的書，每一本都很有趣。」

漢娜很開心聽到朋友這麼說，而且朋友的嗓音明顯比之前有活力許多。幾天後，漢娜精心挑選了幾本書裝箱帶去醫院，那些都是要讓受試者前來參與實驗時可以打發時間的書籍，頁數不多、體積輕巧，可以快速閱讀。

實驗結束後，受試者將書歸還給漢娜時說道：

「我原本不是很愛看書，但是閱讀這本書卻完全沒有意識到時間流逝，一個晚上很快就過去了。」

那是一名偶爾會來參與實驗的上班族，他總是穿著一身西裝，看起來不是很方便。

漢娜深感欣慰，雖然沒有人知道她曾經是圖書管理員，但是不管未來從事什麼行業，她還是會私下繼續當一名稱職的圖書管理員。漢娜確認了薪資確實有入帳以後，便在網路上訂購了一組移動式書架，那是只到漢娜腰部高度的鐵製書架兼推車，還附有輪子，她滿心期待地等了好幾天。

結果收到包裹後，一拆開發現家裡竟然沒有適當的工具組裝，漢娜想向醫院裡的一名技師借用，沒想到對方說要直接幫她組裝。雖然原本漢娜想要自己組裝，最後還是決定欣然接受對方的好意。一轉眼，那個移動式書架就被組裝完成。來扶著把手推推看吧。書架一邊吱吱作響，一邊向前滾動，也許是把堆放在紙箱裡的書統統放上去以後變重的關係，書架的噪音變得更為響亮。

「幫妳塗上潤滑油吧。」

「我可以自己試試看嗎？」

漢娜穿著鉛筆裙蹲坐在地，她把邊角和輪子都塗上一層潤滑油，然後微微將身體倚靠在書架上進行最後確認，以推車和書的重量支撐著自己。

朴理鑠　桃花朵朵開的男大生

理鑠的母親每次只要看電影就會說一些令人摸不著頭緒的話，從以前就是這樣。比方說，理鑠國中時和母親一起去看了電影《格鬥驕陽》，結果隔一週母親竟問道：

「《格鬥少年菀得》那部電影裡的主角，叫什麼名字來著？」

「劉亞仁？」

「不是、不是，我是問他在戲裡的名字叫什麼？」

「菀得？」

「啊！對啦！」

然後隔年為了紀念理鑠上高中，母子倆一起去看了電影《聖殤》，儘管這部電影是限制級，理鑠還是順利地蒙混進去。看完電影散場時，母親皺著眉頭問道：

「所以那個女的是他的生母，對嗎？」

理鑠聽到這類問題總是感到不可置信，甚至懷疑兩人看的究竟是不是同一部電影。一開始他還以為是因為母親不常看電影，所以可能需要一段時間慢慢適應，但是後來理鑠發現母親不是適應問題，而是有著自己一套獨特的電影解析方式，十分有趣。比方說，母親相信電影《魔戒》裡的男主角是「山姆」不是「佛羅多」，聽完她講述的論點，也會覺得彷彿山姆才是主角；觀看電影《暮光之城》系列時，母親也以一句「哎呀，這女的命還真硬」來簡明扼要地為這部電影下了總結，所以理鑠也決定不再努力為母親重新解釋劇情，任由她自行解讀。也不曉得是不是母親對於自己一直在說一些令人摸不著頭緒的話開始有自覺，就算是時序複雜或者最後結局隱藏大逆轉的劇情，她也毫不排斥、充滿自信地觀賞，當然，看完以後她又會對單靠陌生語言、沒有搭配字幕收看的內容，進行重新解讀與創造。原本理鑠和母親是每一季都會去看一場電影，但是隨著理鑠開始打工以後，就變成每個月進電影院兩次左右，這成了兩個人最快樂的活動，條件允許時甚至每個禮拜去看電影。

理鑠的母親並不曉得兒子打工的收入來源是靠擔任臨床實驗受試者，要是被她知道實情，一定會勃然大怒或者愧疚萬分，所以理鑠沒有坦白告知，只有說現在打工也可以靠智慧型手機，輕鬆找到工作機會，然後自己是短期性的嘗試各種打工，藉此累積多方經驗，然而其實鮮少有工作是可以一邊上學一邊保持學業成績的，學校發給理鑠的獎學金雖然已經用到見底，但是他還是認真尋找著，看有無其他獎學金申請機會，最終找到了一間歷史悠久的食品公司針對相關科系學生所頒發的獎學金，並申請成功。若要能持續領這份獎學金，就必須將成績維持在一定的水準，也千萬不能休學。雖然只要天天讀書、不去做其他任何事情，便能勉強靠母親給的生活費度日，但是他並不想要這麼做。他也想要去看電影、去旅行、談戀愛、買衣服，他想要活得像個二十二歲的學生，所以找上了擔任臨床實驗受試者這份兼差工作。都說「只要努力尋找自然就會有方法，世界上沒有解決不了的問題。」這也是理鑠一直以來的信念。

其實參與這種實驗不會很危險，理鑠已經當了兩年的受試者，都沒有發生任何副作用，當然，某種程度上也是因為理鑠運氣好，他的朋友世勳也曾表示想要試試看，於是理鑠便帶他去過一次，結果一到那裡這位朋友竟當場就昏倒了。

「那個……我的肚子不太舒服……」

只見身穿學校外套、體型壯碩的這位朋友，居然砰一聲昏倒在地，他明明對在那裡負責管理實驗進行的姊姊還頗有好感，結果竟鬧出了這件糗事。

由於這份打工不是經常能去做的，所以平時理鑠還會經營套房裝潢部落格，雖然還不到非常有知名度，但是收入出乎意外的還不錯。他將朋友們的房間進行改造，並當作範本上傳，結果收到許多網友聯絡，表示希望也能幫他們改造房間，這件事情同樣也是只要努力尋找就一定會有方法，他以「世上沒有無法解決的問題」這種態度來面對所有事情。他在濕氣超重的房間裡塗上防霉漆，在花紋壁紙上塗油漆，用一些小木盒來當書櫃，把年久泛黃的冰箱用背膠紙重新黏貼外觀，用假牆做出隔間，安裝層架和掛勾，更換浴簾和磁磚，然後還放一些燈具來代替陽光。他通常是將材料費和顧問費合在一起報價，也從來沒有一名委託人抱怨過價格不公道。打完工以後他經常談情說愛，是和姊姊們，他喜歡比他年長的姊姊，他也非常清楚自己的魅力是什麼。

這份魅力可能是承襲自父親，父親很年輕時就因肝硬化而過世，也許是因為忙著張羅兩個家庭而累到不支倒地，但其實如果想要維持兩個家庭，就更該強健自己的身體才是，怎麼會帶給這麼多人麻煩。父親生前本來就是一年只會出現在家中一、兩次，而且是在逢年過節前後，所以理鑠得知父親過世的消息時也沒有大受打擊，只是生活費突然面臨中斷，這點倒是滿令人困擾的。當時的理鑠還只是一名國中生，他和母親就是從那時起自立自強、努力求生。不過隨著年紀漸長，長大成人以後的理鑠，開始逐漸意識到父親留給他的魅力是多麼有用的資產。**爸，好險我還有點魅力**。

「別太相信你的魅力。」

一名最要好的高中同學——韓英曾對他說道。

「為何？為何不行？」

理鑠反問。

「那種東西是不會長久的，因為連我那瘋癲的老弟在狀態不錯時，也看起來滿有魅力的。」

理鑠有聽說韓英的弟弟已經暴力到無法過正常生活的狀態，所以目前正在接受精神科治療。韓英已經從家裡搬了出來，一方面是因為受不了弟弟，一方面也是因為一些其他因素，後來理鑠幫韓英和她室友一起住的房子進行了裝潢布置。雖然理鑠曾經想過，一眼看上去就像有錢人家女兒的韓英，選擇離家出走的事會不會太小題大作，但是畢竟家家有本難念的經，所以他還是選擇不發表任何評論。

「你還是找找看有沒有長期性的優點吧，我相信你一定有這種優點，魅力、第一印象這種東西什麼屁都不是，對於一眼就能看穿你的人來說，這些東西根本不管用。」

「聰明的丫頭。」

「然後記得不要對女友們說太多關於母親的事。」

「為什麼？」

「你愛你媽是好事，但也不用一直跟女友們強調在你心中媽媽排第一、女友排第二吧。」

「嗯……」

的確，這其實是滿好的忠告。多虧這句話，理鑠的戀愛期拉長了兩倍左右，但依然從未交往超過半年。

雖然不曉得原因為何，但是理鑠在同儕之間反而沒什麼同性緣，說得更直白一點，他經常會處在四面楚歌的情況裡，因為聽說男性認為他在性方面太有手腕，而在某些面向又弱不禁風，所以會看他不順眼，不過站在理鑠的立場，這些話聽起來只像是他們嫉妒理鑠的異性緣佳。

「你是同性戀嗎？」

有一次，平時就滿討人厭的學長，在一個聚餐場合上喝醉酒問理鑠，雖然理鑠是千真萬確的異性戀，還經常像一隻小鳥一樣穿梭在各個姊姊的懷裡，但在那當下，他實在有一百萬個不願意回答這種無聊問題。

「什麼？」

「不是啦，大家都很好奇，所以我只好幫忙問問嘍！」

「好奇的話就叫他們付錢問啊。」

「唉，你還真有這種令人看不順眼的特質。」

「我嗎？我怎麼了？」

「說什麼家境困難，結果還不是每天都穿不一樣的運動鞋。」

「……所以學長你是看不順眼我買鞋嗎？」

「你還開那什麼奇怪的部落格，用不正當的手法賺錢。」

「呵！」理鑠覺得荒謬至極，忍不住冷笑了一聲。他忘了之前韓英對他的忠告——就算對方看起來再愚蠢，也不能恥笑對方。世界上總是會有這種人，當你在用有限的資源努力改善生活時，他卻想盡辦法扯你後腿，理鑠在短短二十幾年的人生中，就已經見過無數個這種見不得人好的人。難道出生在條件不佳的地洞裡，一輩子就只能在那個地洞裡生活嗎？在這不容易獲得機會的世界裡，好不容易自行創造了機會，所以使你眼紅、肚子痛嗎？所有人都應該像你一樣自甘墮落嗎？這樣你就會感到比較安心？

「你這人啊，需要更討喜一點才行，將來還要出社會混不是嗎？我這不都是為你好嘛～」

「討喜？」

「嗯，比方說像你現在穿的褲子吧，就是因為你穿這種緊身褲，再加上又是橘色，所以才會被人誤會啊！」

「滾。」

「什麼？」

「我叫你滾啦！」

然而眼看學長沒有要滾的意思，所以理鑠只好自己先起身離開。「理鑠！」在場的其他人雖然都試圖挽留理鑠，但他必須離開那個場合。母親過去曾在酒店裡工作過，當時她最討厭的就是互丟酒杯、打架鬧事的蠢蛋，為了避免自己變成那種人，理鑠不得不選擇閃避。

他滿臉憤怒，由於尚未平息心中的怒火，所以決定繞路走到下一個地鐵站再搭乘地鐵。後來他路過一間綜合品牌運動鞋專賣店，買了一雙螢光色的運動鞋以後，怒火才稍稍平息一些。

他經常穿著那雙運動鞋去夜店，他和韓英以及韓英的室友芝芝一起去夜店時感到最舒服自在，雖然韓英跳舞時幾乎沒有擺動身體，芝芝的舞技也像一隻小兔子一樣蹦蹦跳的水準，但是三人總是能共度歡樂的時光。理鑠很少和芝芝直接交談，但也已經到了相處起來自在的程度。芝芝總是留著一頭極短的頭髮，有時理鑠忘了剪頭髮，他的頭髮還會比芝芝的頭髮長。理鑠固然偏好長髮女性，但也認為芝芝很適合留這種俏麗短髮。

「你是不是喜歡女生留長直髮？」

芝芝曾經笑著問過。

「不，我喜歡的是長髮加上很會使用電棒捲做造型的那種女生。」

女人早上費盡心思捲出來的頭髮，會以乾燥的狀態維持捲度一整天，所以看起來很像洋娃娃的頭髮，輕輕觸摸彷彿還能感受到頭髮上殘留的餘溫，尤其把手放在對方的後頸部和背部，也可以感受到頭髮的溫度，理鑠很喜歡這種感覺，他一直都很喜歡擅長打理自己髮型、貼假睫毛的女生，但是最近不曉得為什麼，他對於芝芝短塌的眼睫毛也感到有點可愛。

「不行。」

韓英發現了理鑠看待芝芝的眼神不同於以往。

「為什麼？為什麼不行？」

「因為你現在已經有女朋友了啊！而且你都還沒準備好。」

妳這可惡的丫頭，精明又可惡的丫頭，總是沉著又冷靜的丫頭。也許韓英是連弟弟的沉穩都集於一身，不久前還聽說她弟因為抑制不了憤怒而將自己的牙齒全部弄斷，而且還是單憑下巴的力量。當初韓英在母親的肚子裡時，應該要留一些好的特質給弟弟的。總之，理鑠很聽韓英的話，對他來說，韓英就像是木偶奇遇記裡「吉明尼蟋蟀」一般的存在。

超越魅力的某種長期性的優點，雖然還不清楚究竟是什麼，但是理鑠也只能承認自己還有一些不足之處。韓英委婉地建議他不妨試著練習一個人什麼事都不做、獨處一段時間看看，儘管根本沒時間也沒空間獨處的理鑠，聽到這項建議有點不太能理解其用意，但是從學校返家的路上，他經常會提前在江邊的地鐵站下車，那裡離家還有一個多小時的距離，但他都會衝動下車，然後每次去坐同樣的長椅。他欣賞著發著類似聲響奔馳而過的腳踏車、人們想要拋上天空的各種玩具，還有橋下已經變色的水位尺。理鑠不禁心想：**要是人體裡也有那種水位尺就好了，可以一眼分辨這個人的情緒是否已滿**。

當他獨自坐在那裡看著這些光景時，想要與某人交往的渴望，就會像按捺不住的飢渴難以忍受，與其說是生理上的渴望，不如說是對親密感的渴望。每次只要有這樣的感受，他就會把手機通訊錄裡再也不會見面的人刪除，前陣子還有六百人的通訊錄，如今只剩四百人左右，他打算等刪到只剩約兩百人的時候去向韓英炫耀。當初他刪掉十多人時，還打了電話給母親。

「媽，要一起看電影嗎？」

「好啊，看什麼電影？」

電話那頭傳來了小腿按摩機運轉的聲音，母親似乎剛下班回來，正在按摩她的雙腿，理鑠十分自豪母親很喜歡他送的小腿按摩機，他把離家最近的影廳時刻表念給母親聽，那聲音像極了一首曲子。

池紘　帶低音提琴趴趴走的音樂人

距離出國參加爵士樂嘉年華會只剩兩個多禮拜的時間，樂團裡的鼓手卻在這個時間點不幸手臂骨折。居然跑去騎馬……玩音樂的人怎麼能從事這麼不負責任的興趣？紘感到十分荒謬。鼓手則是滿臉慚愧，還不停為自己辯解說騎馬已是大眾化的運動。樂團裡的其他成員也只是不好意思生氣而已，但臉色卻很凝重。

紘是一位樂團裡的低音演奏者，不是低音吉他，而是低音提琴。她總是頭戴帽子，而且帽子都一定會像是被某種體型碩大的動物輾過一樣，比方說被河馬坐過那樣，所以大家都能一眼認出她來。她的帽子不只有一頂，但每一頂都長得很像，只有紘自己能夠區分出有何不同。帽子底下是一頭早已失去捲度的捲髮，但也沒有到完全變直，就只是一直維持在要捲不捲的樣子。所有人都以為她是專門買一些復古風的衣服來穿，但其實那些衣服都只是穿很久，看似復古罷了，她經常身穿針織衫搭配緊身卡其褲，看上去活像一個快樂的稻草人，每當她演奏到忘我，旋轉著低音提琴，即興舞動身體時，臺下聽眾都會隨著她「嗨」起來。尤其是爵士樂，前來現場看表演的人與其說是「觀眾」，更接近「聽眾」，但增添一些視覺上的歡樂元素也不會有人覺得反感，身形乾癟的女演奏者和低音提琴一同漫舞的畫面，反而形成了有趣的對比。

有時坐在前排的人會交頭接耳。絃的粉絲多半以女性居多。

「那位姊姊好帥！」

雖然演奏樂器是很歡樂的事情，但是要提著低音提琴四處奔波簡直就是折磨，有時還要連同音箱也一起提著走動，更是無比煎熬。搭乘計程車時，低音提琴必須橫放在副駕駛座才有辦法上路，有些司機會對這項樂器感到好奇，有些司機則是面露不悅。絃有時會想，賺來的錢會不會都花在搭計程車上了。雖然偶爾也會搭地鐵移動，但絕對不會搭公車，因為要是公車司機急踩煞車，這些器材的後果一定會不堪設想。住在市中心裡至少是省計程車費的方法之一，所以絃是住在首爾正中央、位於山坡上的老舊社區，有時存款裡的餘額還會不足，導致瓦斯費積欠兩、三個月。自從她家道中落，仍決定要繼續走她喜歡的音樂之路以後，便已做好會吃苦的心理準備，所以她一點也沒有感到擔心害怕，一直努力維持自己的生活。從她在調整琴橋、安裝拾音器，將低音提琴改造成爵士樂用的那天起，她就下定了決心再也不走回頭路。雖然有時也會猶疑，自己要是繼續走古典樂會不會比較好，但也從未後悔過自己的決定，頂多只是偶爾會心想，要是有人可以幫忙開卡車載送樂器就好了。她相信最終兩條路走起來都會是差不多的結局，畢竟她最擅長的事情都是不太能賺大錢的工作，雖然有些無奈，但周遭的人情況也都大同小異，所以不太會令她感到煩心難過。

「看來要把喜樂帶過來了，現在能配合我們行程的人只有他了。」

樂團裡負責擔任吉他手和主唱的團長說道。

「喜樂哥不是開店做生意嗎？那他的店怎麼辦呢？」

紘一邊想著還有無其他鼓手人選，一邊反問。

「聽說已經休店兩個月了。」

「是喔，原來。」

「那看來要由紘去說服他了。」鍵盤手提議。

「為什麼是我？」

「他之前不是喜歡過妳嗎？」

「屁啦！」

當然，喜樂的確有喜歡過紘，也對她格外疼惜，但是紘清楚知道，這份好感只是像桃樂絲離開奧茲國時，對稻草人說「其實我最喜歡你」那樣。

「總之，妳應該比我們更有說服力。說服力！」

「你幹嘛把說服力說得像是超能力一樣，到底是要我怎樣啦！」

「我們怎麼可能還有機會再去那裡演奏呢。紘啊，我們不會再有下次了，這次是第一次也是最後一次。」

在那座城市，爵士樂的城市，光靠發音就令人瞬間心情愉悅的城市，他們寄了演奏影片過去，結果收到了邀請函，雖然似乎不是透過非常嚴格的標準進行選拔，但應該也有收到來自世界各地的爵士樂團影片才對，最後居然獲選了，簡直令人欣喜若狂。他們被安排到角落的一個小舞臺，根本不敢肖想主舞臺。除了表演欲以外，光是到當地聆聽本土及來自世界各地的演奏，應就能有所收穫、滿載而歸。絃的樂團經濟狀況不是很好，團員當中經濟條件相對較好的成員，就是不慎墜馬的那位，按照目前的情況來看，也許還要在國外天天餓肚子也不一定，但這些問題不算什麼，他們的興致依舊不減。既然都有難得的機會了，他們想要去好好表演一次，一切全靠團員之間的默契。絃其實也心知肚明，只有喜樂是最適合頂替鼓手的位子，但她也明白，要叫一個決定不再玩音樂的人回來有多麼困難，所以一直想要逃避面對此事。

身上沒帶樂器移動，就如同武林高手解開了身上的沙包一樣，一身輕盈。絃壓低帽簷，連個包包都沒帶，只帶幾張信用卡和錢包，放在工作褲的口袋裡，就前往喜樂的住處，中間還換了好幾次的公車。

「哇，稀客、稀客，好久不見！」

喜樂欣然接受絃的到訪，還事先在絃即將下車的公車站牌前等待。他瞇著眼睛，似乎是覺得外面太陽太刺眼。

「看來你依然是夜行性動物嘛！」

「就是啊，應該改成晨型人了，但好難啊！」

「那很好，這樣就不用特地調整時差了。」

「時差？」

喜樂住的地方到處都是工地現場，絃直接開門見山地向喜樂解釋了樂團目前遭遇到的困難。當她行走在凹凸不平的路面時，覺得有點喘。

「我都已經多久沒玩音樂了，不行，不行。」

「你練一下很快就能上手的，一起去一趟美國吧。」

「最近關節太痛，實在沒辦法。」

「我們又沒有要你進行魔鬼訓練，知道我們所有曲目的人就只有你，所以才會來拜託你啊！就算你隨便敲敲打打，應該也都比其他人認真打來得好聽喔！而且也不會有人罵你，放心吧。」

「不是啦，是真的因為關節痛……」

絃認為不能再逼迫喜樂，所以決定先去吃點東西再說。他們走進一間鮑魚店，從餐廳窗戶望出去是一片紅土，聽說這片腹地即將要打造成一座湖水公園，雖然窗外了無生氣，但是碗裡的鮑魚卻美味十足。

「感覺這鮑魚火鍋吃下肚以後會滲入體內各處。」

「妳每天有沒有好好吃飯啊？」

「就那樣囉。」

「絃，妳要顧好身體啊。」

「你從以前就這樣，老是叫我要維持身體健康。」

吃完飯以後，兩人一起走了一小段路。絃快速抖動著嘴脣，噗、噗、噗，模仿著樂器聲響，喜樂笑了。其實喜樂一直都很羨慕絃的身體硬朗，就算住在照不到太陽的屋子裡，沒有按時吃飯，也總是健健康康，天天只穿一件薄薄的針織衫，也從未感冒。每次問她保持身強體健的祕訣是什麼，她都會回答「帽子」，尤其冬天一定要讓頭部和頸部保暖才行。喜樂想起幾年前聽到這個回答以後，覺得十分荒謬，還因此買了一袋橘子送給絃。

「哇，這裡將來會有地鐵站耶。」

他們經過地鐵施工現場時絃說道。

「不過我會等它開通後過個幾年再搭乘，先看看有沒有出事再說。」

「為什麼？」

「一方面是因為無人駕駛感覺滿有風險，再來是因為今年春天有發生一場事故，這邊的地面突然隆起，神奇吧？我以為地鐵站沒蓋好會塌下去，結果沒想到是上面的地板太輕太薄所以被擠上來。」

「之後應該都會修好啦。」

「應該吧。」

「哥，這裡到處塵土飛揚，把人弄得灰頭土臉，快和我一起去美國吧，好不好？」

喜樂沒有多做回應，只是微笑帶過。他走向公寓社區前的一台提款機，領了一些錢出來，然後把一疊鈔票放在紘的手中。紘嚇了一跳。

「我又不是來跟你借錢的！你瘋啦！」

「抱歉啊，我應該無法跟你們一起去美國了，拿這些錢去買一些好吃的吧。」

「才不要咧，真是的，這人很有事耶！」

這也是紘的本事之一，儘管罵對方很有事也不會使人不悅，不會傷感情，她把錢重新交回喜樂手中。

「哎喲，看看這細皮嫩肉的手，不摸樂器以後變得很光滑嘛～你都不想要把這手掌重新搞得都是水泡嗎？然後再把那些水泡砰、砰、砰，一個一個全部敲破，想不想啊？」

「哎呀～真的好想啊！妳這傢伙還真會說服人！」

喜樂一副禁不住誘惑的樣子，大笑了許久。

「所以還是跟我們一起去吧！」

「給我一天的時間考慮一下。」

「你就當成是鼓手生涯最後一次演出吧。」

「我明天給妳答覆。」

結果沒有花上一天，而是花了四天左右，最終那個週末，喜樂沒能經得起紘的誘惑，與紘的樂團共進了一頓九千九百韓圜的吃到飽自助餐。他們在那頓飯局中討論演出行程，其他成員擺明想要取笑喜樂，卻又害怕嘲笑他以後會使他改變心意，進而一直強忍克制，紘看著他們的一舉一動，雖有些不滿，卻也拿大夥兒沒轍。

「哇，年紀大了連菜都懶得拿了，對吧？」

「嗯，我只想吃有人幫我夾的菜。」

「所以現在是要我去幫你們夾菜嘍？」

紘語帶調侃地說，哥哥們同時起立，紛紛前去夾菜。

◎崔代桓

轉換跑道的飛行師

代桓至今還是會夢見以機身背面（機腹朝上）飛行的夢境，飛行過程中因分不清天空和海洋而整架飛機墜入一片汪洋大海。夢中的他會突然意識到飛行速度變慢，然後飛機也早已脫離安全高度，並在夢醒前一刻才發現，這件事情並沒有發生在他自己身上，而是在之前的那批老同事身上，這事也不可能有發生在他身上的機會，因為他已經很久沒開戰鬥機，只是他的身體、夢境都還沒脫離那些機器設備。

住在同一層宿舍裡的飛行師總共有三人接連墜機身亡，有些是飛行失誤，有些則懷疑是機械故障，那該死的ＫＦ16不僅設備不良，就連文件都有造假，實在是很要人命。自一九九三年起就裝設的機翼支撐架，居然至今仍未更換過，還繼續讓飛行師飛行。代桓幫那些不幸罹難的同事家屬募款時，不禁慶幸自己還未婚。他相信遲早有一天也會輪到自己成為那不幸的主角，只希望死神不要那麼早上門，但他萬萬沒想到，每半年進行一次的身體健康檢查，居然會因為眼壓太高而沒能過關，所以不適合繼續開戰鬥機，同時也沒理由再留在那裡。他還記得最後一天準備要離開部隊時，發現自己的預期壽命突然變長而感到有點頭暈的事。

實現少年時期的夢想是一件值得害怕的事情，雖然代桓領悟到這項事實，已是在脫離少年時期許久過後。代桓回首自己的二十世代，覺得當初在士官學校時根本還不是真正的成人，學校紀律甚嚴，所有人都在這樣的紀律下像個未成年人一樣乖乖服從。要是在學校裡喝酒、抽菸或談戀愛，就會直接遭退學處分，當然，儘管如此，還是有人會暗地裡偷偷做這些事情，但這和正大光明去做是截然不同的意義。最終，身體只有習慣嚴格和紀律，沒有習慣那些嗜好和愛情。不過代桓對於自己隸屬於如此嚴格的團體、用奇怪的方式使人感到安心並不討厭，他以為自己可以永遠活在這樣的環境裡，甚至一點也不討厭「斗篷著服儀式」（譯注：發放冬季斗篷給大一新生時，會先進行的儀式）時，讓新兵只穿內褲，並用腳將大家推進冰水裡的學長們，其實他當時根本沒有討厭任何人。

「還是改開民航機吧，然後哪天再去當阿拉伯王子的私人機師。」

同梯的夥伴們嘴巴上經常開這種玩笑，實際上每個人都很想開戰鬥機。雖然戰鬥機既老舊又設備不良，但對於大家來說還是極具魅力。Left clear，Front clear，Right turn，代桓至今還會在夢裡這樣邊說邊轉換飛行方向。

比起飛行訓練更苦的是生存訓練。戰鬥機隨時都有可能墜機，就算即時脫逃成功，也不知道自己會降落在哪裡，所以經常要進行假如掉入敵營，孤立無援的狀態，該如何求生的訓練，而訓練地點偏偏又是海軍訓練所，那裡的廁所外面還貼有「請勿餵食二等兵蜘蛛」的字條，代桓不免覺得幸好自己小時候沒有夢想當一名海軍。他們進行埋伏訓練、學習如何徒手抓雞、抓兔子、抓蛇，並將牠們做成料理，為了生存，代桓願意想辦法吃下兔肉和雞肉，但是唯獨蛇肉，他實在是一口都吃不下，所以訓練快要結束之際，他的體重也因缺乏食欲而少了整整八公斤。他親自殺兔子、確認兔子的眼淚與鼻血，將剩餘的皮毛用錫箔紙包裹起來埋在土裡，並且要熬過那年炎夏，儘管是炎炎夏日，早晚溫差還是很大，夜晚溫度極低，可以下探到零下的低溫，為了避免身體失溫，睡覺時還和其他同伴們相擁取暖，好險不是只有他一個人是如此。

要不是軍中那名狂上士，也許代桓會繼續留在軍中也不一定。那個人原本姓「姜」，但是大家都改稱他「狂」，雖然不論在哪個團體裡，都會有人仗著自己握有一點權力而仗勢欺人，不過代桓認為這種人存在於軍中是最糟糕的，也許是他的眼神沒有藏好這樣的訊息，狂上士一直將代桓視為眼中釘，特別喜歡針對他，在聚餐場合，因為代桓沒有一口乾下整杯燒酒，而朝他丟菸灰缸的事，也早已司空見慣，根本不值一提。

「你這中尉到底是怎麼當的啊，連燒酒都不能一口喝完，竟敢在我面前分段喝？」

明明論階級是中尉比較大，但他還是拿年紀來對代桓施壓。尤其這人活像一隻瘋狗，所以周遭人士也拿他沒轍。就算沒有剩餘的工作，代桓也必須每天留守到凌晨十二點才能離開，前三個月他還盡量選擇忍氣吞聲，但是後來他再也忍無可忍，時間內做完分內工作便收拾東西離去，結果隔天狂上士便將他送去了五小時車程外的陸軍士官學校。

「你太缺乏忠誠心了，去泰陵拍一張忠誠塔回來。」

雖然代桓在心中飆罵了無數次髒話，好不容易到了泰陵，拍回來的照片卻是別座塔，原來是因為他到那裡以後早已沒有多餘的心力去確認塔名，最終只得再跑一趟。後來狂上士還要他培養史觀，叫他將朝鮮王朝五百年壓縮寫在一張Ａ４紙上，都是一些不合理又汙辱人的霸凌手法。當他叫代桓把國歌反覆從第一節抄寫到第四節時，代桓也已經沒什麼意志力想與他抗衡，所以更多時間是呆坐在書桌前天馬行空、胡思亂想，然後轉眼間發現一小時又過去了，**時間像減掉的紙張一樣消失無蹤是正常的嗎？**代桓看著只寫了一半的紙張，感受到一股危機。

狂上士很喜歡光顧有應召女郎的酒店，所以經常到處挪用公款花天酒地，通常都是從一些類似軍歌競演大會的道具費用等，不是很大筆又不太會去詳細確認如何支出的那種經費裡，一點一點汙走。當部隊士兵們沒有任何道具、赤裸上陣做軍歌律動時，代桓簡直心如死灰，最終他的部隊成員光憑創意、沒花一毛錢就拿下了第一名。然而當獎金必須拿來填補狂上士挪用的公款時，代桓深深覺得無顏面對部隊的弟兄，他也變得愈來愈常自掏腰包請部隊成員吃東西。

壓垮代桓最後一根稻草的是小蘿蔔泡菜，代桓至今都不吃小蘿蔔泡菜，因為每天研究要如何欺負代桓的狂上士，某天叫代桓去他經常光顧的酒店買一些小蘿蔔泡菜回來，而且是每隔兩天一到凌晨十二點就派他去買。**那該死的小蘿蔔泡菜**……而且去買個十次左右，狂上士才會勉為其難地給他兩萬韓圜，這筆根本不夠他付的泡菜錢。每次只要買完小蘿蔔泡菜回來，代桓就會徹夜輾轉難眠，他罹患了嚴重的失眠症，假如最後沒有因為眼壓過高而離開，可能也會死於因失眠而發生的事故，因為每次晨飛都會在凌晨四點進行一場簡報，所以他經常是在整晚沒睡的情況下，精神恍惚地飛上天空的。

代桓離開前寫了一封落落長的信給軍紀教育大隊長，並隨信附上過去蒐集到的所有資料，後來他才得知，原來大隊長的夫人是他的國小班導師，世界很小，居然會有這樣的偶遇。後來聽說那位狂上士沒能升官，雖然不一定是被代桓害的，但總之狂上士後來也離開了軍隊，終於不會再有人被他霸凌，這點倒是讓代桓鬆了一口氣，至少在軍營外他應該再也無法像當初在軍中那樣為非作歹。

代桓回到父母家裡住以後，有超過半年時間整日與運動為伍，他發現小時候去學柔道的柔道館還在，當初教他柔道的老師是一名性格溫和的奪牌高手，被歲月打磨過的那些獎牌羅列在整齊的相框裡，裝飾著道場一隅。

「偶爾就出來教教小朋友吧，這樣你也能順便運動一下身體。」

代桓過了一段快樂的日子，久違的道服和軟墊都令他無比懷念，所以他天天過著無憂無慮的生活，失眠問題也不藥而癒，整天和道場裡的小毛頭相處，回到家則是陪哥哥請託的兩個孩子玩耍，侄兒對於代桓再也不是飛行師一事感到惋惜不已，但是只要把他們舉高高、飛高高，他們很快就忘記這件事了。已經邁入初老年紀的父母雖然看孫子們可愛，體力卻已經追不上他們，所以代桓在家，父母也輕鬆，那是一段溫和又美好的轉換期，除了積蓄太快減少不是很好之外，其餘沒什麼不好。代桓原以為自己會在軍中待二十年以上，所以沒準備任何了不起的對策。

「未來學者們有說過，將來的人類一生會有三份職業，見到你以後我發現應該是真的，慢慢去思考自己要做什麼事吧，要不要先安排個旅行？」

哥哥給了代桓一筆錢，不曉得是不是因為代桓天天幫忙顧侄兒的關係。既然都有人推一把了，感覺好像不去也不行，代桓想要去自然景觀優美的國度，他想要登山、健行、在野外露營，如今已經無須再徒手抓兔子或蛇來果腹了，感覺應該可以用相對輕鬆的心情啟程出發。他考慮了許久，發現有舊金山來回機票在做促銷，他決定去優勝美地國家公園，一探那裡的極致美景。代桓因長年運動導致肩膀肌肉發達，所以坐在經濟艙的位子上感覺十分擁擠，飛行期間他完全沒睡，就算合上眼睛也會感到緊張焦慮。

代桓萬萬沒想到，公園入口處的遊客中心會是用這樣的方式，迎接獨自前來登山健行的旅人。

服務人員不苟言笑地警告代桓。他先讓代桓閱讀了在山中遇見熊時的行動要領手冊，

「你知道這裡一年死一百四十人嗎？」

代桓閱讀完以後得到的結論是，不論如何都難逃一死，就算裝死也會死，背對熊拔腿而逃也會死，即使爬上樹木多少還有一些生存希望，但是園內的針葉樹應該沒那麼容易攀爬；手冊上寫著，要是進退兩難，就將食指交扣放在頸部後方趴下，那麼應該至少可以活到有人前來救援為止。

「不過你真正需要小心的反而是鹿類。」

「比熊還要危險嗎？」

「對，有更多人是死於鹿而不是熊。」

交配期的鹿十分敏感，很容易受到驚嚇，一旦被嚇到就會用牠頭上的鹿角衝撞人類，一直撞到穿腸破肚為止。代桓不想要以如此不堪的遺體被人尋獲，所以下定決心只要看到頭上有類似鹿角的動物都要退避三舍，敬而遠之。

其實面對熊和鹿都還能盡早閃躲，代桓是因為遇見郊狼才經歷了一場危機，他在那之前甚至連郊狼的長相都不認得，如今已成為他永生難忘的動物。當時他和其他健行者已經分

道揚鑣、獨自行走，不知從何時起，他發現有三隻郊狼尾隨在後，假如不是郊狼而是野狼，也許代桓早已小命不保。三隻郊狼和代桓以一種緊張微妙的對峙狀態，行走了好長一段路。代桓緩緩拾起一根又長又粗的樹枝，原本緊跟在後的郊狼看見那根樹枝後，有稍微放慢跟蹤速度。代桓沒有奔跑，因為他知道假如開始狂奔就一定會被郊狼攻擊，他不停地慢慢撿拾地上的石頭放入口袋。

後來代桓走到某個快要與其他小路相連的地方時，他認為不能再這樣走下去了，於是一個轉身，用拐杖用力敲打地面，並盡可能讓自己的身體看起來大一些，用著誇張的肢體動作，讓口袋裡的石子發出喀啦喀啦的聲響，並且眼神肅殺地直瞪著那幾隻郊狼。代桓不想過度激怒牠們，所以沒有嘶吼。郊狼看起來有些猶豫，應該是不甘心已經追著代桓走了那麼長一段路。代桓將手臂張得更大，然後丟了一些石子在他和郊狼之間，以不會使郊狼感受到攻擊的距離為限。

其中一隻郊狼先轉身離開，其餘兩隻最終也只好選擇調頭，儘管如此，代桓還是不敢掉以輕心，他用後退的方式一步一步離開了那裡。等彼此的距離愈拉愈遠以後，代桓才終於鬆了一口氣，他感覺自己的膝蓋突然無力，**到底為什麼要在這裡受這個苦？我一點也不懷念求生訓練啊，幹嘛來這裡折磨自己呢？接下來我該做什麼事情？**他去到很遠的地方，但依然看不到未來。這趟旅行帶給他的最大心得是——民間禦寒用品性能實在不錯，僅此而已。

代桓的體重整整掉了三公斤，他再度坐上經濟艙座位，渾身打顫地回國，不過就在抵達機場打開手機時，一組電話號碼顯示著好幾通未接來電，那是代桓軍中一名先離開部隊的學弟打來的。代桓按下了回撥鍵，結果學弟一接起電話就問道：

「直升機如何？」

「直升機怎麼了？」

「你知道現在有出一架醫療用直升機嗎？」

後來代桓才知道，學弟說的原來是由航空公司委託營運的緊急救援飛機，通常是受地方自治區支援營運，主要是到救護車難以抵達的山間進行緊急救援，直升機通常飛行高度低，飛行速度也緩慢，所以可以無須理會眼壓的問題。

「不過我開直升機的時數不太夠，應該不能開。」

「你來接受訓練就能彌補時數啦，很快就能補齊的。」

周遭應該有的是比代桓經驗豐富的人，然而學弟卻一直堅持這個機會非他莫屬。

「我本來就很欣賞學長，你從來不會強迫我們，也不會用高壓的態度對待我們，所以我也有預料到你應該不會在軍隊裡待太久，只是沒想到最後會是因為眼壓問題而離開。我一直記得每次只要上頭下達荒謬的指令，你都會幫我們解圍，我一直很感謝你這一點。」

雖然代桓已經不記得自己幫學弟做了什麼事，但最終代桓也因此而有了駕駛直升機的機會。

「滿小的嘛……」

這是代桓第一次開醫療用直升機時的印象，雖說裡面設備齊全，但終究還是比軍用直升機和消防直升機還要小的型號，所以難以實現原先計畫的二十四小時營運，尤其這架直升機不適合夜間飛行，能夠到達的目的地也不如預期廣泛，最重要的是著陸點的問題，必須運用醫院頂樓、市廳頂樓、學校運動場、棒球競技場等地方，才有辦法順利降落。

儘管要注意的細節和限制很多，但是可以將往返三小時的距離縮短成四十分鐘，所以也的確救援了許多人。代桓載著急救師和急救醫學系的醫師飛去事故現場，再將患者載回醫院，他盡量讓自己保持鎮定，不去理會身後展開的各種急救情況，只專心駕駛他的直升機，但這也不是多麼容易的一件事。

直到飛行了六百次左右，代桓才終於與直升機合而為一，就算機體在強風中宛如跳著圓舞曲那樣搖擺，他也毫不緊張。最近作夢也會在夢裡短暫想個幾秒鐘，自己開的究竟是飛機還是直升機，夢裡的他依然分辨不出天空和海洋，夢境也很黑暗，所以他必須全神貫注，尤其需要努力聆聽周遭傳來的聲響。

嘟嘟嘟嘟嘟……如果是聽見直升機螺旋槳的聲音就會感到安心，因為直升機不會以機身背面飛行。

◎●梁慧蓮　從石牆上摔落的桿弟

慧蓮在宿舍裡住了八年，清幽的環境很適合她的性格。宿舍距離大馬路和本館都有一段距離。三十一歲才開始進入桿弟（Caddy）這行已經算晚了，慧蓮經常心想，要是再年輕一點投身這個行業，說不定會因為懷念都市的繁雜與塵囂，而對這份工作感到難以適應也說不定。

相信所有職業皆是如此，專業態度與實力是最為重要的。慧蓮儘管已經完整記下了遊戲規則書裡的所有內容，她還是會經常拿來重新翻閱，下班後也會進行揮桿練習，就算不可能親自上場打球，她也要能在選手揮桿姿勢不夠精確時即時做出提醒才行。身為桿弟，當一名好的建議提供者，不妨礙球員很重要，所以必須很快地掌握每一位球員的不同性格，並從旁提供協助；除此之外，還要觀察入微、眼明手快地遞上球桿，告知方向，幫忙抓桿底角（Lie）。隨著資歷愈深，她愈能明顯感受到自己在許多方面都有進步。慧蓮尤其喜歡聽到球員對她說：「幸虧有妳，這場球才會打得很順利。」被對方看見自己在某些細節上下足苦功，是很值得開心的事，體力也比當初一開始做這份工作時好很多，所以就算跟著球員重複跑一整回合（十八洞）也毫不吃力。

一個回合通常都需要三至四小時，所以要是有比較好伺候的團隊來打球，整個過程就會比較順利，但要是碰上比較難搞的人，工作起來則會格外辛苦，不過如今慧蓮也早已練就了一身能夠應付難搞團的能力。慧蓮比誰都還要有自信能夠與球員維持適當的距離，以免不愉快的情形發生，這都要多虧之前發生的幾起知名事件，那些桿弟遭到不當待遇時不再選擇隱忍或沉默。三十九歲，明明是煩惱著要用什麼樣貌迎接中年的年紀，慧蓮卻是透過見多識廣的經驗學習到許多人生智慧。

慧蓮尤其喜歡某位女學員，自從俱樂部原本從會員制改成開放給一般民眾使用以後，這名女子就經常來預約，雖然她因為做生意而經常和不同的人馬一起來打高爾夫球，但唯獨她特別引人注目。從外表看上去，推測應該是五十歲出頭的年紀，所有人都很有禮貌地稱呼她為社長。儘管慧蓮不清楚她的來歷，也不曉得她的事業規模究竟有多大，但可以確定的是，這名女子絕對不是空有社長頭銜。她笑聲十分豪邁，所以很難不注意到她，但慧蓮欣賞她並不是因為這一點，而是因為她很有風度，就算前一組人稍微耽誤到一些時間才離開，或者下一組人一直在催促她們，也從未面露過一絲不悅，甚至要是她這組人有點耽誤到時間，更會表示愧疚。此外她也不執著於計分，很少會提出計分通融或做假等要求。面對計分之事，她幾乎是無念無想的境界，在如此神經緊繃的高爾夫球運動項目中，居然可以保持這樣的心態，甚至令慧蓮有點欽佩。心無雜念的人經常是如此，他們不會過度用力揮桿，就自然可打出不錯的成績，打短桿的時候動作也頗為精巧。而能打出這種水準的高爾夫球玩家，多不勝數。

令慧蓮最有好感的主要原因是她從不閒聊，慧蓮原以為可能是因為有些人初見面比較容易尷尬才沒說什麼話，但後來幾次再遇到時也一樣。她從來不會讓慧蓮多說一句不必要的話，就算有其他人在搭高爾夫球車移動，因為無聊而想問慧蓮各種問題時，她也會中途打斷對方，可見她其實是有自覺的，知道慧蓮的工作最累的部分就是回客人話。慧蓮見過許多親切的人，但她從未見過如此體恤桿弟的，因此慧蓮特別將她的名字牢記在心——陳善美，很好記的名字。通常在打球的前一天都會先規劃回合，只要看到預約名單上有她的名字，慧蓮就會搶著要當她的桿弟。

某天，陳善美帶著體型高大壯碩宛如一隻熊的先生，以及和她長得不太像的女兒一同前來打高爾夫球，女兒明顯一看就是被硬拖來的。由於這也是慧蓮第一次見到她的家人，所以不免感到有些好奇。

「我實在無法理解，在這麼大的草地上偏要鑽那幾個小洞，然後再用這麼難打的桿子在那邊揮來揮去，這真的是很奇怪的一項運動。」

陳善美的女兒不停抱怨。*真是身在福中不知福。*慧蓮不自覺地在帽簷下挑了一下眉毛。

「當然很困難，這是一項很難的運動，不過可以在草地上進行，心情很好不是嗎？又很安靜。妳有來過這種沒音樂卻又能享受完美寧靜的地方嗎？」

就是啊！果然她比較懂。慧蓮一邊開著高爾夫球車，一邊在心中點頭如搗蒜。

看他們揮了幾次球桿以後，慧蓮發現，善美的先生幾乎是用蠻力在揮桿，女兒則是毫無實力可言，難怪過去都沒和家人一起來打球。

「等妳長大以後說不定也會有自己的事業，到時候可能會需要打高爾夫球，所以才叫妳先學。」

陳善美一邊糾正女兒宛如在鋤田的揮桿姿勢，一邊對她好說歹說。

「這個嘛……第一，我應該不會有事業；第二，就算有自己的事業，在我們這個時代應該也不會以高爾夫球為主要運動。」

「我們三個人可以一起進行的運動還有很多，妳就先忍耐一下，學學看吧。」

「打羽球就好啦！我不想打高爾夫球，也看過電視新聞說為了維持這片草地噴了超多農藥。」

善美原以為女兒的體格像爸爸，應該滿適合打高爾夫球，下半身和肩膀都很壯，手臂也很長，有利於打高爾夫，感覺只要有心就一定能打得很不錯，只可惜她都亂打一通，因此只好自己走很多路去撿球，根本沒空搭高爾夫球車。

「您的女兒長得好有個性，很像歐美人士。」

當善美獨自搭高爾夫球車移動時，慧蓮第一次主動向善美搭了話。善美似乎對慧蓮突如其來的搭話感到有些驚訝，所以原本倚靠在椅背上的身體趕緊回正，並且兩眼瞪大地望著慧蓮。

「是吧？現在的孩子都長得好高啊！」

「看起來很健康，很棒的身材，那些過度減肥的人根本沒力氣打完十八洞。」

「哈哈哈哈哈，看來還是不能減肥。」

「都說大女兒像爸爸，但她一點也不像您，只像爸爸呢。」

「那個……其實我們是再婚，所以她不是我親生女兒。」

慧蓮的舌頭差點沒像蕨菜類一樣乾枯，早知道就不聊這個話題，所以說閒聊是最不好的，太危險了。

「我們最近很要好，相處久了感覺也很像是我親生的。」

雖然善美試圖緩和氣氛而補了這句話，但慧蓮的臉早已熱得發燙。她明知如果不與球員刻意保持距離，結局通常都不會很好，卻還是起了貪念，好險她的臉不容易泛紅，不過直到把他們三人都帶到陰涼處，回到桿弟休息室為止，她還是對於自己的失言感到悔不當初。

打出信天翁是在第十洞Par4。

「請稍微往右打。」

聽完慧蓮的建議以後，善美點了點頭，便進行揮桿，結果打得太往右偏。「哎呀」，慧蓮小小聲地輕嘆了一聲。

小白球掉落在高爾夫球車會經過的路上，善美毫無眷戀地轉身準備離開。結果就在這時——

「老公……」

「媽，那顆球一直在滾耶！」

的確，剛剛善美打出的那顆球一直邊滾邊跳，還明顯跳了四次。

「哈哈哈哈哈，看來要一桿進洞了！」

「不會吧。」

結果還不是一桿進洞，最後一次彈起的時候竟然直接滾進了洞裡。慧蓮和善美一家人瞬間看傻了眼，所有人都不發一語，這是慧蓮工作八年以來第一次親眼目睹信天翁。雖然不是簡潔俐落地飛進洞裡，而是從車道彈跳進去的，但那依然是千真萬確的信天翁。慧蓮將這項消息透過無線對講機傳到了俱樂部裡。

「……收訊不佳，收訊不佳，請再說一次。」

「信天翁，打出信天翁了！」

慧蓮十分開心，可以的話，她很想要對整個球場大肆廣播。反而善美只感到神奇，卻絲毫不以為意。慧蓮不禁感嘆，難道是因為善美不曉得能夠打出信天翁的機率有多小？

「那是榲子花的果實嗎？我很小的時候看過，好久沒看見了，顏色好美啊。」

善美抵達下一洞，彷彿全然忘記了上一洞的成績似地看著人造花卉感嘆。然後她和女兒一同去了洗手間，慧蓮想要為善美做點什麼，因為她發現剛剛善美在小費袋裡多放了一些錢。沒想到她本人反而對於打出信天翁沒什麼感覺，卻塞了更多小費給慧蓮，這樣的反應其實很像善美的作風。慧蓮思索了許久，抬頭仰望榲子樹，**要是把果實送給打出信天翁的球員應該也不為過吧？就當作是微薄的紀念品嘍！**

那棵榲子樹本身並不高，大約只有兩公尺左右，問題是這棵樹長在石牆旁，慧蓮還在評估自己該把腳踩在哪裡，大抵上來看應該是不會太難。她從未想過自己會在即將屆滿四十歲之際，得像個孩子一樣爬上石牆，但她對自己有信心。不過正當她小心翼翼地開始往上爬時——

「啊，您為什麼要去那裡呢？」

從洗手間提早出來的善美的先生驚訝地問道。

「我想把那個果實……」

慧蓮爬到了腳能夠踩到的最後一格，感覺只要伸出手去就能搆得到果實，然而還差十五公分左右，怎麼搆就是搆不著。

「您還是下來吧！」

「哎呀，為什麼要爬到那裡去……」

「都是因為媽媽妳說那顆果實很美啊，誰叫妳要說那句話。」

「我的天啊，原來是為了我！」

一轉眼，善美和她的女兒已經在下方一同擔心著慧蓮。慧蓮決定再伸一次手出去搆搆看，眼看只差兩、三公分的距離就能搆到了，她決定踮起腳尖，就在這時，她的身體失去了平衡，整個人背朝地，直直墜落牆外，驚險萬分，那一瞬間，她腦中閃過了自己即將沒命的念頭。

不幸中的大幸是頭部和肩膀摔落在草地上，但是她的骨盆撞到了造景石，她當下聽見體內發出了一聲可怕的巨響，慧蓮放聲尖叫，善美和善美的老公也同時大叫，善美的女兒試圖開啟對講機，接下來的情形，則因身體劇痛而幾乎想不起來了。慧蓮閉上了眼睛，雖然主要是因為痛不欲生，但另一方面也是因為實在太丟臉。

如果先從結論講起，最後是直升機飛來搶救的，空中送往醫院，而且結果不出慧蓮所料，她的骨盆的確破裂了。

住院期間，慧蓮還是一直感到十分丟臉，這是她桿弟生涯中最大的汙點，協助球員進行比賽都來不及了，居然還妨礙到球員比賽，而且還是一場打出了信天翁的競賽。就算被開除，她也無話可說。慧蓮在腦中試算了一下自己的存款尚有多少，由於她住宿舍又沒做其他投資，所以應該會有一筆不錯的金額才對，但假如需要搬離宿舍，那就會是一大問題。正當她不停想著各式各樣的問題時，高爾夫球場的管理部長剛好來到醫院探病。

「嗯……那天那位客人表示要負擔妳的治療費用，和這段期間不能上班的薪水，我原以為她只是說說而已，沒想到後來果真又聯絡我們，所以妳先別擔心，等出院以後記得再回來上班喔！」

「啊？到底是怎麼一回事？」

「我們都已經處理好了，然後這是那位客人留下來的名片，妳還是打通電話向她親自道謝吧。」

名片上面印著慧蓮早已熟悉的名字。

慧蓮再次清了清喉嚨，然後開始撥打電話。原以為對方是個大忙人，應該不會馬上就接通，沒想到一打過去，竟然馬上被接起，也因此，慧蓮還來不及準備好要說什麼，便匆匆忙忙地向善美表達了感謝。

「不會不會，這是應該的，不過我有別的事想找妳談，明天我過去找妳的話方便嗎？」

善美彷彿等待這通電話已久似地說道。雖然慧蓮語帶驚訝地一口答應了對方，但是直到隔天善美來醫院探訪，她都不曉得善美究竟要談什麼。

「我是要來挖角妳的，雖然妳是非常完美的桿弟，就算拒絕我的邀約，我也能充分理解，但我還是想問問看妳有沒有意願和我一起工作？」

「啊？什麼工作？」

「我目前正在中國拓展事業版圖，我需要一位值得信賴的經理。」

「可是我從來沒有當過經理，中文也一句都不會說。」

「別擔心，只要妳點頭答應，我就會給妳一份詳盡的工作內容手冊，中文只要會基本的就足夠。妳看！」

善美遞了一份禮物給慧蓮，慧蓮依舊滿臉錯愕，她拆開包裝紙，裡面是語言學習機和中文教材，慧蓮看到眼前這些東西只能傻笑，雖然善美也有在一旁哈哈哈地附和。

至於詳盡的工作內容手冊，對於她來說，這句話才是最具誘惑力的，因為慧蓮是曾經反覆咀嚼過遊戲規則手冊的人，因此閱讀新手冊的過程一定會很有趣，再加上她其實也一直擔心桿弟這份職業，頂多只能做到四十多歲一事，畢竟她還沒見過五十歲的桿弟，至少到目前為止是沒有的，更何況她也不敢保證等骨盆黏好以後身體會不會還跟從前一樣硬朗。

「我先學學看中文好了。」

「那就等妳出院後再給我消息喔！」

善美自認已經把該講的話都講完了，於是馬上從位子上起身準備離開。關於這點，慧蓮又再次對她產生了好感。

不知從輕微的好感衍生出了多少事情，不僅將原本想要遵守的距離感徹底瓦解，還惹出了笑話，不過這或許也是因禍得福。慧蓮對於這一切感到不可思議而笑了出來，之後便將耳機插在了語言學習機上。

關於信天翁和榿子花果實，就算真的說了這些故事，會有人願意相信嗎？

南世勳

差點當牛郎的歌舞廳小弟

世勳在高中時期很喜歡去ＫＴＶ唱歌，但是自從上了大學以後就變得很少有機會去。如今難得和高中同學敘舊，大家相約在ＫＴＶ，唱完歌走出來時，店家老闆叫住了世勳。

「你需不需要打工？已經找到放假打工的機會了嗎？」

打工自然是隨時都需要的，仔細聽完老闆說明以後，發現工作地點是在客運站旁的一間可樂歌舞廳，世勳突然感到猶豫，自從上次跟著高中同學去參加臨床實驗打工而昏倒以後，凡事看似很簡單或者有覺得哪邊怪怪的工作，他都決定不再貿然嘗試。

「其實沒什麼事情要做，就只是負責衣帽間，顧好客人的大衣和背包就好。」

世勳不喜歡冬天需要騎摩托車的兼差工作，因為要是碰上下大雪，就會經歷許多危險的瞬間。**衣帽間，會不會比較溫暖呢？**由於時薪給得也不錯，所以世勳決定接下這份工作。

工作時間是從早上十一點到下午五點，世勳原以為可樂歌舞廳是晚上營業，沒想到尖峰時段竟然是在中午十二點至下午兩點半之間，也就是下午時段。在陽光普照的時候，所有人都聚集到了地下室，入場費是一個人兩千韓圜，一名長相極具威脅性的員工站在入口處收取入場費，他一臉看上去就像是要跟客人索討兩萬或二十萬，而非兩千韓圜的樣子。接下來換世勳上場，雖然說是衣帽間，但其實就只是一張桌子貼在假牆與假牆之間，幾乎和書架沒兩樣的保管包包空間，後方還有幾個掛勾可以掛外套而已。寄放包包的費用是五百韓圜，但是熟客會直接付一千韓圜給世勳，並告訴他其餘的五百是小費，不用找零了。世勳開心地收下小費，畢竟五百韓圜也是錢，有時他的口袋裡還會裝著滿滿小費，沉甸甸的。一般來說大家都是寄放女士包，不過有時也會有人寄放裝著長長青蔥的菜籃，或者有登山拐杖外露的行囊。世勳學了一套新的摺衣服方法，將衣服的內側向外摺，使其外側不會產生皺紋、不沾黏異味。寄放的衣服當中有很多是名牌衣服，不論是Burberry還是Armani都有，世勳將那些衣服仔細地掛上了號碼牌。

「他們究竟為何要穿名牌衣服，來這間門票只要兩千韓圜的可樂歌舞廳呢？」

某天，世勳終於忍不住好奇，向一名一起負責管理衣帽間的阿姨問道。也許是遺失案件比想像中的多，所以原則上都會至少派一個人，盡可能讓兩個人留守崗位。

「他們都是趁白天先在這裡練舞，晚上才到真正有賣酒的歌舞廳消費，那邊才真的貴啊！」

可樂歌舞廳若高朋滿座大約也要四百人左右。

「在這些人當中也會有真正的夫妻嗎？」

世勳這樣一問，阿姨忍不住捧腹大笑。

「要是這裡面有一對是夫妻，我就……沒有，絕對沒有！」

一個月後，世勳可以體會不是阿姨說得太誇張，或者用過度負面的角度來看待他們，因為他也開始能分辨出誰是來專門勾引富婆的牛郎，只是這些人都不是外貌特別出眾的美男，這點倒是令世勳有點跌破眼鏡。某天，姜老師戴著一副復古電影裡才會出現的超大鏡框眼鏡向世勳問道：

「你要不要學跳舞？我可以算你便宜一點。」

世勳禮貌性地假裝感興趣反問：

「多少？」

「如果單純只學舞，一個月我收你三十萬韓圜就好，但是如果要報名講師專班，就會貴一些。」

其實講師專班就是所謂的「牛郎班」，世勳彷彿看到了一條線，自從世勳上了大學，拒絕過好幾次想要拉他加入詭異宗教團體或老鼠會的人之後，他便練就了一身功夫，可以發覺那些遊走在灰色地帶的線，在你跨越前還很模糊，但是跨越後就不再只是一條線，而會變成一道牆，雖然也不是完全沒機會回頭，但真要回頭也沒那麼容易。**人活著會遇到多少條線呢？又會跨越多少條線呢？**

「我是因為沒錢所以才來打工的……」

「那就等你手頭比較寬裕時再跟我說。」

身為一名旁觀者，這的確是滿有趣的世界。人們配合著從晚秋就開始，以韓國演歌版本播放的聖誕歌曲，在前一晚打烊後，於世勳認真潑撒在地的粉上，滑行跳舞，講師們分別在文化中心等地招生教學，然後再把學生帶來可樂歌舞廳。有些人在可樂歌舞廳跳完舞就會直接回家，有些人則是到了傍晚繼續再戰有販售酒精飲料的歌舞廳。講師也有分等級，他們不像世勳一開始想的那樣以資歷來區分，而是藉由看誰比較能領導學員來決定資歷。

「用三根手指頭放在背上，你只需要這麼做。」

像雄雉一樣的講師們，也會暗地裡較量與世勳之間的關係友好度。可樂歌舞廳建築物與隔壁棟建築物之間有著一條狹窄的小巷，那裡設有一間食堂，店名叫做「小門食堂」，他以一種尷尬的型態自處，既不屬於建築物內，也不屬於建築物外。由於可樂歌舞廳裡不提供餐點，所以假如肚子餓想吃東西的話，就會去那間小門食堂用餐。講師們會輪流請世勳吃飯，雖然也不是每天都有人請他吃飯，但不知為何，世勳總覺得自己彷彿被他們用來當成是一種炫耀物一樣，經常聽到他們把「這孩子很聽我的話」、「他是我很照顧的弟弟」、「他工作態度十分認真」這些話掛在嘴邊，而世勳也只有適當地點頭敷衍，卻省下了不少飯錢。他們請客的餐點大部分都是煎餅或豆腐泡菜，但一定都會配一瓶馬格利酒。由於這些餐點都是在可樂歌舞廳門口邊上販售的，不是在店內販售，所以也不違法。

世勳最喜歡的常客是一名沉著穩重的老爺爺，其實可樂歌舞廳裡除了講師以外，一般客人當中鮮少有男性會光顧，而這名老爺爺看上去已經年過八十，後來和世勳聊開以後，每次只要無聊就會塞個五千韓圜給世勳，其實原本是塞萬元鈔票給他，只是世勳覺得太有負擔才改成五千。所有人都稱那位老爺爺為大哥，雖然乍聽之下可能會覺得這種稱呼怪噁心的，不過畢竟這位爺爺年事已高，品行也很端正，並不會給人不舒服的感覺。他的生活似乎很悠閒，不只對世勳，就連對其他人也都很親切，但他每次光顧都不太跳舞。

「我和兒子他們一家人一起住，要是我在家的話他們會很不自在，所以趁還能出來走動的時候就多出來走走。」

如今世勳也已經能閱讀客人之間的氣流變化，他也親眼目睹了幾名奶奶搭訕這位爺爺的畫面。

「我看您很受歡迎耶！」

「那有什麼用呢，終究是快死的人。」

「我看您身子骨還很硬朗啊，怎麼會這樣說呢。」

爺爺也很受小門食堂的人歡迎，食堂裡的阿姨們還會專門為爺爺特製菜單上沒有的祕密餐點，世勳相信一半一定是因為小費優渥，一半則是因為他的人品不錯。世勳經常和這位爺爺一起享用餐館裡才會出現的烤魚套餐，桌上擺著也不曉得是從哪裡來的兩條小黃魚。

「我的初戀情人前陣子剛住院。」

「初戀情人？您是什麼時候和她交往的呢？」

「比你現在還要小的時候。」

「她現在身體情況很糟嗎？」

「應該是吧，不論我怎麼想見她，她都不願意見我。雖然可以理解她不想要讓我看見她憔悴的模樣，但我還是很想她……你有女朋友嗎？」

「沒有，因為我讀的是男生比較多的科系，高中時有想要接近一名女孩，可惜沒有成功。」

「她是個怎樣的女孩？」

「聰明、漂亮，但是有點少根筋，所以身上每天都會帶著不小心撞到的傷痕。」

世勳這樣形容他之前暗戀過的韓英，說完以後，他也不禁讚嘆自己的描述十分精確。

「最後為什麼沒能接近她呢？」

「我後來實在忍不住好奇，有問過和她很要好的另一名男同學，結果才知道原來她不喜歡體格壯碩的男生，聽說她曾經在路上有被人突襲過，所以自此之後只要看到手臂粗壯的人就會不自覺地先退避三舍。也的確，和她很要好的那名男同學是屬於瘦小型的身材，還會穿粉紅色或橘色的衣服，唉，真羨慕那小子。」

「哎呀，我們以前都是身材健壯、成熟穩重的男生最受歡迎耶。」

明明爺爺自己也骨瘦如柴，卻如此安慰著世勳。

「那爺爺您的初戀情人是哪一種類型呢？」

「她是天不怕、地不怕的類型，不論是身材魁梧的男子還是深山裡的野獸她都不怕，所以晚上也會獨自行駛山間小路，而且那個年代的治安還比現在險惡。你都不曉得她多麼冷淡，不苟言笑、說話也一針見血，但我還是很喜歡她，她從來都沒有表現出一絲畏懼的神情，明明當時是所有人都膽戰心驚過日子的時期，實在是很奇妙的一個人。」

「所以是從小就一直和她在一起？」

「不不，後來我們各自有了家庭，因為她什麼都不怕，只怕她爸。她爸的性格和她一模一樣，但是比她更強勢，所以後來不敵父親的意思，嫁進了好人家，沒想到老公很年輕就過世了，聽說她過了一段漫長的艱苦日子。」

「哎呀。」

這次換世勳像個老人一樣不經意地說出了「哎呀」兩個字，雖然他說完以後感到有點害羞所以滿臉通紅，但是小門食堂裡的燈光昏暗，因此幸好看不太出來。

「不過我也不能主動聯絡她，畢竟我也是有家庭的人，我是到我太太過世之後守喪了三年才開始聯絡她，結果也為時已晚，只見過幾次面而已。」

「但您還是好帥啊。」

「也沒什麼好帥的，歲月不饒人啊。」

「要是能和您的初戀情人一起來就好了。」

「不，她是個不喜歡跳舞的人。」

其實爺爺看起來也沒有很喜歡跳舞。世勳推測他應該只是喜歡這裡有柔軟的沙發、朗朗上口的經典歌曲，以及輕鬆無負擔的社交。

明明不跳舞卻幾乎天天來報到的爺爺，突然有一陣子沒來，世勳不免感到憂心。兩週後再度登門光顧時，爺爺變得有嚴重咳嗽。

「這段期間您怎麼瘦了這麼多，身體還好嗎？」

「都快瘦成一半了。」

「我就只是病了幾天，這次感冒拖好久啊。」

當爺爺在和其他人閒聊時，世勳拜託其他同事將室內溫度調高一些。老爺爺的食欲似乎也不怎麼好，他沒吃午餐，一直坐在角落觀看不停轉圈跳舞的人，正當他突然起身準備要去廁所時，世勳不自覺地將目光轉向了老爺爺那個方向，一開始走的幾步路還好好的，但是後來整個人就腳步踉蹌。

「扶好！」

世勳不得已，只能一邊用手指著一邊大喊。雖然現場因為音樂播放太大聲，導致只有幾個人有聽見志勳的吶喊，但是姜老師還是趁爺爺昏倒前一個滑步，上前攙扶他。音樂頓時停止。

「天啊，怎麼燒得這麼……」

爺爺睜開眼睛，看見世勳便牽起他的手。

「我去叫救護車。」

「不，我自己起得來。」

爺爺真的成功站起身，但那並非因為體力尚可，而是靠著強大的意志力一股作氣地站起身。世勳隱約可以感受到，老爺爺似乎是想要靠著他的雙腿，從這片舞臺、這個社交場合上退場。

「那我帶您去醫院吧。」

「不，我不用去醫院。」

「就在這前面呢，不到兩百公尺就可以抵達，至少讓我送您去那裡吧。」

其實世勳知道距離醫院並沒有這麼近，他有故意縮減一些說法。負責衣帽間的阿姨連忙將世勳和爺爺的外套遞了過去，世勳幫爺爺穿好外套、戴上帽子，爺爺緩緩走上階梯，人們紛紛給予充滿擔憂的問候，世勳緊跟在爺爺身後，以防他再度昏倒。

經過幾次短暫攙扶，世勳協助爺爺往醫院方向前進。正當他們走到已經能看見醫院的地點時，爺爺開口說道：

「不行了。」

「啊？」

「我走不動了，要休息一下才行，哪裡有椅子可以讓我坐？」

世勳望著長長的道路，不僅連個長椅都沒有，還是地鐵施工路段，所以完全沒有可以休息的地方。

「那我背您走吧。」

「這怎麼好意思。」

「您就當作是人高馬大的孫子在孝敬您就好。」

爺爺突然紅了臉，從他的神情中可以讀到悲傷與羞愧，但也無可奈何，當務之急還是得先去醫院再說。世勳背起爺爺，他的體重十分輕盈，世勳可以感受到爺爺正在用帽子和大衣衣領遮擋臉部，世勳加緊腳步，快速又安全地行走，人行步道上的磚頭一片凌亂，也許是要等地鐵施工完成後才要重新鋪設，所以有很多磚頭都七零八落地散落一地，要是沒有把爺爺背起來，根本就不可能徒步走過這段路。

抵達急診室時，世勳雖然很想要陪爺爺一起等待醫生，但是爺爺一直揮手示意叫他先行離開。

「謝謝你啊，你現在還是上班時間呢，趕快回去吧。」

「老闆應該會體諒啦……」

「沒關係，我孫子在這間醫院工作，我打個電話給他就好了。」

「真的嗎？」

「真的啊，我打給他，他馬上就會過來了。」

「好吧，那下次再見了。」

不過直到新學期到來，世勳要結束這份打工、準備開學為止，都沒有再看到老爺爺的身影，世勳在歸還衣帽間小弟身穿的西裝背心時，也一直掛心著他。最後一天上班，雖然有很多人給他千元小費，所以口袋裡的錢比平時還多卻不重。世勳心想，接下來的日子裡，可能會不免懷念當初口袋裡裝滿五百元硬幣重量的日子，雖然當初是懷著半信半疑的心態開始打這份工，但終究是愉快的，就算難以具體說明自己究竟學到了什麼，但也感覺收穫滿滿。

正當站在衣帽間的記憶逐漸模糊的時候，可樂歌舞廳打了一通電話給世勳。

「世勳，最近過得好嗎？」

「嗯，還不錯，怎麼會突然打給我呢？」

「當然是因為想你所以打給你啊！」

「喔……好吧……」

「你都不能假裝高興一點嗎？」

「哈哈。」

「你還記得那位爺爺嗎，我們的大哥？」

「當然，他後來有再去嗎？身體如何？」

「嗯，有變得消瘦許多，但是聽說身體有好一些，因為肺炎而住了一陣子醫院。總之他說很感謝你，所以留了一筆獎學金要我轉交給你。」

「啊？獎學金？」

「你不快點來領走就要被我們花掉嘍！快來拿吧。」

世勳那天提早離開教室，趁可樂歌舞廳打烊前抵達。有幾個人認出了世勳，紛紛向他問好。店裡有些人是常客，有些人是從未見過的陌生面孔。世勳有些尷尬，所以急忙走到了後臺，店經理遞了一包厚厚的韓紙信封袋給他，裡面裝著一疊五萬韓圜的鈔票，信封袋上還有著用力寫下「獎學金」的字跡，看來是認真的，不是在開玩笑。

「幹嘛要這樣……請問那位爺爺有留下任何聯絡方式嗎？」

「沒有，聽說他再也不會來了，已經跟我們都道謝過才離開的。」

「可是我應該還是要跟他說聲謝謝才是，早知道就問他姓名。」

「你要不要用那筆錢來跟我學跳舞？」

姜老師笑瞇瞇地問道。

「等下次吧。」

世勳也笑著回答。

世勳與那間可樂歌舞廳的緣分就此畫下了句點，他再也沒回去過，有好多年的時間都徹底遺忘了那裡，直到外婆七十大壽的時候，所有人都平凡無奇地跳著舞，唯有鄉下來的姨丈舞姿出眾，他的腳輕盈地滑過地板，用三根手指頭帶領著阿姨。世勳不禁發自內心讚嘆，**跳得不錯嘛！**

世勳拉著七歲的侄兒小手一起加入舞蹈行列，隨即他發現姨丈也用眼神跟他示意，**跳得不錯嘛！**世勳趁姨丈要來搭話、詢問前，趕緊先溜到了遠處。

◎李雪兒 無法忍受蠢蛋的精神科醫師

大家對李雪兒的共同評價是「難相處的人」，不論是長官還是下屬，都認為雪兒不好相處，雖然她會公平對待有責任心、一起工作的夥伴，但所有人都口徑一致，她並不是個隨和的人。雪兒有她專屬特有的表情，通常是聽到愚蠢的發言才會露出來，只要見到她臉上的幾塊肌肉靜止不動的樣子，就令人全身發毛，被用這種表情對待過的人，通常都會瞬間察覺到「慘了，我是白癡」，然後心頭一驚。

最常面對那種冷血表情的人，是同樣身為精神醫學科醫師的田根龍。

「都是因為女醫師愈來愈多，才會害我們薪水愈來愈低，那些孩子的媽也要來打工，給她少少的錢也願意做，簡直是在破壞市場行情。女人啊，都是自私的，所以才會以大局為重。你們以後出去可別這樣啊，寶貝們。」

和根龍坐在同桌的女醫師們臉色頓時變得暗沉。

「那是因為我們自私嗎？學長你真心這麼認為？」

稍微晚來吃飯的李雪兒在學長身後問道。根龍嚇了一跳，回頭張望。

「又是妳啊？」

其他人紛紛將目光轉移到這兩人身上，期待著接下來會展開一段唇槍舌戰，當時在精神科內部是以「雪兒又要跳劍舞了」來當作暗號。

「難道我有說錯什麼嗎？」

「女人就算和男人一樣是專業醫師，家事和育兒還是會落在女人頭上不是嗎？但女人還是想繼續工作，所以就算是打工或者只給少少的薪資也願意忍氣吞聲，這就是學長平常那麼愛掛在嘴邊的市場形成啊，要是這麼不滿意，拜託打造一個讓女人也能做全職工作的社會吧！」

「會把女性主義者當成貶義詞來罵人，也證明了你這人很沒教養。」

「呿，又來一個女性主義。」

「妳說什麼？」

根龍先沉不住氣扯高了嗓音。隔壁桌的人竊竊私語：「勝負已經揭曉了。」

「好吧，那我收回剛剛那句話，像妳這種靠特權進來的，怎麼可能是女性主義者，對吧？」

根龍做出了反擊。

「是啊，我的確是有受到特殊待遇，不過我從小到大都沒遭受過什麼差別待遇，所以只要看到這種不公不義的情形，比誰都還要敏感。我憑著我所擁有的資源去做我能做的事情，怎麼了嗎？哪裡礙著你了？」

「哼，能拿的都被妳拿走了，還好意思每天在那邊據理力爭、要求那麼多，現在的女人啊……就只有那張嘴特別靈活，難道妳名字裡的『설』是取自漢字『舌』嗎？」

「哎呀，怎麼可能只有這張嘴很靈活，學長，你們都沒人在管的向日葵中心，現在也是我在負責啊，不是嗎？」

由於的確是雪兒在全權負責管理向日葵中心，所以根龍也無話可說。向日葵中心是設置在全國各地中小型城市的據點醫院裡，專門協助遭受性侵害、家庭暴力等受害者的機構，除了有提供多元的醫療支援，還有社會福祉、警察、行政人員也會予以協助。雖然一開始大家都對於冰冷孤傲的雪兒負責向日葵中心一事感到有些不解，但出乎意外的是，患者們的反應都還不錯，就如同看見別人打呵欠，自己也會想打呵欠一樣，堅強的韌性同樣也具有這樣的傳染力，不服輸、不願低頭的那種心態，感染了向日葵中心裡的人。

「妳這隻鬥雞。」

短暫沉默的根龍突然脫口而出這句話。

「學長，我們現在可不是在吵架耶，是在進行有建設性的對談。」

雪兒若無其事的態度惹得隔壁桌的人低聲竊笑。

「如果你看我那麼不順眼，不妨趁薪水變得更低之前趕快先去找更好的位子吧，因為我已經打算一輩子待在這裡不走了。」

所有人都沒把這句話當成是玩笑話，因為要是考慮到雪兒家庭對醫院的影響力，的確是沒有人能動她，他們家出身望族，雖然曾因韓國近代史的一些社會動盪而經歷過幾次危機，但是至今依舊培育出許多傑出人才，觸角深入滲透各界。其實雪兒只要下定決心，絕對有辦法可以將根龍逐出醫院，但她知道不能濫用權力，所以才一直沒這麼做。

「唉，真不曉得哪個男人會要妳。」

「學長啊……你還真該懂得敬學弟妹三分，畢竟長江後浪推前浪啊，世上最可怕的人就是學弟妹呢。好餓喔，請給我一份魚卵拌飯。」

向日葵中心是一棟獨立建築，外牆貼著天藍色磁磚，兩層樓高。雖然吃完午餐以後要獨自往不同方向走去，但是雪兒認為能讓自己有一段短暫的散步時光也不賴。雪兒曾經為了營造出符合向日葵中心名稱的氛圍，而在通往中心的人行道上嘗試種植向日葵，但是因為種植的品種過大，導致向日葵枯萎時很像人死掉一樣呈現著可怕的模樣，所以她暗自下定決心，下次要種適當大小的向日葵品種。

向日葵中心後方是一座公園，公園後方則是一望無際的集合住宅區，那裡的防盜系統做得很糟，也住著許多低收入戶，因為發生過幾次事件而變得名聲不是很好，雖然市府投入各方努力，使刑事案件減少一些，但是新設立的派出所、自律防盜團體、改善的防盜窗，都仍無法防止屋內所發生的暴力事件，在那些老舊的紅磚牆背後，每天究竟上演著什麼樣的畫面，外人不得而知。家庭暴力最悲慘的一點是，受害者很可能會在外飄泊流浪、居無定所，而加害者則是霸占住所。在向日葵中心工作一段時間之後，雪兒便領悟到了這一點，她決定成為地區女性休息場所的後援者，讓該地區的受害女性臨時有落腳之處。她的患者經常住在那裡，有些人只有短暫住幾天，有些人情況較為複雜，所以居住期較長。親自到休息場所走一遭會發現，有許多人是來不及收拾行李就先逃了出來，所以就算到了晚秋，也還是身穿無袖或短袖服裝。雪兒會定期捐出一些物資和金錢，也會強力遊說人事部門的員工，只要醫院有釋出短期工作職缺，休息場所就會優先收到通知。

然而，單靠雪兒自身的力量實在有限，所以打從去年起，她便開始舉行義賣會，那是專門為向日葵中心和相關休息場所舉辦的，他們租借附近的公園，趁著秋天的某個週末進行，正因為去年的義賣活動辦得很成功，所以今年變得格外有壓力。

雪兒雖然性格高冷，但其實平日廣結善緣，所以人脈算廣。她打電話給一名在電視購物頻道上班的朋友，請他們捐贈一些瑕疵比較不嚴重的退換商品，然後再致電給在戶外用品公司上班的遠房親戚阿姨，請他們捐贈一些外套與登山靴，最後還拿到一些地方陶瓷工房裡顏色燒得較沒那麼精緻的漂亮的陶瓷器，以及升級再造品牌的庫存，將這些物品統統擺在一起做義賣。果然商品要夠好，大家才會口耳相傳，為活動帶來人潮。

「采苑，二十八號有空嗎？」

「那天我休假，怎麼了嗎？」

「那要不要來義賣會幫忙？妳可以負責一個角落活動，比方說，可以提供孩子們一些教育類的活動。」

義賣會當天，采苑開了一間「香蕉手術室」，將香蕉皮剝開，讓孩子們體驗重新縫合的過程，儘管這項體驗活動一人要付五千韓圜，但還是大受歡迎。另外還有一名性格很好的麻醉科醫師也跟著來到活動現場，用假的氣體來幫香蕉麻醉。雖然雪兒覺得其實不需要那麼認真，但她還是很高興有那麼多人喜歡這些角落活動。**把醫院裡最優秀的外科醫師帶來做這些事，是不是有點不應該呢？**不過相較於一旁的眼科醫師和整形外科醫師在轉動著棉花糖機——他們分別都有幫忙協助治療過雪兒的患者，前者是為一名遭人毆打到險些失明的病患治療，後者是治療過一名肩膀部位的骨頭遭人踩斷的病患——采苑已經算是備受禮遇的了。

雪兒在醫院裡弄到了幾張綜合身體健康檢查券，並將其列為競標項目，還邀請幾位出過書而聲名大噪的精神科同事開設講座。除此之外，她還小心翼翼地向過去因購買畫作而認識的藝術家朋友開口，詢問能否前來參加活動，沒想到對方很欣然地點頭答應，帶了一塊巨大的畫布來到現場即興作畫。那幅畫在愛好美術的教授之間廣受好評，最後甚至以高價競標賣出。由調香師主導的客製化香水攤位芬芳馥郁，而位於隔壁、再隔壁的爵士樂四重奏則主導了整個夜晚的氣氛。

「只要把每一組的成本和日薪扣除掉，剩餘的金額捐給我們即可。」

雪兒輪流叮囑著每一個攤位。

「那個……」

去年也有來擺攤的附近貝果店老闆向雪兒搭話。

「明年也一定要找我來喔！」

「好的，您願意來我們當然很感謝。」

「坦白說我去年還不太曉得為什麼要辦這種活動……但現在我明白了，所以明年記得一定要邀請我。」

「一定會的。」

裝著層層貝果的托盤已經銷售一空，貝果店老闆一派輕鬆地提著原本裝滿各種口味的奶油起司保冰桶返回店面。

今年比去年募到更多捐款，雪兒感到十分滿意，她和那些同樣待到最後一刻的人一同把公園打掃乾淨、恢復原狀，並將帳篷歸還到醫院倉庫，這時的她才發現原來夜已深。明明是個冰冷的人，卻釋放了太多熱情，導致身心俱疲。雪兒走上了向日葵中心的頂樓陽臺，想著接下來的一年應該又是在處理這筆捐款，公開透明使用，詳細記錄支出，再將其公布給大眾，然後對著那些遍體鱗傷，猶如受傷動物般被送來的女人、小孩，安慰他們那些事情都已過去，而在這段期間一定又會有人說一些令人無語的蠢話，還要不厭其煩地回答對方。最輕蔑的對象是「人」，最深愛的對象也是「人」，她思索著自己應該會一輩子活在如此矛盾的宿命裡。

她感覺到遠處彷彿有人在注視著她，於是轉頭望了過去，醫院本館住院病房低樓層的一扇窗戶裡，有個人有點尷尬地向雪兒揮著手，雪兒也對他揮了揮手，雖然那扇窗不夠明亮所以看不太清楚，但至少可以感受到那個手掌是親切溫暖的。

◯● 韓圭翼 傷害自己的橡實男孩

有時圭翼會夢見和大姊一起吃握壽司，夢裡的那間餐廳不到很高級，但也不至於太差，就只是一般的壽司店，他和大姊面對坐著。大姊和圭翼長得很像，反而是二姊跟他們倆長得一點也不像，所以大家都說圭翼和大姊根本是同一個模子刻出來的，只有頭髮長度不同罷了。兩人雖然年紀相差十歲，但是大姊長得也很像一顆橡實，所以看起來不顯老。壽司店位於某棟建築物的二樓或三樓，大姊望向窗外，外頭正飄著雪，遇見上升氣流的雪宛如某種生物般在空中飄移。大姊取下圍巾、脫下大衣，整齊地擺放於一旁。兩人聊著不是很重要的事情。

「好想吃壽司，懷孕時還因為實在太想吃而被罵。」

對了，大姊目前有身孕，聽完大姊說的這句話以後，圭翼的腦海一隅突然搔癢難耐。

「我們都以為妳死了，大家都知道妳死了，為什麼會這樣？」

儘管問著如此沉重的問題，夢裡的感覺卻是輕鬆自如，握壽司也終於被端上桌。大姊吃著一貫又一貫的握壽司，看起來十分美味，兩人繼續閒話家常。

「鮟鱇魚肝壽司雖然聽起來很像從地獄來的食物，但是吃起來很好吃，對吧？」

吃完握壽司以後大姊再次穿上外套、仔細地圍上圍巾。

「我們下次再來吃吧！」

「好啊！」

圭翼已經做過同樣的夢三、四次了，從來都沒有在夢境結束前意識到大姊已經過世的事實，真是一場奇怪又令人掛心的夢境。再加上大姊旁邊的座位坐著一名身穿黑色西裝的男子，他沒吃任何一口飯、沒說任何一句話，只是一直默默坐著，然後把大姊帶走。夢裡的圭翼並沒有理會那名男子的存在，但是每當夢醒過後，就會非常在意那個男子。一開始還猜想會不會是姊夫，但後來發現不是。

大姊過世之後，父母在初入中年的年紀便選擇離婚。兩人的關係本來就不太好，後來變得愈來愈難以忍受彼此，而且自從姊夫被公司派到海外以後開始，父母就覺得不再有眼線了，所以才會放心地做出這樣的決定。姊夫也因失去太太而瀕臨崩潰，一開始還有幾個人懷疑他得了失語症，後來竟演變成所有人都認定他應該是有酗酒。假如姊夫是被派到以酒聞名的國家可能會更令人擔憂，好險是被派去中東，所以大家都還想著他應該比較不容易取得酒精飲品，只是萬萬沒想到他喝的竟然是機場免稅店賣的酒。圭翼有時不免好奇，一個不怎麼熱情的人，究竟為何會選擇與過世的妻子家人繼續當家人。姊夫每次回國一定都會分別拜訪岳母、岳父，也會約圭翼一起小酌幾杯，請他吃飯、給他一點零花錢。圭翼都會用那些錢買書，不知為何，總覺得不是很想要把那些錢留在身上，雖然知道將來可能會難以交代，但他還是決定將所有錢都拿去買書。圭翼曾想過希望自己某天可以被壓在倒塌的書架下，那些書最終也脫離書架，散落各處，堆疊成搖搖欲墜的書塔。但直到房間地板被書籍占滿，門也只能敞開小小縫隙的程度為止，他都絲毫沒有產生想要閱讀的念頭，所以圭翼嘗試了兩次自殘，一次是只有自己一個人的時候，另外一次則是在校內。第二次自殘讓他的手腕留下了刀疤，由於疤痕很細，所以不仔細看根本不會察覺，也許等年紀大了、皮膚皺了，會變得更難以看出是刀疤。其他家人完全不曉得圭翼自殘的事實，要是被他們知道應該會很生氣，但或許也不會感到很意外，因為不論是奶奶這邊還是外婆那邊，家族裡都有人嘗試過輕生。

不曉得姊夫是否也有見到二姊，這四年來所有人都各奔東西，唯獨二姊一人還在孤軍奮戰，假如某起事件當中存在著受害者和受害者家屬，那麼受害者家屬人數未必就一定會比較多，有些家人並不想捲入紛爭，有些家人則是想爭也沒餘力去爭，有些家人爭到一半累了自行退出，最終只會剩下那些真正被留下來的人。長得和大姊、圭翼一點也不像的二姊，喜歡山也喜歡海，她透過各種休閒運動鍛鍊出一身好體力來面對這場抗爭。二姊原本是三個孩子當中最健康的，沒想到就在這短短幾年之間，她的臉上卻起了微妙的變化，說得更精確一點是她的表情變了，不論她擺出任何表情都多了一份懷疑，就連開心、生氣、睡著時，都帶著一張再也不相信任何人、每天沉淪墮落的表情，圭翼變得不忍心再直視二姊，要面對那張臉也使他感到萬分煎熬，所以圭翼逃離了那裡，正因為對二姊深感虧欠，所以才會老是避開她。

前陣子二姊從倫敦傳了幾張照片給圭翼，那些分別是她舉著抗議告示牌，站在害死大姊的產品公司總部門口前、議會前拍下的照片，令圭翼感到最不可思議的是，二姊身後的風景和建物都十分美麗，究竟在這古色古香、景色優美的國家裡，如此龐大的一間企業裡，怎麼會任由那種可怕的事情發生？難道就不能再早一點發現？怎麼好意思用那些荒謬的理由來狡辯？那間公司和其他公司、政府各部門單位都只會忙著互踢皮球，受害者家屬則只能眼睜睜地看著皮球在中間被人踢來踢去。

罪魁禍首就是那四千韓圜的紅色瓶蓋加濕機殺菌劑，好好的一個人竟然會被這荒謬的產品給害死，更何況大姊過世時根本不曉得原來害死她的是這玩意兒，所有人都以為是流行於產婦與嬰兒之間的新型肺炎，是隔了很久之後才查明原因，竟然是因為加濕機殺菌劑，那款殺菌劑甚至連圭翼都有用過，只是他比較懶惰，所以只用了一、兩回便沒有再使用，大姊則因為太勤勞所以死了，最終居然是因為討厭黴菌和細菌而身亡。

雖然還是要繼續上學，但圭翼一點也不想去學校。聽說芝恩也已經有很長一段時間沒去學校了，圭翼認為說不定自己辦理退學再也不去學校以後，芝恩就會重新回到校園，他想要將校園讓給芝恩。

「我沒辦法和你在一起了，你在我面前做了那件事，那是很殘忍的一件事。」

聽到這話，如果圭翼真要辯解，應該可以說自己是在一千多人面前，而不是只有在芝恩面前自殘，但是圭翼仍選擇吞下這句話，等於成了一個會自殘卻不會辯解的人。

還是乾脆去吃一碗豆漿冷麵，不要去學校好了。儘管在吐完體內所有東西，甚至差點沒把五臟六腑給吐出來的那種痛不欲生想要尋死的日子，圭翼能吃得下的東西也就只有豆漿冷麵。他想起一家就算不是夏天也會販售的豆漿冷麵店，非常好吃，在汝矣島也有分店，只不過要搭公車轉地鐵，就算一路暢行無阻也需要一個半小時，所以等吃到麵應該也已經是下午了，卻仍澆不熄他想吃豆漿冷麵的欲望。圭翼從書堆裡找出了兩本書放進包包，估計在搭乘交通工具時應該也不會有位子可以坐，所以他選了一本詩集和一本頁數不多的小說，打算站在車廂內閱讀。

一出地鐵車站，迎面而來的是耀眼的陽光，圭翼曬了一下太陽，再走回地下街，從地下室到地下室，這是他最近最適合的行程。由於有滿多人都是自己一個人用餐，並沒有人對圭翼投以異樣眼光，他輕鬆自在地將包包放於一旁的椅子上，點完餐看了一會兒書以後，為了避免被食物噴濺而合上書本。這間豆漿冷麵店每次光顧都是高朋滿座，唯有那天是圭翼有史以來見過客人最少的一次，可能是因為已經過了用餐時段的緣故，他才會如此不巧地與姊夫四目相交。

假如姊夫是坐在其他位置面朝其他方向，圭翼很可能就不會發現他了。姊夫似乎是和一名女子相約在那間餐廳用餐，只看得見後腦勺的長髮女子，不知為何她手上戴的是一只男士手錶。正當姊夫有點不知所措地想要準備站起身時，圭翼下意識地張開了手掌，那不是在向姊夫打招呼，而是請他暫停動作的手勢，然後圭翼連忙將手勢比成了電話，示意姊夫等之後再用電話聯絡的意思。

今天的豆漿冷麵味道還會和平常一樣嗎？圭翼小心翼翼地嚐了一口，當內心被人用亂刀砍過導致傷痕累累，就連查看狀態都於心不忍時，就必須依賴單純的感覺系統來對自己進行診斷，而現在這碗豆漿冷麵就是圭翼的診斷用藥，他細細咀嚼麵條，然後捧起碗來喝下香醇濃郁的冰涼豆漿。

嗯，是一樣的味道，這樣就表示自己沒事。

姊夫是在那天偶遇後隔兩天的晚上打電話給圭翼的，那兩天的時間至關重要，是慎選發言的時間，也是整理思緒的時間。圭翼原以為姊夫一定又會找他去喝酒，所以選了一間以魚板湯聞名的立式居酒屋，結果沒想到姊夫並沒有點酒，而是點了一壺烏龍茶。

「我戒酒了，決定滴酒不沾。」

「很好啊，早知道我就不該約你來這家的……」

圭翼自己點了一杯生啤酒，對姊夫感到有點不好意思。

「這次是因為比平常回來的時間短，所以才沒和你聯絡，結果沒想到居然會在那裡被你碰見，你應該也有嚇到吧？那天那個女的只是職場上的晚輩……」

不曉得是否因為晚輩後面還有一些省略掉的內容，姊夫說到後來就變得有點想要含糊帶過。

「其實姊夫你已經可以開始找對象了，也不用對我做任何解釋。」

姊夫聽見圭翼這麼說，便拿起茶杯，刻意放慢速度喝下一口茶。

「我還以為你已經客死他鄉了，可能喝醉酒在我們不知道的地方暈倒，或者睡到一半因為酗酒嘔吐而塞住氣管等。只要你還活著就好，我相信家裡其他人一定也能理解，反正我們家也早已分崩離析。」

「她還不是我的誰。」

「不是都已經讓你戒酒了嗎？那就不能這麼說啦，既然有遇見不錯的對象可不能說謊啊。」

「你這小子怎麼連說話都跟你姊很像。」

圭翼聽到這句話差點哭了出來，感覺姊夫也眼眶泛淚。

「你最近都還好嗎？」

「還好啦，我向來都很正面勇敢！」

最終反而是姊夫先哭了，圭翼感到有些後悔，不知為何後悔，但明明不是他惹哭姊夫的，所以也不需要後悔才對。圭翼暗自下定決心，再過不久，他就會像剪掉線的風箏一樣放走姊夫，徹底脫離這早已粉碎的家庭。圭翼想起了那把美工刀。

他總覺得，想起美工刀的日子，並不適合再一個人獨處，所以和姊夫分開以後便打了一通電話給二姊。

「太好了，家裡草莓還很多，根本吃不完，你快點來拿走一些。」

二姊開朗地說著，她沒有從圭翼的嗓音裡察覺到任何異狀。抵達二姊家需要三十分鐘車程，圭翼把包包背在胸前，左右搖擺地準備前往二姊家。他搭上了一輛令他有很糟的乘車經驗的公車。

獨自生活的二姊家裡幾乎空蕩蕩。

「妳是不是又丟了一些東西？」

「我把用不到的整理整理，統統拿去丟掉了。」

「妳還剪頭髮了啊？」

「對啊，我懶得吹頭髮。」

二姊很認真地在洗草莓。

「妳怎麼會有這麼多草莓？」

「和我一起去倫敦的那個人寄來的。」

圭翼接過草莓盤，暗自心想，看來這些草莓也是由失去家人的人種植的。草莓的汁液宛如煙火般在圭翼的口中爆開。

「你知道嗎？世上所有與安全相關的模式，幾乎都是由罹難者家屬建立出來的。」

「真假？」

「從好幾百年前就這樣了，其他國家似乎也是如此。」

「下次記得也帶我去。」

「去哪裡？」

「不論哪裡都好，只要妳下次要做什麼事，記得帶上我就好。」

「知道了。」

圭翼把背倚躺在二姊家的小沙發上，雙腳向前伸直，心想，不論夢裡夢外，這幾天可吃了真多東西。留有白色疤痕的身體，正緩緩消化著那些食物。

尹昌民　鬼門關前走一遭的倖存者

昌民差點跟素銀提分手，但絕對不是因為不喜歡她，昌民喜歡素銀的程度，是比初戀情人、大學期間交往過的歷任女友、差點走入婚姻的前任女友都還要喜歡，她算是昌民這輩子喜歡過的女人當中最傾心的一個，一起共度的每一天都很有趣也充滿新奇，而且素銀是個很有趣的人，感覺和她在一起永遠都不嫌膩，相處起來既輕鬆又令人期待，所以在一起愈久愈開心。素銀是屬於五官精緻，只要再瘦一點就會是絕世美人的類型，但她本人並不這麼認為，她對於自己身上的每一個部位都感到相當滿意，所以一年當中從未有過一絲想要減肥的念頭，昌民很喜歡她這一點，因為他這輩子從來都沒有看過對自己如此滿意的女人，感覺將來再也不會遇到像她這樣獨特的女子。

然而兩人之間存在的最大問題是，不只是對昌民，對所有人來說素銀都是特別的存在。

「她是我最好的朋友！好姊妹！」

過去和素銀的朋友見面時，就有八個人這樣對昌民親口說過，每個人彷彿都真心相信自己才是素銀最要好的朋友，但其實八名好姊妹彼此都不是最要好的，昌民認為素銀根本是在友情的世界裡出軌，聽完這句話的素銀不禁捧腹大笑，昌民只要看見素銀的笑容就會感到舒坦。

「不是啊，你的說法也太好笑，居然還有友情出軌這回事！不過的確光是張羅朋友們的生日禮物，瞬間一年就過去了。」

這是可以想見的事情，畢竟光是搶著當她最要好的摯友就已經有八個人，認為關係不錯的朋友更是超過百人，真不曉得到底哪來的時間和所有人都見面聯絡，那是一種消耗型的人生，就連昌民也經常被拖去參加那些消耗生命的行程，諸如各種生日派對、結婚典禮、跨年、開幕式、小朋友滿周歲、寵物狗滿周歲等……

當昌民在為根本不認識的寵物狗選購玩具、零食、潔牙棒的時候，終於下定決心不能再這樣下去。

「我覺得我比較想要過安靜一點的生活，多一些兩人專屬的時間，妳真的是我見過最棒的女孩，我很喜歡妳……但我們可能真的不適合。」

當昌民這麼說的時候，素銀那雙圓滾滾的大眼睛迅速積滿了淚水，隨即嚎啕大哭。

「我也是最重視和你在一起的時間，我會減少聚會的，以後我會把那些活動統統推掉，我們兩個天天膩在一起吧。」

於是兩人真的度過了一段只有彼此的時期。然而，周遭的人可沒這麼容易放過他們，自從素銀婉拒過幾次比較難纏的邀約以後，昌民看著素銀無奈又苦惱的樣子，最終還是決定放手讓素銀做回自己，陪著她一同出席聚會活動。那些該死的派對……昌民覺得素銀天生就是屬於社交界的人士，本來就該過著這樣的生活到人生最後一天，每天應付那些如雪片般飛來的邀請函，更何況素銀看起來對這些事情絲毫不會感到有壓力，所以只要昌民消失，一切就不成問題。

最後一次一起出席某場派對時，昌民擁擠地坐在九人座的廂型車後座，聽著完全不是自己會喜歡的音樂曲風，朝西海上的某個小島前進。素銀開心地坐在一旁，不知是否因連日熬夜加班所致，昌民已經連續頭痛了兩天，因此他只要一想到要和這些陌生人到一座小島上共度週末，眼前就一片黑，但是假如讓素銀自己一個人去的話，想也知道，一定又會有人想要找她攀談。還是我乾脆選擇放手？熱愛穿梭在各個聚會場合之間玩到忘我的那種男人會不會更適合她呢？昌民的思緒一團亂。沒有橋樑的小島，要搭船才能前往。他們一行人坐在車子上，整輛車被載上了船，其他人都開心得要死，唯獨昌民跟他們是兩樣情。

抵達小島以後，大家簡單整理了一下行李物品，好險昌民和素銀是和其他人分開，單獨住一間，聽說當初大家是租一棟團體宿舍和兩棟獨宅，素銀還特地動了手腳才搶下其中一棟獨宅，因為她知道男友很重視個人空間，所以特別為昌民著想。

「我們等一下去露個臉就好，然後就說我們累了想休息，再趕緊偷溜回來，早上也是我們兩個單獨去附近散步，可好？」

昌民很感謝素銀如此體貼，心情多少有好轉一些。當他們去到院子裡的時候，烤肉架已經緩緩轉動中了。多虧那些隨興吊掛的五顏六色燈泡，使得原本不起眼的空間瞬間變得燈火燦爛。這棟別墅的各個角落放置著好幾棵假椰子樹，藉此營造出南洋風格，音樂也一直只有播放夏威夷風的吉他曲，這是昌民第一次認真傾聽這種充滿異國風情的音樂，他對於現場的氣氛感到十分滿意。

幸好這次一同到島上玩的朋友都還不錯，不會只有一個人一直主導談話，或者一直只聊他們自己才知道的話題，抑或是聊到最後一直都在炫耀自己之類的，所以昌民也感覺比較舒服自在。大家都只是在閒聊日常生活，有時聊到昌民不知道的話題時，他也聽得津津有味，而且玩笑話的頻率也剛好都有對到。一行人裡面有人是上班族，有人是一邊上班一邊規劃著其他事情，也有人是選擇不去公司上班，自行接案，年齡從二十七歲到三十八歲都有，所以不是所有人都同年，就是個不會去特別在意對方年齡，氣氛很不錯的團體。他們會尊重別人的選擇，偶爾調侃一下，但也都懂得拿捏開玩笑的分際，不會去貶低對方。昌民認為，也許可以和這群說話音量不大的人保持往來。尤其是坐在他隔壁的刺青師，昌民因為和他變得很要好，還差點要跟他預約刺青。

正當昌民聊得正起勁的時候——

「我喜歡這首！」

素銀突然站起身。那是一首知名音樂，但是因為經過改編，所以聽起來很新穎，素銀知道昌民的性格，所以沒有為難他，她放著昌民在座位上，拉了一名朋友出去跳舞，但因為跳得不是多麼專業，只是隨意扭動身體的程度，所以惹得大家哄堂大笑。昌民望著素銀心想，應該是因為素銀第一個從位子上起身、出現好聽的音樂就忍不住要跳舞，所以大家都會想要和她玩在一起。氣泡酒、燈泡、假的椰子樹、歡愉的心情，看來這次的派對還不錯，不過昌民還是承受著輕微的頭痛，想要趕快結束這場派對，回去房間裡好好抱抱素銀。

昌民和素銀有說有笑地走回房間，素銀正在將茂密的頭髮綁成高高的包頭，並用髮夾固定。昌民也協助她固定那包頭髮，二十根手指忙得不亦樂乎。

「妳到底是用了多少根髮夾？」

昌民獨自叨念著，素銀一把環抱住昌民，像一隻矮小肥潤的可愛小鳥一樣，到處輕吻著他的臉頰，幸好寬鬆的洋裝輕易就能脫下，昌民用一隻手就解開了素銀的胸罩，那是他年少輕狂的二十世代苦練多次的成果。

「妳的皮膚好光滑。」

那不是為了對素銀調情而講的甜言蜜語，昌民之所以會和素銀成為戀人，一方面也是因為他想要撫摸素銀的腳背，從涼鞋鞋帶之間微微隆起的白皙腳背實在誘人，所以忍不住開口問了素銀能否借他摸摸看，結果那次像是在鬧著玩的撫摸，成了他們第一次的身體接觸。素銀其他部位的肌膚更為柔軟，因為實在太軟嫩，所以撫摸時會感覺好像沒有摸到東西一樣，令人更想要繼續不停地觸摸。

「今天玩得還開心嗎？」

「嗯。」

「那你還要跟我分手嗎？」

素銀用微微泛著淚光的眼睛望著昌民問道。

「不要了，離不開妳了。」

兩人把衣服脫在一樓，緩緩走上二樓。昌民明顯感受到頭痛症狀加劇，就連視線也變得模糊，他決定以後再也不喝香檳，覺得自己的體質真的不適合，但緊擁著素銀細緻柔嫩猶如熱浪般的身體，他感到幸福不已，甚至出現耳鳴仍置之不理。兩人的愛撫動作愈演愈烈，就算這輩子再也不能做愛，感覺也死而無憾。

就在這最美好的瞬間，昌民的腦血管卻爆裂了，是真的破裂，只是他自己全然不知道。

昌民突然眼前一片黑，什麼都看不見，也不能控制自己的身體，接著倒臥在地，開始嘔吐。

多虧醫療用直升機，昌民才能夠即時接受治療。由於他們人在小島上，不論搭船還是搭車去大型醫院都要花很長時間。大家把昌民搬移至附近國小，然後送上直升機，載往醫院。這些事情在昌民的記憶裡都不存在，因為他當時已經全身麻痺、出現意識障礙，這是後來素銀講給他聽的。

「請問是心臟麻痺嗎？」

「不，應該是腦出血。」

多虧有經驗豐富的醫生馬上懷疑是腦出血，才得以迅速安排手術。不幸中的萬幸是好險不是重症患者，身體恢復的速度也不錯。

「妳差點害死我。」

準備出院的當天，昌民對素銀耳語。

「妳害我腦爆炸，差一點就沒了這條小命。」

「才不是我害你的咧！你一整個月都在熬夜加班，怎麼不怪公司反而怪我？」

素銀為自己打抱不平。

「那就這樣說定吧。」

「說定什麼？」

「以後只能和不會嘲笑我發生這件事情的人往來。」

「怎麼可能會有人嘲笑你。」
「會的，一定會有人笑我性猝死。」
「好啦，那我們就少跟其他人見面好了，也不要跟會開這種玩笑的人見面。」
「那就好。」
從不減肥的素銀因為連日以來對昌民的擔心而明顯有些消瘦，昌民有點難過自責，伸出手來幫素銀撩了一下早該修剪的劉海，將其塞到耳後，但是很快又滑落下來，昌民不禁開始好奇素銀的劉海生長速度。這心愛的素銀的臉蛋，一下子被太陽照射，一下子又被雲遮擋，昌民想要一直注視著她的臉龐，盡可能不去張動眼睛，直到陽光重新灑落在她的臉上為止。
不光是今天，接下來的日子也是。

黃珠莉　出賣好友的告密者

公司補助的一天伙食費加上活動費永遠是六十五美元，珠莉的公司因為分布在全球各地，所以公司內部的所有經費都是以美元計費，一美元若等於一千一百二十三韓圜，那麼就是七萬兩千九百九十五韓圜，假如一美元等於一千兩百〇四韓圜，那麼就是七萬八千兩百六十韓圜。由於職業特性加上珠莉的移動行程特別多，也很常需要接待客人，所以這筆補助費用總是稍嫌不足，不過偶爾如果出現一些剩餘的金額，就可以去便利商店買幾瓶飲料或幾包零食，能夠像這樣把公司補助花得一乾二淨，是珠莉上班的小確幸。公司在聚餐時也會叫大家拿出各自的補助費來分攤，比方說，假如當天聚餐完總花費為二十萬韓圜，那麼公司代表就會刷四萬多韓圜，其餘的金額則是由同仁用各自卡片裡的剩餘補助費來刷比如一萬、八千、六千不等的金額，直到湊滿二十萬為止。珠莉實在不曉得為何要安排這種聚餐，明明一個禮拜有四天都在熬夜加班或出差，聚餐真的是完全沒有必要的行為，更何況彼此之間的關係也沒有十分要好。依照臨床研究公司的職業特性，臨床試驗監測員（Clinical Research Associate，簡稱CRA）是獨立作業的，流動率也很高，各自謀生的模式很鮮明。珠莉也只打算在那裡待滿兩年，接下來就會轉往更好的公司。

「妳知道新加坡那邊檢查得多仔細嗎？記得要省著點花啊！」

公司代表幾乎每天都要嘮叨幾句才肯罷休。由於會計部門設在新加坡，假如收據有所遺漏，國際電話或通訊軟體就會馬上響起；總部則是位於美國，定期合作的贊助廠商也來自世界各地。以珠莉為例，她最近主要是和以色列合作，在這之前她完全不曉得原來以色列的週末是禮拜五、六，而非禮拜六、日。光是時差就難以計算了，就連國定假日、節慶都不盡相同，所以不論是和哪一國合作都很不方便。不過就如同其他設在韓國的外商公司一樣，通常其他國家休假時，韓國員工需要上班，而韓國國內休假時，韓國員工同樣也需要上班。珠莉撥了一通電話給以色列的窗口，請對方將電話轉給那位有著約莫六、七歲小孩的母親，甚至還催促對方盡快將電話轉給那位母親。

珠莉負責肺癌抗生素第二期實驗，和她一起工作的教授當中有些是真的很認真，有些則是領到研究經費以後就隨意亂交數據，而且這種人還不少，所以很令人頭痛。珠莉必須確認有無遵照試驗計畫書進行，還要定期Sweep（清理）數據，Sweep、Sweep，每當說著這個單字時，珠莉就會想起刷毛濃密的掃把。珠莉還要走訪全國各家醫院去蒐集數據，也要提著那台沉重的公司筆電穿梭在各大醫院之間，不過唯一值得開心的事情是，幸好公司支援員工搭乘韓國高速鐵道（KTX）商務車廂，要是筆電可以再輕一點就好了，加上充電器足足有三公斤重。為了防止數據遺失或搬移等資安事故發生，公司不允許使用私人筆電進行工作，而且要是碰上會議定在午休時間，就需要先幫與會人員買好高級便當一路帶過去，像這種時候就會覺得自己的兩隻手臂快要脫臼。通常那些累到快要不支倒地的日子，珠莉寧願把吃飯的經費省下來，改搭計程車移動。

遇見蕭賢在的那天，珠莉也是雙手提著大包小包和便當，她一邊暗自抱怨一邊心想，等退休後要為製藥界的人士開設一個部落格，裡面有著全國各地高級便當專賣店的店家資訊。正當她穿過醫院大廳時，一名熟悉的身影從她面前經過。

「賢在！」

身穿醫師袍的矮小男子回頭張望。兩人是大學時期參加過同一個社團的社友，雖然畢業後再也沒見過彼此，沒想到竟然還能認出對方，實在是很神奇。

「哇，這已經是多久沒見了啊？差點認不出妳耶！」

賢在急忙走了過來，接過珠莉手上的一袋便當。一隻手終於重獲自由的她，從名片夾裡掏出了一張名片遞給賢在，這並不是因為兩人的關係很陌生，而是因為此時她懶得再多做說明。

「原來是在臨床研究公司上班啊？」

「嗯，工作一段時間了。」

「那妳今天是打算去哪裡？」

「去癌症中心。」

「那一起走吧，我也要往那個方向。」

兩人過去有一段時期還是一起去上同一堂選修課的好朋友，後來之所以會漸行漸遠，是因為社團裡的美惠，美惠當時是賢在的女友，大家都很喜歡開玩笑將他們的名字稍作修改，稱他們為「現在和未來Couple」。美惠和珠莉一開始其實相處得不錯，但是後來發現兩人本質上就是合不來的性格，所以老是會起衝突。美惠是屬於每次只要一起進行某件事情，就會稍微往後退縮的類型，而且會展現出一副希望不論是異性還是同性朋友都能照顧她的態度，正是這一點和珠莉不太契合，所以就算經常和社團裡的人一起行動，兩人也沒有走很近。後來珠莉才得知，原來美惠從小就是在對子女教育方式與她相差甚遠的家庭環境下長大的，她上面還有三位哥哥，所以自幼就被家人當成小公主百般呵護，雖然珠莉曾經想過要嘗試提醒她那種長年累月下來的認知偏差，但她最終選擇乾脆放棄這位朋友。

某天，珠莉不小心看見了美惠的手機畫面，發現每個人的姓名後方都有愛心標示，當時是和一群人聚集在學校對面喝著啤酒。

「哇，每個人都有愛心耶，賢在的名字後面有三顆愛心，我的名字後面怎麼只有一顆？會不會對男友太偏心啊？」

珠莉沒想太多，隨口說出了這段話，結果美惠轉頭望向她，口氣驕縱地回答：

「那妳就對我好一點啊，我再考慮幫妳多加一顆愛心。」

好奇怪。珠莉暗自心想，她察覺到原來這是美惠酒醉後不經意吐出的真言。自此之後只要每次在課堂上坐到美惠旁邊的位子，珠莉就會不自覺地暗中觀察美惠，她知道美惠一定是用愛心數量來對每個人進行評分，長得特別帥、特別漂亮或者受歡迎、很聰明、對她有幫助的人就會加註三顆愛心，對美惠友善、示好的人則加註兩顆愛心，普通朋友則是一顆愛心，沒有愛心的人則是連互相問好都不會有。兩個學期過後，珠莉因為和她暗中較量而失去了愛心標記，默默被美惠降了一級，由於珠莉已經多次對美惠感到失望至極，所以某天在美惠不在的場合，爆料了她的愛心評分機制，然而珠莉也並非有意要把這件事情說出來，而是因為大家都說「美惠本來就比較孩子氣，珠莉妳比較像姊姊，就別跟她計較了。」所以珠莉才會一氣之下將這件事情抖出來，沒想到其他人聽完以後，心裡也感到很不是滋味，於是最後美惠也離開了社團。當年大家都只是不夠成熟的孩子，珠莉也萬萬沒料到事情會演變成一發不可收拾的地步，後來她甚至有好幾年都對這件事感到懊悔不已，認為早知道就不要說出來，因為不只傷害到美惠，還讓她到現在都無法和社團裡的社友及同學們來往。

「怎麼連在同學的婚禮場合都沒遇過你啊？應該至少都會遇過一次才對啊！」

「因為我幾乎沒去參加什麼婚禮。」

「那你自己呢？什麼時候打算結婚？」

「別開我玩笑了，我連談戀愛的時間都沒有。」

賢在笑著說道。大學時期的賢在很像一名可愛的國中生，如今則像可愛的高中生。珠莉曾經聽說賢在和美惠交往多年，最後卻被女方狠狠甩了，搞得自己傷痕累累，還有很多人說當時賢在哭了將近一個月，分手的打擊使他廢寢忘食，差點沒變成廢人，所幸目前狀態看起來還不錯，實在令人放心不少；除此之外，珠莉也有透過友人輾轉得知美惠早在前年就已經步入婚姻，她猶記當初聽到這項消息時還默默在心裡調侃了一下，**看來是和三顆愛心的男人結婚吧**，不過與此同時也感到有些羨慕。明明珠莉也已經能理解，美惠的偏差性格不能只怪美惠，卻仍放不下那份幼稚的心理。

「在醫院裡工作都還順利嗎？感覺滿適合你的。」

「一點也不適合。」

賢在滿臉倦容地答道。這點珠莉可以體會，因為跑遍全國各地的醫院，就能比較出每一間醫院體系與人力資源，像這間醫院明顯擁有優秀的人力資源，但醫院體系卻是漏洞百出，明明可以有效改善，卻只透過更換人力來掩飾體系問題，這樣的醫院多不勝數。

「你一個禮拜工作八十小時嗎？」

「一百小時。」

「看來是現代社會的奴隸。」

「謝謝妳了解我，畢竟一旦隔行就如隔山啊！」

「其實這也要怪你們，你們都太少為自己發聲。」

「因為院方太強勢，更何況外部人士到現在都還以為現在的醫生依然和以前一樣收入優渥，所以都會把事情壓下來。」

「那你有按時領到薪水嗎？值班會有值班費嗎？」

「有幾位醫師去提告了，所以值班費已經開始有給付，只是基本薪資反而降低了，很惡劣吧？隨著醫院擴張以後，值班室變得比以前更少了，也不曉得到底是要我們睡哪裡。」

「嘖嘖，我已經到嘍！」

抵達開會地點的珠莉，拍了拍賢在的背，想給他安慰，賢在把那整袋便當交還給她。

「你吃一盒吧，反正我等一下要說很多話沒空吃，肚子也不餓。」

珠莉拿出其中一盒便當給賢在。

「我沒關係……」

「不，你吃啦，這家真的很好吃。」

賢在接過了那盒便當，珠莉終於放心了。

「妳幾點結束？」

原地徘徊的賢在開口問道。

「嗯……應該一個多小時後吧。」

「等一下要不要和我一起喝杯飲料？」

「你有空喝飲料嗎？」

「晚上我可以在醫院大廳一邊待命一邊喝飲料。」

兩人交換了手機號碼。

「就算今天沒辦法喝飲料也無所謂，我每個月都會來你們這裡一次。」

「原來，那之後我們應該會很常見嘍！」

這句話突然讓珠莉感到微微的心跳加速，**為什麼會在這個時候臉紅心跳**？珠莉感到有些錯愕，因為她喜歡的類型一直以來都是擅長運動、體型壯碩、身穿棒球外套、籃球鞋的那種男子，如果將珠莉的前男友一字排開，甚至會誤以為是兄弟，因為類型都十分相像，始終如一。

所以當年珠莉才會願意換給美惠——在十多年前，和大家一起出遊的那一晚，透過抽籤的方式分成兩人一組去散步時，珠莉剛好抽中了賢在，而美惠希望可以和賢在一起去散步，所以珠莉毫不猶豫地把抽籤紙換給了她。

假如當時她沒有答應更換又會怎麼樣呢？珠莉提著石頭般沉重的包包，用肩膀熟練地推開會議室的門，然後想像了一番，繼而噗哧一笑。已經先抵達會議室的人坐在位子上滿臉好奇地看著珠莉，她急忙收起憨笑，重新擺出充滿自信的專業笑容。

林燦福

重拾生活樂趣的花甲老人

燦福的母親是韓國舞踊舞者出身，在當時那個年代，大學專攻韓國舞踊是一件很了不起的事情，然而她就和那個時代的女子一樣，年紀輕輕結了婚，很早就開始過著家庭主婦的生活，不，說得更精確一些，應該是既平凡又不幸的主婦人生才對。燦福曾經想過，母親那邊的家族都有著天生健康和長壽的基因，但是唯獨母親罹患失智症，這其實都要怪先過世的父親。年過九十依舊神智清晰的阿姨們，則是難以接受妹妹罹患失智症的事實。

雖然燦福還記得小時候，母親用過類似跳舞的腳步和手勢，陪燦福和弟弟、妹妹一起玩，但是燦福如今也已是花甲之年，這段記憶早已模糊不清了。母親是自從住進療養院以後才開始重新跳舞的。

「看來媽很喜歡這裡，在家都完全不跳舞。」

燦福的太太說道。前來參與慈善義演的國樂團開始演奏，母親發揮了年輕時的跳舞功力，隨著音樂翩翩起舞。也難怪母親會如此開心，因為在家照顧她的時候，每個人都是在監視母親，氣氛凝重，一點也不有趣。母親會用手突然一把抓住太太正在削水果的水果刀、誤以為陽臺窗戶是大門想要奪門而出，或者用完熨斗和瓦斯後會全然忘記，甚至還曾在浴室裡摔斷肩膀。由於老人的骨頭不容易癒合，所以燦福需要在醫院學習注射方法，親自在母親的腹部施打促進骨頭癒合的藥物。最後會決定要把母親送進療養院的契機，是因母親分不清窗戶和門這件事，原本堅持在家照顧的燦福，實在無法承擔母親萬一哪天從四樓直接墜落一樓的風險。白天還不打緊，家裡人都會看顧著母親，但是每到傍晚之後就是另一回事了，因為獨自下床徘徊也是失智症的症狀之一，所以她也有過幾次驚險萬分的瞬間。面對燦福的追問，究竟為什麼偏要在晚上出門，母親則表示對面公寓一直有燦福的小妹在對她招手。

「媽，小妹她住在統營市啦，沒住在對面那棟公寓。」

「從這裡到統營很遠嗎？」

「您想見小妹啊？要不要叫她北上來看您？」

「她身體那麼弱，幹嘛叫她來，我去就好了。」

「那您認得路嗎？」

「從這裡直直走就會到那裡了，慢慢走就好。」

雖然燦福已經把家裡的大門門鎖換成了難以開啟的款式，還在窗戶上安裝了安全裝置，使窗戶一次不能開太大，並接受看護和照護中心的支援，全家人都在輪流照顧母親，但是只要每到深夜大家都熟睡的時候，母親就會想盡辦法嘗試打開家裡的門鎖。燦福也耳聞過每年都會有失智老人離奇失蹤或者受傷、身亡的消息。母親只要打不開大門，就會開始翻箱倒櫃，尋找年輕時期住過的老家物品，並和很久以前就離開人世的親戚們對話，然後再獨自傷心欲絕、嚎啕大哭。全家人都會因為母親的哭聲而難以重新入眠。燦福後來因為日日夜夜都沒睡好而瘦了八公斤，瘦到只剩五十九公斤的時候，燦福也不得不動起把母親送進療養院的念頭。

「你做的決定是對的，畢竟也有很多家庭是堅持到最後，父母健康狀態變得更糟，兒女則是壓力大到罹患癌症仍不肯送來，要是仔細思考什麼才是真正的孝順，答案一定會是送進療養院。」

燦福的高中同學安慰著，他同時也是療養院的事務長，燦福原以為這些話只是基於安慰而說的，沒想到真的把母親送進療養院以後才發現，母親的狀態反而明顯穩定許多，而且母親甚至開始跳起舞來，燦福終於明白，原來母親要的是現場演奏的音樂；雖然之前燦福也有用智慧型手機播放過許多老歌給母親聽，但光是這樣不夠，與其他患者之間的交流，似乎也對母親產生了正面影響。過去在家裡時，母親重複說著相同的內容經常令家人分外疲累，但是在療養院裡，患者們都很常各自嘀咕，然後又一同歡笑，沒有人會對於重複的內容感到厭煩。母親在沒有刀子、熨斗、熱水壺等危險用品，且有提供沐浴床的情況下，每天下午都會有摺紙、插花、義工表演等各式各樣的活動，在窗戶、大門和電梯則需用感應器才有辦法打開的安全便利空間裡，過著怡然自得的日子。雖然把母親送進療養院的前幾個禮拜，燦福還有點鬱鬱寡歡，但很快地他便發現自己做的是正確的決定。

「你母親的性格依舊很好，不會對護士或司機做出無禮的舉動，有些人可不是這樣，多的是一夕之間突然變得很暴力的，這樣想你就知道自己有多幸運。」

燦福聽了之後雖然點了點頭，但他內心其實認為，不論失智症症狀如何表現，最終都不可能是幸運的一件事，要是能讓燦福做選擇，失智症和癌症之間，他一定會不假思索地選擇後者。雖然很多人都以失智症是本人很輕鬆、旁人很辛苦的疾病來作為安慰和鼓勵，但其實燦福親眼目睹每當母親發現腦海裡非常簡單的生活方式、姓名、數字、地圖等記憶一項一項消失時，她眼神中流露出來的那種恐懼感，以及認不出孫子、孫女時錯愕到不停顫抖的那雙手。由於父親就是罹癌過世，所以燦福並不是不知道癌症有多辛苦，但是假如真的有選擇權，他寧願選擇罹患癌症。

自從燦福開始裝一些零食和水果，帶四層便當去療養院與母親會面以後，他的體重也幾乎回到了正常狀態，原本凹陷的雙頰也重新變得飽滿。Mers疫情爆發時，雖然有兩個月左右禁止家屬會面，導致燦福憂心忡忡，但其實他能夠理解院方的決定，畢竟萬一在療養院裡出現交叉感染，就會變得一發不可收拾，所以另一方面他也很滿意院方的處置，看來是一間管理完善的機構。所幸母親早已沒什麼時間觀念，所以根本沒察覺到兒子已經很久沒來家屬會面了。

「你爸才剛過世不久，我就再婚了，實在太慚愧。」

「啊？」

時隔多月以後再見面時，母親突然對燦福提出炸彈宣言。燦福聽了之後簡直驚呆了，他知道母親因為曼妙舞姿成了療養院裡的風雲人物，但是再婚又是什麼，怎麼會突然說這種話，會面結束後燦福走向了護士櫃檯。

「喔，令堂最近有點意識錯亂，老是把隔壁床的奶奶當成是老伴，那位奶奶病程更久，所以已經不會說話了，她短髮很短，可能是因為這樣才會被令堂當成男生，總之兩人現在處得很好。」

經過護士的這番說明以後，燦福心中的疑惑總算被解開。

「哈哈哈，難道是奶奶想要談戀愛了嗎？」

一同前來會面的女兒毫無惡意地笑著。

燦福和家人雖然沒想太多，但是母親的這場戀愛出乎意外地維持了很長一段時間。有時太太前往療養院幫母親洗澡時，還會看見母親因為隔壁床奶奶脫光衣服呈現著女人的體態而滿臉驚愕，等那位奶奶穿上衣服以後則又會馬上忘記對方是女人的事實，繼續將對方錯認成是自己的新老伴。

「那又有什麼關係，只要媽幸福就好啦，我每次看她都會覺得明明是這麼有愛的人，卻因為和爸在一起而沒能表現得這麼甜蜜，就讓她做一回自己吧。」

「的確是如此，但是……」

母親看上去確實滿臉洋溢著幸福，每次燦福去找母親會面時，她都會想要趕快送走燦福，因為她說新老伴在另一個房間裡等待，她無臉見燦福，必須趕快回去找她的新老伴。最終燦福與母親僅僅會面了五分鐘就被趕回去，他還嚇跑了一群停在停車場的烏鴉。

「這些死烏鴉，真觸霉頭！」

「爸，不要這樣，他們都是很孝順的鳥。」

「妳說烏鴉很孝順？」

「嗯，因為牠們會反哺。」

烏也會得失智症嗎？燦福不免好奇。女兒有時很懂得說一些安慰別人的話，告訴燦福韓國已經算好了，在美國要是沒買保險送療養院的話，一個月至少要花三千萬韓圜，好幾次母親凌晨醒來經歷危險時，也都是多虧熬夜玩手機遊戲的女兒及時發現。燦福之前看著女兒第一份工作慘遭解雇，進而遲遲找不到下一份工作，通宵玩手機遊戲時，內心實在很難受，更何況女兒玩的手機遊戲也很奇怪，就只是一直在餵角色人物吃東西、睡覺、去職場上班、布置家裡、與人約會等極其日常化的行為，燦福不能理解這種遊戲究竟有什麼好玩，女兒甚至還選了幾款比較簡單的拼圖遊戲，幫燦福和燦福的太太下載到手機裡。

「多玩這種遊戲，可以預防失智喔！」

當燦福為了獲得愛心而向弟弟、妹妹們傳送遊戲邀請時，得到的回覆使他內心五味雜陳。

「哥，你玩這種東西幹嘛？」

雖然他們說的只是無心話，但是聽在燦福耳裡，像是在責備他把母親丟進療養院裡只是為了玩這種遊戲，也許弟弟、妹妹們其實內心是希望燦福可以一直把母親放在家中就近照顧的也不一定。由於弟弟經商失敗，所以他根本自顧不暇，一名妹妹則是遠在天邊，另一名妹妹因為是單身所以生活得也比較簡陋。單身的妹妹雖然曾經提議過可以照顧母親，但是最終還是被燦福婉拒了。

「為什麼？我自己一個人住沒有關係的，白天請個人來幫忙，然後我的演講只要不要排到太晚，就可以早早回家顧媽了。」

「哎呀，燦珠，妳照顧不來的。」

「反正先試試看嘛！我照顧媽，她也方便啊——」

「妳真的會照顧不來，我們一家三口在家裡全天候照顧，都顧不來了，我是真的在為妳著想，媽也會受傷出事的。」

燦福代替舉棋不定的妹妹下了決定，雖然他始終堅信送母親去療養院是一項對的決定，也從未對此感到後悔過，但是最終恐怕還是不能得到弟弟、妹妹們的諒解。

差不多就在那段期間，燦福家的對面剛好進駐了區立文化中心，雖然他早有耳聞那裡將會有一棟文化中心落成，但是因為經費不足而延宕了好幾年，如今終於要正式開幕了。剛開幕的時候，因為健身房的費用很便宜，所以燦福有去登記報名，後來他趁著去健身的時候又再仔細查看了一下，發現原來還有許多有趣的課程，諸如桌球、民謠、四君子、英文會話、日文會話、中文會話、Well-being Dance、口琴、智慧型手機使用教學等。燦福的太太先報名了拼布和肚皮舞課程，燦福則是上過幾種自己感興趣的課程，約一個月左右之後，最後決定專攻植物插畫班，雖然描繪植物插畫會讓背部和頸部痠痛不已，但神奇的是，內心會重拾平靜。燦福成了受講師誇讚的好學生，他甚至還會自行去山裡摘各種樹葉回來練習描繪。

燦福的女兒則不太喜歡利用這間文化中心，她玩的手機遊戲類型也一變再變，她不再養那些角色人物，而是開始玩起較為寫實的射擊遊戲。她頭戴耳機，與陌生人一邊交談一邊進行遊戲，雖然燦福有提出各式各樣的課程建議女兒去上，但女兒依然我行我素，把爸爸的話當耳邊風。

「白天去學東西很丟臉耶！」

燦福其實可以理解女兒的心情，所以他也沒有勉強女兒去上課。坦白說，燦福覺得有點可惜，明明是很不錯的課程，再說，學點東西感覺也比較能活得下去。

每到禮拜五晚上燦福就會和太太一同前往文化中心講堂，因為那邊會舉辦「古典電影解析之夜」的活動，兩人會盛裝打扮出席，燦福還會叫太太圍上他送的絲巾、戴上他送的耳環，他想要營造一點氣氛。講堂裡有時會播放兩人年輕時一起看過的老電影，有時也會播放因忙碌日常而錯過的一些比較新的電影，要早點抵達現場才有辦法占到比較好的座位。看完電影返家的路上，兩人還會根據晚風的溫度來感受季節的交替。

某天，太太在回家的路上開口說道：

「福利的確是滿好的東西。」

「嗯？」

「這也算是一種福利啊，把母親送去好地方以後領到的那些補助金，和文化中心的活動，都是福利。」

燦福感到有些驚訝，因為他已經以新自由主義者之姿生活了多年，畢竟一直都是在金融界工作，然而現在居然在享受著這種社會福利。*原來這就是福利啊，從未親身體驗過之前，他還真不曉得。*

燦福的女兒不停更換著遊戲類型，從行走在嘎嘎作響的住宅裡解開謎題的推理遊戲，到燦福也很熟悉的經典遊戲，再到手指忙個不停的音樂節拍遊戲。

「欸，也讓我玩玩看吧。」

「爸，你敲那麼用力，螢幕會破掉啦，不要激動！」

我可以了，我已經會玩了。燦福一邊按著節拍一邊心想。接下來要替女兒著想了，假如燦福和太太兩人當中一人先罹患了失智症或重症的話，這孩子自己一個人能做什麼事呢？萬一不幸兩人都一起生重病的話，她有辦法獨自承擔嗎？到時候國家也會支援我們嗎？世界會變得更好嗎？都說景氣會變差、人口會減少，真的會愈來愈好嗎？

怎麼不去面試了，應該多出去走走的，像妳這麼優秀的孩子為什麼會找不到工作，不過好險妳在家裡，我們才比較不辛苦，謝謝妳，雖然說不出具體為什麼會對妳感到抱歉，但還是很想說對不起……想對女兒說的話很多，最終卻都含在口中沒能脫口而出。

「要不要買遊戲機給妳？還是妳有什麼想買的遊戲嗎？」

女兒滿臉疑惑地抬頭望了燦福一會兒。

「沒關係，我以後不會再玩很久了。」

燦福從冰箱裡拿了兩根冰棒出來，他幫女兒拆了一根，直接讓她咬在嘴邊，自己則是站在女兒身後看她玩了一陣子的遊戲。

○●金詩哲　住在保暖帳蓬的小職員

詩哲不是沒有努力，也不是表現很差，只是比他傑出的人太多。他總是少個一、兩分，而這一、兩分原以為只要花一、兩年時間就能彌補回來，但是過了五年都還不見起色，所以詩哲認為也許是自己不適合而決定離職。

父親的大伯經營一間大型醫院，他和爺爺是同父異母，儘管如此，聽說也沒什麼戲劇化的故事發生，只是曾祖母比較早離開人世而已，總之，詩哲只有在小時候見過父親的大伯一、兩次，他萬萬沒想到事隔將近二十年以後，會因求職而尋求父親的大伯協助，不過事實上，是詩哲的父母去拜託這位大伯幫忙的。

「但是我無法幫你安插到好位子喔！如果不想落人口舌，就要從最辛苦的單位開始做起。」

詩哲萬萬沒想到，那辛苦的單位竟然會是解剖室。我明明是行政科系畢業，連青蛙都沒解剖過了，更何況是大體解剖。詩哲上班第一個月，天天都臉色慘白地站在一旁，有時他可以察覺到有學生在偷瞄他、嘲笑他，不是笑他空降，而是笑他空降到解剖室當技師。詩哲的主要工作是輔助解剖學課程及教授，由於教授看詩哲滿可憐的，所以盡量對他多關照。詩哲都不曉得一天是如何度過的，時間時而過得緩慢，時而稍縱即逝。然而，在解剖室裡待了一陣子之後，詩哲已經變得習慣觀看屍體（cadaver），不過最令他受不了的是，要將可以使用的屍體部位來回從冰箱裡存取，直到整個部位用到不能再用為止。詩哲誠心希望3D列印技術可以日益精進，進而代替真正的屍體，只可惜這份心願在他任職於解剖室的期間並沒有實現。

當他在位於地下室的解剖室裡待了將近三年，某天突然被轉調到位於地上樓層的人事室時，不禁潸然淚下。有著辦公桌的普通辦公室——詩哲其實一直都只有這份微小的心願，沒有要求更多，但他到了三十四歲才終於如願以償，原本替他操心的女友和父母也終於能放下心中的大石頭。

醫院人事室就和一般公司裡的人事室一樣，工作內容大同小異，只不過大學畢業季的時候，必須去醫學大學和醫學專門研究所進行醫院說明會，那也是彼此爭搶人力的時期。然而，就算勤跑說明會、簡報得特別好，都不會對力挽人才有多大幫助，最重要的關鍵因素仍在於薪資，有些科系則是每一年都競爭很激烈。除此之外，年輕醫師也有他們偏好的工作地點，還有大家私底下盛傳的醫院氛圍及各項員工福利，也都是他們考量的重點。雖然醫院說明會能發揮的影響力不大，但是說明會餐點竟出乎意料地成了新人討論的焦點話題，比方說：

「聽說S醫院這次去K大學請學生吃清燉雞耶！」

「清燉雞？那我們請同學吃排骨如何？」

「豬肋排？還是牛小排？」

「豬肋排。」

「不，要是菜單有牛小排卻只請他們吃豬肋排會造成反效果。」

「聽說A醫院是請大家去美式餐廳吃飯。」

「D醫院是請日式便當。」

「但是A醫院去地方的J大學舉辦說明會時，只有請學生吃漢堡耶，然後這件事情又在學生之間傳開，醫院簡直被罵慘了，被大家認為是歧視地方大學。」

「那間醫院的說明會負責人怎麼會這樣做事情？」

雖然那些剛畢業的社會新鮮人，不可能會因為一頓飯而決定要在哪一家醫院任職，但是透過這頓飯一定能看出醫院的財政與員工待遇，所以每年都很令人事單位的同仁頭痛，如果可以，還真想要派一名間諜潛入其他醫院的人事室臥底。詩哲擬定預算、設定計畫，並展開調查，究竟漢堡、牛排、披薩當中哪一個比較受學生歡迎，如果是披薩的話又要選哪一家的披薩……這一切過程一直都是很嚴肅的，詩哲感覺自己可以繼續如此認真面對。父親的大伯通常要等新年開工儀式時才有機會見到，不過只要巧合遇到，父親的大伯就會特別過來輕拍一下詩哲的肩膀。詩哲認為儘管是空降也無所謂，只要能在這裡一直待著就好。詩哲本來就很想要一張辦公桌，如今他終於如願以償，所以只想要全力以赴。

也因此，詩哲的辦公桌是人事室裡最乾淨整潔的，有一次科長還跑來詩哲的位子上對其他同仁說：

「各位看看詩哲的位子，拜託大家向他學習，不要老是在抽屜裡放零食餅乾招惹蚊蟲。」

坐在對面熱愛吃零食的同事不服氣地「哼」了一聲，詩哲雖然感到有些抱歉，但那天下午他依然用抗菌濕紙巾擦拭了鍵盤、滑鼠和電腦螢幕。

詩哲舉辦完兩次醫院說明會以後，便和交往已久的女友慧琳步入禮堂了。婚後他們用全租的方式租了一間公寓，就位在醫院斜對面的大社區裡，租金貴得離譜，幾乎和直接購買的價格差不多。慧琳從二十五歲左右就開始投入職場工作，詩哲也工作了五年左右，但是兩人的存款遠遠不夠用來租房子，所以最後只好透過全租資金貸款的方式，租下了這間公寓。

「幸好我們不是住在首爾，要是在首爾，這個金額絕對租不到房子。」

慧琳生性樂觀，不論是之前詩哲考試一直落榜，還是他在八字不合的解剖室裡工作時，都是多虧慧琳，他才有辦法熬過來。雖然慧琳有著看似很會彈鋼琴的手指，實際上卻不擅於彈琴，她的外表也看似很會打網球，實際上打網球的實力卻是慘不忍睹。然而她從來都不在乎，反而持續挑戰一些新的興趣。放眼周遭就會發現，如今這個時代，要是生性不夠樂觀，可能根本沒勇氣結婚或做其他任何事情。

詩哲和慧琳做了一些菜，分別邀請了雙方的家族親戚來家裡作客，慧琳的大姊、詩哲的大姨子，碰巧正住在詩哲任職的醫院，所以喬遷之喜結束以後，所有人就一同前去醫院探視大姨子，由於大家都是在那裡土生土長的在地人，也沒幾間大醫院，所以才會決定一起去探病。在高爾夫球場工作的大姨子也不曉得為什麼會爬到樹上，然後不幸墜落地面，導致骨盆破裂。雖然詩哲很想詢問大姨子，明明是看起來很文靜的人，怎麼會突然過度信任自己的運動能力，但他覺得自己和大姨子的關係還沒有到這麼熟稔，最終還是沒有開口詢問。

等邀請朋友來家裡的喬遷之喜也都辦完以後，夫妻倆過了一段非常寧靜的生活，所以某天樓下的住戶突然跑上來按門鈴時，兩人都嚇了一跳。

「你好，請問是？」

「我們是樓下的住戶，想跟你們說一下，實在太吵了。」

「啊，不好意思。」

慧琳嚇了一跳，連忙將電視音量調小。

「我們家平時會很吵嗎？」

「因為我家有個生病的孩子，再麻煩多注意一下音量。」

由於詩哲和慧琳兩人的生活模式都是屬於早出晚歸的類型，回到家以後也幾乎都是馬上洗澡睡覺，所以根本不曉得樓下住戶嫌吵，詩哲甚至開始反省自己過去在家裡來回走動的腳步聲是否太大，兩人從那天起便開始在家裡小心翼翼地走動，還買了比較厚的地毯鋪在地上，經常使用的椅子則在椅腳處套上了網球，一大清早要準備出門上班時，還把浴室裡的水龍頭打開，讓蓮蓬頭不停灑水出來，以掩飾盥洗時會發出的聲響。

但就在隔一個禮拜六的白天，他們家的門鈴又響了。

「你們現在是不是有在用洗衣機洗衣服？」

「沒有啊，應該不是我們家。」

「還是你們把洗衣機從洗衣房搬到了陽臺？我們簡直快被吵死了。」

「不不，我們的洗衣機一直都放在洗衣房裡。」

這時，在醫院地下室裡窩了三年的詩哲開始有點不耐煩了。

「還是你們要自己進來看？」

樓下住戶夫妻隨即奪門而入，甚至連一句「不好意思，打擾了。」都沒有，就直接闖入詩哲家中還直直走向陽臺，他們像是在察看懷疑的地點有無放置洗衣機的痕跡。

「還是你們在這裡用一用又搬了回去？」

「沒有欸。」

這對夫妻似乎還是心存狐疑，於是開始環顧整間屋子，連一句簡單的道歉都沒有就直接離開了，這是一段很不愉快的經驗。

那天慧琳一直都悶悶不樂，由於她是個不會讓自己的情緒一直處於負面狀態的人，所以害得詩哲有點替她擔心。

「妳是不是很難過？」

「嗯，明明就不是我們的問題。」

「他們家裡有個生病的孩子啊，所以可能比較敏感吧。」

「是啊，應該是吧。」

其實比起樓下住戶，慧琳是對這棟房子本身感到憤怒。屋齡只有十年左右的公寓，但是除了隔音問題外還有其他許多問題，房子本身大大小小的問題太多，聽說住戶還有向建商提告求償，已經有多起官司正在進行，但是另一方面這些屋主也擔心房價下跌，所以才會比較低調一些，詩哲和慧琳也是事後才得知這些消息。公寓裡的聲音宛如劇場般很容易擴散傳播；樓上的住戶要是有小朋友在奔跑，家裡的燈具就會開始搖晃；在浴室裡也可清楚聽見隔壁住戶的臥室傳出的對話聲；每當分不清是從樓上還是隔壁傳來的爭吵聲和做愛聲響時，樓下就會有一名不曉得實際年齡是幾歲的孩子突然開始哇哇大哭，接著就會聽見哄孩子的聲音和樓下夫妻互相鬥嘴的聲音。

有幾次是慧琳比詩哲早歸的時候，樓下住戶男子還直接找上門，一開始慧琳還幫他開門，但是由於一見到面他就開始朝慧琳咆哮，所以後來慧琳就開始假裝不在家，儘管如此，那名男子還是不停地敲門，要是詩哲在家，絕對會和對方起衝突。慧琳不知從何時起，臉上開始掛著憂愁不安的神情。其實慧琳的樂天和處事圓融的性格，是因成長過程中鮮少遭受到他人的攻擊而形成，所以一旦遇到具有攻擊性的對象時，就會毫無招架之力，看似輕易就遭受打擊。慧琳下班後索性也不直接返家了，而是在醫院大廳裡等待詩哲，她也刻意去報名補習英文，明明她的工作根本不需要用到英文，補習完後還會在醫院大廳裡閱讀英文雜誌，等待詩哲下班。詩哲看著這樣的慧琳，心裡很難受，但是另一方面他也可以理解。

「他們難道真的不曉得不是我們的問題嗎？」

「就是啊，我們又不是他們的敵人。」

兩人躲進了搭在床上的保暖帳篷裡，順便節省暖氣設備費用，正當兩人都在靜靜地滑手機時，偏偏樓上可能是有一大批客人來訪，嘻笑的說話聲一直沒有間斷過，**這些聲音會不會連樓下都能聽到呢？應該會吧？**慧琳和詩哲如坐針氈。

砰、砰！樓下開始出現聲響了，就在正下方，詩哲和慧琳可以明顯感受到正下方在震動，震動間隔時間不固定，彷彿是有人朝天花板拋出籃球或者用某種厚重的東西敲打天花板的聲音，聲音之間還穿插著謾罵。

慧琳開始眼眶泛淚，詩哲正打算起身換件衣服衝下樓去找人理論，卻被慧琳攔了下來。

「我們搬家吧。」

「啊？我們住進來還不到六個月耶。」

「可是我覺得不能再這樣下去了，搬走吧，就算有搬家費或仲介費都還是搬吧。」

「好啊，我們搬家吧。」

兩人相依而臥，儘管是在保暖帳篷裡，兩人依舊緊緊勾著彼此冰冷的雙腳，用智慧型手機裡的計算機計算著不在預料之中的花費。

「幸好我們不是直接買這間房子。」

原本皺著眉頭的詩哲因為慧琳說的這句話而笑了。

「你慶幸的事情還真多。」

「你想想看那些買到這種房子的屋主會有多嘔？」

「就是啊。」

詩哲覺得有點悶，就算打開暖氣設備，熱氣也都會流散到室外，所以只能搭著這種該死的保暖帳篷生活，他實在很想起身一把折斷這個帳篷，但還是強忍住這股衝動。不過他更想要把剛入睡的慧琳吵醒，問她說，要是我們以後也變成那樣怎麼辦？變得會去對無辜的人生氣……。要是我們在這不公不義、不合理的世界裡，身心俱疲、感到厭世的話怎麼辦？

「希望妳可以回答我『不會的』。」

「嗯？」

「我們不會變成那樣的。」

「嗯。」

慧琳在半夢半醒間語帶含糊地回答了詩哲，她臉上早已不再有哭過的痕跡。詩哲輾轉難眠，他計算了一下還剩多少時間可以睡覺，只不過愈算反而愈清醒。

樓上的住戶又有人在大聲歡笑，樓下則是再度傳來敲打天花板的砰砰聲響。詩哲從保暖帳篷裡好不容易爬了出來，然後從床頭櫃裡拿出兩副耳機，幫開著睡眠輔助應用程式睡著的慧琳戴上。耳機裡播放的是輕音樂和流水聲，慧琳似乎不是很想戴，把頭轉向了另一邊，但是詩哲認為再怎麼樣應該都比被鄰居吵醒來得好，所以還是小心翼翼地幫她戴上了耳機，然後自己也戴好耳機躺下。他不是很滿意這種流水聲，於是重新打開手機，從清單裡點選了一首「都市白噪音」，他覺得有點好笑，明明就住在都市裡，卻還要選擇都市白噪音。

模擬出來的白噪音很柔和，那是去掉了攻擊性的噪音。

◐李秀卿 蒐集保險套的收集癖女子

秀卿在心中自嘲著那天坐在那裡的自己，簡直和定期去做身體檢查沒兩樣。她那天是坐在婦產科診間外，朋友正在裡面接受人工流產手術，秀卿翻閱著雜誌靜靜等待，這已經是她陪同前往的第四位朋友了，早已見怪不怪。

朋友們都是在這種時候——被突如其來的懷孕嚇得驚慌失措時，來找秀卿。雖然秀卿相信世界上某個角落一定會有男人願意陪同女人去做人工流產手術，但是很不幸地，這些朋友偏偏都沒能和這種男人交往，所以才會輪到秀卿陪同前往。秀卿其實不需要特別做什麼事情，只要一起去醫院、等待手術結束、帶朋友回家即可。她認為自己有被朋友視為遇到困難時會想到、值得信賴的朋友也不錯，但是到了第四名友人向她提出陪同需求時，秀卿心裡不禁感到一陣煩悶。

明明避孕就不是多困難的事情，秀卿的周遭友人個個都能承擔比避孕還要困難百倍的事情，然而避孕失敗的例子卻屢見不鮮……一定是文化上的問題。難道是缺乏性教育？或者是情侶之間的權力失衡？被酒精害的？抑或是成人影片裡老是省略避孕過程所致？秀卿已經思考了好幾年，卻遲遲未能找到答案。該不會大家都只顧享受激情的前戲而忘記要避孕吧？應該不會是如此。好險秀卿在避孕這件事情上從未失誤過，可以說是萬無一失，她偏好由男方戴保險套，因為至今尚未看過因保險套破裂而釀成不幸的新聞。像秀卿的狀況是因為本身體質對避孕藥過敏，所以只能仰賴保險套，否則吃完避孕藥以後都會被嚴重的噁心感折磨，總不能為了享受那十五分鐘的歡愉而每晚都嘔吐吧，再加上保險套還能預防性病，像秀卿之前就曾收過前男友的來信，內容是「最近過得好嗎？我被醫生檢查出有淋病，妳最好也去檢查一下。」自此之後，秀卿就變得更加信賴保險套。

聚胺酯。

聚胺酯是很棒的材質，如果可以，秀卿甚至很想要每見一名朋友就發一片聚胺酯材質的保險套給她們，雖然有些人主張戴保險套會減低性愛快感，但是聚胺酯材質的保險套可以做到〇．〇一毫米的薄度，基本上就和沒戴套沒兩樣，不會有太大的差異，該不會下一個世代的保險套還出到小數點後三位數的薄度吧，秀卿滿心欽佩地關注這點，人類果然會被科學拯救。

秀卿都是親自購買保險套，她會趁藥妝店推出折扣時購買，比較難取得的新品也會透過海外郵購的方式購買。正因為秀卿如此熱中於保險套，她的歷任男友也都是透過她才得知原來挑選保險套是一件充滿樂趣的事情。她還發生過一件令她哭笑不得的趣事，就在最近一次搬家時，蒐集在蜥蜴存錢筒裡的保險套竟散落一地，秀卿若無其事地將那些保險套撿起重新放進存錢筒裡，但是男友當下簡直不敢相信自己的眼睛。

「我只用日本貨耶，這些美國貨是怎麼回事？是和誰一起用的？」

其實在那瞬間不應該笑場的，但是秀卿實在難掩笑意……最終雖然有哄一下男友，但是對方還是悶悶不樂，害她花了好一番功夫幫男友消氣。但她一點也不感到抱歉，秀卿是屬於自認不需要道歉的事情，就絕對不會低頭認錯的類型，沒有人教她要這麼做，是她自行培養出來的判斷能力。總而言之，大韓民國的性教育可說是徹底的失敗，因為都在誤導民眾，面對該抱有羞恥心的事情竟大言不慚，而不該抱有羞恥心的事情卻畏畏縮縮，真是個得不到聚胺酯保險套的好處作為福報的國家，好歹也要做一首曲子來唱才對，「保險套是好朋友，只要有它就不怕。」

醫院裡的雜誌都是好久以前的雜誌，秀卿放下手上那本勉強翻閱了幾頁的雜誌，由於雜誌實在太老舊，周遭那些光鮮亮麗的物品也都因此而顯得黯淡無光。秀卿把背深埋在等待區的沙發上，她想起了家裡那鍋煮好的海帶湯，準備等朋友一出來就直接搭計程車回家，兩人會一起喝著熱騰騰的海帶湯，朋友今天也會在秀卿家住一晚再離開，秀卿甚至設定好暖氣設備開始運作的時間。

從恢復室裡出來的朋友，聽完醫護人員交代的注意事項後便去藥局領藥，然後再和秀卿一起搭上剛好抵達的計程車，朋友滿臉憂傷，要獨自經歷這種不必要的事情自然是很難過的吧，秀卿暗自心想。人們都存有未發生的事情終將不會發生的僥倖心態，她相信朋友過去一定也是如此。

「不知道寶寶長什麼模樣。」

「他還不到十公克耶，怎麼可能有長相，應該只是像一條小魚一樣。」

「我應該會一直好奇下去吧。」

秀卿認為，這份好奇心是屬於朋友的隱私，與她無關，她最主要關心、在意的是朋友的身體、朋友的決定與人生，她甚至已經做好準備，假如有人對她的朋友指指點點，她就會像中世紀的騎士一樣，手持長槍飛奔過去正面迎戰，但是實際上秀卿能夠幫得上忙的事情十分有限，只希望友人的憂傷不是來自於受到從小到大新聞媒體報導的影響。

抵達家中以後，秀卿把最舒服的那張椅子讓給了朋友，並去了一趟她家對面的肉鋪，買了一塊漢堡排回來，她打算放進烤爐裡烤，再用快要發芽的馬鈴薯製作馬鈴薯沙拉，那些馬鈴薯都是她母親寄給她的。

「妳知道上一代的女人有很多都做過人工流產手術嗎？」

秀卿一邊說著，一邊把那鍋海帶湯放在爐子上重新加熱，另一邊的爐子則放上了一鍋開水準備煮馬鈴薯。

「是嗎？」

「聽說有很多都是結婚以後去做的，我媽也是在生我之前拿掉過一次孩子，生我之後又拿掉過一次。」

「為什麼？」

「因為日子過得太苦，或者因為覺得我爸不可靠、想要生兒子等……每次問她都會有不同理由。」

「也是。」

「我也是在去年做過一次和妳類似的手術，因為我的子宮長了息肉。我的息肉可能還比較大喔，但就只是個簡單的小手術，和妳做的那個手術幾乎一樣。」

「唉，我也不知道這樣做對還是不對，其實也可以和男友直接結婚，補辦完婚禮就把小孩生下來養。」

「以你們現在的情形？這我可沒把握。」

「妳覺得我會和他分手嗎？」

「誰知道呢。」

「通常都是在這種時候分手嗎？慢慢漸行漸遠？還是立刻分道揚鑣？」

「應該不會有這方面的統計資料喔！總不可能有人問：『情侶進行了人工流產手術，

接下來的結果會是：分手？白頭偕老？』比起這種於事無補的問題，不如思考一下，要是以後再和另一半無法達成避孕共識，那麼就該懷疑這段關係是否已經出現問題，或者早已看不到未來。」

也許是秀卿說得太直白，朋友的臉有點脹紅，覺得自慚形穢。**難道就對自己這麼沒自信？還是這段關係已經糟糕到需要靠這種不確實的避孕手法才能維持？**

「要是覺得對方不可靠就自己吃藥，或者乾脆在身體裡植入避孕器。」

「我是不是也應該裝一個？」

「我看醫生滿親切的，妳不妨問問他。」

電子飯鍋說著一些不必要的臺詞並開始煮飯，朋友換上自己帶來的睡褲可能還是覺得有點冷，秀卿拿了一條毛毯出來幫她蓋上。

「妳連毛毯都是蜥蜴圖案啊？看來妳真的很喜歡他嘍？」

「他雖然是一隻蜥蜴，卻是男人中的男人，紳士中的紳士！」

「是嗎？他是出現在哪裡的角色？」

「童話故事和動畫裡都有。」

當秀卿在翻動著滋滋作響的漢堡排時，朋友已經開始出現睏意。秀卿思索究竟是讓食物先放涼一陣子，還是先把朋友叫醒，吃完再去睡，最後她決定選擇後者。海帶湯煮得很清淡，沒什麼味道，飯鍋裡的米則是水加多了，煮出來的飯有點軟爛，馬鈴薯沙拉就只是很普通的沙拉，要是冰冰的應該會比較好吃，問題在於還不夠冰，只有買回來煎烤的漢堡排不錯吃。秀卿夾了一塊漢堡排給朋友。

「妳怎麼都不吃？我現在才發現妳的臉頰好像消瘦了一些耶。」

朋友這時才發現秀卿的臉部變化。

「因為我有打輪廓注射的針啊。」

「原來如此。打那種針好嗎？」

「只要五萬塊就能讓臉變小，但缺點是一個月會來三次月經，差點沒把我累死。」

「是喔？」

「所以我當時天天吃肉。不過話說回來，妳是不是不愛吃肉啊？因為妳家有養狗所以不常吃肉對吧？」

朋友脹紅著臉回答：

「哪有，我吃很多肉欸！和我們家的狗一起，我們吃超多肉。」

朋友似乎想起了家裡養的狗，以及一起與狗狗共度這個夜晚的父母，當初秀卿會把她帶來自己家裡也是因為如此。秀卿決定播一些音樂，於是打開壁掛式的小型藍芽喇叭，不久後朋友的男友打了通電話過來，秀卿刻意迴避，好讓他們好好講電話，只不過在空間狹小的家裡，就算迴避也避不到哪裡去。

講完電話的朋友拿起書櫃上的蜥蜴存錢筒，讓它隨著音樂在餐桌上舞動，那罐蜥蜴存錢筒裡面是空的，看來秀卿收藏的那些寶物都已經移放到其他地方了。

「聽說有一項統計指出……」

秀卿開了個話題。

「什麼統計？」

「有百分之九十五的女性並不會感到後悔。這項調查是在事隔多年後再詢問當事人的，只有百分之五的人表示後悔當初墮胎的決定。」

「妳是在哪裡看到的？」

「網路上。」

「那看來是不錯的統計。」

「是啊，是不錯。」

「可是如果我就是那百分之五的話怎麼辦？」

「不知道耶。」

「要怎麼知道自己會不會是那百分之五呢？」

「可能要等事隔多年後才會知道吧。」

「等到那時候我知道自己有沒有後悔，再跟妳說。」

「好喔。」

也許朋友根本不會告訴秀卿，秀卿也會徹底忘記這件事，不會繼續追問。就算過幾年後，透過彼此的眼神發現了足以聯想到今晚的任何線索，彼此也會假裝沒這回事，沒什麼大不了的事情，也要用若無其事的方式將其遺忘。

「我想要出去走走。」

「外面滿冷的耶。」

「無所謂。」

兩人決定出去散個步，她們往施工許久才剛完工的一座公園走去。天空下起了遲來的一場雪，走著走著，她們來到了橋墩底下，雖然來的一路上都下著雪，但是兩人所站的橋墩底下的地面卻是乾爽的，彷彿只有那片地板被施了魔法般與世隔絕，前後則形成了一大片的雪花布簾，美不勝收。那一年雪景很少見，兩人都像個孩子一樣，雙頰通紅地乖乖站在原地賞雪。

「這裡好酷喔，簡直就像……」

朋友一直在腦海裡搜索著適當的詞彙。

「宮廷舞廳？」

水泥拱頂看起來真的宛如宮廷舞廳，朋友聽聞秀卿這句無厘頭的話，不禁笑了出來，秀卿則是毫不在意地跳起兩人小時候一起學過的民族舞蹈，當初是在運動會上半強迫表演的，如今在這樣的情境下重新起舞，別有一番滋味。朋友也跟著秀卿開始手舞足蹈著。

她們就像天真活潑的孩子，在雪花間拍手旋轉，然後擁抱彼此。

李秀卿 /////

#357

○● 徐連模 喜歡蓋房子的工讀移送技師

連模在父親住的醫院裡找到了打工機會，那是他從來都沒聽說過的工作，是住在同一區的哥哥介紹給他的。

「其實就是一整天都在推病床，你只要做兩個月，根本不需要去報名什麼健身房，手臂馬上就會練出肌肉。」

的確，這不是什麼誇大不實的玩笑話，因為打從第一天上班起，連模看見的移送技師各個都有著誇張的手臂和肩膀，也不曉得是因為肌肉特別發達所以使得袖口看起來很緊，還是為了凸顯自己的手臂肌肉線條而將袖口改小，總之清一色身穿天藍色制服的技師們，衣袖都顯得非常緊繃，再加上休息時間還不停做伏地挺身等運動，使連模嘆為觀止。連模看了看自己的身體，深感羞愧，因為整天只有埋首苦讀，所以不僅肌膚白皙，甚至毫無肌肉可言。所幸這份工作的運作模式是有數十人不停輪調，所以彼此並不熟悉，也不會有人特別注意連模，所以還不至於會感到不自在。連模平日還要上學，所以他一週只能來上兩天班，一天是平日晚間，一天則是週末晚間，他的工作內容主要是收到呼叫以後急忙將患者帶到診療室，如果診療室有提出協助需求則幫忙完成，然後再把做完檢查的患者重新送回病房。有時會整天呼叫不停，有時則是病患檢查時間較長，中間還要去接其他病患，所以忙得不可開交。這不僅是體力活，推病床也是一種極需技巧的事情，在路面光滑的醫院走廊裡來回穿梭、轉彎，還要在斜坡路段調整推行力道，一開始因為欠缺技巧，所以都是單靠蠻力控制，結果病了好幾天。當時他還有在做家教，雖然依照時薪來看，家教是比較賺錢的，但是如果論工作內容本身，還是移送技師比較有趣，因為感覺自己彷彿有身穿天藍色制服的血液細胞，像那種知識學習漫畫裡配合著進行曲，邊跳舞邊向前行的細胞。除此之外，連模之所以比較喜歡這份工作，也是因為運動身體的同時也能順便刺激大腦，整晚來回穿梭在醫院走廊時，連模也想到了許多不錯的點子，儘管他才剛上大學一年級第一學期，還沒有能力將那些點子具體化實現。

連模的父親一直以為兒子是因為從小耳濡目染，而對建築產生興趣，才會走上這條路，所以深為自責。但事實並非如此，在連模的成長過程中有發生過許多次小契機，舉例來說，國中時期他就曾在一項「蓋一棟自己將來想住的房子模型」比賽中獲獎，當其他同學還在吃力地蓋出那些方塊般的房子時，連模已經能蓋出從頂樓陽臺蒐集雨水，並用來灌溉牆面上的植栽，以及一種看起來像魚缸又像樂器、充滿未來感的房子。

「看來你將來會是一名建築師喔！」

連模聽完老師的稱讚害羞地笑了。

「可是就算這個模型做得再好，也不代表能蓋出真正的房子。」

老師沒有跟著他笑。

「不一定喔，我看你將來很有可能會成為一名建築師。」

連模的模型住宅在學校一樓玄關大堂上展示了整整一個月，他明明可以向家人炫耀這件事卻沒有這麼做，因為他認為對自己炫耀才最有趣，甚至就連學期結束後拿回那棟模型住宅時，他也沒有選擇帶回家中。

「我想要這個，這好好看。」

心儀的女同學向連模表示想要這棟模型，他毫不猶豫地送給了對方，畢竟這種模型對於連模來說，是隨時都可以再做的。

除此之外，外公家的改建工程對連模來說也帶來很大的影響，連模很愛外公外婆，但是每次只要一想到要回鄉探望他們，就會使他備感壓力，因為老舊的農家住宅光是秋天就冷到鼻子凍僵，牆壁則是泛黃斑駁，分不清是壁紙花紋還是黴菌，水道設施更是一團糟，若要洗澡還要跑去公共澡堂，解便則要用鏟子先在地上挖個坑，等解完再用石灰將其覆蓋掩埋。

連模是一九九七年生的，鮮少有機會經歷如此缺乏現代衛生設備的生活。他雖然很愛他的外祖父母，但是每次只要一到鄉下，就又會令他想要折返回家。

問題出在外公外婆的健康開始惡化以後，他認為再也無法讓兩位老人家住在那樣的家裡，為了改建房屋，母親的兄弟姊妹們開始盡自己所能拿一些錢出來，但是由於每個人的經濟狀況都不是很好，所以也沒有籌到多少錢，那時連模想起了在建築雜誌裡看過的年輕建築家團隊，他們將廢棄的貨櫃拿來回收利用，用低成本打造出美麗又舒適的農家住宅，那是他在書店裡站著閱讀雜誌時看到的內容。他找到了那則報導給母親看，結果大人們還沒彼此商量，就全數舉雙手表示贊成這麼做。連模每個禮拜都會跟著父母回外公外婆家，老屋翻新的時間沒花很久，連模甚至趁爸爸不注意，偷學那些工具的使用方式，他覺得很有趣，外公外婆雖然一開始對於比想像中還要前衛的房屋設計感到有些驚訝，但最終都還是慢慢適應，情況也漸入佳境，畢竟世界上沒有人會討厭溫暖又乾淨的房子。

隨著這些經驗一次又一次地累積堆疊，也成了決定連模選填志願的重要因素。

「竟然不想著進大公司幹大事！」

雖然父親經常這樣罵他，但他打從一開始就沒有要過父親希望的那種上班族人生，更何況，最近沒有一個人可以在大公司裡待一輩子，所以倒不如從一開始就在夾縫中求生存。美麗的夾縫，專屬於連模的夾縫一定在某個角落。好想蓋個小房子。連模心想。

某天凌晨，他把醫院裡的患者送去診療室然後在外等待時，電視上剛好出現一名歐洲學者在講述韓國建築，結果連模聽完他的分析以後不禁笑了出來，節目中播放著由教育電視臺錄製的該名教授出席某場論壇時所進行的演講，他頭頂光禿、留著大鬍子、身上穿著起毛球的毛衣開口說道：

「我很喜歡韓國，人們都很親切，食物也很好吃，不過建築物就……實在是……噗！」

他最後那聲「噗！」包含著許多情感，連模完全能感同身受。他後來一個人在四下無人的長椅上，模仿著那名他不熟悉的外籍教授，噗！是啊，的確只能用「噗」來形容。他的意思其實是韓國並非沒有美麗的建築物，問題在於一般人生活、工作的普通空間，都沒有考量到美感的問題或是生活質感的問題。就算增加再多華麗的打卡景點，大多數的人如果是生活在如實呈現著資本主義的膚淺與醜陋的空間裡，那麼長期下來，這種美感還會影響其他領域。雖然最後這名教授語帶安慰地表示，韓國是快速變遷的國家，而且目前景觀也早已開始改變，但……這位教授應該只有去過首爾或其他大城市吧？要是遠離市中心，不知道又會看到多少煞風景的建築。連模把頭倚靠在牆上，合起眼睛思考，他感覺到後腦勺是靠在一片冰冷粗糙的牆壁上，很不舒服。綿延不絕的杏色公寓和老舊斑駁的紅磚聯立住宅，在那之間的夾縫中一定有連模苦尋已久的地點、專屬於他的夾縫。在胡亂加蓋的醫院與時時刻刻更改結構的迷宮裡徘徊，其實也具有某種特殊的學習效果。「這裡是我的地下城，只要通過這座地下城……」連模獨自在深夜低喃。

太陽升起，當連模準備下班之際，平時會互相問好的一名移送技師前來向連模搭話。

「等會兒有事嗎？」

「什麼時候？」

「傍晚時。」

「沒什麼事。」

「那我們有個聚會你要不要來？」

連模回家補了眠，下午去學校上完課以後，晚上便前往赴約地點。他原以為這只是移送技師的聚會，沒想到抵達現場以後才發現，連醫院服務專線的女職員們也在場，換言之，醫院裡最年輕的男女團體統統都聚集在那間餐廳裡，兩團展現出平時不太容易看到的青春活力的一面，因為沒有人會正眼瞧移送技師一眼，而服務專線人員則是只以聲音存在那般。不論如何終究還是發現了彼此，連模對於上了大學之後才開始學習的人體以及對人體的發現，又有了一次新的理解。

連模默默坐了下來，他原本是不太會感到害羞的人，但是面對這麼多人仍不免還是有些尷尬，他的雙手無所適從，只好開始用餐巾紙摺天鵝。

「喔！也摺一隻給我吧。」

坐在對面的人向他說道。

「你們兩個可以認識一下，芝恩也是大學生喔，目前休學中。」
坐在芝恩旁邊的人突然插話。
芝恩看起來也對於出席這個場合感到有些陌生、無聊，應該是才剛上班不久，還不太能融入大家。
「妳是從什麼時候開始來這裡工作的呢？」
連模問道。
「上個月開始的。」
「我也差不多是在那個時候加入的。休學以後覺得怎麼樣？」
「我可能會直接辦理退學，不回學校了。」
「為什麼？妳現在是停在大幾呢？」
「大三下……」
「妳不想再讀那個科系了嗎？」
「嗯，不喜歡了，想做點別的事情。」
「比方說？」
「我想要參加聲優考試，應該……很難上吧？」
「不會啊，妳的聲音很好聽。」

芝恩聽了，靦腆地笑了，這應該是連模第一次成功把成人女性，而且還是比自己年紀大的姊姊逗笑。緊接著聚餐活動來到了喝酒遊戲環節，這也是屬於成人的遊戲，連模突然感覺自己真的不再是未成年了，有點神奇，但也很快就適應了。旁人似乎感受到了兩人有些曖昧的氣息，玩遊戲獲勝時便指定芝恩。

「去親連模的臉頰一下。」

芝恩沒有排斥，用雙手一把捧住了連模的臉，但是她的動作不帶一絲異性之間的曖昧，反而像是把連模當成弟弟一樣對待，害得連模有點心理受傷。芝恩乾燥溫暖的嘴脣，在連模的臉上貼了一下便離開了。

「哇，你的皮膚好像嬰兒喔！完全沒有毛孔耶。」

芝恩故意逗了一下連模。

聚餐結束後各自返家時，兩人原本是往不同的方向回去，但是連模跟在芝恩後頭走了一陣子。

「不能給我電話嗎？」

「嗯，不行。」

「是喔，好可惜。」

連模很想要說點什麼——說一些讓芝恩可以對他留下印象的話。

「就算妳已經不喜歡當初一開始喜歡的東西了，只要繼續尋找下一個就好。」

雖然連模嘴巴上是這麼說，但他自己其實也不太曉得這番道理，因為通常已有自己真正想做或喜歡做的事情的人，往往都不知道自己有多幸運。

「謝謝你這麼說。」

芝恩轉過身來，一臉「算了，給你吧。」的表情，這次她沒有再用對待弟弟的方式，反而認真地親吻了連模的嘴唇，然後對他比了一個「別再跟著我了」的手勢便轉身離去。連模站在原地看著芝恩的背影好一陣子。

這其實是連模的初吻，他的內心彷彿有一百隻天鵝同時從水面上展翅飛翔。

「我們會再相遇……」連模用半信半疑的口吻說著。

李東烈

為囚犯看診的監獄醫生

東烈每天都騎著一輛老舊的腳踏車上下班，本來不曉得那輛腳踏車的主人是誰，但是幫忙介紹公務員宿舍的員工說可以騎，所以東烈就開始拿來使用。公務員宿舍距離監獄只要騎腳踏車十分鐘便可抵達，走路的話大約需要二十五分鐘左右，雖然坐墊很高、車體老舊，但仍提供了莫大的幫助，因為假若每天來回要走五十分鐘一定很無聊，幸虧有這輛腳踏車，東烈才得以用相對輕鬆的心情通勤。

「監獄不可怕嗎？感覺會很危險。」

和東烈一樣是公共衛生醫師的同梯友人在電話中問道。這名朋友目前是在江華島附近小島上的保健所上班，要從江華島再搭很久的船才會抵達。他似乎是滿容易感到孤單寂寞的人，雖然他每個週末都會想盡辦法逃出那座小島，但是倘若碰上風浪較強的情形，就會被困在小島上出不來。

「那裡其實沒有想像中那麼可怕，倒是氣氛有時有點緊張，但監獄看守者都會隨時介入，即刻救援，機動巡查隊也能神出鬼沒，都不曉得他們到底是從哪裡即時趕來的。」

「原來如此，我會不會也比較適合監獄呢？這裡實在太無聊了。」

「但你可以用手機啊，我這裡是手機根本拿不回來。」

「我前陣子還以為你故意不接我電話呢，欸，保持聯絡這麼難，那要怎麼辦啊？」

「所以我只要一有時間就會去員工健身房做運動，我看那些囚犯也都在拚了命地運動，大家一起鍛鍊身體。」

「哈哈，這是正確的選擇。」

雖然東烈說得如此輕描淡寫，但其實東烈非常忙碌，因為一上班就會看見診療室的桌上，堆積著一大疊各種這裡痛、那裡痛的看診申請單，那明明不是一間大型監獄，受刑人也只有五百人左右，但是看診申請單居然多達一百張，難道疾病發生率高達百分之二十嗎？東烈一開始還摸不著頭緒，如今則是光憑看診申請單就能分辨出誰是真病、誰是裝病，因為有太多看診申請單都寫得一副自己已經奄奄一息的樣子，但是等他們真正被帶來管區看診時，就會看見多數都只是無病呻吟，他們其實另有目的，假借一些不實的病名跑來看診而已。有些是為了走出狹窄的牢房透透氣、伸展一下筋骨，有些則是為了想見見管區裡的員工，反映自己的物資不足或要求協助解決問題，此外，想要利用裁判醫療紀錄的人也層出不窮，有些囚犯更是為了看能否搬移至收容環境更佳的醫療大樓，或是藉著到外部醫院求診而出去放風等，每個人都隱藏著各自真正的目的，不厭其煩地更改病名填寫看診申請單，也因此，東烈花了不少時間與心力去釐清到底誰是真的生病不舒服，最終，他記下了所有放羊的孩子姓名以後，工作就變得愈來愈得心應手。

止痛藥、痠痛貼布、香港腳藥膏等，只要是能用一般成藥解決問題的患者，東烈就會先處理，每天親力親為，幫三十名左右的囚犯看診。他先針對已定罪的囚犯進行巡診，然後另外再幫未定罪的囚犯看診。由於這個地方沒有看守所，所以那些未定罪的囚犯也都被關在監獄裡，只是被另外關在別棟建築物裡罷了。這五百名囚犯當中，有三十名左右是女受刑人，但她們不屬於東烈的看診範疇，女囚犯是由科長和女護士另外看診。

這裡最常見的病症是感冒和皮膚病，夏天則是以結膜炎，冬天以凍瘡問題居多。監獄外十分罕見的皮癬也在裡面傳染了三次，為了防止細菌蔓延，東烈煞費苦心，再加上所有人都熱中於運動，所以整形外科相關的疾病也從未間斷過，外加他們只要一言不合就會用鍛鍊出來的強健體格相互衝撞，所以偶爾也會有人受傷掛彩，但不會像電影裡演的那樣每天出現流血事件。最令東烈感到頭痛的是失眠症和精神科疾病，由於在那裡不允許開精神藥物處方給囚犯，所以很難控制病情，要是沒有外面的精神科醫師前來義診，東烈應該會更辛苦。精神科、眼科、皮膚科、泌尿科醫師都曾前去義診過，東烈經常思考著關於人類的善與惡，有人是因為犯罪而被囚禁在這裡，有人則是為了盡一己之力而來，人類真是個複雜的存在。尤其當科長在分享女囚犯的事情時，東烈也會思考關於監獄裡五百名囚犯當中有四百七十人是男性這件事，是否能用科學來做說明。正因為身上沒有手機，所以他在休息時間，才有閒情逸致去思考這些事情。

東烈故意沒去翻閱囚犯的犯罪事件概述，因為他擔心自己會對患者產生先入為主的偏見，儘管這些資料都可以直接用電腦點閱，但他還是努力克制自己不去點開來看。

「話說，上禮拜那名外耳道炎的患者為什麼不申請看診呢？要是不做後續治療，情況應該會惡化。」

那是一名因慢性外耳道炎導致外耳道滿是痂皮和化膿的患者，明明不該停止治療，但他卻沒有申請看診，透過監獄看守者通知他再來接受治療，後來也被他婉拒。正當東烈感到不解地喃喃自語時，護士用一副理所當然的口吻說道：

「因為他是死刑犯啊，死刑犯幾乎都不會申請看診，上禮拜他會來接受治療，應該只是因為實在痛到難以忍受的關係。」

的確是如此，一名年歲已高的死刑犯不僅拒絕每年實施的健康檢查，就連看診也是打死他都不願意申請，後來他的病情惡化，一名職員還特別拜託東烈去幫這名死刑犯看一下身體狀況，東烈答應了對方，甚至都已經走到了那間牢房，最後卻連腳都沒踩進去，因為他被這名死刑犯躺著嘶吼咆哮的聲音給震懾住。

「那……您今天還是先休息吧，我明天再來。」

「不准來！滾！都給我滾！」

死刑犯對著準備離開的東烈後腦勺瘋狂飆罵，原本是因為擔心他會引發癲癇而先暫時撤退的，結果沒想到碰巧這位老人就在那天晚上過世了——他吃晚餐時突然無法呼吸，緊急移送到醫院搶救，最終在凌晨宣告不治身亡。根據國立科學搜查研究院的解剖結果報告，老人是因窒息而死，因為沒有足夠的體力將誤入氣管的食物咳出來。他居然是在連吞嚥的力氣都沒有的狀態下，對東烈爆那些粗口，東烈還有點回不過神來，甚至還有點自責是不是應該不畏老人的抗拒，堅持進去幫他看診，雖然他曾經殺過人，而且也許殺過不只一人，但對於東烈來說，他就只是一名普通的病患。

由國家來負責受刑人的身體健康，其實也意味著即使是罪大惡極的殺人犯，國家也不會放任他在監獄裡生病或死去，這樣的制度總是令東烈感到安心，因為這表示人們不容易關注的角落其實也有系統在運作，人權至少是在某條底線下依然存在的。由於監獄裡的囚犯在法律上是屬於無法享用健保的族群，所以也不需要負擔健保費用，但是一切的診療費用其實都是由國家、由法務部的預算來支付，雖然有些囚犯會想要濫用這樣的資源，乘機治療自己的椎間盤突出或痔瘡問題，而對東烈糾纏不休，但東烈認為至少還能讓他們有機會投機取巧，有總比沒有來得好。

「我可能再也看不到我們家老二了。」

因慢性心臟衰竭而最近常跑來看診的囚犯說道。

「第二個孩子嗎？等他再大一點應該就能來看你了吧。」

東烈煩惱著這名囚犯的全身浮腫問題該如何治療，所以隨口應付了一下。

「他才剛出生不久，但好像得了滿嚴重的病。」

「是喔……」

「我看不是我先死就是他先死，我們應該再也無法見面。」

東烈感受到自己面對這些人事的情感並不是同情，他最近不太想要輕易地將自己的感受貼上標籤，當他看著殺害青少年的男子思念著自己生病的孩子時，東烈明顯感受到腹部深處有一股潮水不受控地在搖晃，那種不舒服的感覺與其說是情緒，更近似於消化不良。一開始前幾週他還有想要試著努力消化看看，但是現在他知道自己不可能辦到，也許要等公共衛生服務期滿離開這裡，事隔多年之後，才有辦法消化完畢。東烈對此無動於衷，只有苦思著如何讓這些受刑者維持在能夠撐到刑期屆滿為止的身體狀態。

不過有一次是真的把他徹底惹毛，一名建設公司老闆因收受賄賂而被關了進來，他一進來就在新人檢查時說自己罹患失智症，所以要求獄所幫他安排入住大學附設醫院，從他帶來的診斷書來看，應該是從檢察官開始進行調查以後，他為了想盡辦法規避刑責而住進大學附設醫院，以進行各式各樣的檢查，最後好不容易得到「推測有輕度認知障礙」的診斷證明，輕度認知障礙其實在學界也頗具爭議性，究竟該積極治療還是不需要積極治療，一直都是令醫生困擾的決定，但這名老闆一進到獄所裡就用眼下無人的高傲姿態提出住院要求，荒謬到讓東烈都看傻了眼。東烈有預感這應該會是個頭痛人物，所以拒絕了他所提出的需求。

隔天起，這位養尊處優的老闆便開始捏造各種症狀天天提繳看診單，根據其他員工轉述，他上午都在忙著提看診需求，下午則是一整天待在會客室裡和辯護律師有說有笑，也就是所謂電視新聞裡才會出現的「皇帝接見」。東烈雖然想一直忽略這名老闆提出的看診申請，但是感覺這麼做會害其他人被他糾纏，所以東烈偶爾也會刻意受理一下他的申請。

「醫生，我有幻聽。」

「可以麻煩形容一下症狀嗎？」

「耳朵裡會出現很嚴重的嗶——聲音，拜託讓我去大學附設醫院看診吧。」

「這不是幻聽，是耳鳴。」

東烈語帶冷靜地做了說明並開了一些藥物給他，然後請他回去，結果沒想到下一次他又以相同的理由填寫看診申請單，於是東烈在巡診時去看了他一下，也不曉得是不是有做過耳鳴和幻聽的功課，居然說自己開始會聽得到有人在說話。

「您聽到的是什麼聲音呢？」

「有一名公務員收受過我的賄賂，後來選擇輕生，我聽見了他的說話聲。」

然而這名老闆在描述這件事情時，臉上不帶絲毫自責的表情，甚至還嘴角上揚、睜著眼睛說瞎話，東烈對於這樣的他感到十分噁心，並認為惡人真的不會在自己臉上寫著惡人兩個字，因為監獄裡的受刑人個個都有著一張極其普通的面孔，外人要是親眼看到一定也會很驚訝。然而在那瞬間，這張不以為然地笑著訴說一個人輕生的面孔，對他而言是如此截然不同，如今東烈已經能分辨出惡人的臉，他相信自己一定會永遠記住那張臉，以及令他恨得咬牙切齒的表情。

「少在那裡演戲了，這渾蛋垃圾！」

東烈忍不住從座位上起身對這名囂張老闆咆哮，只是對方還是泰然自若，反倒是協助看診的其他看守者嚇了一跳，一名是二十五歲左右的護士，另一名是五十歲出頭的護士助理，兩人都已經是經驗豐富的資深老鳥了。儘管過去不乏遇過一些艱難的任務，但東烈在這兩人面前扯高嗓音倒是頭一遭。

「我把兒子送去美國留學了，他還不曉得我被關在這裡，他很快就要回國了，我想要在他回來之前，因病保釋出獄。」

這名老闆夾帶著油條的笑容對情緒激動的東烈說道，他彷彿是想要暗示東烈，以他的身分地位想要埋沒一名年輕醫師簡直易如反掌。東烈後來接連拒絕了好幾次他所提出的看診需求，最後不曉得他是怎麼辦到的，竟然請律師透過其他管道順利取得了因病保釋，但只有限期幾個月而已，最終還是被關了回來。重新關進來以後，他不再親自向東烈提出需求，凡事都會透過辯護律師向其他部門而非醫療科提出需求，東烈看著他持續以「皇帝接見」的方式會面，用當初入獄時扣押的金錢來收買其他受刑人讓自己過舒適日子，在監獄裡還是能仗著自己在外面的勢力耀武揚威，不禁感到有些惆悵。東烈最後一次看到他是在便利商店裡，他一手抓著雞腿啃食、一手拿著書在閱讀，東烈仔細看了一下他手裡那本書的書名，至少可避免以後閱讀到那本書，所幸那是一本東烈死也不可能看的邪教精神修養的書籍，使他頓時安心不少。

結束一天的工作準備返家，是最令東烈感到開心的時刻，雖然這輛腳踏車的重量跟東烈的體重有得比，且行駛速度極其緩慢，但是等騎上一段時間開始加速以後就會有風拍打在臉上，每當這種時候東烈都會覺得自己可以忘掉一切，不論是飽受打擊的事件、猶豫不決的煩惱、糟糕到無可救藥的面孔，或者是短暫感受到的痛苦等。

他將那輛腳踏車隨意停放，彷彿是在暗示誰想偷就偷吧，但是自始至終都沒有被人偷走過。

池蓮芝　坦然出櫃的女同志

蓮芝昨晚作了一場奇怪的夢，也許是因為剛好到了自己的生日所以才會作那種夢，整個房間裡都是不同年齡的自己，芝芝認出了五歲時的自己，還和七歲時的自己問好，看著已經忘記是幾歲的自己歪頭思索，然後再用熟悉的眼神看著四年前和去年的自己。夢裡有著相隔一年、不同年齡的芝芝出現，其中一名看起來比較像近幾年的芝芝，則端著蛋糕走到自己面前。

「吹掉蠟燭吧！」

「啊？我嗎？」

「當然，就是妳。」

芝芝在夢裡吹完蠟燭以後轉身尋找其他人，猜想著韓英或其他朋友會不會也來到現場，但是她沒看見任何人，只有好幾個不同時期的自己。

醒來時雖然沒有蛋糕但有海帶湯，不會煮飯的韓英買了牛肉和海帶回來燉煮，結果呈現海帶太多、牛肉太少的窘境，使得鍋子看起來已經裝不太下，但是整體來說還是沒有偏離海帶湯的範疇。韓英在廚房裡的模樣，活像個故障的機器人，笨手笨腳，但芝芝還是很感謝韓英用心為她準備的這頓生日餐。兩人的共同生活方式是芝芝負責料理、韓英負責打掃和抓蟲來分擔生活瑣事，職務分配得恰如其分。

「我們等晚上再來辦正式派對吧！」

「可是我明天還有隨堂考，是要辦什麼派對？」

「就只是簡單吃個飯而已，我把理鑠叫來無所謂吧？」

「嗯，叫他一起來啊。」

其實芝芝內心是不太希望把理鑠叫來，但她想想還是算了，因為她從前陣子就察覺到，韓英時不時會提起理鑠，而且談的都是芝芝會感興趣的話題。妳可別看理鑠那樣，他其實心思很細膩，理鑠的確滿有概念的，和理鑠在一起很自在，理鑠滿會弄那些的，理鑠說要不要一起去玩耶，理鑠他……芝芝認為這很像是韓英的暗示手法，雖然當初是因為很喜歡她那溫柔委婉的性格而成為好朋友，但是韓英顯然是搞錯了方向。芝芝對於理鑠老是用那種深情款款的眼神看她，感到很有負擔，**能怎麼辦呢，你們兩個就算多麼處心積慮地想要把我和理鑠湊成一對也沒用啊，我就是喜歡女生啊！**芝芝滿臉惋惜地看著兩人白費苦心。

芝芝一直都只喜歡女生，不只喜歡女人，還很慶幸自己是女兒身。她從國、高中就知道自己的性向，其實嚴格來說是從七歲就知道，後來上了大學以後又確認了一次，因為她發現自己對於那些想要接近她、認識她的男性真的毫無興趣，她暗自在心中下了一個簡單的結論：果然我是喜歡女生，便開始進行校內的性少數族群的社群活動。芝芝雖然沒有刻意對周遭友人公開自己的性取向，但也沒有刻意隱瞞，她早已做好隨時回答的準備，只是都沒有人問過她，而她也很享受無人好奇、探問的清閒，一直都沒有特別多做表示。

脫序，一直是芝芝家族代代相傳的處事風格。以父親這邊的家族為例，爺爺出身布商世家，但是突然以童謠作曲家成名，父親和兄弟姊妹則是為了參加大學歌唱比賽而上大學，然後將學業拋諸腦後，專門唱民謠和搖滾歌曲。幾年前，原本專攻古典音樂的表姊也突然轉換跑道走爵士樂，這件事情甚至躍上媒體版面，還成了一則滿受注目的大新聞。

而母親這邊的家族則是以行蹤不明的方式搞脫序，自從九〇年代初海外旅遊變得自由便捷以後，母親的兄弟姊妹就各奔東西，一家人也用極其消極的態度確認彼此所在位置，也許是遺傳到船長出身的外公所具有的性格特質，這些子女經常出國旅行，最後還以移民作為結尾。阿姨和舅舅們就像過度用力拋擲的骰子一樣，散落在世界各地，外公和外婆也沒有對此表示任何不滿，只有芝芝的父母是家族裡唯一沒搞音樂、住在國內的子女。但是自從去年芝芝向父母出櫃以後，兩人都以雲淡風輕的口吻說著：「早就預料到我們家一定也會有人搞脫序了，原來就是妳啊。」然後很輕易地就接受了芝芝是女同性戀的事實，反而害得芝芝覺得有點無趣。

「所以妳才要把頭髮剪成這樣啊？」

父親似乎只對這件事情感到好奇，主動詢問了芝芝。

「不是啦，這是因為高準熹。」

「妳喜歡高準熹那種類型的啊？」

母親接著問道。

「哪有什麼類型不類型的……每個人都有可能喜歡上誰吧。」

雖然芝芝沒有特別喜歡的類型，但她可以確定的是，韓英不是她喜歡的類型，她從來沒有把韓英當女人看待，因為兩人交情深厚，看待世界的觀點也很雷同，韓英身上有著一股從野蠻逃向文明的人才會具有的那種特質，不停強烈呼籲普遍人權。要是沒有和她同住在一個屋簷下，芝芝很可能會更早就對韓英坦承自己的性向也不一定，芝芝後悔著會不會就是因為住在一起而把一切都複雜化了，但她也覺得沒什麼好後悔的，畢竟當初是韓英先提議要一起分租的。當初芝芝沒有想太多，直接告訴韓英自己的租屋合約快要到期時，是韓英一把抓起了芝芝的手，因為韓英當時的表情十分緊迫，就算時間能夠倒轉回到那一刻，芝芝應該也會不忍心拒絕，要是再顧慮個幾天，韓英的臉上可能就不只是叉子的疤痕，還會出現更嚴重的傷疤也不一定。兩人是自從開始一起住以後才變得關係更緊密，韓英對於芝芝來說，是一輩子都想要繼續往來的朋友，所以她下定決心儘管韓英沒有主動開口詢問，也要趁還不至於太晚的時候向她坦承。

上課期間芝芝什麼也聽不進去，但是她的手還是自動地抄寫著筆記，她覺得自己活像個裡外都很光滑的機器，要是所有人都是這樣的機器該有多好，能在沒有任何誤會或因為誤會而產生的其他情感下傳遞資訊，要是都能同步化就好了。

那天只有最後一堂課是和韓英一起上的。

「我訂了Hell pit那間小酒吧。」

「那裡不是滿貴的嗎？」

「沒關係，我有錢。」

韓英總是把「我有錢」掛在嘴邊，看來是打工的地方沒有虧待她。

「也是，那裡的烤牛腸的確不錯吃。」

「這天氣最適合吃番茄烤牛腸了。」

「太好了。」

「嗯？」

「我剛好有話要對妳說。」

這間小酒吧的店名乍聽之下很像「Help it」，但實際看招牌會嚇一跳，因為是寫著「Hell pit」，店鋪位在老舊建築物的轉角處，整間店是以胡桃木家具和電燈泡布置而成，氣氛簡樸柔和，牆壁上還掛著哥雅畫風的地獄鋼筆畫收藏品。

「為何店名會取作地獄坑洞呢？」

這一直是芝芝好奇卻沒開口詢問的問題，結果理鑠幫她問了老闆。

「因為我希望大家不要忘記，儘管生活過得像是在地獄坑洞裡，但是和三五好友一起共享美食，仍是最快樂的事情。」

不太熱情卻很會做菜的老闆這樣答道。三個人因為還是窮學生而無法經常光顧這家店，但是每次去都吃得很開心，所以老闆都把他們當常客對待。

在鑄鐵鍋上滋滋作響的牛腸，當醬汁發出滾煮的聲音時，韓英遞上了生日禮物給芝芝，拆開來一看發現是一只手環，上面還掛有一個銀色的小鍊墜，分不清是兩棲類還是爬蟲類動物，雖然細節處理得不是很精緻，但還是很可愛。

「我也有一個喔！這是室友手環。」

韓英開心地捲起衣袖展示著自己的手環，芝芝則是開始說起自己準備已久、練習已久的那些話。芝芝對自己的說話聲感到很陌生，「我是同性戀，我從小就知道自己的性向，只是最近變得更明確，我喜歡女生，之前我不是說過我有加入性少數者人權社群網站嗎？但因為當時妳沒有繼續追問……所以我本來打算等之後再對妳說的，沒想到一拖就拖到了現在。妳不必尷尬，希望妳不要因為這件事而覺得尷尬，我是因為真的把妳當很要好的朋友，所以才……」當芝芝說到這裡時，她偷看了韓英一眼，韓英的表情無動於衷，但是身體卻向後傾斜了六度左右，看來她是嚇到了。

「謝謝妳告訴我這麼重要的事情。」

韓英說道，但她的身體依舊保持傾斜。

「啊，好險我聽完這麼重要的事情以後，沒說什麼蠢話。」

韓英喃喃自語。

「話說回來，妳說妳有進行社群活動對吧？我當初聽到的時候，以為妳只是基於好意支持這樣的活動而已，所以沒特別過問，還是我當時應該問問妳才對……我還真沒想過要問妳這個問題。」

「不，是我應該先主動對妳說的。」

這時店員剛好端來了麵包、牛腸和義大利馬鈴薯餃子，打斷了兩人的談話。

「啊！」

韓英尖叫了一聲。芝芝慌張地看著她心想：「怎麼了嗎？」

「哎呀，理鑠怎麼辦！」

「啊？」

「怎麼辦，我之前還一直想盡辦法湊合你們兩個，感覺他滿適合妳的。」

芝芝看著韓英因為其他問題、這個芝芝毫不在乎的問題而備受打擊的樣子，反而感到安心不少，因為假如此時此刻她是在煩惱這個問題，那麼就表示她對於芝芝的性向不以為意，覺得無所謂。

「理鑠不會怎樣吧。」

芝芝一邊回答一邊也很想要問韓英，**我們應該也不會怎樣吧？**

「啊，那妳已經有女朋友了嗎？」

「沒有，還沒。」

「那就好，我還擔心妳會不會因為家裡有我在，而不方便把女朋友帶回來，或者需要偷偷約會等，如果以後交女朋友記得帶回來啊！」

「那妳接下來和我一起住不會感到彆扭嗎？無所謂嗎？」

於是韓英的身體又往另一個方向傾斜，她看起來是真的嚇到了。

「是妳耶，我幹嘛要對妳感到彆扭？我才要對妳說，要是覺得有我在家很不自在的話，記得一定要跟我說喔！」

「這倒是沒有……」

進行完重要談話以後，兩人都感到飢腸轆轆，而且是很突然的那種，正當兩人把桌上的盤子幾乎要吃光時，理鑠終於抵達。

「妳們兩位趁我不在都說了些什麼啊?」

理鑠一派輕鬆地加入了這頓飯局，韓英和芝芝則是不由得對他露出了關懷同情的眼神。這時韓英突然緊緊握住了理鑠的肩膀。

「我以後會對你好的，真的。」

「啊?為什麼?」

「你要不要喝紅酒?」

「我要喝有氣泡的!氣泡!」

三人從菜單中挑選了一款最便宜又有微量氣泡的白葡萄酒，那可是距離地獄最遙遠的滋味。

三人微醺地離開了這間店，韓英和理鑠兩人手牽手像漫畫裡會出現的兔子般蹦蹦跳，芝芝稍微站在後方，一邊跟著他們，一邊觀看朋友們在巷子裡走路走得歪七扭八的模樣，奇怪的是，這樣的畫面看起來極其幸福，簡直就像是群魔亂舞，也很像小朋友在手舞足蹈。

這是個很棒的生日，雖然隔天的隨堂考應該會搞砸，但是芝芝相信夢裡那些不同年齡的芝芝，一定也不會討厭今天的。

夏界凡　二十四小時待命的移送技師

急診室五名以上，重症患者五名以上。

死亡人數少的時候有十幾名、多的時候則是二十幾名，將近三十名都有可能，這是在大型醫院裡的某個角落一天的死亡人數。在看起來安全、整潔、每到晚上就會白到發亮的建築物裡，有人則是被送往地下室。雖然人們不太想要往這方面去想，但是醫院總是和殯儀館脣齒相依。

其實每天都會由一個人負責運送死者，這應該也是除了相關工作者以外無人知曉的事實，而這也正是界凡的工作。當界凡一接到呼叫通知以後，就會帶上專用移動床和遮蓋死者的不織布前往該層樓，時間點還務必要抓得剛剛好，太早去會妨礙家屬本該擁有的情緒處理時間，太晚去則會讓家屬愈哭愈想不開，所以雖然只是相差幾分鐘的時間，卻要盡可能顧慮到這一點。醫院裡的醫護人員似乎也看出界凡在這方面的用心，所以這份工作他也做了很久。

要是能有專用電梯就好了。由於沒有另外專用的電梯，所以界凡會特別選用患者或訪客不常使用的角落電梯來進行移送。畢竟不論是患者還是家屬，相信任誰都不會想要和一名被白布遮住臉的人共乘一台電梯。不過有時難免還是會遇到閃避不及的乘客，那麼他們都會擺出一種表情，那種表情總是令界凡坐立難安，他甚至認為要是不用白布遮住死者的臉直接移送，說不定還比較容易讓人以為是病患，反而是那片緊緊包裹的白布使人更容易心生畏懼，或幻想著白布底下的死者面貌。界凡透過醫院角落的電梯移動到地下室，然後再走工作人員專用通道抵達殯儀館。由於許多醫院都是以本館為中心，然後再隨著時間慢慢加蓋而成的結構，所以全部相連的空間就只有地下室，假如家屬沒有選擇醫院附設的殯儀館，而是選擇院外其他殯儀館進行後事處理，那麼就必須等待外部殯儀館派來的專車進行遺體交接。站在死者身旁觀看窗外等待專車前來接送的時候，對於界凡來說是難得可以小歇片刻的機會。

這份工作本來是由兩人分擔，但是隨著另外一名工作人員離職以後，界凡就變得再也回不了家，只能住在值班室裡獨自包辦所有工作。其實患者不可能都剛好在界凡上班時間過世，所以自然是需要兩名輪班才對，然而院方一直對這件事情置之不理，也不重新招募新人，可能是看界凡能獨當一面，所以才認為不需要也說不定，而界凡也根本沒有立場向相關單位提出補充人力的需求，怕要是不小心得罪人反而自己被裁員，那才真的得不償失。界凡今年已經六十六歲，要去其他地方再找這麼得心應手的工作應該也很難了，所以他乾脆退掉了原本在醫院附近租的小套房，直接搬進值班室裡居住。界凡和院方經過多次協商才終於達成共識，檯面上的上班時間維持不變，但是薪資卻能領到一．二倍左右，也不曉得他們是怎麼弄的，然後一間值班室直接分配給界凡，變成是他的專屬空間，所以也不會有人干涉他一點一滴搬進來的生活用品。

不過界凡沒有家人，有類似家人的時期也早已是二十年前左右的事情，當時有一名短暫同居的女友，對方是一名心地善良的好女人，每當界凡工作完回家，她都會幫忙按摩界凡僅剩一半的右腳。界凡打從娘胎出生，右腳就只有大拇指和食指兩根腳趾頭，其他腳趾則像是被削掉一樣呈現斜斜的樣子，所以整隻腳看起來就像尖尖的魚鰭。雖然只要穿上工作靴就完全看不出來，但是穿那硬邦邦的靴子一整天，也會難以控制身體平衡，就算用襪子類的東西塞進靴子裡，也總是疲勞不堪。當時他是拖著不平衡的身體，天天工作到感覺每一段脊椎骨都要斷掉的程度，領著一天三萬至三萬五千韓圜，同居的女友後來找到了一份位於其他城市包吃包住的工作，想要去嘗試看看，而界凡沒有予以挽留，因為他知道對方是個很不錯的女人，不應該去阻擋她好不容易獲得的好機會，那也是他最後一次擁有近似於家人的對象。

界凡不常離開醫院，因為要是離開工作崗位太久沒能及時趕去病房的話，一定會有人表示不滿，甚至還有可能被人提議將界凡換掉，換成更年輕的人力，所以為了以防這種情形發生，他連菸都戒了。自從戒菸以來，他就幾乎沒再去醫院外透透氣了。

界凡的宿舍外有廢紙回收箱，通常都會堆放一些患者閱讀完的報紙或雜誌，界凡都會從那裡面找尋自己想要閱讀的刊物來度過黑夜。幸好小時候母親強迫他一定要識字，告訴他

「既然你的腳長這樣，一定要識字才行，就算學業半途而廢，也務必要會閱讀。」然後盯著他在書桌前學習。然而母親很早就過世了，後來界凡離開了位於南海岸的家鄉，北上城市打拚。他曾經返鄉過一次，就只有那麼一次，他把腳泡在水裡，撿了幾顆小生蠔來吃，結果就拉肚子了，他認為都是海灣後方的那些工廠害的。在那短暫的休假夜裡，他一邊忍受腹痛，一邊回憶為他撿生蠔的母親，當時的他也在閱讀某人遺留在公車上的報紙。

雖然他閱讀得不是很流暢，就算讀完也不全然能理解，但要是沒有那些報章雜誌，等待呼叫的夜晚應該會更難熬，因為隨著年紀愈來愈大，睡眠時間也愈來愈短。界凡一直努力提醒自己，不要忘記醫院外的世界其實也在運轉，他對於在自己不知道的某個角落，依然天天上演著許多事情感到不可思議。他通常都是看照片和那底下的簡短說明，只能慶幸現在的報紙已經不像從前那樣充滿漢字。

某天，界凡從廢紙堆裡發現一本兒童繪本，他回想了一下自己最近是否有移送過小朋友的遺體，應該是沒有，他也早已習慣年幼的生命不幸離世，但他還是希望這本繪本是已經出院的孩子所留下來的。

界凡翻了翻繪本，發現只有書封下方的紙張有點磨損，內頁則是完好如初，他很喜歡那本書裡的袖珍畫，於是決定帶回去閱讀。等他回到房間以後細細閱讀，才發現原來主角是一隻蜥蜴，而且還是一隻遭逢變故而失去腳趾的蜥蜴，所以界凡在閱讀時很容易帶入自己的情感，不知為何，這隻蜥蜴竟淡定地抱怨著自己的腳趾再也不會長出來了。

「呵，原來你也沒有腳趾啊？」

這似乎是一系列的套書，所以關於那場事故的來龍去脈應該是在其他本才有交代。蜥蜴為了安慰一隻只剩一隻眼睛的老鼠，打算把高筒靴脫下來，準備展示自己的腳趾，那隻蜥蜴的穿著穿得比現實生活中的人還要體面。界凡回想著自己上一次是何時脫掉那件靛藍色的制服，值班室裡的簡易掛鉤上沒有多少件他自己的衣服，然而每當翻閱書頁時，都會看見那隻蜥蜴戴著華麗的帽子、拎著食物採集籃，下雪時會穿上用樹枝編成的雪鞋去見朋友。這隻蜥蜴的工作是描繪植物，所以通常都在鄉下生活，有一次他帶著自己畫的作品搭乘火車前往大城市，因為那裡有一間雜誌社，而總編是一隻蜂鳥，不停在編輯室裡飛舞，完全沒有空在地上落腳，界凡閱讀到此不禁莞爾。

他閱讀了三次左右，便把那本繪本放到了兒童病患較多的休息室裡，當界凡去到那一層樓時，醫務人員都因為見到他而嚇了一跳，但他們也很快察覺到，界凡並不是因為收到呼叫而來。界凡急忙把書放好便匆匆離去，因為他認為那本書再放回廢紙回收箱裡實在太可惜，希望能被更多人閱讀，至少多一個人閱讀再丟棄都好。

也許是因為好幾棟建築物相連，高低可能不太平衡的關係，導致地下室裡也經常有坡道路段，最近他偶爾還會因為體力不支而不小心在那些坡道上滑倒，以前經過那些路段時，都能輕而易舉地控制住移動床，但是現在，只要死者的體格比較健壯，就會難以將其推上坡道，反而向後倒退。這時他想起了之前在童話故事書裡看見的橋段——蜥蜴將喝下發酵果汁而睡著的鼴鼠，吃力地挪移到床上的畫面，他現在就是如此狼狽。**別擔心，我會把您安放好的，會帶您過去的。**界凡按了死者的肩膀一下，意思是請對方安心，然後暫時喘了口氣。

「我來幫您吧，至少幫您推到那裡就好。」

不知從哪裡冒出來的一名年輕移送技師主動前來幫忙，對於年輕人來說，這簡直輕而易舉，彷彿是在平地推床般輕輕鬆鬆便推了上去，而且這名移送技師在界凡都還沒來得及道謝前，便快步離開了。

那種年輕，是他早已遺忘多時的。

年輕時的界凡其實也有許多好友，不論是故鄉的玩伴、一起共事過的夥伴，還是住在同一個區域的鄰居等，如今這些人究竟在何方？界凡當時也很少和這些人碰面，但至少有努力保持相約見面，而且明明是比現在更難聯絡的年代。也不曉得是不是時間吞噬了那些朋友，現在早已不曉得大家都分散在哪些角落，有些人可能早已離開人世也不一定。並不是彼此無情無義，而是日子的確困苦到連和朋友見面都是奢侈。

到底筆記本被我放到哪裡去了……界凡雖然有手機，但不常響起，也不方便用它來看東西，所以老是會忘記充電。界凡不停翻找著物品不多的行李，總算被他找到那本筆記本。在幾乎都是空白頁的筆記本最後，寫著往日那些好友的聯絡方式，有些甚至連電話號碼都沒有，只寫著地址。他從中挑選了最近一次還有聯絡的朋友，向對方撥打了電話，撥通以後他才確認了時間，由於是在地下室工作，所以經常會忘記時間，幸好夜還未深。

「欸，最近過得好嗎？」

「哎呦！這是誰啊，稀客，稀客！」

「最近在幹嘛啊？」

「都快死啦，我在醫院，你都不來看我一下嗎？」

「哪一家醫院呢？」

朋友告訴他是哪家醫院，但是界凡連這間醫院位在哪裡都不太清楚，世界上絕對不只有他任職的這家醫院，一定還有無數間醫院，他按照朋友說的資訊，將醫院名稱、住院病房都抄在筆記本上，雖然他明知道自己無法到場探望，但他還是答應了會找時間過去。

界凡連日在醫院走廊上徘徊了許久，思索著外出的問題，要是能有人代幾個小時的班，他就能神不知鬼不覺地出去一趟回來，就如同每兩個月出去理一次頭髮一樣，但這次可能會比理髮花更久時間，要是被上頭發現界凡不在工作崗位上，事情有可能會鬧大也不一定。要是被那名在斜坡上很會推床的年輕技師取代怎麼辦？畢竟這種事情在院內多不勝數，就連新添購一台高端機器的事都能把一堆醫師資遣了，醫院遇到財務危機時，還將掛號櫃檯和停車場員工直接裁掉一半，界凡實在承擔不起這樣的風險。

每當他回到地上樓層時都會覺得陽光很誘人，他望著醫院門口排隊停等的公車，最後一次搭公車是什麼時候呢？天氣真不錯吧？要是能再多活一天該有多好，對著已經斷氣的死者說這些還有什麼用呢，自然是得不到任何回應。

「你不是說要來看我嗎？怎麼還不來？」

朋友傳了封簡訊給界凡，界凡馬上回撥電話給朋友。

「你有想要吃什麼嗎？我買好帶去給你如何？」

「買個果汁就好，你打算什麼時候來？」

「今天或者明天吧，等我出發的時候再打給你，先別斷氣，好好活著等我去找你啊！」

「放心吧，我不會死的，少在那裡說這種不吉利的話了。」

「我聽你說話中氣十足啊，為什麼會住院呢？」

「記得買貴一點的果汁啊，我想喝玻璃瓶裝的。」

「好啦，知道了。」

界凡把外出時要換穿的襯衫整燙好，並決定好與其被人發現翹班，不如直接先主動報備。他把燙好的衣服掛好，走去人事室。

「那個……」

界凡試圖找人說話，卻沒有一個人搭理他。界凡再大聲地說了一次，於是坐在最靠近外側的人終於聽見，起身面對界凡。界凡一眼認出了這個人，他是以前在解剖室裡一起擔任過技師的，在地下室共事了一段時間，後來才被調派到人事室的前同事，這個人脖子上掛著人事室職員的識別證，上頭寫著他的名字，金詩哲，詩哲似乎也覺得界凡很面熟，於是歪頭向他問道：

「請問您有什麼事嗎？」

「因為我需要外出一趟……」

詩哲看了一下班表不禁愣住，似乎是現在才發現兩人輪班制的工作，一直都是由界凡一個人在做，二十四小時，三百六十五天，沒有別人分擔，獨自一人承擔。詩哲因為才剛到人事室不久，所以應該是不曉得過去界凡與醫院談成的協議。

「您是怎麼辦到的？」

「未來我也能繼續這麼做，只是偶爾可能會需要一點外出時間。」

「當然，當然，您應該出去走走才對，而且我們也應該盡快再補個人進來才行。」

「不，沒關係，我已經和院方談好住在值班室裡二十四小時待命，你可以跟主管確認這件事，我只是需要一點外出時間就好。」

「但這怎麼可以……我再幫您問問看好了。還是您先告訴我臨時需要外出的日期和時間，我再找其他患者移送技師來暫代如何？那邊的人力很充足，所以應該不會有影響。」

「我需要在禮拜三的下午三點……」

界凡回答。那是書中的蜥蜴去見朋友的時間。

「從下午三點到幾點呢？」

「到七點好了。」

「那就直接到八點吧，這樣時間也比較充裕，這禮拜先這樣，然後我再想辦法幫您協調出休假時間。」

「要是能這樣實在太感謝，但主要還是看醫院安排……我是都無所謂……」

雖然界凡很擔心自己會不會把事情搞砸，但他努力壓抑著忐忑不安的心，向詩哲道別後便下樓回到自己的工作崗位。他不確定年輕人能有多大的能耐，所以決定不抱太大期待。

禮拜三的時候，界凡離開醫院往公車站牌方向走去，根據他事先查找的資料，光是搭公車就至少要一個半小時才會抵達，但是應該也能見朋友一個小時左右。天氣無限好，界凡心裡想著，外面的景色應該早已不同於以往。他選了一個窗邊的位子坐下，原本打算一路上都要欣賞窗外沿途風景，但是當公車開進大馬路時，他就被車子那舒服的搖擺晃動，搞得突然睡意甚濃，他認為自己應該不會睡得很沉，頂多睡個二十分鐘就好。光線在合上的眼皮間閃爍起舞。

界凡暗自心想，看來下個禮拜三可要記得買一頂帽子來遮陽了。

方勝華　遭母親差別對待的長女

母親過世時，勝華不自覺地鬆了口氣，內心還閃過終於不用再被這可怕的人糾纏的念頭，也因此，勝華在整個告別式過程中一直帶著罪惡感，因為一個不留神竟讓真實心聲短暫浮現。

「我實在是很糟糕的女兒。」

「嗯……沒見過妳媽的人應該會這麼想，但我從小就見過她，她真的是滿難搞的人。」

前來參加告別式的好友們給予勝華適當的安慰。

她的確是難搞。自從勝華長大成人搬出去以後，她就變得難以忍受母親四小時以上，只要兩人相處超過四小時，什麼孝道、倫理……都會變得無法遵守。世上最令勝華羨慕的事情就是感情好的母女，能和母親手勾手走路、和母親一起去旅行、一起去買菜、和母親一同老去、和母親住得很近等，那樣的母女關係。然而，這不是只有韓劇裡才會出現的畫面，實際上也經常在路上看見這樣的母女，每次勝華撞見時都會有一種很奇怪的感覺，納悶著那些人究竟是如何辦到的。

勝華至今還是會在夢裡感受到母親粗魯的對待，不論是緊抓她的衣領、拍打她的背、賞她耳光、推頭，還是從某一刻起再也不修剪的尖銳指甲，雖然勝華對於自己下意識裡是這樣記憶母親的事實感到罪惡，但她也無可奈何。其實以前那個年代的母親都很常打女兒，勝華從小生長的那個社區裡，母親打小孩的場景，在每條巷弄都經常可見。

然而比起體罰，更令勝華記憶猶新的是關於母親的偏心，母親一直都很討厭帶勝華去市場買菜，因為母親是出了名的美人，勝華卻是一點都不像母親，完全承襲了父親的基因，而勝華的兩個妹妹則是長得比較像母親，所以每次只要帶這兩個女兒出門，就一定會聽見幾句讚美，母親就是如此重視這種事情的人。

再加上每到換季要幫三個女兒添購新衣時，母親都會明顯有差別對待，她會買芥末黃針織背心和燈芯絨褲，以及和室內鞋沒兩樣的靛藍色運動鞋給勝華，但是買給兩個妹妹的卻是小碎花紗裙洋裝和亮皮短靴，此外，買給勝華的東西也都是以實用為導向，彷彿只是因為勝華的身體長大，才不得已買新衣物給她穿一樣。母親每次買勝華的物品，都會毫不掩飾地表現出花錢花得很不甘心的樣子，每當看見母親展現出那種不悅的神情時，年幼的勝華都會在一旁如坐針氈。

母親曾經從市場買過一個紫色蝴蝶結髮夾回來，勝華很想要那個髮夾，但是母親似乎是故意要做給勝華看，她一下子幫二妹別上，然後再給了最小的妹妹，明明有三個女兒，母親卻是那種只會買一個蝴蝶結髮夾回來的人，隨她的心情，一下給妳一下又收回的那種人。兩個妹妹也不遑多讓，都和母親一樣有著美麗的臉蛋和尖酸刻薄的性格，所以家裡沒有一天過得安寧。勝華看著妹妹們頭上的紫色蝴蝶結髮夾，宛如蝴蝶般翩翩飛舞，她決定不要那個髮夾了。勝華就是這樣從小學習如何保護自己的心，得不到的東西就不再想要得到。

然而，這也都已經是上個世紀的故事了，用如此殘酷冷漠的方式培養勝華的母親已經過世，勝華也慶幸著這樣的日子終於告一段落，但是每當她對此感到慶幸又會痛恨自己，她還沒學會如何寬待自己。

母親總說自己會變成這種人是因為外公，也許和父母反目成仇也是基因遺傳導致，同樣性格剛烈的外公收下了一筆龐大金額，強迫母親和一名毫無感情的男子結婚，雖然這在當時那個年代並不罕見，但是母親這輩子都無法原諒外公擅自出賣她的終身大事，勝華的父親似乎就只是一名富貴人家子弟，其他方面都毫無魅力，而且體弱多病，長得不帥之外，還缺乏社交手腕。父親是在三名女兒出生後英年早逝的，大家都說他一定是和氣場太強的母親在一起，所以才會這麼年輕就過世。由於父親不是家中長子，再加上膝下又只有女兒無子嗣，所以也沒被分配到多少財產，父親名下只有一間位在市場裡的棉被店和一間小房子。勝華還記得那間房子，對於從家裡走去市場的那條路也還記憶猶新，因為從小照顧兩個妹妹的人是勝華，一天都會來回走那條路好幾趟去幫母親跑腿。每次去棉被店都會看見許多男性顧客，母親一點也不歡迎他們，就連對待那些向她示好的男人也同樣冷酷無情，這點倒是保持著一貫的態度。儘管如此，那些男人還是願意消費，甚至出手闊綽，一口氣買下好幾件棉被帶回家。母親的外表很亮眼，就算生了三個孩子，年華老去，也依舊美貌動人，是個漂亮又惡毒的人。

勝華對母親的複雜情感是長年累月堆積出來的，母親會鞭打、抓傷勝華，吩咐她去做一些小朋友難以達成的任務，對勝華酸言酸語、口出惡言，以及毫不掩飾地偏愛妹妹們，若勝華要取得學校老師交代的準備物品，就必須忍受母親的百般凌辱，然而母親卻說要是自己當年是和真正相愛的男人結婚就不會如此，使得勝華反而深感懷疑，**真的會是如此嗎？假如母親是和自己心儀的對象結婚，她真的會成為人美心善的那種人嗎？**

那位被外公拒絕、母親主張兩人曾經相愛過的那名男子，一開始雖然身無分文，但是後來因為搭上產業化時代的列車而在事業上小有成就，這樣的故事也並不少見，後來聽說他還擁有好幾間工廠。勝華心想，每當母親從家鄉的朋友或舅舅那裡得知，那男子又加開一間工廠的消息時，想必一定懊悔不已，然後氣自己沒能如願以償地擁有本該享有的人生吧。

不過之後發生了一件出乎意外的事，那男子因遭逢妻子突然離世，而母親透過舅舅又再度和對方聯繫上，所以她在人生最後幾年，是和初戀情人一起度過的。

勝華的妹妹們都稱這名男子為「蘇叔叔」。

「妳們外公說自己是蘇定方的後裔，所以不讓我和他交往，但他明明就不是同一個姓氏家族，他是晉州蘇氏啊，真不曉得我爸幹嘛這麼在乎這種事情。」

「那妳怎麼不跟那個叔叔一起住呢？」

「太麻煩了，我自己一個人住慣了。」

母親是真的嫌蘇叔叔麻煩，明明愛著他，還整天把「要是和他結婚，人生一定會不同」的話掛在嘴邊，卻仍如此埋怨。兩人就這樣偶爾見面約會一下，頻率大約是每一季一、兩次，蘇叔叔每次和母親見面都會送她很好的禮物，有時候是送一些補品，有時則是送金項鍊或金手錶，但是母親對那些禮物都不太感興趣，補品最後是被家裡最小的妹妹吃掉，金飾則是被二妹拿去換成了自己喜歡的款式。勝華經常對蘇叔叔這個人感到好奇，他究竟是個怎樣的人呢？竟然能對母親愛得始終如一，感覺一定是個蠢蛋，這種人居然經商都沒被騙，實在很神奇。母親從來都沒有向三名女兒介紹過蘇叔叔。

後來母親住進了醫院，因為折磨她好長一段時間的各種疾病瞬間一口氣集結起來，宛如龍捲風襲捲母親的身體。母親都還沒享受遲來的幸福，身體就已經畫著下降曲線，而且數值還每況愈下，勝華和她的兩名妹妹看著這樣的母親，感到不勝唏噓。母親一直堅決反對蘇叔叔前來探望，她不僅沒有告訴叔叔自己住在哪一間醫院，甚至還要三姊妹封口，不准告訴他。母親其實是住在距離勝華家很近的一間醫院，居然是在死到臨頭的時候才和勝華距離那麼近，勝華只好內心充滿苦澀地安慰自己，現在倒是滿方便探望母親的。她是個不折不扣的狠心母親，不給予她關愛之外，卻老是要老大去做一些苦差事。不出所料，母親自從住院以後，只要看到勝華還會發動言語攻擊。

「妳那是什麼髮型？」

「身上穿的又是什麼破布？」

「妳又胖啦？」

「妳要好好感謝妳老公願意和妳住在一起。」

勝華忍了又忍，但是從某一刻起，母親開始連勝華的子女都不放過，繼續用她那惡毒的嘴巴做人身攻擊，終於令勝華無可再忍，畢竟她的孩子都已經是三十、二十八歲的成年人，他們在百忙之中抽空前來探望，卻遭受孩子外婆的冷嘲熱諷。

「妳要是再對孩子們說那些話，我就不會再帶他們來了。」

勝華打從生下小孩起，就決定盡可能讓孩子們遠離娘家，她不得不這麼做，因為二妹曾在見到勝華的大女兒時，說過一句話：「還以為只要是姪女都會很可愛，結果她長得就只是普通韓國小孩的臉啊。」當時勝華真心想要狠狠揍她一拳。勝華從來不對孩子的外表多做評論，不論是稱讚或者挑剔都從未有過，因為她認為這些話對孩子都是毒藥，她甚至還曾擔心孩子會不會承襲到娘家這邊的基因，所幸兩個孩子都很謙和有禮。

當母親因氣管插管而無法說話、失去體力而不再能口出惡言時，勝華反而變得比較能輕鬆面對母親。

「真的不見蘇叔叔一面嗎？」

母親盡她所能地強烈表示拒絕，過沒多久之後她便失去了意識。母親的鼻子、耳朵都在流膿，她的身體是由內而外腐敗，老三每次前來探望母親時，都會哭喊著拜託她停止死去。臨終，真是一件狼狽不堪的事情。

如此不堪的人，最後竟是落得如此荒謬的下場並離開人間，最後在入殮的時候，二妹說了一句話，至今仍令勝華難以忘懷。

「看來人死的時候就跟過去活著的時候一模一樣。」

妳應該沒這個資格這麼說母親吧。勝華暗自在心中回應二妹。當然，妹妹們也只是比勝華情況稍好一點，或許她們和母親之間的關係也並非很好。

當蘇叔叔走進母親的靈堂時，勝華一眼認出了他應該就是蘇叔叔，不僅是因為舅舅有起身上前去問好，而是靠著一種難以言喻的方式憑直覺認出這位叔叔，應該就是他了！

身體虛弱的老三當時正在家裡補眠，老二也在後方的房間裡小睡，勝華對於偏偏是和母親最不像的自己，得獨自面對蘇叔叔一事，感到頗有壓力，正當她打算去把二妹叫醒之際，舅舅揮了揮手示意叫她別這麼做，蘇叔叔弔唁完以後就坐在桌前默默等待。

「我應該早點來的，很抱歉，在她生前沒能買一件好的衣服給她實在很遺憾，本來還想讓她躺在好一點的棺材裡，今天也是好不容易才趕過來的。」

蘇叔叔說道。勝華猶豫了一會兒，她不曉得該如何回答，後來乾脆去拿了一瓶飲料，幫蘇叔叔倒了一杯汽水。

「我本想要在接獲消息的第一時間就趕來……可惜我當時因為肺炎而臥病在床。」

「您現在身體有好一點嗎？」

蘇叔叔笑而不答。也許對於都已經年過八十的人來說，健康過得去就好，加上他不是屬於美男的長相，體格也矮小瘦弱，勝華推測，如果說母親是屬於肌膚白皙、身材高䠷的北方美女，那麼這位叔叔年輕時就是神情開朗、和藹的南方少年。

「她最後一程走得很痛苦嗎？」

「安詳地離開了。」

勝華說了個白色謊言，蘇叔叔似乎也看穿了這點，但他沒有繼續追問。

「那她都沒留下任何話嗎？或者有沒有提到我？」

勝華腦中一片空白，不曉得該如何回答才好。

「母親似乎是想要獨自收藏關於您的點點滴滴，我們曾經問過她最後一次和您見面時感覺如何，但她好像只想讓您記得她美麗的樣子。儘管她不是個會顯露愉悅情緒的人，但還是讓我們能感覺得出來，她和您重逢真的很快樂……」

這樣說來，勝華也覺得自己並沒有做太多的加油添醋。

「是啊，她本來就是這樣的人，妳有聽說小時候我們住在同一個村裡的故事嗎？」

「嗯。」

「在一場節慶活動裡所有人都在勁歌熱舞，唯獨她沒有一起跳舞，雖然偶爾有小幅度地擺動一下身體，但她就是打死不肯好好跳舞，我很喜歡看她用那迷人的臉蛋，拍打著對她盛情邀約的一雙雙手。」

母親的確有著始終如一的面孔，勝華就算沒有實際看見叔叔說的那個畫面，也充分可以想像。

當蘇叔叔遞出白包時，勝華致謝完並放進奠儀箱裡，但是當蘇叔叔再次遞出小盒子時，勝華實在有點不知所措。

「這我可能不太方便收下……」

盒子裡裝的是一對色澤柔和的紫玉戒指。

「這是我本來打算再見到她時要送給她的，可惜沒來得及送到她手中，妳就代她收下吧。」

勝華看著蘇叔叔一邊說著，一邊從勝華的頭上、眉毛上、眼睛上、鼻子上、下巴上、手上、指甲上努力尋找母親的蹤影，然而他卻在她身上找不到任何一處和她母親相像的地方，勝華對叔叔感到有些抱歉。

最後勝華走到殯儀館外，親自送蘇叔叔離開，陪他走到大廳外。夜晚的風很涼，也很乾淨。

「妳的眼睛好像妳母親。」

「我跟她一點也不像。」

「很像，妳們的眼睛裡都有一股堅定的心志，妳知道妳母親最依賴妳吧？」

勝華笑了，看來是一名嘴巴很甜的叔叔，這句話就像藥膏一樣敷在勝華長年累積的內心傷口上，她完全不同意也不相信蘇叔叔所說的話，但她很感謝他這麼說。

勝華看著緩緩走下山坡的蘇叔叔背影好一會兒，後來決定往反方向獨自走一段路。雖然單穿那件租來的喪服有點冷，但她還是想要一個人散散步。她把肺裡的空氣、地下室的空氣都吐了出來。

「輕鬆多了。」勝華在空無一人的庭院裡喃喃自語，那是一種不知從何而來的如釋重負感。無意間順手帶了出來的那對紫玉對戒，也在勝華的手中相擁漫舞。

◎鄭多芸　獨自面對母親自殺的小女孩

多芸已經去看了兩次寶寶，寶寶看起來好小，身體看來似乎也很不舒服，那是多芸的妹妹，母親還沒幫她取名，所以大家都稱她「寶寶」。不知為何，多芸還是覺得有點不太真實，不像有多了一個妹妹的感覺，因為妹妹沒有與他們一起住，她住在醫院裡。多芸雖然知道妹妹總有一天會被母親帶回家裡，但她不曉得確切的時間點會是在什麼時候。

多芸知道父親應該是有把人弄傷，所以才會去坐牢，她也知道母親之所以會提早生出妹妹，就是因為這件事情對她打擊太大，以致妹妹必須留在醫院，等她再大一點才能回家。雖然母親想盡辦法要讓多芸相信爸爸其實是在別的地方，但是多芸透過大人之間的談話蒐集到的一些線索，她的小腦袋裡有著一份「我所知道的事情」清單，她也想要把那份清單填滿，好讓自己變得更加聰明。

自從母親開始在離家遙遠的地方上班以後，多芸就由隔壁鄰居的爺爺奶奶代為照顧，其實多芸自己一個人也可以乖乖待在家裡，只是時間一到就會跑去和隔壁的爺爺奶奶一起吃飯。雖然她更喜歡吃泡麵，但她還是盡可能津津有味地吃著奶奶做好、存放已久的飯菜。母親幾乎是每四天回家一次，多芸必須提早適應一個人睡覺。過去和父母三個人一起住的時候，她也很常獨自入睡，因為父親不是很常回家，而母親和父親的關係要不是很好，就是很差，兩人並沒有所謂的中間值。

昨天多芸從學校回來以後，發現母親竟待在家裡，已經很久沒有在下午時間看到母親出現在家中了。

「要和媽媽一起去接妹妹嗎？」

「嗯，媽媽妳今天不用去工作嗎？」

「以後都不會去了。」

多芸難得牽著媽媽的手走出家門，行走在太陽底下的母親看起來老了幾歲，父親是個很會打扮的人，穿著時髦，也很會整理自己的儀容。母親曾經對於父親只要一有錢就買自己的東西、喝酒、不回家等，感到氣憤難平，但是母親說，她已經換了一份薪資更高的工作，為何她卻不買新衣服穿呢？為何我們不趕快搬家呢？明明記得母親有說過要搬家的。多芸內心其實有很多疑問，但是她不想去煩母親，她知道總有一天，她一定會自己找到答案，只要多聽大人之間的對話就能發現一些蛛絲馬跡。

她們在醫院裡的便利商店買了優格，然後母親讓多芸獨自坐在醫院大廳裡，她則是上樓去接妹妹，原以為母親很快就會回來，但是過了好久都不見母親的身影，所以多芸一直坐在大廳裡看了許久的電視。她坐在椅子上搖晃著短短的小腿，要是再長高一點，就能踩到地板了。

被母親抱著下樓的妹妹感覺比之前又長大了一些，但之前也沒有近距離看，無法精準做比較。以寶寶來說，她還是很小一隻，**應該還是有長大一些吧？**多芸用眼睛目測了一下，她很想要摸摸妹妹，但還是忍了下來，甚至小心翼翼地讓自己說話時會從口中冒出的白煙，不要碰到妹妹，因為她曾經聽說過要這樣對待生病的小嬰兒，才不會使她感染病毒。妹妹似乎是個懂事的寶寶，搭乘公車回家的路上都沒有哭過一聲，不分晝夜一直都在睡覺，母親試圖餵她喝醫院給的配方奶，但她好像也不太愛喝。

「我可以抱抱看嗎？」

母親將妹妹交給了多芸，多芸屏住呼吸，小嬰兒則呼吸急促，不論多麼仔細端詳她的臉蛋，也看不出究竟長什麼模樣，所以多芸只好勉強說著好漂亮，就算不漂亮也會說漂亮，會一直一直對她說「妳很漂亮」。

「她叫什麼名字呢？現在已經有名字了嗎？」

「妳來幫她取名字吧。」

「我不會取，媽媽妳來取吧。」

「妳試試看。」

「嗯……那就叫……多仁吧！」
「為什麼是多仁？」
「這樣才會跟我的名字很像啊，因為她是我的妹妹。」
母親緊緊抱住了多芸，多芸因為覺得太熱而從母親的懷抱中掙脫，家裡難得開了電暖爐，所以室內溫熱又乾燥。家裡的水電都還可以用，但是天然氣已經被停掉一段時間了。多芸一直很在乎多仁，不知道她被包巾包裹著會不會太熱？就算覺得太熱是不是也不會表達？想著想著，多芸進入了夢鄉，她滿身是汗地睡著。
隔天一早醒來時，母親問道：
「今天不要去學校好不好？」
「為什麼？」
「和媽媽一起待在家吧！」
「可是我還是得去學校啊。」
多芸吃了雞蛋和香腸當早餐，然後就出門上學了。母親在家令她感到很開心，但在學校也很歡樂，營養午餐很好吃，玩躲避球時，她幾乎是最後一個被淘汰的。雖然這天忘記帶美術用品，但正彬會借她一起使用。放學後正彬還要她再一起多玩一下，不過她告訴正彬，今天得早點回家。那天走回家的路程感覺比平時來得短。

多芸抵達家門口，準備用鑰匙開門時，發現鑰匙可以順利插進孔中卻遲遲無法打開大門，多芸用盡全力轉動門把，結果從門縫間傳來某種東西被拆掉的聲音，還黏黏的。多芸看見了綠色膠帶，她對於母親為何要在門上貼綠色膠帶百思不得其解，實在是很奇怪的舉動。

「媽媽？媽媽？為什麼要把門貼起來呢？」

多芸使盡渾身解數，像一隻在動物園裡生氣的猴子不停搖晃身體，這才終於打開門。她進入屋哩，看見母親正躺著睡覺。

多芸走近一看才發現，母親的嘴邊有一些嘔吐物，感覺應該是身體不舒服。多芸試圖搖醒母親，但她還是毫無反應。多芸試著尋找母親手腕上的脈搏察看有無跳動，母親的手腕早已腫脹，以致無法順利找到脈搏。她再用耳朵靠在母親的心臟，聽見了微弱的心跳聲。多芸開始翻找母親的包包，從裡面找出了手機，按下號碼一一九。

「你好，這裡是一一九緊急報案專線。」

「喂？」

「妳好，請問有什麼需要幫忙的嗎？」

「我媽媽好像生病了。」

接線員聽完多芸的說明以後，詢問多芸家裡是否有使用蜂窩煤？根本想不起來蜂窩煤是什麼的多芸，發現水槽底下有一個東西和接線員描述的形狀類似，那是已經燒到剩下的煤炭，接線員叫多芸立刻打開門窗，他們家的門早已在多芸好不容易撬開時敞開，沒有關上。

「周遭都沒有大人嗎？」

多芸急忙跑去隔壁老爺爺和老奶奶的家按門鈴，都沒有人應門，兩人可能是外出了。多芸再去敲打其他平日沒什麼往來的鄰居家大門，但她知道其實原本住在那裡的住戶早已搬家，向來堅強的多芸在那一刻快要忍不住崩潰大哭。

「多芸，妳一定可以辦到的，去看看媽媽嘴巴裡有沒有什麼東西塞住她呼吸，快去確認一下。沒有嗎？確定沒有？那妳把媽媽翻個身，讓她側躺，好好呼吸。」

多芸按照接線員的指示做到這裡以後，突然想起了妹妹，驚嚇之餘她竟然完全忘了妹妹，她再也忍不住哭了出來，因為被包巾包裹住的妹妹早已臉色發白。

「救護車已經快要到了……」

多芸感到十分害怕，*母親要是再也無法醒來的話怎麼辦？妹妹要是身體更差怎麼辦？*掛上電話以後多芸痛哭流涕，那是她從出生到現在哭得最大聲的一次，她從來都不是個愛哭的小孩，但這次她是真的張嘴哇哇大哭，像個孩子般邊哭邊流口水，還用衣袖擦去口水。雖然一一九接線員告訴多芸，媽媽不會有事，但她覺得一定是出事了，她不知道自己該怎麼辦才好。

哭著哭著，多芸瞥見了擺放在房間角落的一幅畫，那是正彬畫給她的，她把那幅畫翻到了背面，找到了正彬留給她的電話。

「喂？」

「請問是正彬的家嗎？」

「妳是正彬的朋友嗎？」

「請問您是正彬的奶奶嗎？」

「不是，我是正彬的媽媽，正彬現在應該在家裡。」

「阿姨，您幫幫我吧。」

她從未見過正彬的母親，但是感覺她一定會願意出手相救。多芸需要大人的協助。

醫生說母親需要進行氧氣治療，雖然多芸不太理解那是什麼意思，但是聽起來氧氣就是個好東西。有一位醫師爺爺和曾經去多芸社區做過義診的大哥哥、大姊姊們都連忙趕來，原來是急診室裡有個人認出了多芸，醫師爺爺重新用多芸聽得懂的方式，說明了多芸的母親究竟發生了什麼事，包括關於一氧化碳的解釋，以及為何需要接受高壓氧治療，就算治療成功，母親也可能會有好幾個月身體不適等。醫師爺爺抓著多芸的手，帶她一同去向妹妹做最後的道別。多芸見到妹妹被放在類似鐵製的桌子上，顯得好小又好冰冷，於是多芸又哭了出來。一名體型壯碩的醫生抱起了多芸，走到醫院大廳的咖啡廳，為她買了一杯熱可可。這時正彬和正彬的奶奶抵達了醫院，過不久，正彬的母親也急匆匆趕來。

「很擔心嗎？」

正彬把書和餅乾遞給了多芸，看起來是正彬特地為她準備的。多芸雖然想對正彬說點什麼，但是她不曉得該用什麼詞彙來形容比「擔心」更沉重又恐怖的情緒，在多芸還沒學到的詞彙裡，會有形容這種情緒的詞彙嗎？多芸接過餅乾，抓住了正彬的手。

「今天要不要來我們家睡？正彬說他想要邀請妳來我們家。」

正彬的母親說道。多芸搖了搖頭。

「我想要待在這裡。」

「可是如果妳自己一個人在這裡，大家都會很擔心的。要不要今天去阿姨家住一天呢？」

大家，阿姨指的大家究竟是誰呢？對於多芸來說，會擔心她的只有母親一人。多芸發現自己已經沒有選擇的餘地，於是只好點了點頭。

「我沒有衣服，要帶去學校的東西也都沒有帶出來。」

四人決定一起先去多芸家一趟，拿完東西之後再去正彬家。多芸覺得有點丟臉，因為他們家那一區的牆壁上出現了許多用噴漆噴的記號，看起來很醜，空房子也愈來愈多，雖然隔壁奶奶偶爾會來幫忙打掃家裡，但是因為奶奶的視力也不太好，並沒有打掃得太徹底。多芸擔心正彬會認為她家裡骯髒而嫌棄她。就在那時——

「正彬，你和奶奶留在車上，我和多芸一起進去就好，馬上回來。」

「為什麼？」

「難道你要在未經大人邀請下就擅自進去別人的家裡嗎？」

「好吧。」

正彬的母親感覺沒有像正彬所說的那麼冷漠，多芸很感謝阿姨的體貼。正彬的母親儘管進入屋內，也盡可能不去細看每個角落，多芸連忙將自己的衣服、牙刷、書包整理好帶了出來。

「沒有忘記拿什麼嗎？慢慢來，多拿一點沒關係。」

多芸搖搖頭，正彬的母親幫她重新綁好鞋帶，那隻腳的鞋帶總是很容易鬆脫。

他們先將奶奶送回家，然後三人叫了炸雞和披薩當晚餐。正彬把自己的玩具和遊戲機都借給多芸玩，但是不論做任何事情，多芸都很難專心。也許是因為太緊張，多芸那天晚上一直睡不著覺。

「出去走走吧，你們兩個都穿上外套。」

正彬的母親突然說道。

「我們要去哪裡？」

正彬問道。

「去看電影吧，有朋友來家裡住的晚上，可以去看一場電影。」

正彬的母親訂了一場動畫電影的票，有搭配字幕的。這是多芸第一次看有字幕的電影，幸好電影裡的主角蜥蜴說話緩慢，是多芸可以追得上字幕的速度，再加上又是黏土動畫，多芸有了第一次的新體驗。**等母親接受完治療醒來以後，我也要叫她買五顏六色的黏土給我玩，然後再用母親的手機拍這種電影，一點一點移動他們的位置。**等電影結束以後可能又會想哭也不一定，但至少在觀賞電影的期間，心情是有好轉的。

電影看到一半，多芸轉頭看正彬，只見他在打瞌睡。今天是多芸人生中最糟的一天，但是好險有朋友陪在她身旁。多芸想要確認正彬就在她旁邊，於是將身體微微傾斜，把頭倚靠在正彬的肩膀上。

◐高白嬉　遇上火災的影城服務員

大家到底為什麼要把爆米花撒在地上？

雖然很想要相信是不小心的，但是每次電影結束以後進去打掃時，就會看見整個地上都是爆米花、包裝紙、飲料……應該是因為影廳燈光昏暗的關係，才會使觀眾誤以為可以這樣為所欲為，要是在明亮的地方應該就不至於把座位弄得如此凌亂。不過白嬉還是認為在電影院裡打工是對的決定，透過這份工作，使她堅信即使人在暗處也應要當個優良觀眾，至少她認為自己就算到頭髮斑白為止，都不會成為肆意對待服務人員的那種人。

白嬉先是在其他地區的影城工作，後來因為這間新開的影城離家比較近，才申請轉調。剛開始工作時，她的頭髮只能勉強綁起來，但是現在髮長已經長到可以塞滿整個髮髻網。居然規定員工要用髮髻網，這種連小時候都沒用過的玩意兒。上工前十分鐘必須讓經理檢查髮髻網和服裝儀容，為了不被扣分，白嬉會先自行確認過多次。公司指定的口紅色是紅色，但紅唇其實很容易顯現唇紋或暈染到邊緣，要經常補妝才行，但是偏偏又很難擠出照鏡子的時間。不過比起之前打工的那間影城已經算好的了，現在至少還有喘口氣的機會。之前那間影城週末尤其人多，負責販賣部的白嬉連去洗手間的空檔都沒有，她一天倒數千杯可樂，不停地炸爆米花和烤魷魚，從頭到尾都沒有停過。每次回到家都會覺得全身毛孔已經被販賣部裡的氣味滲透，不論怎麼洗都洗不乾淨。換到現在這間影城以後，白嬉改成做驗票、打掃、檢查設備的工作，平日來客數不多，所以還會在工作崗位無聊地站上許久，導致她也很難明確回答哪一間影城的工作比較辛苦。

「白C——？」

會把白嬉的名字叫得如此不舒服的人，只有出身同一所高中的理鑠。

「妳在這裡打工嗎？也太爽了吧！可以每天看電影呢。」

「也不是每天啦。」

「我打算看這部電影，好看嗎？」

「嗯，我覺得還不錯，滿可愛的片子。」

「妳之前是不是和世勳上同一所大學？」

理鑠似乎是搞錯了，白嬉根本沒上大學，就讀高三的時候因為家庭情況複雜，導致她壓力過大，身體也一直不是很好，最後在聯考的時候，她考出了比模擬考還要低很多的分數，所以乾脆放棄填志願。一開始雖然有打算要重考，但是隨著時間流逝，也一延再延。白嬉當時還不曉得自己到底要什麼、想成為什麼，事到如今才發現自己想要從事的行業並非服務業，但是排除服務業，就算從事其他行業，她也不認為自己能夠有成就。大家都是如何那麼有把握地生活呢？難道都對自己一定能成為大學生具有充分自信，然後再很有信心地找到工作嗎？大家都很認定白嬉一定會是個大學生，並前來向毫無把握的她搭話，因為這是個滿街都是大學生的國家。

「下次帶這張來看吧。」

白嬉為了閃避回答，把自己平時存下來的邀請券送給了理鑠，她張望了一下周遭，擔心自己和理鑠閒聊太久會引起主管注目，要是被扣分就不好了。

「哇，太感謝了！我經常和世勳、韓英見面呢，有空再一起聚一聚吧！妳的電話號碼沒換吧？」

「嗯，還是一樣。」

假如理鑠真的打電話來，白嬉一定會以忙碌為由婉拒邀約，但她還是選擇假裝歡迎理鑠隨時聯絡。一名看起來像是理鑠的母親從洗手間走了過來，兩人一起進入影廳。

白嬉一直很在意臉上的痘疤，也不曉得是不是在先前的影城販賣部打工時被油噴到，到現在都還留有痕跡。白嬉有一個畢業於大專院校的朋友，後來成為皮膚管理師，他有請白嬉去他的醫院接受治療，但是費用不管多麼便宜，只要用時薪去換算，就會讓白嬉徹底打消念頭。

現在白嬉只要每站六小時就會有一段休息時間，她幾乎沒有什麼大筆金額的消費，唯有買高跟鞋不手軟，尤其是加了厚厚一層軟墊的黑色中跟鞋，也許等辭去電影院的工作以後就再也不會穿這些高跟鞋了，但是在那之前應該還是會視這些鞋如命。當觀眾全部散去時，影廳裡依稀傳出了白嬉喜歡的音樂，她內心想著要是音樂能開大聲一點就好了。這是她欣賞已久的歌手所唱的歌曲，儘管是不同國籍、不同種族，也絲毫不減對她的喜愛，白嬉私下都稱呼她為「女王」。

「啊？妳喜歡那位歌手？」

「對啊，她唱的歌都很好聽。」

「哇，她的大腿應該比妳的腰還粗喔！」

「別亂批評女王的大腿。」

「哈哈！還女王咧！妳的品味真奇怪。」

白嬉周遭的朋友都難以理解她為什麼會喜歡這名女歌手，有時候白嬉甚至會覺得彷彿全韓國只有她一個人喜歡這名歌手。她用鞋跟輕敲地板，身體也隨著音樂搖擺，這要是被其他工作夥伴看見說不定還會以為她是在拉筋。白嬉很喜歡這首歌的歌詞，「覺得受傷也無所謂，不夠優秀也無所謂，我愛你的一切，包含那些糟糕的部分也都愛。」明明白嬉的英文也不是很好，她卻能充分體會這首歌的歌詞。不久前，比較晚下班的凌晨，白嬉在電視上短暫收看到一位歐洲知名學者的演講，主要內容是在講述「儘管一件作品的創作者和其消費者分別處於不同的地方，但彼此間卻有著一種特殊緣分，也可說是同款人。」雖然白嬉對於這位學者使用的語言感到陌生，「款」這個字是如何被翻譯而成也不得而知，但在她不是很理解這番話的同時，腦海中也浮現了平日她所欣賞的歌手——女王，然後告訴自己，**原來我和女王是同款人。**

正當她轉動著腳步跳舞時，最後「啪」地踩了地板一下，結果地板就出現了一股震動。**是我的錯覺嗎？**白嬉一動也不動地把腳放在原地，思索著剛才感受到的那股震動究竟是真是假，接著又有一股明顯的震動接踵而來。白嬉一時之間無法離開現場，所以急忙用無線對講機向副經理詢問。

「副經理，感覺樓下好像發生什麼事了，我們這層樓的地板一直出現震動。」

「啊，可能是在施工吧，我打電話問問。」

幾分鐘後，副經理神情緊張地從辦公室匆匆趕來，並且把所有員工都叫來聚集在一起。現場總共有九名員工，當時正值晚上十一點四十分。

「我們上個月有接受過緊急逃生訓練，大家應該還記得怎麼做吧？」

「啊？」

一群人連討論的時間都沒有。

「地下室的超市工地現場好像出了點問題，應該是合併線路時操作不慎，導致現在有火勢蔓延，我們已經打給消防局報案了，所以我們先回到各自負責的影廳協助觀眾疏散，都還記得各自負責哪一廳吧？」

副經理把手電筒發給每一位員工，雖然有些員工是新來的菜鳥，尚未接受過緊急逃生訓練，但是好險正在播放電影的影廳不多。電影院是位於這棟建築的四到六樓，距離地下室還有一段距離。**還來得及逃生嗎？員工們一臉茫然，兵分多路行動。白嬉奔向了第四廳，那是理鑠所在的影廳。假如有人員傷亡的話怎麼辦？偏偏經理提早下班，從副經理以下都是約聘人員，真的能處理得來嗎？**

臨時中止電影播放並向觀眾做完說明以後，白嬉連忙帶著觀眾通往逃生間，大家雖然滿臉驚恐，可是至少都有乖乖守秩序排隊前往，沒有出現生氣、奔跑或衝擠的情形。當大家看到逃生門時才鬆了一口氣。**沒事了，終於結束了，不會有任何問題的。**白嬉嚇出一身冷汗，尚未需要打開的手電筒也在白嬉的手中滑了一下。

她先把手汗擦在制服上，然後將逃生門打開，結果一打開發現逃生間布滿濃煙，那不是一般的煙霧，不論是白嬉還是後方的民眾都被煙嗆得張不開眼、瘋狂咳嗽，白嬉一時找不到門把，後方的理鑠連忙替她關上逃生門，兩人確認了彼此的臉色嚇得有多麼慘白。

「逃生間已經不能走了，現在我們該往哪裡走呢？」

白嬉對著無線對講機呼叫，但是對方沒有回應。
「請問我們到底該如何疏散？」
白嬉恨死了說話聲夾雜著焦慮不安的自己。
「我們還能往哪裡走呢？」

蕭賢在 對氣味敏感的「金絲雀」醫生

賢在是個對空氣品質很敏感的人，每次只要去空間狹小、開很多火的餐廳，或者密不透風的地下室、室內用很濃的芳香劑等，就會出現很嚴重的頭暈目眩症狀，小時候甚至還曾昏倒過，經常會因為這樣而嘔吐，不論是去父親的工廠還是因母親在衣櫃裡放置的圓珠形芳香劑，他都有過嘔吐的經驗。

「你最近還會吐嗎？」

這已經成了親戚們見到賢在時的問候語。

「最近還是會喔！」

賢在一臉驕傲地回答。最近他也有去朋友家突然感到一陣頭痛噁心的經驗，害他很不好意思。朋友在驚嚇錯愕之餘，連忙把家裡的芳香劑統統挪移到陽臺。這樣的情形依舊屢見不鮮，而且每次都分不清嫌犯究竟是香氛蠟燭、擴香瓶、石膏，還是自動芳香劑、果凍、竹竿、懸掛著的紙張……總之，對空氣中的氣味格外敏感。空氣品質極差的時候，眼睛還會紅腫發癢甚至流鼻血。

「都長這麼大了還那麼敏感，那怎麼行？」

不過這跟男女老少有何關係？每個人只要見到賢在都喜歡說他幾句。由於賢在經常身穿一件黃色帽T，所以很常被人嘲笑是一隻金絲雀——容易哭又容易吐的金絲雀。

而這也是為什麼賢在不能在工廠裡工作的原因，他完全沒把握可以耐得住工廠裡的空氣，賢在的爺爺、父親、大伯、二伯、姑丈、姨丈，不論是父親還是母親的家族都在工廠裡工作，唯獨賢在走上了不同的道路，因為他心知肚明，不論是哪一間工廠一定都有很毒的瓦斯氣味，而他自己也一定無法忍受。這樣的事實讓賢在多少有些自卑，他原以為小時候父親下班回來，身上殘留的鐵鏽味和油耗味就是所謂的大人味，並對於自己沒有承襲到從父親頭髮上掉下來的鐵粉、卡在父親鞋底上的金屬碎片所象徵的堅強與韌性感到難過，而且這些都不是那種帶有威脅性的，因為工廠裡的氣氛總是歡樂的，爺爺和外公都是修養很好的人，儘管家族都是靠男人撐起的，卻從來都沒有充滿攻擊性的氛圍。家族裡的男人從小到大都是看著如此堅忍不拔的大人學習，雖然賢在也很想要融入這些男人，但是相較之下他真的太退卻，不得不選擇走其他道路。

「讀什麼書呢？工廠賺的錢更多。」

父母都無法理解想要多讀點書的賢在，雖然不理解，但也最了解賢在的體質，所以只能一邊操心，一邊支援他漫長的求學生涯。

在醫院不遠處就有一個工業園區，賢在還在醫院實習的期間，經常看見在工廠受傷或生病而前來就醫的人，每當他看見這些病患時都會想起自己的家人，失去一截手指的伯父，或者是一年四季都嚴重咳嗽的大舅。賢在原以為現在的情況應該比早年改善許多，因為家族裡的大人經常誇讚現在的機器日新月異，變得更安全，他們那個年代才沒有這麼好的設備，所以自然會有這樣的推測，然而現實情況並非如此。有人因為腳被堆高機輾到而被送來醫院，也有人在鋁零件工廠誤食乙醇導致失明，還有多不勝數的身體截肢事故和燒燙傷，不只是技巧不夠純熟的菜鳥，包括經驗老到的老鳥，或者是乍聽之下工作不至於很危險的工廠工人，抑或是光聽就知道是從事高危險性工作的外籍工人，都一個接一個被送來醫院。

有一次是幫一名從巴基斯坦來韓國工作的工人進行斷指再植術，但他的手指受損程度比想像中來得嚴重，導致無法馬上接合。最後教授們經過一番長考以後，決定將手指連接腹部血管，等於是把手指埋在腹部正中央，也就是所謂的埋肚養指手術，為了讓患者不要一醒來就被嚇到，賢在留守在患者床邊。他的英文不是很流暢，這名患者亦是。

「Save finger.」

患者的眼睛突然睜大。

「Save your finger.」

這名患者低頭看著自己的肚子和手指許久，最後點了點頭表示明白。

後來還有發生兩起瓦斯漏氣事件，一次是四氯化矽洩漏，一次則是硫化氫和一氧化碳洩漏，當時不只是工人，包括當地居民也都一起緊急撤離，尤其是在第二次的時候屬於大量流出，導致兩百多名病患同時出現症狀送醫急救，承接一口氣湧入大量患者的醫院忙得不可開交。而賢在就是在那一團混亂當中決定了將來的出路，因為當時坐鎮指揮的職業及環境醫學部醫師，在賢在的眼裡看起來是那麼的英姿煥發，那是他一直想要學習的領域，賢在認為如果是這門科目，一定能滿足他想要不只看一間醫院而是能看到包括醫院的整個社區，不只看人體特定部位，而是能看到整體的學習慾望。其實如果考量賢在的成長背景和感興趣的事物，這也許是再自然不過的選擇，但是周遭親朋好友都對此感到驚訝不已。

「什麼？原來你堅持重回學校……是為了去讀以前的產業醫學系？」

「那個單位會不會不賺錢啊？」

雖然過年過節時，賢在都被家裡的大人數落，但他的意志依然堅定。

他有很多次都是為了檢測工作環境，替勞工進行臨時健康診斷而到現場，卻發現有許多工作環境都沒有提供任何防護設備，只有發給每個員工一片棉布口罩，還有許多地方是直接放任故障的排氣設備而不做修理。短暫走訪現場的賢在感到一陣頭暈，想要用手隨意扶著某個東西，卻找不到任何扶手，要是沒有人在一旁攙扶他，他應該差一點就要倒地受傷，然而當然不可能每次都有人能即刻救援。那間工廠過去曾經發生過好幾次的墜落事件，任何人都不應該在那樣的環境下工作，就算是身體強健的人、短暫打零工的人也是。賢在誠心誠意地寫了一份產業職災相關意見書。而肉眼能見的因果關係事故還算簡單，真正困難的是成因複雜引發的疾病。再加上要是業主懷有隱匿意圖並開始試圖插手的話，就會演變成對問題束手無策。

「你也才工作沒幾個月而已，怎麼就有了熊貓眼？工作很操嗎？」

在員工餐廳裡遇見的紀倫問道。

「很難啊。」

賢在盡可能讓自己不要看起來太憔悴，勉強擠出了一抹微笑。

「所以叫你來急診科啊，幹嘛跑去那裡？後悔的話就趕快回來吧！」

「學長小聲一點啦，那裡還有教授呢。」

這次換紀倫笑了。自從賢在把慧婷介紹給紀倫以後，紀倫就開始格外照顧賢在，賢在也認為紀倫是個滿好相處的人，思緒簡單，有很強的瞬間判斷力，要是在古代，絕對是個將帥之才。

「等等晚上要不要一起去看電影？就在這前面。」

「什麼電影？」

「《小蜥蜴傑夫和朋友們》。」

蕭賢在 /////
#427

「那是什麼電影？」

賢在立刻用智慧型手機搜尋，那是一隻很眼熟的蜥蜴。

「慧婷姊呢？會一起去嗎？」

「她說她不喜歡看小朋友看的動畫片，這明明就不是兒童觀賞的片子。」

「那和我去看吧，我也想要讓腦袋休息休息。」

紀倫先行離開，他在走出員工餐廳前還特地轉身向賢在揮了揮手。紀倫在繁重的急診工作中看起來還是無比健康，要是所有人都能像他一樣就好了。

賢在認為目前的同事其實也是暴露在產業災害的危險當中，目前同梯的醫生有四十人，其中三人已經罹患了腦出血、心肌梗塞、甲狀腺癌，其他人也在三十五歲左右就已經游走在成人病的初期階段。其實不睡覺、不休息，身體自然會生病，一週工作一百小時，心血管系統自然會出問題，長出癌細胞也不意外，此外還有因憂鬱症而產生的自殺衝動，也是每隔一年就會出現，諸如此類早已司空見慣。雖然專科醫師特別法案好不容易贏過執意投反對票的醫院協會，順利通過了，但那條法案限定的工時也是每週工作八十八小時，當歐洲國家的醫生是每週工作四十八小時的時候，韓國醫生則是工作八十八小時，出現醫療疏失也只是剛好而已，過勞的醫生們自然會先倒下。也許正是因為如此，才能提供民眾便宜的醫療服務，但真的只能這樣壓榨人力嗎？賢在經常思考著這些問題。

「你可別到處去說那種赤匪才會講的話啊。」

休假回家時父親對賢在說道。

「是啊，只要撐過去就是你的，多做事、少抱怨，大家都在過苦日子。」

母親補充道。

電視裡傳來了造船廠發生死亡事故的消息，父親用下巴指向了電視。

「你看，還有人是在那種地方工作呢，世界上比你辛苦的人多的是，你身為一名醫生，怎麼能說出那種弱不禁風的話？」

「爸，您知道嗎？在那裡每個月都會有一人死亡。」

「造船廠本來就是這樣。」

「哪有什麼地方是本來就這樣的？這社會根本就不該存在會有人死掉的職業，難道只要是去造船廠工作的人都要做好會死的心理準備嗎？不論是工廠還是醫院，現在都在想盡辦法壓榨勞工。」

賢在不經意地板起了面孔。

「現在的年輕人實在太嬌弱……」

「不想被放進攪拌器裡榨乾，並不等於嬌弱。」

直到回到醫院為止，一家人都沉默不語，空氣中瀰漫著一股緊張氛圍。賢在有點後悔，早知道就左耳進右耳出的，可惜他就是不擅長這麼做，所以才會在實習時舉發那位喜歡打破人家耳膜的教授，他並不想要惹是生非，只是無法選擇息事寧人，也因此，關於那件事情的傳聞至今為止都還是一直跟隨著賢在。

賢在一整個下午都難以聚精會神，他看完診，做完一些行政庶務以後，晚上還要參加地區志工定期會議，當他按時抵達開會現場時發現，竟然只有他和泡芙教授兩人。

「大家居然都遲到，雖然都不怕我是滿好的，但這是不是有點過分啊。」

老教授一派輕鬆地抱怨著。賢在笑了一下。

「蕭醫師也很累吧？最近忙嗎？」

「還好，比起這些……」

賢在差點脫口而出心底話，他把已經到嘴邊的話硬是吞了回去。李豪教授總是有著這種令人卸下心防、想要對他掏心掏肺的魔力，所以賢在才會毫無防備。

「怎麼了？說說看吧。」

「比起這些，我煩惱的是感覺自己一直沒有辦法戰勝……」

賢在向泡芙教授吐露了自己的心聲，賢在認為所有地方都亂七八糟、毫無系統，在這片泥濘中一直想要嘗試改變，卻令人倍感挫折。自己的努力不一定會有成效，有時會遇到瓶頸，失望透頂，但還要忍受改善速度極其緩慢卻又發現竟然退步的事實，究竟要怎麼做才能讓自己不會如此倦怠，他實在難以壓抑這些情緒。

「你該不會期待我會給你一些忠告吧？」

難道不能有這樣的期待嗎？賢在露出了一抹淺淺的微笑。

「年輕人都會有這樣的錯覺，誤以為老人會自備解答，其實沒什麼，我想就只是很容易變老而已。」

「其他人可能是如此，但您應該不一樣吧？」

「拍這種馬屁聽起來倒是不錯。其實我是個很討厭給忠告的人，也認為自己沒什麼資格，但是既然蕭醫師想聽，那我就說幾句吧。你只要把我們所做的事情當成是把石子丟向遠處就好，盡可能把它丟得愈遠愈好，每個人都會誤以為自己一直是在原地丟石子，以為人類的能力相差無幾，所以石子都丟不遠，但其實我們不是一直在原地拋擲，因為還有時代和世代的變遷，你並不是在起跑點上丟石子，而是在我這個世代和我們之間的世代丟過無數次石子以後，在那些石子掉落的地點撿起石子再重新丟擲，你明白我的意思嗎？」

「也就是像接力賽的意思對吧？」

「沒錯，你依然是很優秀的學生，當然，你可能會經常忘記這項事實，偶爾也會有瘋子突然出現，將那顆石子朝反方向丟去，然後你就會很生氣。但是只要你很幸運地可以站遠一點，拉長時間來看的話，比方說，等你再過四十年左右，到了我這個年紀再回頭看的話，就會發現那顆石子已經被丟到了滿遠的地方，然後也會看見有下一個人重新在草叢裡找到那顆石子繼續向前拋擲，丟到你當初無法達到的距離。」

「聽您這麼一說，感覺真的是如此。」

「這只是我個人的見解，可能也是因為我上了年紀看比較開，現在的我是這樣相信的。年輕人自然會感到有壓力，畢竟你是當事者，就站在最前線，但我們也不應該因此而傲慢，因為不論多年輕，長江後浪還是會推前浪，反正我們都只是一座橋，所以只要盡力而為就好，讓自己不留遺憾。」

賢在聽到這裡不禁思考了一下，要是能和珠莉結婚，就算職業環境及環境醫學系教授可能都會覺得我很不夠意思也無所謂，只要珠莉沒有特別指定的老師，他一定會找泡芙教授當主婚人。這時其他與會者陸續都抵達了，這場會議也很簡短、有效率地速戰速決。

賢在被教授開導完以後比較釋懷，他帶著輕鬆的心情和紀倫一同前往電影院。雖然紀倫堅持要請賢在吃爆米花和飲料，但賢在迅速地在結帳時搶先掏出了信用卡。當時已經是只能看午夜場電影的時間，影廳裡也坐滿將近一半的人。賢在很快就投入電影劇情中，那是一部具有美感的黏土動畫，裡面有一隻很像人類、比人類更好的蜥蜴和牠的朋友們。

然而就在電影開始播放不到三十分鐘的時候，賢在開始不停咳嗽，他嘗試努力忍耐卻一直失敗，接下來頭痛感和嘔吐感也襲捲而來。

賢在輕輕拍了一下紀倫的手臂，示意自己出去一下再回來。正當他開門準備出去時，影城裡的工作人員正拿著手電筒急忙跑來。

以及人們

A排和B排的座位是空的。

C排坐著遲到的張有菈、吳正彬和鄭多芸。張有菈聽完影城工作人員的說明以後，緊緊牽起了兩個孩子的手，她心裡想著，不行，不能再遭遇這種不幸。

D排左側區坐著李秀卿和他的朋友，中間區則坐著鄭芝善和鄭芝恩，相隔四個座位的右邊坐著夏界凡。界凡後來被指定每週三為固定假日，所以難得來看場電影，但是不曉得這個影城究竟發生了什麼事，他還在了解情況。太太出國旅行所以當天早已打算晚歸的李豪，也坐在隔兩個座位的位子上。

E排的座位有金革賢和柳采苑，兩人是為了約會而來，洪雨燮和金儀貞以及李敏曦和她老公四人，則是一同吃完晚餐、臨時起意要來看電影的。

F排的中間座位區兩端分別坐著李紀倫和蕭賢在、朴理鑠和他的母親，蕭賢在已經從座位上站起身。

G排有裴尹娜、李煥毅、孔雲英和她的子女，再相隔幾個座位上坐著李雪兒。

H排則有文永琳、文宇南、陳善美、金詩哲、梁慧琳、韓勝兆、韓勝國比鄰而坐。

I排坐著獨自前來看電影的金漢娜、趙揚善、徐連模，他們都是分散著坐，林燦福和妻子則坐在該排右側區的兩個位子上，這是揚善經歷完女兒的事件以後第一次來電影院，因為她偶然發現這部電影裡竟然有女兒平時愛用的筆袋上的那隻蜥蜴，所以是在衝動之下買票進來觀賞的。隨著電影臨時中斷、緊急逃生燈開啟，連模一眼認出了前方的鄭芝恩，而且不只有連模，其他人也紛紛認出了幾個自己見過的人。

J排的左側區有金聖真，中間區有趙喜樂和池絃等樂團成員共五人，右側區則坐著金仁智、吳秀智、朴賢智三人。

正當所有人都排隊準備離開影廳時，李紀倫喊道：

「為了以防萬一，我們還是用飲料浸濕手帕或衣服、衛生紙再出去吧！」

幾個人紛紛回到座位去將自己的礦泉水和可樂重新帶下去。

大家都很冷靜地排隊站在逃生門口，但是當確認了樓梯下方有濃煙竄升之後，大家只能茫然地在現場焦急等待。高白嬉用無線對講機接獲了其他逃生間也都是類似情況的答覆，於是做出不能使用逃生間的判斷，與此同時，還有其他組人馬也正在趕往他們這裡。

「我們不能下去了。」

金詩哲說道。

「頂樓是開著的嗎？」

柳采苑向高白嬉詢問，白嬉又重新用無線對講機詢問副經理。副經理的回覆是他也不太清楚，他自然是不可能知道，因為頂樓要從影城再上去兩層樓才會抵達。

金革賢和李紀倫決定先上去頂樓確認，再撥打電話給他們，蕭賢在本來也想要一同前往，但是紀倫勸他先待在這裡，等接到他的電話以後把所有人送上頂樓再最後一個上來，采苑短暫握住了革賢的手一下便放開，革賢和紀倫用浸濕的衣服摀住口鼻，急忙衝上樓梯。

裴尹娜在原地坐了下來，把頭埋在雙膝之間，她已經有一陣子都沒發生任何身體狀況，過著穩定的日子。李雪兒發現尹娜坐在地上，急忙走過去協助她，「請慢慢吸氣、吐氣……」然後其他人也跟著雪兒的指示一同照做。空氣裡已經瀰漫著刺鼻的味道，門後方的逃生間一定更為嚴重。

「門是開著的，快上來！」

接獲紀倫電話的賢在連忙將所有人都送去了頂樓，賢在和白嬉走在人群最後方，賢在咳嗽咳得很嚴重，所幸沒出現嘔吐症狀。

走上頂樓以後，發現也有其他民眾從不同的逃生間走上去，頂樓上聚集著大批人，消防車試圖架雲梯搶救，但是火勢已經延燒到建築物外牆。由於外牆是用可燃性材質建造的，又沒有拉防火條，所以比建物內部情況還要險峻。面朝窄巷的那面牆相對來說情況比較好，可是巷子裡還停放一些違停車輛，導致消防車難以進入。

「直升機等一下馬上到！」

消防員用擴音器對著頂樓的人喊道。

「可是只靠一架直升機夠嗎？」

李敏曦刻意放低音量，只有和她同行的人能聽見，因為她不想要引起其他人恐慌。

「應該可以請醫院的醫療直升機過來……不過也不確定那種直升機適不適合進行這種救難作業……」

洪雨燮毫無把握地回答。

「但還是打個電話問問看吧，光靠一架直升機是無法疏散這麼多人的。」

金詩哲湊了過來，拿出手機撥打電話。

兩架直升機分別載著頂樓上的民眾進行疏困，消防直升機上有兩名救難隊員下來進行救援作業，並將其餘的救生吊籃懸掛在醫療直升機上，由於大樓頂樓不適合讓直升機降落，救援時間也有限，所以他們選擇直接用救生吊籃把民眾載到醫院頂樓放下，這是一段漫長又艱辛的救援過程。

吳正彬和鄭多芸首先被直升機帶離火災現場。

接下來是孔雲英和她的兒女。

夏界凡默默退到後方，因為他認為要先讓來日方長的人脫離險境，雖然他沒有說出自己的想法，但是當他和李豪四目相交時，兩人都發現了彼此有著同樣的念頭。界凡有認出李豪，可是李豪卻認不出身穿西裝的界凡，而且他更擔心頂樓能否同時擠這麼多人，因為光用目測就有約兩百人，他可以明顯感受到腳底下一直有震動傳來。

「姊，聽說在傾斜。」

「什麼東西在傾斜？」

「這棟大樓。」

「誰說的？」

芝恩把網路新聞拿給芝善看，那是一則簡短的插播報導，從新聞裡的照片來看，樓下的火災狀況比想像中嚴重，應該是火勢有燒到冷煤。

「傾斜幾度？」

徐連模走到鄭芝恩旁邊問道。

「六度。」

「那還沒有到很歪斜的程度。」

「他是誰？」

芝善緊貼著芝恩好奇地詢問。

「打工認識的。」

芝恩回答。

「現在急診室應該忙翻了。」

吳秀智對金仁智和朴賢智說道。

「光是處理那些先逃出去的人，應該就忙不過來了。」

仁智緊握已經稍微有點哽咽的賢智肩膀說道。

「我們來得及逃離這裡嗎？」

「別擔心，最近建築物都很耐燒，起火點是在地下室，從那裡到這裡都會有防火門那些東西阻隔，一定來得及逃離。」

秀智也安慰著賢智，但她內心還是不免有些擔心。

「要是這時候能有一些樂器就好了，可惜兩手空空。」

池紘對趙喜樂說著。

「怎麼可能會有樂器，大型物件都已經被遺留在原地了，逃命比較要緊啊。」

「是嗎？但是我看大家都好焦慮。」

「你也真是。」

崔代桓不停來回載送著電影院頂樓的人去醫院頂樓，每趟限乘兩人，他努力不讓自己分心，全神貫注投入救援，這比開長途飛機還要辛苦，需要更高的專注力和細心度。兩架直升機嚴守秩序地輪流飛行，當一方在進行搶救時，另一方就停留在空中盤旋待命。待命期間，代桓老是不由自主地想要數頂樓上還剩多少人，儘管他也知道乾脆不去數還比較好一點，但他還是忍不住想計算究竟要再飛幾趟才能帶所有人脫離險境。他口乾舌燥，卻無暇喝水潤喉。

「要是有適當的工具就好了……」

夏界凡敲打著頂樓的天藍色水塔喃喃自語，然而界凡也沒有把握。

「有工具的話要打算做什麼？」

賢在不小心聽見界凡說的話並問道。

「那說不定就能讓水塔裡的水流到外牆上……」

賢在站到界凡的身旁，咚、咚、咚，敲打水塔，但是這麼做並不會知道水塔裡的水究竟還有多少，就連要從哪裡尋找工具也不曉得，重新下樓去拿顯然已是不可能的事情，總之，這件事情轉達到紀倫那裡，紀倫再轉告革賢和采苑，於是采苑大步走向樓梯間旁的一扇門前，那扇門是被鎖著的，采苑試圖大力搖晃。

「應該是倉庫？」

「有可能。」

「如果是倉庫，那就很可能有工具。」

采苑從頭上拆下兩根一字黑髮夾，那是為了固定住打算留長的頭髮不時會有一些長度尷尬的雜毛亂翹而使用的，采苑把髮夾拉開，插進鎖頭裡，試圖撬開。

「讓我來吧。」

林燦福的太太自告奮勇，采苑小心翼翼地將髮夾交給了她，燦福的太太用髮夾戳著鎖頭，試了幾次之後很快就把門打開了。

「妳是從哪裡學來這項技能的？」

燦福驚訝地問著。

「之前媽有幾次不小心把門鎖上，結果發現身上沒有鑰匙。」

當界凡在尋找有無合適的工具時，高白嬉用手電筒幫他照亮倉庫。

接下來就很順利，界凡拆開一些管子，改變它們的方向，將其延長成水管，其實尺寸並沒有很合，所以會有點滲水，但水柱還算滿強的，與其說是對撲滅火勢有幫助，不如說對穩定人心更有幫助。參與救援作業的人都圍繞成一團，希望水柱和水柱可以相遇，圍觀的民眾也好不容易鬆了口氣，在這段過程中，直升機依舊勤奮地載送著逃生人潮。

也不曉得是因為滅火有效還是該燒的早已燒完，總之火勢已經減弱，雲梯可以搭著一面牆進行人員搶救，雖然也不能一口氣救很多人，但是至少比直升機快許多。一直在咳嗽的賢在先踩著雲梯而下，接下來換從頭到尾不發一語的趙揚善下去，再來是協助行動不便者疏散的韓勝國、韓勝兆兄弟，李秀卿和她的朋友也順利回到樓下，相擁而泣，樓下的人焦急萬分地望著頂樓上等待救援的人，當他們看見有人一個接一個爬著雲梯走下來時，都會用彷彿看見小朋友溜滑梯溜下來的眼神那般熱情歡迎。

然而，安心也只是一時，所有人的身上都沾染著燒焦味，急忙被送去急診室。

其中有兩名消防員因為吸入太多濃煙導致送醫急救，一開始發現有火災還試圖滅火的大夜班警衛，則有小面積的肌膚燒燙傷。

幸運的是，那次事故中沒有人喪命，建築物只有傾斜沒有倒塌，也屬於一則等火勢控制住以後便會被人遺忘的新聞，比方對於史蒂夫．科蒂安或布里塔．洪根來說，他們回到自己的家鄉以後就會徹底忘了。每年只要一到乾燥的季節就一定會反覆出現這樣的新聞，但又讓任何人都不會留下深刻印象。

醫院每晚都白得發亮，而一旁燒焦的建築物則有一段時間呈焦黑狀態豎立在那裡，那天晚上在現場的所有人，每次只要經過那棟燒得漆黑的建築物，就會忍不住盯著那些遺留下來的殘骸看，然後同行者都會輕拍他們的肩膀以示安慰。

「別看了，好險只是有驚無險。」

那棟建築物就這樣閒置了八個月，中間有人去做過安全檢查，也討論過如何進行修補作業，但最終還是決定直接拆除，他們沒有一口氣拆除，而是等安裝好防震網以後才用起重機將挖土機抬上去一層一層緩慢拆除。況且將那些建築廢棄物搬運整理也花了不少時間，等周圍已經沒有任何遮蔽物、夷為一片平地時，早已是隔年的事了。

只有極少數的人看著那片空地會回憶起那天晚上所發生的事情，在一片平凡無奇、用紅土覆蓋的腹地上，浮現著已不復在的建築物身影，有時會有人不可置信地去腳踩那片土地，它就位在公車站附近，每當要去搭公車時，都會目不轉睛地盯著那裡看，回憶著過去那裡曾有過一棟八層樓高的建築物。

後來才過沒幾年，那片空地就有新大樓進駐，裡面設有藥局、連鎖餐廳、補習班、租借公司、健身房、瑜伽教室、牙科、保險公司，地下室則是像先前所規劃的開了一間超市。那是一間大型商場，在中小城市裡隨處可見的那種商場。

經常會有人站在那棟新蓋的大樓前感到納悶狐疑，因為記憶中明明有一間影城在樓上，實際去看卻不見蹤影，最終，影城總是在民眾的錯覺中存在幾秒鐘，便又再度消失無蹤。

參考文獻

- 五十五頁提及的大型貨櫃車事故危險內容是參考朴尚恩（音譯）的《大型事故如何反覆上演：藉由世越號慘案回顧大型事故的歷史與教訓》（增補版），社會運動，二〇一五年出版。
- 一百四十七頁李豪所說的路易・巴斯德和少年約瑟芬的故事是參考山姆・肯恩（Sam Kean）的《消失的湯匙》（*The Disappearing Spoon*）一書。（中文版由楊玉齡譯，大塊文化，二〇一一年出版。）

作者的話

我想在空無一物的大型矮桌上，把片數繁多的拼圖統統倒出來，拼上好長一段時間，不論是秋天還是冬天，相信都是很適合拼拼圖的季節，每次這樣拼著拼著，人臉、輪廓明確的物體，或帶有強烈色澤的部分總是很容易拼成，最後只剩下近似於白色的天藍色天空部分，不論怎麼拼都很難找到對的位子。當我拿起如此棘手的拼圖時，不禁讓我動了想要寫一本沒有主角的小說的念頭，抑或是所有人都是主角，所以小說裡面會出現五十人左右的角色，就算書裡的每個人都只是接近米色的小人物，但還是能一一找到他們該待的位子。寫著寫著，不禁感到有些惋惜，因為也許幾年後能寫得更好也不一定。而在我寫完這本小說的當下，又不禁認為這個故事還是得寫在二〇一六年才行，最後只得默默接受了這樣的事實。

最令我感謝的是自一月起至五月止在Changbi部落格連載時，和我一同期盼這些根本不存在的小人物能夠安然無恙的讀者，透過那段連載小說期間，原先還看不太清楚面孔的這五十人，也逐漸變得像熟人一樣清晰鮮明。這些角色的面孔究竟是從何而來？感覺是從路上或者夢裡而來。我一直認為，這個世界之所以不會崩盤瓦解，是靠著一群擦肩而過的你我所相連而成的透明網。

當我寫到第六十二．五頁，嚷嚷著好累不想再寫時，多虧有不停勸我要繼續寫下去的金善英編輯，我實在欠她太多人情，最後我是寫到一千三百三十多頁時完成的，所以扣除掉六十二．五頁，剩餘的分量都是屬於金善英編輯的。

我要特別感謝將名字與人生、工作與生活片段借用給我的那些人，這本小說有許多部分都是從對話和訪談中獲得靈感。

最後，我想要向各位讀者公開幾個小祕密。

一、這本小說不小心變成了五十一人，我怕各位數著數著會發現怎麼多一個人而受到驚嚇，所以在此特別先向各位告知。主要是因為我寫太多，但又很難把書名改成「五十一人」，更何況有些角色人物沒有自己的獨立篇章，所以隨著每個人計算方式不同，也有可能變成是五十二人，五十三人……。

二、當初在構思這本小說時，本來是想把書名取作「大家都在跳舞」，所以幾乎每一篇都有讓角色人物跳舞或擺動身體，但最終因為沒能讓這本書裡的全體成員都跳舞，所以只好更改書名。閱讀至此的讀者假如有意重新翻閱，那麼不妨在每一篇文章裡試著尋找看看有誰在什麼樣的情況及環境下舞動身體。

三、連結書中人物的另一項關鍵元素：蜥蜴，是現實生活中不存在的角色。

我視你如桌上的拼圖般熟悉，但願書中的人物至少有一人和你相像，且替你發聲。

鄭世朗

二〇一六年秋

MUSES

五十人
피프티 피플

作　　者：鄭世朗（정세랑）
譯　　者：尹嘉玄
發 行 人：王春申
選書顧問：林桶法、陳建守
總 編 輯：張曉蕊
主　　編：邱靖絨
校　　對：楊蕙苓
封面設計：兒日設計
內文排版：菩薩蠻電腦科技有限公司
業務組長：何思頓
行銷組長：張家舜
出版發行：臺灣商務印書館股份有限公司
23141 新北市新店區民權路 108-3 號 5 樓（同門市地址）
電話：(02)8667-3712　傳真：(02)8667-3709
讀者服務專線：0800056196
郵　　撥：0000165-1
E-mail：ecptw@cptw.com.tw
網路書店網址：www.cptw.com.tw
Facebook：facebook.com.tw/ecptw

國家圖書館出版品預行編目 (CIP) 資料

五十人 / 鄭世朗(정세랑)著 ; 尹嘉玄譯. -- 初版. -- 新北市 : 臺灣商務, 2020.09
面；　公分. -- (Muses)
譯自 : 피프티 피플
ISBN 978-957-05-3282-1(平裝)

862.57　　109010550

局版北市業字第 993 號
初　　版：2020 年 9 月
印　　刷：鴻霖印刷傳媒股份有限公司
定　　價：新臺幣 430 元
法律顧問：何一芃律師事務所

This book is published with support of the Literature Translation Institute of Korea (LTI Korea).